琼 瑶

作 品 大 全 集

还珠格格

第三部

天上人间 3

琼瑶

著

作家出版社

琼瑶，本名陈喆，作家、编剧、作词人、影视制作人。原籍湖南衡阳，1938年生于四川成都，1949年随父母由大陆赴台生活。16岁时以笔名心如发表小说《云影》，25岁时出版首部长篇小说《窗外》。多年来笔耕不辍，代表作包括《烟雨蒙蒙》《几度夕阳红》《彩云飞》《海鸥飞处》《心有千千结》《一帘幽梦》《在水一方》《我是一片云》《庭院深深》等。

多部作品先后改编成为电影及电视剧，琼瑶也因此步入影视产业。《六个梦》系列、《梅花三弄》系列、《还珠格格》系列等，影响至深，成为几代读者与观众共同的记忆。

琼瑶以流畅优美的文笔，编织了众多曲折动人的故事。其作品以对于梦的憧憬和爱的执着，与大众流行文化紧密结合，风靡半个多世纪，成为华文世界中极重要的文学经典。

我为爱而生，我为爱而写

文字裡度过多少春夏秋冬

文字裡留下多少青春浪漫

人世间既然没有天长地久

故事裡火花燃烧爱也依旧

复礴

第四十四章

　　这真是漫长、痛苦、悲哀而又无助的一日。当永琪和小燕子终于回到景阳宫，已经是晚上了。景阳宫里的人，个个都伸长了脑袋，等得望眼欲穿。好不容易，看到两人回来，宫女太监们，就全部拥上前去，簇拥着他们走进大厅。"恭喜五阿哥！五阿哥胜利回来了！五阿哥千岁千岁千千岁！"大家七嘴八舌地祝贺着。"五阿哥！听说您把缅甸人打得落花流水！好厉害！"小卓子说。"小邓子每天给五阿哥念天灵灵，地灵灵，还真是灵！就把五阿哥给念回来了！"小邓子说。大家都很有默契，不提尔康，只怕两人伤心。明月、彩霞、珍儿、翠儿、桂嬷嬷全部迎到门口，请安嚷着："五阿哥吉祥！五阿哥辛苦了！"永琪疲倦而哀伤地看着众人，心里塞满了各种复杂的情绪，沉痛地说："大家不要行礼了！额驸走了，实在没有什么可以恭喜的事，不要再说恭喜，不要再说吉祥！给我倒杯茶，我又累又渴！"

　　"是！是！是！"众人就飞奔过去，倒茶的倒茶，拿点心的拿

1

点心，拍靠垫的拍靠垫……这时，知画大腹便便，奔进大厅来。她的两眼闪着热切的光芒，整个脸蛋儿上，带着激动、期盼、感恩和狂喜。她一直奔到永琪的面前，目不转睛地、恳切地盯着他，颤声说："总算回来了！知画给你请安……"知画说着，就请下安去，永琪见她大腹便便，急忙伸手一扶："请什么安？赶快起来！"知画站起身，视线在他脸上逡巡，想找寻一丝丝的想念、一丝丝的温情。

"对不起！"她歉然地、几乎是急切地解释，"没有去城外迎接你！本来，我也要去的，老佛爷不许，说是怕我动了胎气！听说你们先去了学士府，耽误到现在才回来，那边一定挺惨的，是不是？紫薇怎样？"

永琪没有力气多说，叹了口气："唉！不说也罢！"

小燕子眼睛红红的，心神不在知画身上，而是在紫薇和福家身上，在这个时刻，她心里只有紫薇和福家，没有自我，她几乎忘了自己和知画的战争，忘了永琪是属于她们两个的丈夫，忘了永琪一回家，他们又要面对的尴尬。她仍然陷在福家一幕的震撼里，自责地说：

"我应该留在学士府，陪着紫薇，她那个样子，我真不放心！虽然今天拉住了，没有让她撞棺，但是，她心里有了这个念头，随时随地都可能寻死，那要怎么办？"

大家听说紫薇"撞棺"，全体变色。"撞棺？紫薇格格去撞棺啊？好惨呀！"小卓子低喊。"难怪呀，他们感情那么好，额驸走了，紫薇格格怎么活下去？"彩霞说着，想起额驸和紫薇格格这一路走来的种种，就落下泪来。

"为什么额驸会战死呢？老天也太没眼了！"明月跟着哭。一时之间，众宫女太监，个个红了眼睛，人人拭泪。知画情不自禁，也跟着落泪了。桂嬷嬷看了看状况，擦擦眼睛，赶紧拍拍这个拍拍那个，说：

"大家别哭了！你们没看到吗？五阿哥又瘦又累，眼睛肿肿的，大概哭过好几次了，大家别再把五阿哥的眼泪招出来！一走就是大半年，好不容易才回家，也让五阿哥喘口气！"知画被提醒了，立刻擦干眼泪，走上前去，扶着永琪："永琪，赶快过来坐一下！"她把他拉到椅子上坐下，双手捧着茶杯送上，"不是渴了吗？喝茶！"她怕茶太烫，又打开盖，轻轻地吹着，"老佛爷那儿，去过了吗？""去过了！"永琪接过茶来，心不在焉地喝了一口又放下。

"看样子，你今天够瞧的！是不是很累了？要不要早点歇着？饿不饿？晚膳是在学士府吃的吧？一定没吃饱吧？我让桂嬷嬷给你再煮点消夜……想吃什么？"知画一连串地问了好多问题。

"什么都吃不下，别忙了！"永琪摇摇头。知画看看永琪，看看小燕子，看看桂嬷嬷，急忙吩咐："桂嬷嬷！给五阿哥准备洗澡水……这一路的风霜，总要好好地洗一洗！"说着，就凝视着永琪，柔情似水，"泡一个热水澡，情绪也会放松很多，说不定心里会舒服一点！"小燕子看看知画，看看永琪，在尔康的悲剧下，没有力气吃醋了，沉默不语。让他去洗花瓣澡、茶叶澡……她都不想争了。谁知，永琪站起身来，肃穆地看了知画一会儿，说：

"知画！看到你一切都好，我也放心了！我刚刚从云南回来，又面对了尔康的死，心里有太多的感触，让我更加珍惜我和小燕子一路走来的感情！我想，我很难让你了解我的感觉，毕竟尔康和我们的故事，不是你能体会的！我和小燕子，有很多很多的话要谈，我就不去你房里了！"

永琪说完，大大方方地伸手给小燕子，拉着她的手，往卧室里走去。小燕子惊怔地看着他，这么小小的一个选择，对小燕子而言，却是一个大大的感动。她眼眶湿湿的，立刻握紧了他的手。两人就这样手牵着手，旁若无人地进房去了。

知画的心，顿时沉进了地底，握着帕子的手，刹那间捏得死紧，眼里是受伤野兽般的阴翳。她怎样也没料到，永琪几乎连敷衍都没有敷衍她一下！他就这样干脆利落、简简单单地把话挑明，然后头也不回地牵着小燕子进房？他一点也不在乎她的感觉，就这样把她抛在一边？在丫头嬷嬷面前，连面子都不给她留？此情此景，就是等待了无数朝朝暮暮的结果吗？

桂嬷嬷走上前来，低低说：

"五阿哥还没走出额驸死亡的悲哀，他们来不及要谈额驸……那些，都是福晋不知道的事。等过一阵子，一切都会改观的！何况，孩子就要出世了！时间多得很，福晋不要心急！"

知画不语，眼里有着深刻的痛楚和忍耐。

永琪牵着小燕子进了房间，立刻把房门关上。

小燕子就抬起眼睛，悲喜交集地看着他，他也看着她。

两人一语不发，就这样手握着手，彼此互看着，用眼光搜寻着彼此的心灵，诉说着千千万万种恍如隔世的深情，然后，永琪用力一拉，就把她拉进怀里。小燕子抬头，永琪低头，两人就疯狂般地拥吻着。这一吻，缠绵，炙热，强烈。永琪看遍了死亡，从战场上死里逃生，只想把这一生，完全献给她！他再也不要让她痛苦，再也不能让她经历紫薇的伤痛。他恨不得把自己整个的生命，吻进她的生命里！小燕子啊，我多么珍惜我们能够相聚相爱的时光！他的吻，如此狂热深刻，带着灵魂深处的渴求和给予。她的心，被他这样的吻绞痛了；她的双臂紧紧地、紧紧地缠着他，体会着他的热爱和珍惜。

一吻之后，永琪抬起头来，把她的头紧压在自己的肩上，在她耳边轻声地、郑重地、诚挚地、感恩地说：

"能够这样抱着你，就是我最大的幸福、最强烈的愿望！生命那么短暂和脆弱，没有多少时间让我们浪费在钩心斗角上，浪费在口是心非上！从今以后，你是我最重要的事、最重要的人！"

小燕子什么话都说不出来，她全心都震撼着，忍不住抬头看他，一直在眼眶里打转的热泪，终于夺眶而出，滑下了她的面颊。他温柔地低头，细心地吻去了她的泪痕。他的眼眶也湿湿的，心里悲苦地想着，他和小燕子，还能这样相拥相怜、相爱相惜，尔康和紫薇呢？

尔康正在缥缥渺渺地游荡。他要去找紫薇，他要跟她说清楚，他要她重拾生命力，他要她爱护东儿……紫薇，紫薇，紫薇……依稀仿佛，他又回到了学士府，走进了他的卧室，看到了他的紫薇……魂兮梦兮？满屋子的人，依旧没有人看得到他。

紫薇躺在床上，在过分的疲倦下，睡着了。秀珠带着丫头们，轻悄地给她拉平枕头，盖上棉被，点上熏香。

"好不容易，总算睡着了！我们出去在门口守着，让格格好好地睡一觉……不过，大家警觉一点，有任何风吹草动，都要进来看看！"秀珠说。

丫头们点头称是。秀珠就带着丫头们蹑手蹑脚地出门去。

房内没人了，尔康栖栖惶惶地看着紫薇，她不安稳地睡着，憔悴如死。这是他挚爱的妻子，为什么他不能把她拥在怀中？为什么他不能停止她的悲苦？原来，魂魄也有"思想"，原来，魂魄也会"绝望"！他觉得好无助，体会到自己正在生死两界中飘浮。如果人死了才能安息，那么，让自己无法安息的，不是任何人，不是任何药物，而是紫薇！

一灯如豆，青烟袅袅。他小心翼翼地走到床边，在床沿上坐下，不胜怜惜地、心痛地用手轻触她的面颊，低语着：

"紫薇，我要把你怎么办？你这个样子，我怎么忍心离去？你牵引着我所有的意志，如果我一息尚存，那是为了你！但是，我的神志飘飘渺渺，我的躯壳只剩下一堆臭皮囊，我也很痛苦呀！紫薇……让我安心地走吧！"

紫薇好像听到了他的呼唤，听到了他的声音，她猛地睁开了眼睛，突然大大一震，她看到了尔康！她不敢相信地眨动眼睑，拼命睁大眼睛，一翻身，她急忙坐起身子，惊喜地低喊：

"尔康，是你？你来了！"

尔康一见紫薇醒来，就仓促起身，往后退去，紧张地说：

"我不吵你，你好好地睡一觉！"紫薇跳起身子，几乎跌下地来，尔康赶紧伸手一扶，她就一把抓住了他。天啊！她没有抓一个空，她抓住他了！天啊，天啊，天啊……尔康也瞪大了眼睛，她居然抓住了他！他喘息着喊："你抓住我了！"紫薇也喘息着喊：

"我抓住你了！"她的眼神里，顿时盛满了惊喜、渴盼、哀恳和痛楚。她急切地低喊："尔康！不要走！我知道你不是真的，我知道你只是一个幻影，我知道我在做梦，你是梦里的人！但是，梦也好，幻想也好，只要有你就好！你去云南以前，我就跟你说过，不管是醒着睡着，不管是梦里梦外，不管是白天黑夜……我都在等你回来！我等到了你，我看到了你，请你不要一下子就不见了，请你跟我多说说话……请你陪着我，请你守着我！请你不要离开我！"

尔康悲伤地看着她，这一大串发自肺腑的话，撕裂了他的心。原来，"魂魄"的心也会撕裂！他很急，只怕无法控制这种局面。难得她能看到他，也能听到他，他必须掌握这个机会！他急促地说：

"我不能停留太久……我自己也不知道，我这样出现，能维持多久。紫薇，我长话短说……把你对于我的爱，转移到东儿身上去，好不好？你怎么舍得不理他呢？"

"不好！不好！"紫薇疯狂地摇头，悔恨地说，"尔康，我错了！我跟你认错！你原谅我！""你没有做错任何事，不要跟我认错！"他心痛地凝视她，"是我不好，把你陷进这样的绝望里！你要怎样才能从绝望里走出来呢？"

"我有错我有错！"她拼命点头，陷在不可自拔的自责里，"你以前常常跟东儿吃醋，说我爱东儿超过了你，说我把太多的精力放在东儿身上！我现在终于懂了，明白了，我没有你，只有东儿，是活不下去的！你才是最重要的……我不知道我跟你只有这么短的时间，我都浪费在东儿身上了……只要你回来，我一定弥补，我上次还为了东儿，打了你一个耳光，我……我……我错了，我要你回来，我不会再疏忽你，一心去照顾东儿……"

"原来，你为了我几句开玩笑的话，一直耿耿于怀！"他惊愕痛楚地说，"不是的，紫薇，我用我的生命爱着东儿，我希望你也这样……现在，我更希望你爱他胜于爱我……"她战栗了一下，着急地打断他："你以为你把东儿塞给我，你就可以弃我而去了吗？我对你的爱，怎么能够转移？如果你认为我有了东儿，就可以没有你，那么，我拒绝东儿！我要你！"

"紫薇，你要理智！生生死死，不是我们可以控制的，我也希望和你白头到老，和你一起看着孙儿曾孙的出世，和你白发苍苍还手牵着手，一起看落日……但是，上苍没有给我们这种幸福，我要早走一步，你是我最心爱最佩服的女子，不许被打倒……"

"不要再说下去！不要像叮嘱后事一样地叮嘱我！我不要你的佩服，我也不勇敢，没有你，我什么都没有！失去你，我肯定会被打倒……"

"这是什么话？"他生气地、大声地嚷，"你是最不平凡的女子！多少次生死边缘，你都熬过去了！现在，你怎么可以被打倒？这是我最无助的一次，我一点办法都没有。我必须把这个沉沉重担交给你，而你居然不肯接？你还是我的妻子吗？你还是东儿的娘吗？东儿已经没有父亲，你还要让他没有母亲吗？你怎么这样忍心，这样狠心呢？你怎么不肯帮助我呢？我那个有担当、有智慧、有毅力的紫薇，哪里去了？"

"你骂我吧！你责备我吧！"她心碎地说，"那个有担当、有智慧、有毅力的紫薇，被你杀死了！当你死亡的那一刻，你就该知道，我绝对不会独活！我们共同生活了那么多年，难道你还不了解我？你居然骂我……"说着，眼泪夺眶而出，"我好不容易梦到你，梦里的你，还不肯温柔一点，你骂我……骂我……"

尔康依稀地感到，那股不能控制的大力量又来了，正在拉扯着他，要把他拉扯到另一个世界里去。他近乎崩溃地喊："我不骂你，我不骂你！我着急呀！紫薇，我没有时间了，我要走了，你肯不肯听我的呢？算我求你了！"紫薇知道他要消失了，大急，喊着：

"不要消失！不要像前面几次那样，说了一半话就不见了！我不要醒，我要梦到你！尔康……抱着我，不要消失……不要消失……抱着我……""紫薇……紫薇……紫薇……我抱着你，我抱着你！"尔康就张开双手，把她紧紧一抱。但是，他抱了一个空。那种感觉又来了，他的身子陡然从高空中，向下坠落。他忍不住放声狂喊："紫薇……紫薇……紫薇……"

"紫薇……紫薇……紫薇……"他的喊声持续着，他的身子，下坠、下坠、下坠……他掉回到他的皮囊里，这副皮囊，正躺在缅甸皇宫的绫罗绸缎中。慕沙扑到枕边去，凝视着他："紫薇，这个名字，你已经叫了几个月，还没叫够吗？来！该吃药了！兰花、桂花，过来帮忙！"兰花和桂花过来，扶起尔康的头。慕沙掐住他的嘴，把药水和药粉灌了进去。巫师和大夫围着他，检查着。"真奇怪！几次要死都没死，这个人实在命大！"大夫不解地说。"不是他命大,是八公主的诚心,感动了鬼神!"巫师感动地看天空。"你们的意思是说,他会活下去吗?"慕沙惊喜地问。

"不是!他迟早逃不过一死,八公主心里要有数!这个驸马,是我见过最离奇的病人,按道理,他早就应该死了!你看,他腿上的伤,一直没有愈合,已经溃烂了!如果毒走到全身,他还是活不成!"大夫说,察看着尔康的伤势。

慕沙一听,就急切地喊:"银朱粉!银朱粉!你再给他一些银朱粉!""银朱粉止痛很有效,救命还是差一点!"大夫说。"什么东西救命最有效呢?"

大夫用手指了指天。这时,尔康忽然从床上弹了起来,含混不清地喊着:"东……东儿!东……儿……为什么……不要……东、东……东儿……"慕沙压住了他的身子,她听不懂"东儿"两字,以为是"痛啊",紧张地大喊:"他痛!他喊痛……他痛!快!银朱粉!银朱粉!"兰花、桂花拿了银朱粉和水过来。大家压住他,又是一阵手忙脚乱地灌药灌水。折腾半天,他躺下了,神志昏迷,嘴里喃喃地说着:"我不……消失……我不……消失……不、不、不消失……"

当尔康还挣扎在生死边缘的时候,北京的学士府,已经为尔康举行了盛大的葬礼,把他葬进了福家祖坟里。

出殡那天,悲凄的送葬行列,绵延了好几里。尔康的灵柩,装饰得豪华而庄重。紫薇浑身缟素,在小燕子和晴儿的扶持下,脚步蹒跚地走向墓园。东儿披麻戴孝,一步一颠颠,扮演着孝子的角色。福伦、福晋一边走,一边哭。永琪带着文武百官、亲属，浩浩荡荡地跟在后面，人人都湿了眼眶。

在北京的"尔康"，就这样"入土为安"了。尔康的盔甲、尔康的紫薇花、尔康的宝剑、尔康的同心护身符……骗过了所有的人。对福家和宫中众人来说，留下的悲痛，是无边无际的，是时时刻刻的，是无了无休的。

一直等到尔康下葬了，永琪才有机会和晴儿谈到箫剑。这天，在御花园里，他和小燕子，陪着晴儿，走到花木扶疏处的绿荫深处，四顾无人，他才开口：

"晴儿！自从我回到北京，就忙着尔康的事，心里，被尔康的死填得满满的，忙到现在，才有工夫跟你好好谈谈！你知道吗？这次的清缅战争，箫剑也参加了！他一直跟我们在一起！"

晴儿点点头，眼睛闪亮地看着永琪："我知道他参加了，尔康的快马传书里，有他的信息……他怎么会参加呢？""我们刚到云南，他就现身了！原来他一路跟着我们，他对云南的气候、地理、人情都非常熟悉，成了我们的军师！这个经过，我慢慢再跟你谈。他留在云南大理，有话要我带给你。他说，时机成熟，他就会到北京来带走你，要你跟他一样坚定！我想，他一定在订一个万全的计划！"

晴儿一则以喜，一则以悲："可是，老佛爷最近一直跟我说，要把我指婚给八阿哥！我几乎天天在求她，我都不知道我能支撑多久？再说，我以前发过重誓，我也很怕违背誓言，会让箫剑不幸！"小燕子忍不住插嘴说：

"晴儿！你别考虑那些重誓了，我早就告诉过你，危急的时候，人人都会发誓，从来没有人应过誓！关于老佛爷的指婚，只要你咬紧牙关，就是不答应，老佛爷也没办法强迫你进洞房！"

晴儿深思着，长长一叹，说：

"我目睹了尔康和紫薇的故事，心里也有很多的启示。人生，大概没有比'天人永隔'更悲惨的事了！看到紫薇的痛彻心扉，看到福家全家的伤心，我这才体会到无法相聚的绝望。我觉得，我们活着的人，如果还不能珍惜我们的感情，还不能坚持奋斗，为团聚而努力，那就太可惜了！"说着，她坚定地一点头，下了决心，"是！我会等他！不管五年十年二十年三十年……我反正等他！"

小燕子感动地点头，伸手握住她的手，亲切地喊着：

"我的好嫂子！我哥没有白白爱你，没有白白为你受这么多苦！"想想，又一叹，"可怜的紫薇，我们要怎样才能帮助她呢？"

"唉！"永琪跟着一叹，"失去尔康的痛，大概我这一生都好不了，连我都这样，紫薇的痛，更加可想而知。人生，怎么会有这样凄惨而无助的事情呢？我好想回到从前，就是回不去！"

小燕子又忍不住泪汪汪，晴儿眼眶也跟着湿了。

　　几天后，在乾清宫的大殿里，乾隆论功行赏，册封了永琪和尔康。那天，永琪、福伦和文武百官都列队于大殿中。乾隆正襟危坐，郑重地说："今天，朕在各位贤卿面前，正式宣布，册封五阿哥永琪为荣亲王！"

　　永琪出列，对乾隆行礼："谢皇阿玛恩典！永琪愧不敢当！""清缅之战，打得轰轰烈烈，还说什么愧不敢当呢？从此，你就是荣亲王了！爵位世袭，传给长子！两位夫人，不分大小，都是荣王妃！"文武百官齐声祝贺："皇上英明！恭喜荣亲王！荣亲王千岁千岁千千岁！"乾隆再说："朕再追封额驸福尔康为固山贝子！爵位也世袭给长子！紫薇封为固伦格格！"

　　福伦出列谢恩，含泪说："臣福伦代尔康谢皇上恩典！愿尔康来生，再效忠于皇上！"文武百官又齐声祝贺："皇上英明！额驸实至名归，身后哀荣！恭喜福学士！"永琪和福伦，在一大堆的祝福声中，在封爵的荣耀中，却各有各的哀痛。

同一时间，太后兴冲冲地来到景阳宫。小燕子去了学士府，知画带着宫女嬷嬷迎进大厅，赶快行礼："老佛爷吉祥！""知画，得到好消息了吗？"太后笑吟吟地问。"还没闹清楚是怎么回事呢。"已经得到消息的知画，有些害羞地说。"怎么回事？你当荣王妃了！"太后笑着看她，明白地说："皇帝的儿子不少，这五阿哥是唯一封王的，皇帝心里的打算，再明白不过了！太子这个位子，已经非他莫属了！你现在是荣王妃，将来是什么地位，你心里该有数！""那……还是小燕子姐姐在前面嘛！"知画羞答答地低下头，"我是不是荣王妃，根本不要紧，荣王妃应该是姐姐才对！"太后给了众人一个眼色：

"你们退下去！"

"喳！"宫女嬷嬷全部退下。

太后就拉着知画的手，亲热地说：

"皇帝跟我也商量了一下，暂时，为了永琪的感觉，让你和小燕子不分大小，等到你肚子里的孩子出世，如果是个儿子，马上就加封你做嫡妃！你别急，这个王位是世袭的，传给长子，只要你的肚子争气，生个小王爷，你这一生，就是享不尽的荣华富贵了！"说着，就悄声问，"听桂嬷嬷说，五阿哥回来之后，还没进过你的房间，有这回事吗？"

知画眼眶一红，低头轻声说："他和姐姐，有好多话要谈，额驸这一走，永琪整天都失魂落魄，您知道的，他是最有义气的人……这样也好，我现在动一动都累，孩子都快出世了，实在不方便伺候永琪！"

"你不要处处退让呀!"太后盯着她,沉思了一下再说,"现在,永琪封王了,情况更加清楚。小燕子的身世,一直是我心上的大石头,她无论如何,也不能当太子妃!我总觉得,这件事要瞒皇帝一辈子,也不容易。万一皇帝知道了,是怎样一个局面,谁都不能预料。就怕到时候永琪一阵乱闹,把太子的位子也给闹掉!所以,永琪一直迷恋小燕子,我们就一直有顾虑,总得让永琪对小燕子死心才好!"

知画迎视着太后,眼里闪着慧黠的光芒,点了点头:

"老佛爷,您的意思我明白了!我会看着办的,希望不辜负您的期望!"

太后看看屋里,不见永琪回来,也不见小燕子的身影,问:

"永琪封了王,都没回来跟你说一声吗?"

"最近,下了朝都没回来,小邓子、小卓子带着便衣在朝房外等,一下朝就赶去学士府!小燕子姐姐和晴格格,不是也去了吗?""可不是!晴儿一早,就跟着小燕子走了!"太后想着尔康,也忍不住悲从中来,"唉!尔康封贝子,死后荫封,又有什么意义呢?可怜的紫薇,实在太惨了!"

当乾隆宣布永琪封王、尔康封贝子的时候,小燕子和晴儿都在紫薇身边,千方百计想安慰她,谁都没情绪去关心加官封爵的事。紫薇最初的激动期已经过了,剩下的,是深不见底的沉痛。这份沉痛,几乎压垮周围所有的人。她坐在床上,手里捧着尔康的盔甲,抚摸着领子上的紫薇花和每一个破口。小燕子和晴儿,一边一个坐在她身边,倾听着她,陪伴着她。

"我以为，盔甲可以挡掉弓箭和武器的伤害，但是，怎么这儿也有洞，那儿也有洞？这每一个洞，都在尔康身上留下伤口了吗？那他死的时候，岂不是好惨吗？"紫薇幽幽地说，抚摸着盔甲领口内侧那朵紫薇花，"这朵紫薇花，是我绣的，里面还藏着观音庙里求来的平安符！观音庙……我以后再也不相信神佛……不是说，'人在做，天在看'，好人应该得到上苍的照顾吗？像尔康这样的人，上苍为什么让他短命呢？这太不公平……"

晴儿试图把那件盔甲拿开，劝解地说："不要再抱着这件盔甲看来看去了，把它收起来吧！看到了它，你只会更加难过！我帮你收起来……"

"不要！"紫薇抢过盔甲，拥在怀中，"我还可以感觉到尔康的温度……"她抬眼看着两人，痛苦地说："自从尔康下葬以后，我都没有再梦到他！我每天晚上，在房间里烧好香，对着天空祈祷，希望他能出现在我的梦里，但是，他不来了！他不再出现了！"她说着说着，又猝然大痛，抓着小燕子的手嚷："小燕子！他真的走了，他不肯再出现了，我宁可他一直出现在我的梦里，我宁可一直睡着，不要醒来！"

小燕子拍着她的手，赶紧说："你一定还会梦到他的，可是，做梦就是做梦，你不要把做梦和真实混在一起！""是呀！"晴儿接口，"你要尽量振作起来，不能一直到梦里去找安慰！紫薇，我去把东儿带来，他好可怜，天天都在找你！或者，把他抱在怀里，比抱着这件冰冷的盔甲，更能温暖你的心！试试看，好不好？"晴儿又想拿走那件盔甲。紫薇拼命一夺，把盔甲抢回，抱在怀里，激动地喊："不要不要不要！我最恨的一件事，就是你们拼命要把东儿塞给我，要他取代尔康的位置！我不要不要，如果有了东儿，就可以失去尔康，我永远不要见东儿……""好好好！不带东儿来，没有东儿，我们也不抢你的盔甲，你冷静一点……"小燕子心碎地喊，"紫薇，好紫薇，亲亲紫薇，你那么体贴大家，就帮帮我们大家的忙，我们怎样才能治好你心里的伤口？怎样才能让你舒服一点？"紫薇平静下来，咽了口气，虚弱地说："你们都出去吧，我累了，我想睡一睡。"她说着，就躺上床。晴儿和小燕子，赶紧拉开被子，帮她盖好。"那……我们就不吵你了！我们就在外面，你喊一声，我们就进来！"晴儿说。紫薇点点头，不胜寒瑟地抱着盔甲，拥被而眠。小燕子和晴儿，交换了无奈的一瞥，两人轻手轻脚出门去。

　　一个时辰以后，小邓子、小卓子驾着马车，踢踢踏踏进了学士府的院子。家丁们迎了过来，打开车门，永琪跳下车，再扶福伦下车。小邓子忍不住对家丁报喜："额驸封贝子了！赶快去向福晋和紫薇格格报喜呀！""紫薇格格也封了固伦格格！东儿少爷是小贝子了！"

　　众家丁赶紧向福伦道喜："恭喜老爷！贺喜老爷！"小邓子又忍不住嚷："还有五阿哥，封了荣亲王！还珠格格也是荣王妃了！"

　　众人大呼小叫起来："恭喜五阿哥！恭喜恭喜呀！赶快去告诉两位格格……"正在这时，小燕子从房子里，狂奔出来，看到永琪和福伦，就急切地大叫："永琪！不好了！紫薇不见了！"

　　永琪和福伦大惊失色。"什么叫紫薇不见了？什么时候不见的？"永琪问。"她说要休息，我和晴儿就陪着东儿玩，玩了一会儿，去她的房间，就没人了！"她看着家丁们急问："你们有没有看到紫薇格格出去？""没有呀！""怎么可能不见？"福伦大急，紫薇自从得到尔康的死讯，就神志不清，完全崩溃了，如果失踪，一定会出事！"赶快找！一定在哪个房间！花园里有没有？大家赶快找！"家丁们答应着，哄然四散，飞奔着去找寻紫薇。晴儿和福晋从屋里奔出来，两人都气急败坏。晴儿嚷着：

"我们把每个房间都找过了，紫薇真的不见了！""紫薇是最体贴的孩子，怎么会这样？她连一张纸条都没有留！"福晋哭了。永琪想到什么，疾呼："马厩！你们有没有去马厩检查一下？如果她骑了马，从后面出去，这边根本看不到！赶快去马厩，问问那儿的人，有没有看到紫薇？看看紫薇常骑的那匹马在不在？""她会骑马出去？你知道紫薇去了哪里吗？她可能去哪儿？"晴儿急问。"幽幽谷！"永琪和小燕子异口同声地喊了出来。

确实，紫薇一人一骑，快速地冲进了幽幽谷。她翻身落马，茫然四看。只见岩石嵯峨，山林寂静，流水淙淙，风声如诉。她伫立片刻，就选择了一块巨大的山崖，开始攀登。攀上了崖顶，她临风而立，一身白衣，衣袂飘飘。她四面环视，扬声大喊："尔康……你在哪里？"

紫薇的呼唤声，带着灵魂深处的热盼，穿山越岭，透云透天而去。这种呼唤，超越了生死，超越了时空，超越了一切人为的力量，超越了大自然……一直传送到尔康的耳边。尔康躺在缅甸皇宫里，正在昏迷中，隐隐约约，他听到了紫薇的声音。他在枕上挣扎，他要去见紫薇，他的紫薇！但是，他四肢沉重，动也动不了，他拼命挣扎，嘴里喃喃地应着：

"我……在、在、在……我来、来、来……不了……""银朱粉！银朱粉！银朱粉！银朱粉……"慕沙惊喊着。缅甸宫女、大夫、巫师都奔上前来，压着他喂药。"不……不……不……不要……"他急促地挣扎，"让我去救紫薇，让我去……"

紫薇迎风伫立，听到自己的声音，在山谷中回响。回音之后，就是风声的呜咽，鸟声的哀鸣，水声的低诉。除此之外，四周寂寂，不见尔康。她悲切地喊：

"尔康！这是我们的幽幽谷，你为什么不出现呢？我已经好多日子，没有梦到你了！你在哪儿呢？如果我连梦里，都见不到你，我要怎么办？上次，我梦到我在幽幽谷见到了你，我猜，你的魂魄常常会回到这儿吧！我来了，你的魂魄为什么不出现呢？你是鬼也好，你是魂也好，你是神也好，我都要你！请你出来！请你和我在一起！"

她说完，再凄然四顾，但见山谷幽幽，渺无人影。她绝望了，心中悲凄已极。走到悬崖边缘，站住，放声大叫："尔康！山无陵，天地合，乃敢与君绝！我来了！你的魂魄找不到我，就让我的魂魄来找你吧！我们生也相从，死也相随！"紫薇说完，就毅然决然地向着山崖下，纵身一跃。在缅甸皇宫中的尔康，突然从床上弹起，睁眼大喊：

"紫薇……不要……不要……"喊完，他砰然一声，倒回床上，闭上眼睛。慕沙惊惧地扑了过去，急喊：

"不好！巫师，大夫，快来快来，他死了……这次好像真的死了……"在幽幽谷，紫薇正一身白衣，飘飘荡荡向山谷下面坠落。忽然间，山谷中飞来无数无数的蝴蝶。蝴蝶们聚集在一起，像是一朵彩色的云。这朵彩色的云，把紫薇下坠的身子给托住了。她轻飘飘地落在蝴蝶云层上，蝴蝶们托着她，往上飞，往上飞，往上飞……飞到岩石顶端，把她轻轻放下。

　　紫薇像是突然从梦中惊醒，发现自己躺在岩石顶端。她大惊，坐起身子，看向深谷。只见谷中，许多蝴蝶在飞舞着。她惊愕地、不相信地自言自语："怎么回事？我不是跳下去了吗？怎么有好多蝴蝶来救我？"她想了想，摇摇头，"不是，是我做了一个梦，我梦到自己跳下去，梦到蝴蝶来救我！"她站起身子，走到悬崖边上，凝神祈祷："天上的神仙，不要救我，让我结束这种悲痛吧！"她看着悬崖下面。"这次，我要真的跳下去！"她抬头看天，大喊，"尔康！我来了！"紫薇正想纵身一跃，忽然看到尔康飞奔而来。

　　"紫薇，等一等！"紫薇猛地收住脚步，看着尔康。他来得好快，转眼间已到她身边。他双手握住她的肩膀，两眼冒火地盯着她，把她一阵疯狂地摇撼，喊着："紫薇！你是怎么一回事？我们这样深刻的感情，就调教出一个会放弃生命的紫薇吗？如果你知道，我如何挣扎在生死边缘，还苦苦地求生，苦苦地维持着一丝气息，希望还能和你团聚！你这样求死，让我太失望了！你说你恨我，我才恨你！恨这个不会珍惜生命的你！恨这个不肯面对现实的你！恨这个推开东儿的你！恨这个不管额娘阿玛的你！恨这个心里只有我的你……"

　　尔康的一番大叫，紫薇又惊又痛，睁大眼睛，瞪视着他，她神志不清、牙齿打战，声音颤抖着："你、你、你不能恨我！"

"我能！我就是恨你！"尔康有力地喊，"恨这个没出息的你，恨这个比我更不负责的你！恨这个不慈不孝的你！恨这个跳下悬崖的你！恨这个听不到我的呼唤、感觉不到我的痛苦的你！我恨你恨你恨你恨你……"紫薇被打倒了，踉跄后退："你不能恨我，你不能因为我这么爱你而恨我！如果你恨我，我上天下地，都没有容身之地了！""你不要我恨你，就照我希望的去做！你的逃避，对不起东儿，对不起我！你活着，一切才有希望，或者，我没有死，或者我们还能相聚呢？"

紫薇大震："你说什么？或者什么？你没有死……是吗是吗？我们还能相聚吗？""万一不能，我也和你同在！"

尔康说完，身子向后退去，逐渐隐没。紫薇大急，痛喊：

"尔康！不要走……不要走！你把话说清楚……尔康……尔康……不要走……"这时，山谷中，几匹快马疾驰而来。小燕子、永琪、福伦奔进山谷，小燕子喊着：

"紫薇！紫薇……你在哪里？"紫薇还危危险险地站在山崖上，仍在茫然四顾，凄厉地喊着："尔康……尔康……回来！回来……"她四处找寻，脚步越来越移近悬崖边缘。

永琪听到声音，抬头一看，魂飞魄散："她在那儿！老天，她要跳崖！赶快阻止她……"福伦惊喊。"紫薇！你不要傻，千万不要做傻事！我们来了！"永琪大叫，施展轻功，三步并作两步，飞奔向岩石，再手脚并用，攀上巨石。小燕子跟着爬了上来，只见紫薇站在悬崖边缘，对着虚空喊着："尔康……你在哪里？你为什么不把话讲完呢？我不明白啊！你回来回来……"

紫薇早已进入一种"失魂"的状态，她的心神，全在尔康身上。她眼里，看不到小燕子，也看不到永琪。她说着，抬脚就往悬崖走去，一跨步，一只脚已经踩空，身子就往悬崖下掉落。永琪飞蹿过来，在千钧一发中，一手拉住了紫薇的胳臂，一手攀住了崖上的巨石，两人惊险万状地挂在悬崖边上。小燕子扑了过来，赶紧拉住永琪的手，拼命往上拉。福伦赶了过来，再拉住小燕子，几个人连拖带拉，好不容易，才拉上了山崖，滚倒在地。一时之间，大家都心惊胆战，趴在地上直喘气。小燕子扑在紫薇身上，睁大眼睛看着她，惊魂未定，痛定思痛地喊：

"紫薇，紫薇，你要让我们大家都活不成吗？如果你掉下去了，这个悲剧要扩大到什么时候？你醒醒呀！这儿没有尔康呀！尔康已经离开我们了，你一定要认清这个事实，他走了！他再也不会回来了！"

永琪站起身来，把小燕子和紫薇都扶了起来。紫薇怔怔地说："可是，我看到他，我刚刚还看到他！他跟我说了好多话，他说，他没有死……"永琪悲痛已极，忍无可忍，抓住紫薇的双臂，一阵摇撼，激动地说：

"紫薇，他死了！他确实死了！当初，我也拒绝相信，我也坚持他没有死！但是，我亲自从他领子里，拉出你做的同心护身符！他身上的盔甲，染满了鲜血，领子里，是你绣的紫薇花！他死了……紫薇，你听到他的声音，看到他的出现，只是因为你思念太深产生的幻觉！你必须醒来，不能再被这些幻觉欺骗了！"

"幻觉？"紫薇不相信，"那……只是我的幻觉吗？他说，他恨这样的我！他责备我，一件一件，说得好清楚！他恨我……恨我这么爱他，恨我不顾东儿……""尔康恨你？"永琪震动地喊，"他不可能恨你，他永远都不可能恨你！你听到的声音，那是……来自你自己心底的声音！是你的良知在呼唤你！如果你认为那是他的声音，也可以，你就照他的吩咐去做！让他的在天之灵，得到安慰，得到休息！你这样痛不欲生，如果尔康死而有知，他的魂魄怎能安息呢？不只他，活着的我们，又怎么安心呢？你这种样子，好像是对我的责备、对我的控诉，因为我一直被尔康保护着，我却没有好好保护他！紫薇，你让他死不瞑目，你也让我活得痛苦！醒来吧，振作吧，为了我们大家！"

永琪一番话，喊得悲切而沉痛，紫薇有些醒悟了，惊怔地看着他。小燕子泪汪汪，福伦也老泪纵横了，哽咽着喊："五阿哥说得是！紫薇你想跳崖吗？你忍心跳下去吗？如果你跳了，我们做爹娘的，也不会原谅你！你停止折磨自己，也停止折磨大家吧！"

福伦再这样一说，紫薇真的醒了，思前想后，尔康的话，言犹在耳，不管是梦是幻是真，尔康不要她这样悲痛下去，她不能让尔康恨她！让他的魂魄不安！她痛定思痛，双膝一软，就跪倒在福伦面前。

"阿玛！紫薇不孝，害得你们在失去尔康的同时，还要为我担心！我懂了，我醒了……"她的眼泪拼命地落下，"请您原谅我的任性吧！"说着，磕下头去。福伦更是泪落如雨，伸手去拉起她：

"起来！起来……跟我回家去吧！你额娘还在到处找你呢！"紫薇落泪点头。小燕子和永琪，就一边一个，搀起紫薇。

在山崖的远处，尔康并没有走，他凄凄凉凉地站在那儿，含泪看着这一幕。他恍恍惚惚地明白，他应该放下心来，离开紫薇，或者可以早日超生。但是，他依然心有不安，身不由己地跟着紫薇，飘下了山崖，飘向了学士府。

回到学士府，大家搀扶着紫薇走进大厅。福晋和晴儿迎了出来，看到紫薇，福晋眼泪就一直掉，哭着喊："阿弥陀佛！你可回家了，我急得魂都没有了！紫薇，再也不要离开我们，要痛要哭，都让我们在一起！"紫薇心中剧痛，把福晋一抱，痛喊出声："额娘！对不起，对不起！我总是让你们操心，又让你们伤心！我太对不起阿玛和额娘了！我醒了……给我一点时间，我会振作起来，我答应你！"福晋一听，泪不可止，晴儿也在一边拭泪。"只要你肯振作起来，我就谢天谢地了！尔康的悲剧，已经不可挽回，我们之间，不要再发生悲剧吧！"福晋哀恳地说。

"是！我知道了！"紫薇顺从地回答。尔康站在一隅，看着这一幕，眼角湿湿的，难道，魂魄也有泪？这时，东儿奔进房，奶娘追在后面喊：

"东儿！东儿！不要去吵你额娘，赶快去花园玩！"东儿跑得急，被门槛一绊，"砰"的一声就摔了一跤，顿时放声大哭。晴儿就近，赶紧拉起东儿，急忙说："不哭不哭！东儿乖，我带东儿去玩，别在这儿吵额娘！"晴儿看到紫薇刚刚好了些，生怕东儿再刺激到她，就拉着东儿，逃也似的往门外跑。东儿摔得很痛，看到紫薇，更加委屈，对紫薇伸长了手，哭着喊："额娘……额娘……东儿痛痛，额娘……呼呼……"边哭边扭着身子，挣扎着不肯走。"额娘刚刚好一点，你别再去刺激她……晴姨帮你呼呼！"晴儿喊着。

东儿哪里肯听，哭喊着奔向紫薇，嘴里不断地喊："额娘……额娘……额娘亲亲……额娘呼呼……痛痛啊！"紫薇怔怔地看着东儿，身子往后一退。尔康看着紫薇这一退，心碎了，忍不住急切地喊了出来："紫薇，紫薇，你要让东儿哭死吗？他口口声声在叫娘呀！你为什么不爱他了呢？是我负了你，不是他呀！他有什么错？他才三岁，他需要你呀！你怎么可以拒绝他呢？"没有人听到尔康的呼喊，也没有人看到他。晴儿拉着东儿，奶娘也来帮忙，东儿一气，坐在地上大哭。奶娘抱起他，就要往门外跑。小燕子再也忍不住，大喊了一声：

"奶娘！把东儿抱回来！"奶娘站住了，抱着东儿，不知如何是好。小燕子冲到紫薇面前，嚷着：

"你恨的不是东儿，怪的不是东儿！这一切，都不是东儿的错！是永琪的错！我帮你打永琪……"就奔到永琪面前，双手握拳，在他胸口，一阵乱捶乱打，"你和尔康一起打仗，你看着他中箭，你为什么不挡在前面？都是你错，都是你错，都是你错……"

永琪挺立在那儿，任由小燕子又捶又打，哀痛地说：

"对！都是我的错！我也自责了几百次、几千次！事实上，那天是我坚持要打那一仗，大家都看出是一个陷阱，我就是要打！如果我肯忍耐，肯听箫剑的话，尔康就不会牺牲了！都是我的错！"

尔康在一边，看得心惊胆战，眼睛湿漉漉的，着急地说：

"不是的！永琪，不是你一个人决定的，我也坚持要打，你忘了吗？"没有人听得到尔康。晴儿赶快奔过来，拉住小燕子喊：

"小燕子！你也昏头了吗？不要这样……""我受不了，紫薇这个样子，我也快要疯了……"小燕子哭着喊。东儿看着这一切，似乎了解是自己闯了祸，忽然用袖子擦擦眼泪，弯下小身子，一边揉着膝盖，一边自言自语地说：

"东儿乖乖，不吵额娘，东儿自己呼呼……"说着，就对着膝盖吹气，"呼呼……呼呼……"福晋用手掩住嘴，阻止自己哭出声来，众人个个泪汪汪。紫薇看着看着，此时，再也受不了，大喊了一声：

"东儿！"她扑到东儿面前，蹲下身子，把东儿紧紧地抱住，哭着喊，"东儿！额娘爱你，额娘要你，这些日子，额娘对不起你……不是你的错，不是任何人的错，是额娘的错！我怎么会害怕面对你呢？怎么会害怕你挤走尔康的位置呢？怎么会把和尔康相处的时间太短暂，而怪在你身上呢？尔康在我心里，是谁也挤不走的！东儿啊！额娘帮你呼呼……额娘也痛，比你还痛，东儿，你也帮额娘呼呼吧！"

紫薇说完，就抱着东儿痛哭。

东儿紧搂着紫薇的脖子，乍然得到额娘的疼惜，他刚刚擦干的眼泪就又成串地滚落。他一面哭，一面伸出小手，去擦拭紫薇的泪，帮她呼呼这儿，又呼呼那儿，嘴里叽里咕噜地说着：

"东儿哭哭，额娘哭哭，东儿不哭哭，额娘也不哭哭……"一屋子的人，个个拭泪了。尔康看得热泪盈眶。

"这才是我的紫薇……好好地哭吧，哭完了，就振作起来吧！"

尔康才这样一想，整个身子，又像坠进深谷中一样，向下掉落，掉落，掉落……

尔康掉落到一个地方。他忽然睁开了眼睛，茫然四顾，惊愕困惑，他动了动手脚，觉得浑身无力。"东儿……紫薇……哎哟……我在哪儿？他们呢？东儿呢？紫薇呢？额娘呢？"慕沙冲到床边来，又一迭连声喊着："银朱粉！银朱粉！银朱粉！银朱粉……"兰花、桂花奔来，递上药粉和水。宫女们压着尔康，桂花就去捏尔康的嘴。慕沙一手拿着杯子，一手拿着药粉，对尔康嚷着："赶快张开嘴，吃了这个药粉，就不痛了！"

尔康挣开了桂花，愕然地瞪视着慕沙，虚弱地、迷惑地问："你是谁？这是哪里？我怎么不在家里？"说着，就困惑地四面找寻，"东儿……紫薇……"

慕沙大惊，睁大了眼睛惊喊："你醒了吗？你看到我了吗？"尔康抬起眼睛，努力集中心智，去看慕沙。他虚弱地、迷惑地说："是……我看到了你……但是，我不知道这是哪里？你是谁？"

慕沙喜出望外，惊跳起来，手里的杯子一放，大喊："大夫！巫师！你们都过来看看，他是不是活了？是不是有救了？"大夫和巫师，早就围了过来，低头看着尔康，都是一脸的惊异和不相信。"驸马，你真的清醒了？你四面看看，看到了什么？"大夫低头问尔康。

尔康四面看，越看越惊。只见自己躺在一间金碧辉煌的房间里，房里居然有座喷水池，层层的帘幔，全是金色的。眼前，慕沙穿着华丽的异国服装，带着几个缅甸宫女，环绕在床前，个个服装艳丽，相貌美丽，恍如仙子下凡尘。

"我看到一间陌生的房间，充满了异国的情调……"尔康惊愕地说着，这是第一次，他真的清醒了。从那个"魂魄"的境界里，走回了"人间"。他震动地看慕沙，见她巧笑倩兮，一身红色与金色的打扮，美丽绝伦，就更加震惊了。他依稀记得，他是个游魂，正飘荡在幽幽谷和学士府之间。怎么忽然到了这个地方？他迷糊地问："难道我已经进入仙境了？你是仙女吗？"

慕沙听他说得清楚，悲喜交集，笑着大叫："是！我是仙女，是救你一命的仙女！"又笑着摇头说，"我当然不是仙女啦，这儿也不是仙境，只是人间！""人间？我不认识这样的地方……"尔康惊疑地皱皱眉，"头好痛！""慢慢来，不要急！"慕沙急忙说，"你要重新认识我……"说着，乐不可支。"哈！费了三个月，又是大夫又是巫师，神神鬼鬼全体出动，总算把你这条命，抢救回来啦！"尔康听得糊里糊涂，只见大夫和巫医，彼此握手，欢喜莫名。巫师向慕沙说："恭喜八公主，这个驸马，可以活下去了！"兰花、桂花和几个宫女，就抱在一起又跳又叫，喊着："哇！总算没有白费工夫！驸马活了，八公主笑了！"

尔康惊愕着，想要从床上坐起来，刚刚撑起身子，一阵天旋地转，又倒了回去。"我怎么一点力气都没有？我怎么浑身都痛？我怎么像晕船一样……""赶快躺好，不要动！"大夫疾呼，"驸马想下床，还要一段时间！让我赶快调药，好好地补一补身子，腿上的伤口，还要敷药，希望不会留下残疾才好！"尔康被动地躺在那儿，浑身无力，也动不了。慕沙看着他，喜悦地笑着说：

"你活了，太好了！这是你的重生！你有一个全新的生命，没有过去，没有大清，从今天开始，是你出生的第一天！"

"什么重生？什么出生的第一天？"尔康昏乱地、着急地问，

"难道我投胎转世了？不要不要！你们赶快把我送回去，紫薇需要我，东儿需要我，家里每一个人都需要我……我宁愿做一个鬼魂，一个可以和他们在一起的鬼魂……让我继续飘飘荡荡吧！"他惊惧地动了动手脚，"我怎么飘不起来？我怎么回不去？"

"你要回到哪儿去？"慕沙笑着喊，"这里就是你的家了！什么东儿、紫薇，现在，他们都不存在了！""不存在？他们怎么可以不存在？我要起来……"尔康支撑着身子，才撑起一点，浑身都痛，又倒了回去。慕沙赶紧压着他。"大夫要你不要动，你为什么一直乱动呢？"她着急地喊。尔康迷惑地看着慕沙，觉得十分疲倦，精神涣散，眼睛慢慢地闭上了，嘴里兀自低喃地说着："我去找紫薇的梦，只有在她的梦里，她才能感觉到我……"

尔康昏睡过去了，慕沙又疾呼："大夫！大夫！他又不动了，眼睛也闭上了！""他太虚弱了，睡着了！"大夫微笑着，"八公主，请放心，他是个奇迹，几次要死不死，现在，人清醒过来，大概就不会死了！"

慕沙放心了，怜惜地看着尔康，那个在战场上威风凛凛、捉住她又放掉她的驸马！那个让人震撼慑服的勇士！那个大敌当前，仍然能笑骂由之的英雄！他活了，他以后的生命，将属于她了！她笑了，充满了成就感，充满了感恩，她战胜了死神！她也会虏获这个勇士的心！

第四十六章

　　小燕子和永琪回到景阳宫，又是深夜了。明月、彩霞急忙迎上前来。

　　"五阿哥，格格，你们可回来了！皇上送了好多赏赐过来，说是赏给荣亲王和两位福晋的！"明月报告着。"这以后，是不是要改称呼了呢？"彩霞问。"什么称呼都别改，还是喊五阿哥和格格就好！"永琪疲倦地说，对那个"荣亲王"一点兴趣都没有。

　　正说着，知画带着珍儿、翠儿和桂嬷嬷，迎了出来。知画一脸的笑，说：

　　"永琪！恭喜恭喜！从今以后，是荣亲王了！这是了不得的殊荣，皇阿玛还赏赐了宝剑、笔砚和珊瑚珠宝，要不要赶快过来看？我都放到你书房里去了……还有赏赐给我的东西，在我房里呢！好多好多，你要不要进来看看，明天早上好去谢恩！"

　　知画兴冲冲，永琪和小燕子几乎进入不了状况。永琪毫无情绪地说：

"我不看了！反正就是那些珍奇异玩，我早就看够了！"他叹了口气，"我们刚刚从学士府回来，那儿的愁云惨雾，还罩在我的头顶上，请谅解我，没有什么情绪去迎接'荣亲王'这个喜讯，就好像福家，也没有情绪迎接'贝子'的喜讯一样！和'死亡'这件事比起来，封王不封王，真是微不足道！"

知画一呆，犹如一盆冷水当头淋下，忍不住说："你和额驸情深义重是件好事，但是，皇阿玛的恩典，也不能轻视和疏忽！死掉的人已经死掉了，活着的人，还要活下去呢！"小燕子一听，心里就有气，"哼"了一声说：

"是啊！如果尔康不死，说不定你这个'荣王妃'也捞不到！记住，这'荣亲王'和'荣王妃'的地位，是尔康和那些战死沙场的弟兄，用鲜血换来的！你戴着皇阿玛赏赐的宝石，听着大家喊'福晋'的时候，想一想尔康他们，付出的是什么！死掉的人，换来活人的恩宠，这个'殊荣'，代价也太大了！"

小燕子这番话一出口，知画脸色大变。但是，永琪却用一种崭新的、敬佩的眼光，看着小燕子。再也想不到，那个在江湖卖艺长大的小燕子，能说出这样的道理！"小燕子……你深得我心！"他心有戚戚焉，脱口赞美着，"你能说出这番话，让我太感动，也太震动了！你不只长大了、成熟了，你的深度和境界，更让我感到骄傲！"小燕子迎视着永琪的眼光，因他的赞美而深深感动着。

知画看看两人，看到他们一唱一和，彼此欣赏，不禁醋意大发。她深吸了一口气，努力压制住自己恼怒的情绪，嫣然一笑，走上前去，挽住了永琪：

"好了好了，你和姐姐两个，反正是如胶似漆，怎么看怎么好，怎么听怎么顺耳。可是，永琪……你是不是也欠我一些东西呢？今天，老佛爷来了，跟我谈了好多的事……总之，我又挨骂了！我想想，还真有点委屈，当初，如果我什么都不管，现在，送命的恐怕也不只尔康了！我这个'荣王妃'固然建立在很多人的鲜血上，你们的幸福，也建立在别人的痛苦和牺牲里！鲜血是一时的，死了也就结束了！折磨却是永远的！有些人，杀人不见血，才是最可怕的！所以，当你两个亲亲热热的时候，别忘了，你们的笑里，有别人的眼泪；你们的甜蜜里，有别人的辛酸！如果你们还能高枕无忧，你们才是'旷世奇才'！"

知画这一番话，说得永琪脸色骤变，她一句一句，句句锐利，字字有力，像利刃一样刺进他的心。他瞪着知画，冷汗涔涔了。

小燕子张口结舌，再也无话可答。

知画就看着永琪，柔声问：

"我们是在这儿继续谈，还是去我房里谈？"永琪看到房里丫头嬷嬷众多，生怕知画再说出什么秘密，只得匆匆地看了小燕子一眼，拉着知画说："我们去房里谈！"

永琪和知画进房了。桂嬷嬷就急忙拍了拍手，扬着声音喊："珍儿，翠儿！发什么呆？赶快去准备一些消夜的点心！豌豆黄，核桃酥，蟹肉云吞和小米粥……快去！""是！马上去！"珍儿、翠儿欢声地回答，忙忙碌碌地奔去准备点心。

小燕子一叹，心想，我们大家是怎么了？学士府有学士府的悲哀，景阳宫有景阳宫的悲哀，至于晴儿和箫剑，又是另一种悲哀。是从什么时候开始，老天收回了给他们的快乐和幸福？难道快乐和幸福也有用完的时候吗？为什么以前的欢笑都消失了？怎么会这样呢？她乏力地走回卧房，知道永琪今晚，大概会留在知画房里了，她没有吃醋，只有悲哀。她知道，她的永琪，不管身在何方，心都在她身上。只是，他们六个，怎么会变成这样？

永琪进了知画的房间，知画立刻把房门一关，走到他面前，定定地看着他。"知画……"永琪勉强地开口。知画伸手，压在他的嘴唇上，急促地说："不管你要说什么，你先听我说，我说完了，你再说！"永琪就被动地看着她。她那对清亮的眸子，带着一股说不出来的幽怨，一眨也不眨地盯着他。她的声音，婉转温柔，更带着几分说不出来的哀恳：

"我了解你和小燕子这一路走来的感情，我也了解你失去尔康的悲痛，我很想分担你的悲哀，很想像小燕子一样，能够和你一起面对这份痛苦，但是，你一直把你的门，紧紧地关着，不让我走进去！"

"不是不让你走进去，是说来话长，有些经历，除非亲身体验，是说不清楚的！"永琪无力地说，此时此刻，还得面对知画，他真有"无处可逃"的感觉。"不用解释！千言万语一句话，你对小燕子有情，对我无情！当你无情的时候，我说什么、做什么都没用，因为你心里没有我！"

"我们能不能不要谈这个问题？"永琪疲倦地叹口气，"我心里，充满了战场、缅甸人、象兵部队和尔康的死，真的没有心情来谈我的感情问题！你了解也好，你不了解也好，我就是这样！

我希望你以后，在丫头们面前，不要再提当初成婚的苦衷！那件事，是各方面造成的，除了抱歉，我也不知道，现在还能怎么办？"

知画听了，背脊一挺，眼神蓦然间变得锐利起来。她收起了那份婉转温柔，声音陡然提高，变得尖锐而有力：

"你说得好坦白！如果我们要用这种坦白的方式谈，我就坦白地告诉你！我的肚子里有你的骨肉，我是你的妻子……我不想在我这么年轻的时候，就变成一个静心苑里的皇后！我要我的丈夫，我还要第二个孩子，第三个孩子，第四个孩子……我们来日方长，你要帮我完成！"

永琪大吃一惊，凝视着她，这样的知画，简直是陌生的！他率直地说：

"这事……恐怕难了！"

"这事，一点也不难，当初你怎么让我怀孕的，你继续努力就好！以后，我和姐姐的房间，你半个月去姐姐房，剩下的半个月，就要来我的房间！如果你不能真心爱我，你就虚情假意好了！"

她的口气，几乎是命令的。他也一挺背脊，生气了：

"你怎能限制我的生活呢？这太荒谬了！"

"我只是要求我分内应该得到的东西而已，怎么能说荒谬呢？"她振振有词，"当然你可以拒绝，那么，就是我和你恩断义绝的时候，你利用我，再甩开我，这么无情的人，我也用不着珍惜和呵护！那么，我们大家走着瞧！"

"什么叫'走着瞧'？"他惊疑地问。

"我想……"她慢吞吞地回答，"你无论如何，也不想让我和小燕子，正式宣战吧！"

他盯着她，她也盯着他。他在她眼底，看到了她的坚决、她的厉害和她的志在必得。他忽然就觉得心里在冒凉气，没心眼儿的小燕子，她怎么会是知画的对手？知画迎视着他的目光，继续说：

"宫里的战争，你从小看多了！女人和女人的战争，比你那个云南战场，更要惨烈几百倍！你不怕，就让这个战争发生吧！别说小燕子一身秘密，她那个大而化之、沉不住气的个性，要让她闯祸，实在轻而易举！"

"你在威胁我！"永琪忍不住一退，惊喊出声，再想想，这不可能！"不……你不是那种女人，你是忠厚的、诚恳的、有深度的、有修养的女子！你不会那样做！"

"再有深度有修养的女子，都无法承受一个薄情的丈夫！"知画说，忽然收起了她的凌厉，嫣然一笑，声音又转为温柔，"瞧，你被我吓住了，是不是？其实，爱我也不是那么困难，你为什么不试一试呢？为什么不让我成为你的贤内助，成为姐姐的知己呢？是敌是友，都在你一念之间！"说着，就踮起脚尖，去吻他的唇。"何必把我逼到走投无路？我的错，只在不该喜欢你！"她一边说着，一边用手勾住了他的脖子，热烈地吻住他。

永琪怔在那儿，眼前闪过小燕子的脸，那是他唯一的真爱！他的身子僵硬，用力推开知画，喊着说：

"我宁可成为你的敌人，也不能成为你的囚犯！"

喊完，他就掉转身子，往门口冲去。知画飞快地拦住门，凄厉地说：

"不要走！听我说……"

"我不想听你说！"他大声说，"我不想听你对我宣战，不想听你威胁我……"

知画瞬间瓦解了，泪水冲进眼眶，凄然无助地喊：

"你不要说我是怎样怎样的人，想一想，你是怎样怎样的人？在我心里，你也是有深度、有思想、有情有义的人，你也是忠厚的、诚恳的、有修养的男子！但是，你对我的所作所为，把我心里那个你，完全消灭了！你一点都不同情我吗？你完全看不到我的期盼和悲哀吗？我今天晚上会对你说这些话，是逼急了，你没有一点感觉，没有一点可怜我吗？你回来一个多月了，每天和小燕子卿卿我我，你要我看在眼里，完全无动于衷吗？"

永琪呆住了，看到她无助的泪，看到她大腹便便，他深深体会到，她确实有无尽的悲哀，于是，愧疚的感觉，压过了对她的反感，排山倒海般涌来。他一咬牙，痛悔地喊：

"错，错，错！都是错！我们怎么会弄成这个局面？你是我生命里突然冒出来的'意外'，我被迫接受这个'意外'，却没办法去爱这个'意外'！自从有了你，我所增加的，不是快乐，而是痛苦；你的痛苦，我的痛苦，小燕子的痛苦！我不要让这痛苦再继续增加，如果你聪明一点，就让它停止在现在这个阶段上！"

知画抬眼，哀恳地看着他，泪眼盈盈，祈求地说：

"我不要'停止'！我的生命在继续，我怎么可以停止？我并不贪心，我要的，不过是一点点温情而已！你把整数都给了小燕子，给我一点零头都不行吗？我从来没有想到，我会这样低声下气，向我的丈夫乞求一丝温暖……你为什么那么吝啬呢？"她说着，就伸出手去，握住他的手。他震动了一下，不忍抽出手去。她深深地看着他，真挚地、伤痛地说："永琪，我没办法，你这么优秀，这么充满了男人气概，又这么文武双全……我没办法不喜欢你呀！只要我不喜欢你，我就不会痛苦，但是，我就是做不到呀！"永琪不怕知画的"凶"，却很怕她的"柔"。听到这样的句子，想到知画下嫁的种种委屈，他的犯罪感更重了。他的眼眶湿润起来，叹息着说："你有你的可怜……我们都是别人的棋子，被人摆弄着，身不由己。你是宫里的牺牲品，本身就是一个'悲剧'。"

"我是'悲剧'，我是'意外'，你却没有一点点恻隐之心，把这个'意外的悲剧'，变成'意外的喜剧'吗？"她更加低声下气，恳求地说，"今晚留下来，陪陪我！只要你肯陪我，我就不是'悲剧'。"她羞涩地看看自己那隆起的腹部，轻声说："我这个样子，也不能做什么，只是需要你在旁边，跟我说说话而已！"

永琪被动地站着，对这样的知画，充满了怜悯。知画就用手环抱住他的腰，紧紧地依偎进他的怀里。永琪忽然惊觉这样不行，一个震动，用力把她推开，大声喊："我不能优柔寡断，今天给了你希望，明天又会带给你失望！我不能欺骗你，欺骗我自己，欺骗小燕子！我走了……"永琪就大步走向门口，一把打开房门。知画大震，又惊又怒，就向房门直冲而来，嘴里凄厉地嚷着："不许走！"知画冲得太急，永琪又急于夺门而去，两人就在房门口重重一撞。知画大腹便便，一个站不稳，身子冲出去，"砰"的一声，撞在桌子角上，跌落在地。她发出一声惨叫，滚在地上，捧着肚子：

"哎哟……哎哟……哎哟……痛……痛死了……"

桂嬷嬷、珍儿、翠儿、明月、彩霞全部奔来。小燕子也跑了过来，惊愕地看着。

桂嬷嬷惊心动魄地喊：

"哎哟！这是怎么回事？五阿哥……福晋肚子里有孩子呀……不到一个月就要生了，万一有个闪失，怎么办？"桂嬷嬷、珍儿、翠儿、明月、彩霞全部扑上去，要扶知画。"福晋！福晋……赶快起来……"知画却无法起身，在地上滚着，痛喊着："哎哟……哎哟……永琪，你也太狠了……这是你的儿子呀……"永琪吓得脸色惨白，急忙喊："传太医！传太医！传太医……"小燕子睁大眼睛，看着满地打滚的知画，喃喃地说："不要相信她，她又来了……她是假装的……"

永琪惊看小燕子，害怕地说：

"假装的？不是，是我撞到了她的肚子……"

"她是假装的，以前，她就演过这一幕了！她是假装的！"小燕子固执地说，想到上次她抢信摔跤的事。"天地良心！"桂嬷嬷惊喊，"格格不要这样冤福晋呀……哎呀……"她凄厉地狂喊："血！血！福晋流血了！救命呀……"彩霞奔过去一看，只见知画那条月白色的裙子，已经被血染红，大叫："福晋真的在流血呀！赶快传太医呀……"知画伸长了手给永琪，凄然地喊："永琪……救我，救我……我要死了！"

永琪看到了血，就吓得魂飞魄散了。他的心狂跳，心里在呐喊着，永琪！你杀了她！那个冰雪聪明，充满诗情画意的女子！

那个会一面跳舞，一面画"梅兰竹菊"的女子！那个被命运拨弄，不幸嫁给了他的女子！那个不该喜欢他不该爱他的女子！他扑上去，脸色比纸还白，一把抱起了她，颤抖地、心慌意乱地、充满自责地喊：

"知画……对不起……知画……你撑着！太医马上就来了……"回头大喊，"有没有去请太医？快传太医呀……"众丫头早就一路喊着"传太医，传太医……"奔出去了。知画躺在永琪怀里，脸色越来越白，眼泪滚落。她看着他，声音震颤着：

"永琪，我要这个孩子，我爱他，我好不容易才有的，是你给我的恩赐，我求来的，以后再也不可能有了……我要他，我要他……"

永琪抱紧她，知道这几句话是她内心真正的呼号，他的心更加揪成一团，他有什么权利，把一个天真无邪的女子弄成这样？他发抖地、一迭连声地说："我知道，我知道，我知道太医马上就来了，会保住的！如果这个保不住，我答应你，我们还会有第二个、第三个……你不要怕……"永琪一边说，一边把知画抱上床，完全顾不得小燕子了。小燕子呆呆地站在那儿，一脸的惊愕、震动、悲切和茫然。

知画这一撞，实在不轻。杜太医和产婆全部赶到了景阳宫，太医把脉诊断后，就退到房外，产婆接手，永琪的孩子，要提前报到了。令妃得到消息，火速赶来。知画满脸的痛苦，在床上挣扎着，冷汗不断从额上滚落。雕花床的架子上，垂下一条红色的布条，打着如意结。她抓着如意结使劲，惨叫着：

"啊……痛……好痛……好痛……啊……我吃不消了……哎哟……啊……"桂嬷嬷带着几个嬷嬷，不停地为她拭汗，产婆们在床尾围绕。令妃跑出跑进，张罗着一切。

"热水！热水！多烧几桶热水提进来！"杜太医在门外伺候，把参片塞进令妃手里，急急说："娘娘，参片在这儿，只要福晋气接不上来，赶快给她含一片！"说着，对门外众人吩咐："快把药炉烧起来，我自己来熬药！"杜太医奔出去，差点撞在太后身上。晴儿和几个嬷嬷簇拥着太后，正要进房。杜太医赶快阻止："老佛爷，您在大厅里等着，有任何消息，微臣马上过来告诉您！这产房不干净，您千万别进来！"太后着急地嚷："不要迷信了，生孩子是最严肃的事，有什么不干净？怎么日子提前了这么多，我不放心呀！晴儿……你不要进来了，你还是姑娘家，到小燕子那儿去吧！""是！"晴儿赶紧退下。珍儿、翠儿、明月、彩霞和嬷嬷们，不断提热水进房，把弄脏的被单帕子拿出去。众人穿出穿进，忙忙碌碌，房内一片紧张景象。知画不断痛喊着："啊……啊，我要死了！啊……令妃娘娘……帮我，救我！我受不了了，啊……快停止这种痛……怎样才能停止呀……"

"知画！勇敢一点，不要怕！"令妃抚摸着她的头发，安慰地说，"老佛爷在这儿，她亲自来看你了！我生了三个孩子，个个都很辛苦，可是，个个都生出来了！现在，肚子里还有一个呢！"

太后急忙走到床头，怜惜地看着知画。

"知画，可怜的孩子，辛苦你了！"太后拿起帕子，亲自给她拭汗。知画看到太后，眼中立刻满溢着泪，她挣扎着在枕上磕头。"老佛爷，知画给您磕头……都是我不小心，撞到了桌子，才会提前生产，我好怕……"话没说完，一阵剧痛，她再度惨叫起来："啊……"

桂嬷嬷满头大汗，喊着："福晋，快了快了，就快生下来了，不要紧张，再用力一次，说不定就生下来了！""福晋！来，再用力一次！用力……"产婆也在床尾喊着。

知画拼命用力，脸孔由白而红，汗珠滚滚而下。"天啊……我生不出来，啊……好痛好痛好痛啊……"

永琪不能进产房，他在小燕子房里，像个困兽般走来走去。知画的惨叫声，不断地传了过来，每喊一声，他就惊跳一次。他的脸色苍白，胆战心惊，悔恨如死。早知道就在她房里过一夜，早知道就不要让她有小孩，早知道就根本不该娶她……早知道，早知道，早知道……千金难买的，就是"早知道"！

小燕子站在窗前，也是满脸紧张，一面注视着魂不守舍的永琪。晴儿也焦急地倾听着。知画的喊声又凄厉地响起："啊……啊……救我……救救我啊……"永琪扑在窗棂上，用拳头捶着窗子：

"怎么会变成这样？如果孩子不能平安生出来，我真是罪该万死！"小燕子走到他身边，试图安慰："杜太医说，差不了多少天，胎儿也够大了，虽然是提前了，顺产的机会还是很大，你不要着急，知画年轻，身体又好，应该不会有问题的！"

"什么没问题？"永琪急切地喊，"你听，她这样叫，已经叫了一个晚上，这种折磨，为什么不停止呢？我有什么权利，让一个女人这样痛苦？"他昏乱地看着晴儿，说："晴儿，你知道吗？是我把她撞倒，她摔了好大一跤，又撞在桌子角上，才提前生产的！我真是混账！"他握着拳头，猛敲着自己的脑袋。

晴儿四面看看，急忙把手指放在嘴上，"嘘"了一声说："永琪，这话我们关着门说就好，别让老佛爷知道！孩子提前生，也是常有的事，日子算错了也可能！反正别提什么摔跤的事了！""可是，是我撞的呀，她很痛呀，她叫了一个晚上……"永琪在房里兜着圈子。小燕子看他自责成这样，又试图安慰，说："生孩子本来就很痛苦，我以前在大杂院，眼看王妈妈生孩子，生了两天两夜才生出来。尤其第一胎，都很慢，你不要急嘛！紫薇生东儿，也生了整整三夜呢！"永琪一回头，对小燕子大声说："不要再跟我提你在大杂院的事情，现在不是大杂院，知画不是大杂院里的女人，这个孩子还没足月，是被我撞出来的……老天！"他又去捶桌子，"我做了什么事！知画说得对，我们很可怕，我们杀人不见血……"小燕子听他这样说，又急又委屈，挺直背脊，瞪着他说：

"你不要因为自己充满了犯罪感，就顺着知画的话去想，知画就是要你有犯罪感，就是要你不忍心，她是很厉害的角色，我就上过她的当！到底谁是'杀人不见血'，我们还不知道呢……"

小燕子话没说完，永琪抓住她的双肩，一阵乱摇，痛楚地喊：

"小燕子！你仁慈一点，知画为了救箫剑，委委屈屈地嫁了我；我为了爱你，一再冷落她，现在，还把她弄到这么凄惨的地步，而你一点同情心都没有。你变了！你变聪明了，也变狠心了，你和宫里那些钩心斗角的女人，没有两样……"

永琪这几句话，像是狠狠地一棒，敲在小燕子头上，她大受打击，瞪大眼睛看着他，不相信自己所听到的。这时，新房里又传来知画一声尖锐的哀号："娘！娘！我娘在哪儿……老佛爷，我要我娘……啊……永琪！"她开始声声哀号："永琪、永琪……救我……我要死了……永琪……永琪……"永琪听得冷汗涔涔，推开小燕子，冲出房门。小燕子怔在那儿，满脸灰败，动也不动。晴儿急忙走过去，拉住她的手，发现她的手冷冰冰的。

"不要跟五阿哥认真，他现在心慌意乱，自己说些什么，他都弄不清楚！毕竟，知画怀的是他的孩子，他的紧张就可想而知！对知画，他一直就充满了罪恶感，不是从今天开始的，是从老早就开始了。"她压低声音，悄悄地、哀恳地说，"为了你哥，我们一定要忍！你千万不要沉不住气！"

小燕子吸了吸鼻子，咬了咬嘴唇，努力忍住眼眶里的泪。

永琪冲到了产房外，就被杜太医和珍儿、翠儿、明月、彩霞等人拦住。"五阿哥不能进去，那儿是产房，五阿哥不方便进去！"杜太医说，"臣已经熬了催生的药，也熬了提神的药，只要福晋撑得下去，孩子活命的机会还是很大……"杜太医话没说完，房里，知画的惨叫又传了出来："永琪……哎哟……我痛痛痛啊……快要痛死了……永琪！永琪！永琪……你在哪儿？我……我……啊……救我……救我……救救我……"永琪一阵战栗，推开杜太医，就向房里冲去。众丫头赶紧去拦住门，七嘴八舌地喊：

"不行不行呀！五阿哥不能进去，在外面等就好了呀……"永琪用力一推，丫头们摔的摔，跌的跌，他就大步进门内去了。令妃惊呼："五阿哥！你怎么进来了？快出去，这儿没你的事！"

"娘娘，知画就是我的事！孩子也是我的事！"永琪着急地说。太后抬头一看，喊着说："令妃，让他进来吧！知画口口声声在叫他……生死关头，别忌讳了！"

永琪奔到床头，看到知画面色惨白，冷汗涔涔，发丝都被汗水浸透了，贴在额上面颊上，眼里全是恐惧、无助和痛楚。从来，知画都是打扮得靓丽出众的，何曾这样狼狈过。这种狼狈和无助，就更加撕裂了永琪那颗善良愧疚的心。

"知画，知画，我来了，我在这儿！"他扶住她的头。知画抬眼看他，眼里，滚出大颗大颗的泪珠。她气若游丝、充满歉意地说："永琪……对不起……我怕我保不住这个孩子了……对不起……"永琪顿时心痛如绞，涨红了眼圈，哑声说："不要再说傻话，是我对不起你，把你害成这样！你不要泄气，勇敢一点，我在这儿陪你，好不好？"知画拼命吸气，泪雾中的眸子黯淡凄楚，她颤声说：

"永琪……请你告诉我娘和我爹，我辜负了他们的期望……我……大概活不成了，我也没想到会这样……告诉他们，我……好想他们，只怕今生再也见不到面了……"一阵痛楚翻天覆地地卷来，她大叫："哎哟……哎哟……啊……啊……"

永琪抱紧她的头，吓得脸色惨白，用帕子拼命擦拭她的额头和面颊。

"知画知画，你会好的，你会熬过去的，你会再见到你爹和你娘的……你振作一点，我们再好好地开始……我会补偿你的……知画……知画！"房门口，小燕子和晴儿早已忍不住，都溜了过来，站在一群宫女中，伸长了脑袋观望着。

只见知画头一歪，厥过去了。永琪大叫："知画！醒来醒来……知画，你怎么了？""不能厥过去，我来……参片参片！"令妃急喊。"杜太医！病人厥过去了，怎么办？"太后跟着喊。"药来了！提神药来了！大家给她灌下去！掐她的人中，喊她！"杜太医把熬好的药，递给产婆。产婆端着药过来，和几个嬷嬷围着知画，灌药的灌药，掐人中的掐人中，拍打脸颊的拍打脸颊，大家喊成一团，情况危急而惨烈。"福晋！福晋！醒来醒来……孩子就快出来了……再用力呀！不可以厥过去！"永琪看得魂飞魄散，惊心动魄，整颗心都绞扭着，觉得惨不忍睹。知画在众人的一阵折腾下，醒来了。她大叫："啊……好痛好痛……让我死吧……我不要活了……我也不要生了……""知画！振作振作，熬过了今晚，生下小王爷，就是荣华富贵了……"令妃喊。

　　"我不要荣华富贵，我什么都不要了……"知画痛极，眼光找寻着永琪，哀声呼唤，"永琪……永琪……"永琪又急扑上前，握住了她的手，颤声说："我在……我在……我在……"知画痛得三魂去了两魂半，此时此刻，真情流露，她凝视着他，眼里全是后悔和自责，发自肺腑地说："永琪原谅我，原谅我情不自禁，喜欢你太多，给了你好多的负担……我知错了，请原谅我……"说着，眼泪从眼角滚落。"老天一定在惩罚我太贪心了，才要我受这么多苦……"这番坦诚相告，更加撕碎了永琪的心，他这才知道，自己一路走来，带给她多少痛苦。他情不自禁，把她的头紧抱在胸前，哑声说：

　　"请你不要这样说，是我应该请求你原谅，是我愧对你，是我太薄情……"太后和令妃相对一看，太后眼里湿漉漉的。门口的小燕子，听得心也碎了，脸色灰白，神情惨淡。她恨不得自己是知画，恨不得永琪抱着的是她！她宁愿为他生孩子，宁愿为他死！她的眼眶，也是湿漉漉的。

知画又一阵剧痛，急喊："永琪！握住我的手，永琪……不要放开我啊……""是！是！是！"他紧握着她的手，汗水也滴滴滚落。"怎样能让你好过一点，我就怎样做……你需要我怎样？告诉我！""只要握着我，只要握着我……""是！是……"

又是一阵剧痛袭来，知画惨叫："哎哟！我受不了了……哎哟……"产婆嚷着："福晋！看到孩子的头了，赶快用力！再来一次，用力呀……"知画的手，抓紧了永琪的手，拼命攥着，拼命拉扯着。

"哎哟……老天啊！菩萨啊！永琪啊……帮我帮我帮我……"她一阵用力。永琪也跟着用力，死命撑住她的手。蓦然间，一声嘹亮的儿啼响了起来。产婆喜悦地大喊：

"生了生了生了！恭喜老佛爷！恭喜娘娘！恭喜福晋，恭喜五阿哥……是一位小王爷呀！"桂嬷嬷和众产婆，就欢呼起来："小王爷……小王爷……菩萨保佑，活得好好的，长得好漂亮……是位小王爷呀！老佛爷，娘娘大喜大喜啊！福晋大喜了，五阿哥大喜了……恭喜恭喜啊！"太后松了一口气，和令妃交换着喜悦的眼神，太后就拍着知画，说：

"知画！你成功了！永琪终于有儿子了！"大喜之下，热泪也夺眶而出，一面拭泪，一面感恩地说："皇帝的洪福，祖宗的保佑呀！知画，你是我们爱新觉罗家的大功臣！""赶快去向皇上报喜！鞭炮准备了吗？可以放鞭炮了！"令妃喜滋滋地喊。一阵鞭炮震天价响，太监们欢声地喊了出去："小王爷出世了！小王爷出世了！"知画听着，在这番折腾下，疲惫已极，气若游丝，却目不转睛地看着永琪，感动地、感恩地说：

"我做到了……永琪，我生下了你的儿子……我要给他取名字叫'绵亿'，绵绵不断的'绵'，亿亿万万的'亿'！是我'绵绵不断的深情，亿亿万万的决心'，才创造了我们共有的这条小生命！希望他长大以后，有'瓜瓞绵绵的福祉，亿亿万万人的爱戴'！他是我们的'绵亿'，好不好？"永琪拼命点头，喉中哽咽："好！绵亿，很好的名字！"知画深深看他，再说：

"我对你，尽心尽力了！"她看向太后，"老佛爷，我对您也可以交差了！"再看回永琪，"请你……好好地爱护绵亿，让他长成一个像你这样的好王子。"说着，就虚弱地微笑起来，"永琪，你说得对，我的本身就是一个'悲剧'，我……"她的声音越说越弱，"大概已经结束你的'意外'，完成我的'悲剧'！"知画说完，头一歪，再度晕厥过去。永琪大震，惊喊着：

"知画！知画……不要走！我们化悲剧为喜剧，你对了，我错了！你再给我一次机会，让我补偿你……知画……知画……"他抬头急喊，"杜太医！杜太医赶快进来看看呀！"杜太医、小燕子和晴儿，都冲进房来。"这怎么办？有没有危险呀！"太后紧张地问。杜太医急忙把脉，脸色沉重地站起身子。"回老佛爷，福晋流血过多，耗损过久，已经筋疲力尽，只怕会撑不下去了！"永琪大震，跳起身子，抓住杜太医胸前的衣服，红着眼眶嚷："不许说撑不下去，你快治！能用的药，全部用出来……她才十八岁，正是一个女子最好的年龄，正是要享受生命的年龄，她不可以死！你听到没有？""可是……可是……福晋太衰弱了，臣只怕无能为力……"太后一听，身子一软，差点摔倒，令妃和桂嬷嬷赶紧扶住。永琪更急，喊："你还没有治，怎么知道无能为力？赶快再请几位太医来，大家会诊！我要她活着，你们听到没有？""把钟太医，林太医统统传来！"令妃嚷着。

"是是是！知道了！臣赶紧去传钟太医，林太医……臣再开方熬药去！臣一定尽全力救福晋！"杜太医一迭连声地应着，赶紧出房去。桂嬷嬷和众嬷嬷忙着在知画嘴里，塞进参片，忙着掐人中，喊着："醒来醒来呀！福晋……你总要看看你的孩子呀！你当了额娘了，你生下小王爷，你真了不起，赶快醒来呀！"知画毫无生气地躺在那儿，脸色像白纸一样。太后和令妃，都焦急地看着。永琪在床前坐下来，握着她的手，凝视着她，虔诚地、承诺地说：

"知画，我要你活着，诚心诚意地希望你活着！我了解你的期盼和悲哀了，我知道我带给你多大的伤害……我是怎么了？我一天到晚忙着去保护别人，而让眼前的人，遍体鳞伤，我到底在做些什么呢？我是'旷世奇才'！我了解了，但是，你不要让我了解得太晚！"

太后听着，眼睛里都是泪，颇为感动。这时，产婆们已经洗干净了婴儿，包在褓褓中，抱到太后面前来："老佛爷！小王爷因为是早产，有点小，不过……慢慢就会长大了！"太后看着孩子，忍不住抱了过来，含泪注视：把孩子抱到永琪面前来，给他看。"永琪！为了这个孩子，知画几乎拼掉了她的命，如果她好了，你再辜负她，我绝对不会饶你！"太后说。

永琪看着那个弱小的生命，不胜感慨：

"为了这样一条脆弱的小生命，值得知画拼掉她那么美好的生命吗？"他凝视知画，几乎是"请求"地说，"知画！你必须好起来，我才能结束你生命里的'悲剧'！你得给我机会！"

小燕子看到这儿，听到这儿，眼泪慢慢地落下，转身回房去了。

晴儿见小燕子这样，急忙跟着去了。

小燕子冲进了房间，就悲切地喊："晴儿！我完了！我输给知画了！永琪不再爱我，他爱上知画了！我有最强烈的预感，我会失去永琪！知画会一点一点地占据他，直到他心里再也没有我为止！可能现在她已经达到目的了！"

晴儿急忙关上房门，拉住她的手，认真地说：

"不会的！今晚的一切，不能用常理来推断！永琪和你，是从你进宫就开始的感情，是七年以来，点点滴滴堆积的感情，是风里浪里培养出来的感情，哪里是知画能够取代的？"

"但是，她已经取代了我，你也亲眼看到了，永琪根本看不到我，他守着她，他握着她的手，他说，他要结束她的悲剧，那是什么意思？那就是要开始我的悲剧！我完了！真的完了！"

"你不要慌，别自己乱了阵脚！知画现在面临生死关头，永琪说的做的，都不是男人对女人的感情，只是一个有责任心的人，因为歉意所做的忏悔而已！"晴儿握紧小燕子的手，诚挚地说，"我们大家，在这一阵子，都负担了太多的悲剧，永琪负担的，尤其重大！尔康的死，他已经自责得不得了，如果知画再有什么不幸，他如何面对自己的良心？小燕子，你要体谅永琪，他吓坏了！他吓得不知所措了！"

小燕子无助地张大眼睛，看着晴儿。晴儿就拉着她的手，走到床边坐下。

"我们在这儿静静地等，只要知画脱离了危险，永琪就会恢复正常。"

"那……如果知画死了，怎么办？"小燕子害怕地问。

晴儿想了想，说："我觉得不会耶，生孩子看起来都很危险，但是，知画一直很健康，我觉得她会渡过难关的！"

小燕子用手托着下巴，看着窗子。为什么她没有保住那两个孩子？绵亿？为什么她没有给永琪生下绵亿？她心中一片凄惨，知画还在生死关头，她不该嫉妒，不该吃醋。但是，天啊！她嫉妒知画！嫉妒她生下绵亿，嫉妒她被永琪拥抱着、呵护着、怜惜着。同时，她也恨这个会嫉妒的自己！是的，她变得残忍了，为什么她不能容忍知画呢？为什么她不能爱她呢？她心里充塞着几千几万种思想，几千几万种煎熬。天啊！如果她当初没有冒充紫薇，如果她当初没有进宫，如果她当初没有爱上永琪……她就不必忍受这些了！但是，她那么喜欢永琪，喜欢得心会痛，喜欢得连杀父之仇，都能包容！天啊，我不是小燕子，我变成一个"宫里的女人"了！她就这样胡思乱想着，直到窗外暗沉沉的天空，逐渐被曙色染白。天亮了。房门被推开了，明月和彩霞端着洗脸水，轻手轻脚进门来。彩霞看到两人坐在床沿发呆，吓了一跳。"两位格格，怎么一夜没睡？我们以为你们老早就睡了，老佛爷还说，不要吵醒你们，令妃娘娘送她回慈宁宫了！"

晴儿一震，急忙起身问："知画怎样了？""杜太医还留在这儿，其他太医也回去了！"明月说。

小燕子从沉思中惊醒，立刻急急地问："太医怎么说呢？""太医说，情况还是很危险，但是……"她皱皱眉，小声说，"我觉得没什么问题耶！""为什么？"晴儿问。"因为我听到杜太医送老佛爷出门的时候，说了'放心'两个字，老佛爷就挺安心地走了！"彩霞低声说："假若福晋很危险，老佛爷和令妃娘娘，大概不会走吧！"

"再有，"明月接口说，"老佛爷心情很好的样子，也没有催着晴格格回去，还说要你们两个多睡一会儿！"

晴儿不禁去看小燕子，两人都在惊疑中。小燕子又急急地问："那……知画现在怎样？五阿哥呢？""福晋睡着了，可是，一直拉着五阿哥的手不放，五阿哥也不敢动，就一直坐在床前面。"彩霞说。小燕子一仰身，倒上了床，哀声说："晴儿，你不要多说了，我告诉你，我的'悲剧'已经开始了！"晴儿不语，心里涌上了困惑和担忧，对永琪失去了把握，悲哀地看着小燕子。

第四十七章

　　紫薇一连好多天，都没有再梦到尔康。她每晚入睡时，都对着窗子虔诚祝祷，祈求尔康来入梦。但是，他不再出现了。这些日子，她也重拾母爱，不舍得把东儿交给奶娘，她都带在身边。每晚，和东儿说说这个，谈谈那个，等到东儿倦了，看着他的眼睛眯起，看着他打哈欠，看着他沉入睡乡。凝视着那张稚嫩的小脸，惊愕着自己怎会排斥他那么久？歉疚和怜惜的心，就把她的心房涨满了。等到东儿熟睡了，她的思绪，又飘到窗外，寻寻觅觅，她找寻着尔康的身影。她也曾坐在窗前，弹着她的琴，对着窗外黑暗的穹苍低语：

　　"尔康，你在哪里？魂也好，梦也好，我希望看到你！这些日子来，心里除了你，还是你！但是，你不再出现了，梦里梦外，你都不见了！回想那一阵，常常看到你的日子，觉得也是一种幸福！或者，那只是我的幻想吧！但是，现在，幻想中的你，又在哪儿呢？"

她写了一首歌，每夜每夜，她扣弦而歌，唱得一往情深，哀婉缠绵：

> 回忆当初，多少柔情深深种！关山阻隔，且把歌声遥遥送！多少往事，点点滴滴尽成空，千丝万缕，化作心头无穷痛！
>
> 自君别后，鸳鸯瓦冷霜华重，漫漫长夜，翡翠衾寒谁与共？临别叮咛，天上人间会相逢，一别茫茫，魂魄为何不入梦？
>
> 情深似海，良辰美景何时再？梦里梦外，笑语温柔依依在！也曾相见，恍恍惚惚费疑猜！孤魂漂泊，来来往往应无碍！
>
> 旧日游踪，半是荒草半是苔，山盟犹在，只剩孤影独徘徊！
>
> 春夏秋冬，等待等待再等待，
>
> 望断天涯，无奈无奈多无奈！

紫薇的歌声，飘出了窗子，飘出了院子，在黑夜的穹苍中扩散，绵绵袅袅，如泣如诉。这夜的尔康，躺在遥远的缅甸皇宫里，恍恍惚惚中，他听到了紫薇的歌声；恍恍惚惚中，他看到了紫薇的眼神。他很想飞过去，但是飞不了。紫薇，紫薇！你牵引着我全部的思绪，你主宰着我整个的生命！紫薇紫薇，我愿化为鸟，化为蝶，化为云，化为风……只要能够飞向你！

"紫薇！你的歌，我听到了！等我等我……"他忽然从床上弹了起来。

这样弹身而起，他醒了，睁大眼睛，看着室内，一片茫然。

慕沙被惊动了，走到床边，对他绽开一个灿烂的微笑：

"又在叫紫薇啊？我不管紫薇是谁，你最好赶快把她忘了吧！你的身体，已经一天比一天好，脚上的伤口，也慢慢愈合了！眼看你就快复原了，那些该忘的事，就不许再提！我要你把它们彻底地忘掉！"

尔康瞪着慕沙，迷惘着。他始终没有闹清楚，这个诡异的地方，是人间还是天界？如果自己是再世为人，为什么又忘不掉前世的一切？他郁怒地说："怎么忘掉？我过'奈何桥'的时候，你忘记让我喝'孟婆汤'了？"

"你在说些什么，我听不懂！"慕沙坐在床边，凝视他。看到他眼清目明，就高兴起来，笑着提高声音说："看看我，我可不是什么仙女，你应该认得我！我是谁？"

尔康上上下下打量她，是啊，这个仙女好像前生见过！他忽然想起来了，在月光下，她迎风飞舞的头发、横剑自刎的壮烈！在战场上，她叱咤风云的气势、万夫莫敌的英勇……他认出来了，大惊之下，整个人也"还魂"了。

"你是那个缅甸王子慕沙！"

"哈哈！"慕沙大笑，"你总算完全清醒了！不错，我是缅甸王子慕沙！只有在战场上，我是缅甸王子，在这儿，我就恢复本来面目了，我是缅甸王猛白的八公主！你要重新认识我！"说着，居然有些羞涩，抿了抿嘴角，"其实，在战场上，你就知道我是公主了！"

尔康惊愕地看看她，再看四周，只见缅甸宫女们，个个笑吟吟。室内，金碧辉煌。一头玉雕的大白象，站在水池中，用鼻子缓缓地喷出水来。层层帘幔延伸过去，看不到帘幔的尽处，好大的房间！他在这个皇宫里，已经躺了几个月，始终在生死边缘挣扎，直到这时，才真正清醒。随着清醒，是极度的震惊，他一掀被子，就想下床。

"难道我在缅甸？这儿到底是什么地方？什么城？"

"这儿是三江城，又叫'阿瓦城'，是缅甸的首都！"

他这一惊非同小可，扶着床柱，摇摇晃晃地站起身来，东看西看，越看越惊：

"你们俘虏了我！是不是？你俘虏我做什么？赶快放我回去……"

说到这儿，一阵晕眩，他的身子摇摇欲坠。"你最好躺回床上去！"慕沙急忙嚷。"不要！"他挣扎着站稳，急切地说，"我得下床，我得马上恢复体力，我必须设法赶快回北京去！"他看着慕沙，不解地问："你们把我俘虏到缅甸来，不怕清军打进缅甸来吗？我是驸马呀！皇阿玛和五阿哥，会上天下地地追杀你们！你还是赶快把我放走吧！"慕沙笑着喊：

"我不管你是'富马'还是'穷马'，你这个名字我也不大喜欢！我再帮你想一个缅甸名字，就叫'天马'吧！天马比较好听！从今以后，你是缅甸人！让我坦白告诉你吧，清军以为你死了，没有人会来找你！"

尔康瞪着她，满脸的不信："你胡说！他们找不到我，一定不会死心的！""哈哈！"慕沙大笑，得意极了，"当时，你身受重伤，我俘虏了你，立刻就把你的衣服盔甲，连同你身上所有的配件，什么制钱啦、玉佩啦、宝剑啦、靴子啦……统统穿戴到一个清军的死尸上，然后，把那个死尸打得面目全非，丢在路边！后来，探子告诉我们，清军把'你'的尸体，一路带回北京去了！"

尔康一震，站立不稳，跌坐在床沿上，头上冒着冷汗。他瞪着她："你为什么要这样做？"

"因为……"慕沙笑得温柔，笑得明亮，笑得羞涩，笑得爽朗，"我们缅甸的姑娘，身子被你看过了，手被你拉过了，脚被你扯过了，胸口被你打到了……就只好嫁给你啦！"

尔康惊愕得一塌糊涂，大喊："什么？嫁我？怎么会这样？""就是这样！谁教你对我动手动脚，拉拉扯扯！"

尔康回忆着、思索着，这才明白发生了什么，越想越急，喊："我是无心之过呀！我一直以为你是个王子呀！只有那天在树林里，才发现你是一个姑娘！我不是立刻放了你吗？你为什么恩将仇报，把我俘虏到缅甸来呢？""没办法，从那天起，我就爱上你啦！"慕沙坦率地回答，一股理所当然的样子，"谁叫你当时不杀了我，也不许我自杀！你舍不得我死，我就也舍不得你了！"尔康一愣，急忙解释："那不是'舍不得'，只是一种'人道精神'而已。"

慕沙的汉语再好，也弄不清楚什么叫"人道精神"，她摇摇头，依旧满脸的笑："听不懂。反正我是你的人了，你也是我的人了！""不是不是，我怎么会是你的人呢？"他又急又气地说，"我跟你说，我在北京有老婆有儿子，你把我俘虏过来也没用，我不能娶你，我更不可能当一个缅甸人！"慕沙不以为意，依旧笑嘻嘻：

"那么，我们就慢慢磨吧！看看是你的意志力强，还是我的意志力强！"

尔康看着这样的慕沙，看她一脸的认真，绝非玩笑，又看到满屋子的宫女，和站在房门口的缅甸侍卫，他明白事情的严重性了。他扶着床柱，还想起身和慕沙讲理，谁知，一阵颤抖袭来，寒意直达指尖，身子中，如万箭穿刺，痛入骨髓。顿时间，他站立不稳，痛楚地弯下身子，冷汗滚滚而下。他呻吟着：

"哎哟……我的头要裂开了……啊……我浑身在发冷，我……我……"他的牙齿和牙齿打战，倒回床上，身子佝偻着，无法控制地抽搐起来，"我怎么会这样？我……我要站……站……起……来……"

他没有站起来，他根本站不起来，整个身子，震动得床架都咯咯作响。"银朱粉！银朱粉！银朱粉……银朱粉！"慕沙急喊。

兰花、桂花和众宫女奔来。慕沙接过了药，对他急促地说："赶快把这个药粉吃下去，吃了就会好！""这……这是什么药？"他挣扎地问。"救命的药！你再不吃，你会发抖到死！你是我未来的丈夫，我还会害你吗？"

尔康只想赶快停止这种痛楚，迫不及待地吞下药粉，喝了水。在激烈的颤抖下，再也没有心思去和慕沙讲理辩白。慕沙用被子盖住他，抱住他颤抖的身子，十分怜惜地安慰着："一会儿就会过去了！忍耐一下！是我不好，早就该给你吃药了，我怕用药太多，少吃了一次，以后我不会忘记了。"尔康痛苦地蜷曲着身子，额上，大颗大颗的汗珠，不断地流下。

尔康陷在缅甸皇宫里，有家归不得。在北京的诸人，也各有各的悲痛。

　　这晚，小燕子一个人坐在灯下，用手托着下巴，看着灯花发愣。知画生下绵亿，已经五天了，这五天，永琪几乎没有到过小燕子的卧室。宫里，太医、太后、乾隆、令妃和嫔妃们，来往不断，婴儿的哭声，常常回响在整个景阳宫。每一声儿啼，都深深刺痛了小燕子的心，她思念着永琪，害怕他不再爱他，她弄不清楚，她和永琪都住在一个屋檐下、一个院落里，怎么像是分隔了千山万水！

　　一声门响，令妃走了进来，小燕子急忙站起身来问："怎样？这么多天了，知画还没有脱离危险吗？""放心放心！"令妃一笑，"刚刚杜太医说，知画没有问题了！只要好好地调理，很快就可以恢复健康的！这样，大家都安心了！""我就猜想，她不会有事的！"小燕子眉头一松，惆怅就兜上心头。知画没事了，永琪为什么还不离开那间产房呢？令妃看了看她，走过来，拉住她的手，牵着她坐在床沿上，诚挚地说："小燕子，我有几句话，一定要跟你说！这些日子，我每天到景阳宫来照顾知画，也看到了你们生活的情形。你知道，对于你和永琪的感情，我想，没有人比我更清楚了！我完全能够了解你心里的失落感和你的难过。"小燕子不语，落寞地看着令妃，眼里，盛满了挫败感。令妃叹了口气继续说：

　　"唉！小燕子，嫁给一个皇子……不，已经是王爷了，就跟小户人家的女人不一样，要忍受很多痛苦。五阿哥身份崇高，迟早是三宫六院、嫔妃成群的！你能够专宠这么几年，已经很不容易了！你看我，什么都忍了，就连南巡时，发生盈盈姑娘的事，我也一个反对的字都没说。结果，我是后宫里最能持久的女人，现在，肚子里又有一个了！"

"你又要生小阿哥了呀？"小燕子惊看令妃。

"是！"令妃点点头，深刻地看着她，"接受知画吧！就像我接受很多嫔妃一样！把五阿哥对你的好，看成一种恩赐，不要看成理所当然。在后宫，没有理所当然，只有恩赐。你越是虚心容忍，五阿哥越对你有歉意，假若你盛气凌人，你迟早会输掉五阿哥！"

"我不要他的歉意，"小燕子眼睛一红说，"我不是因为他有歉意而嫁给他，是因为他喜欢我、我也喜欢他才嫁给他！如果这份'喜欢'没有了，我必须靠他的'歉意'来生活，那还有什么意思？永琪教过我一句话，说是什么宁可饿死，也不吃别人吆喝着、丢给你的食物……"

"廉者不受嗟来之食！""就是！我就是'廉者不受嗟来之食'，现在，他把知画看得比我重，我就算了！"

"这就是我要劝你的话，什么叫'算了'？你怎么算了？你是五阿哥的妻子，你也没有停止爱他，你心里牵牵挂挂的，还是他！离开他是做不到的，不离开，除了忍耐和包容之外，你还有什么办法？"

小燕子正想说话，房门一开，永琪满脸倦容地走了进来。

令妃就急忙起身，笑着说："我也该回延禧宫去了！五阿哥这几天辛苦了，好好休息吧！我走了！""令妃娘娘，谢谢你的帮忙！"永琪急忙说。"是我应该做的！"令妃给了小燕子一个眼色，出门去了。

令妃一走，永琪就叹了口气，筋疲力尽地倒在床上说："这些日子，比我在缅甸打仗还累！"

小燕子不说话，坐在床沿上发呆。心里涌塞着翻江倒海般的委屈，好希望永琪对她说一些抱歉的话，说一些温存的话，说一些安慰的话，说一些赌咒发誓不变心的话……她等了半天，什么话都没听到，接着，却听到永琪发出鼾声。她惊愕极了，一回头，发现他居然沉沉入睡了！她又气又失望，再也忍不住，跳起身子，就去推他。

"你起来起来！"她大喊，"不许睡！要睡，你去知画房里睡！"他被她一推一喊，蓦然醒来，慌张地坐起身子，紧张地喊："知画！知画怎样了？又怎样了？"

小燕子这一气非同小可，大叫：

"知画知画！你心里只有知画，跑到我房里来干什么？想睡觉，她的房里不能睡吗？我这儿不是你的客栈！令妃娘娘要我做的事，我做不到！因为我不是令妃娘娘，我是小燕子！我没办法把一肚子的话都咽下去，我也没有办法接受你吆喝着丢给我的食物，我宁愿饿死算了！"

永琪被她一番喊叫，把瞌睡虫都赶走了。他深深地凝视她，立刻体会出她的寂寞、委屈和痛楚。他张开手臂，把她一把抱进怀里，由衷地、诚挚地说：

"对不起，小燕子！我知道你生气，我知道你寂寞，我知道你嫉妒……我也不想弄成这样，这一步步走来，我身不由己，你也亲眼看到。在我心里，你的地位依旧不可取代，也丝毫没有动摇……只是，知画刚刚生了绵亿，又死里逃生，我只要是个人，就不能无动于衷。希望你能为我设身处地地想一想，不要生气了！我累得筋疲力尽，你再跟我吵架，我的日子怎么过？"

小燕子挣开了他，红着眼圈嚷："你为别的女人，累得筋疲力尽，关我什么事？难道我还要为知画，来做你的保姆？把你的疲倦治好，再把你送回她身边去？这种圣人，不是我！"永琪一听，心烦意乱，就站起身来，往门外走去：

"算了，我去客房睡！"小燕子怔在那儿，强大的挫败感和失落感，把她牢牢地包围住了。她想叫住他，骄傲又使她开不了口，就眼睁睁地看着他离去。永琪走到了房门口，忽然停住，转回身子，神情憔悴地说："我把自己陷进这种左右为难的局面，我也很想一走了之！我去找一把斧头！"

小燕子一愣："找斧头干什么？你想劈死我吗？""我上山砍柴去！"永琪瞅着她说。

小燕子一听，旧时往日，如在目前，眼泪就扑簌簌一掉。永琪飞奔回来，把她紧紧地抱在怀里，真挚地说："对你，是不变的感情；对她，是深深的歉意。你不要弄拧了！"小燕子再也说不出话来，只是紧紧地环抱住他的腰，把头埋进他的肩窝里。

这天，紫薇、小燕子、晴儿带着东儿，到尔康的坟前祭尔康。紫薇对着坟墓，燃香祝祷，凄然说："尔康！这是第一次，我带着东儿来祭你，以前，我都不肯到你的墓地来，我想，我一直不能接受你已经死去的事实！如果我来祭你，等于我承认你死了，在我心里，是怎样也无法承认的！但是，时间一天天地过去，你连我的梦里，都不再出现，我想，你是真的弃我而去了！尔康，我既不能随你而去，只能带着东儿，苟且偷生，希望你在天之灵，帮助我！帮助我！帮助我！"

小燕子听得好感动，也走上前来，对尔康说：

"尔康！你在天上吗？你看到我们在祭你吗？现在，我们这群活着的人，个个都活得好痛苦，反而是死掉的你，什么都不用操心了！紫薇虽然失掉你，但是，她知道你心里，从头到尾只有她一个！不像我，眼看着另外一个女人，慢慢地占据永琪，却什么办法都没有！尔康，我好希望你活着，你那么聪明，一定会帮我拿主意！尔康，也请你在天之灵，帮助我，帮助我，帮助我！"

晴儿听到两人的祈祷，忍不住也开口了：

"尔康！我相信你听得到我们的祈祷，相信你看得到我们的无助！失去了你，我们个个都像无主的游魂，失去欢笑，也失去了信心！我相信像你这么善良的人，死后一定会变为神仙吧！如果你已经进入仙界，你也可以洞察人世的一切吧！请你保佑紫薇，给她信心！请你保佑小燕子，给她帮助！请你保佑永琪，让他明辨是非！请你保佑箫剑，让他远离伤害！至于我……只要你保佑了他们，我也就得到幸福了！请你帮助我们吧！"

丫头家丁，拼命烧着纸钱。东儿跪在地上，不住磕头。

这一幕，尔康没有看到，自从他的神志清醒，他就失去"离魂"的能力了。对于那一段魂魄飘渺的日子，只有模糊的印象，那是昏迷时候的梦吧！梦中，紫薇从来没有离开过他，但是，现实里，紫薇却远在天边，遥不可及！

尔康的身子已经逐渐恢复，可以拄着拐杖，在缅甸皇宫的花园里，来来回回地走动了。当紫薇在祭他的时候，他正在异国的花园里，拼命地练习着"走路"。他走得满头是汗，已经精疲力竭，仍然在勉强地撑持。慕沙跟在他旁边，兰花、桂花也随侍在侧。慕沙看他走得如此辛苦，忍不住说：

"你已经走了一个时辰了，还不够吗？赶快去休息，不要再把身子累垮，我可没有耐心再救你一次！"

"你不要管我！我的武功都不见了，我要把它找回来！只有拼命运动，赶紧恢复体力，才可能恢复功力！"尔康说着，双腿发软，脚下一个踉跄，差点摔一跤。他又气又急，甩掉拐杖叫："这还是我吗？这还是福尔康吗？连走几步路都走不动！我变成了一个废物！没有武功的我，像是没有水的鱼，这样的我，还有什么用？"他这样一激动，又失去拐杖的倚靠，身子骤然不能平衡，就跌倒在地。

慕沙和兰花、桂花，赶紧把他扶起来。慕沙着急地说：

"你在床上躺了五个月，怎么可能说好就好，要体力恢复，也要慢慢来呀！"

尔康摇摇晃晃地站稳，兰花赶紧把拐杖交给他。他喃喃自语：

"我是怎么了？为什么会衰弱到这个地步？我不能慢慢来，我得快快好！紫薇一定哭死了，我怎样才能让她明白，我根本没有死，我还活着……"他疾步往前走，汗水滴滴答答往下掉，脚下又一个踉跄。"回房间去！"慕沙嚷着，"你没有力气了，不要这样折腾自己，我好不容易把你救活，才不要看到你把自己再弄死！""不要管我！"尔康暴躁地喊，"我连走路都走不动，我还能做什么？我要练武！我一定要恢复我的功夫……"

他丢掉拐杖，就对着一棵树，一掌劈去。架势不错，只是树叶动也不动，反而弄得自己失去平衡，身子东倒西歪。兰花、桂花赶紧扶住，再把拐杖塞给他。他撑着拐杖站着，满脸的无法置信。慕沙一叹说：

"哎哎，要练武，也要等身体好了再练，你们中国人不是说'欲速则不达'吗？"正说着，猛白大步走来，一见尔康，就吼了起来："这匹死马，已经变成活马了？很好！很好！"尔康看到猛白，精神一振，立刻义正词严地说：

"猛白！我告诉你，你马上派人把我送回云南去，免得两国再次交兵！上次的战争，我们虽然打得辛苦，你们也没占到好处！中国地方大，人口多，士兵源源不绝！你们一定要打，长期下来，绝对是你们吃亏！现在，整个朝廷，一定都在找我，你们以为瞒住了所有的人，那是不可能的！等到皇上出兵来打，你们再后悔就来不及了！"

"哈！说的是什么话！"猛白嗤之以鼻，"你这小子，没有我女儿救你，你早就变成一堆白骨了！你的皇上和朝廷，已经为你收了尸，哪里还会找你呢？何况，你也没有那么重要，会引起两国再度交兵！"他看看慕沙，再看尔康，脸色一正："这些都不要管了！既然你已经可以走路，我们可以办喜事了！五天以后，举行婚礼！"

尔康大震："什么婚礼？谁的婚礼？""当然是你和慕沙的婚礼！五个多月来，慕沙待在你的病床前，和你形影不离！除了嫁你，也没有别的办法了！便宜了你这条死马！"猛白气冲冲地喊。

"爹，"慕沙笑着说，"他已经改了名字，叫作'天马'的，不要叫他'死马'，难听不难听呢？哪有岳父叫女婿'死马'的？"

"我看来看去，他就是一匹'死马'！"猛白气呼呼，"好吧，天马就天马，给他梳洗梳洗，马上做衣裳，准备结婚！"尔康大急，往前一冲，差点又摔一跤，在两个宫女的扶持下，才踉跄站稳。

"不行不行！"他喊着，"我不能跟八公主结婚！请你们立刻打消这个念头！我家里有老婆，我的紫薇，是天下最好的妻子，我不可能背叛紫薇，再娶任何女人！慕沙公主年轻貌美，又有一身好功夫，为什么一定要我这个中国人当丈夫呢？为什么不找一位缅甸勇士结婚呢？"

猛白大怒，瞪着他喊：

"你懂不懂规矩？到了我们的地盘，到了我缅甸的皇宫，没有你说话的余地！慕沙看上了你，是你的福气，你不要不知好歹！我说了五天以后结婚，就是五天以后结婚！这是命令，不是讨论！你家里的老婆，我们不管，反正，你这一生也别想回中国去了！大清跟你之间的瓜葛，等于一刀两断，再也不要提起！"

猛白说完，一拂袖子，转身就走。尔康大急，忘了自己脚伤未愈，也忘了体力不济，拔脚就追，急喊："猛白！你听我解释……"尔康这一追，才发现自己浑身无力，伤处剧痛，整个人又摔倒在地，拐杖乒乒乓乓，摔到老远。他伏在地上，捶着地痛喊出声："我怎么会弄得这么狼狈？永琪，萧剑……你们怎么会丢下我？"又抬头大喊，"猛白！猛白！不论你怎么说，我都不能娶慕沙！"猛白回头，看着地上的尔康，对慕沙不屑地说："你说他是'天马'，我怎么看，他都是一匹'死马'！"慕沙被猛白一激，又听到尔康口口声声不要她，气不打一处来，顿时怒上眉梢，走了过来，对着尔康，一脚踢了过去，大骂："天马！你给我起来！如果再说不要跟我结婚，我救得活你，也弄得死你！"她回头看着兰花、桂花喊："把他拖回房间去！不管他怎么发抖抽搐，不要给他银朱粉！"

"是！"慕沙头也不回地走了。这晚，尔康才知道，他的生命，已经和那个"银朱粉"密不可分了。尔康在缅甸已经长达五个多月，这五个多月里，慕沙千方百计救他的命，一群人伺候着他。他在昏昏沉沉中接受了许多的药物，意识里只有紫薇、东儿、父母，没有自己。此刻，他活了，他的悲剧却好像才刚刚开始。

室内灯火荧荧。他蜷缩在床上，浑身颤抖抽搐，满头冷汗。身体里，像是万蚁钻行，这"万蚁"都是冰做的，钻到哪儿，冷到哪儿。这种身体上的痛苦，他从来没有经历过。他一向觉得自己是个铁骨铮铮的男子汉，可以忍受身体上的任何痛苦，以前也受过伤，却不曾遭遇过这样的煎熬。

"冷，好冷！我……为什么浑身发抖？为什么痛成这样？"他吸着气，为了想止住痛楚，像念经似的念着，"紫薇，紫薇，紫薇，紫薇，紫薇……我一定要想办法，回到你身边去，我知道，你不会相信我死了，你会等我。紫薇，我一定要想办法，回到你身边去，我一定要想办法，回到你身边去……紫薇，我一定会想办法，回到、到、到、到……"他的牙齿打战，语不成声："回到、到……你、你、你……"

兰花、桂花心惊胆战地看着他。

"要不要给他吃银朱粉？不吃的话，恐怕会死哟！"兰花问。
"八公主吩咐，不要给他吃，只好不给他吃！八公主发起脾气来，
还得了？"

两个宫女正说着，慕沙进门来，大步走到床前，她低头看
着他。只见他在床上痛苦翻滚，发抖抽搐，眼睛涨红着，冷汗湿
透了枕巾。她在床沿上坐下，拿出一包银朱粉，在他鼻子前面
晃着。

"想不想马上吃一包？吃完，发抖就会停止，生命力又会恢
复。要不要？"

尔康看到银朱粉，眼中，闪出渴切的光芒，饥渴般地仰着
头。"要、要、要、要……"他一迭连声地说。"那么，五天以
后，要不要娶我呢？"慕沙笑得好甜。"不、不、不、不要……"
他挣扎着说，每个字都用尽全身的毅力，才蹦出来。那银朱粉带
着最大的诱惑力，在诱惑着他。

慕沙脸色大变，笑容一收，把银朱粉放进口袋，站起身来。
"很好！你继续去抽搐发抖吧！再见！""慕沙！慕……慕……慕
沙！"尔康哀求地喊着，从床上滚到地下来，就一面发抖，一面
爬向她，对她乞讨似的伸着手，悲声喊，"给……给……给我！"
慕沙站住了，低头看他。"要不要娶我呢？"她柔声问。

"不、不、不行！只、只有这个，不行！不、不、不行！我
再、再、再报答、报答你！""我不要你的报答，我要你这个人！
当了我的丈夫，你要什么有什么，银朱粉，一辈子也不会缺！你
说，要不要娶我？"尔康整个身子，在地上蜷成了一团，脸色越

来越白，呼吸急促。"不、不、不要！不要！"他坚持地说，咬紧牙关，簌簌发抖。

兰花不忍地说："八公主！这样不行，如果再不给他吃药，恐怕就会死掉了！""大夫说过，药瘾发起来，如果不吃药，只有两种情况，一个就是死掉，另外一个是熬过去，就戒掉了瘾，你要不要赌一赌，看他是死，还是戒掉？"桂花说。尔康听到了两个宫女的对话，就痛楚地滚动，喃喃地喊："生不如死！不如死、死、死！"慕沙听了，脸色骤然一变："让你这么简单地死，也太便宜你了！"她大声喊，"拿水来！"

兰花、桂花急忙倒了水来，扶起他的头。他如获甘霖，饥渴地张嘴，慕沙倒进药粉。他好像得到仙丹一样，身体里每根筋都在渴求这些粉末，他狼吞虎咽地喝水，狼吞虎咽地吞下那些药粉，然后，颓然地、虚脱地倒在地上。

同一时间，紫薇在房里疯狂地点蜡烛。

紫薇已经接受了尔康的死，却无法走出和他"魂魄相聚"的回忆。她很久没有梦见他了，对于那些能在梦中见尔康的日子，简直梦寐求之。这晚，她忽然想起自己失明的那段日子，尔康为她所做的事，她就像着魔一样，拼命在房里点蜡烛。她点了无数的蜡烛，窗台上、桌子上、架子上、地上……几乎有空隙的地方，就有烛火。她一面点蜡烛，一面默默祝祷：

"尔康，记得我眼睛瞎掉的时候，你曾经点燃满房间的蜡烛，希望照亮我的生命，结果，皇天不负苦心人，我终于好了！现在，我也点燃满房间蜡烛，希望能照亮你回家的路！不管天上人间，我只求和你相会！"

一屋子的烛光，火焰闪闪烁烁，包围着那个全心呼唤着的紫薇。

紫薇默祷完毕，睁开眼睛，忽然间，她看到尔康了！他踩着烛火，穿着平日的家居服，像腾云驾雾般，对她缓缓走来。她大大地震动了，原来点蜡烛有用！她屏息地凝视他，疑梦疑真，生怕他瞬间消失，大气都不敢出，小小声地问：

"尔康，是你吗？"

尔康停在她面前，悲哀地注视着她，他的脸色苍白紧张而痛苦，求救似的说："紫薇！我在水深火热里，受着你不能想象的苦！赶快想办法救我……""你在哪儿呢？我要怎样救你？"她着急地、焦灼地问。

"我没有死，但是，生不如死！"他凄然地喊，"紫薇，救我！救我！救我……"话没说完，他的身子向后飘去，他急切地伸手给她，不停地喊，"紫薇……我没有死……救我……救我……"

紫薇大急，伸手去拉他："尔康！别走！赶快把话说清楚！你没有死，你在哪里？我们已经葬了你，为什么你说你没有死？告诉我……别走！别走……""阿瓦……阿瓦……紫薇……紫薇……"紫薇扑上去，用力一抓，抓了一个空，她"砰"的一声，跌倒在一堆烛火中。"尔康……"紫薇喊着，伸长了手，尔康也伸长了手去够她，两只手几乎相遇，他的身子却消失了。"尔康！尔康！回来啊！尔康……尔康……"房门一开，福晋、秀珠和丫头们，急急冲进房间。福晋四面一看，惊愕已极。"怎么了？怎么了？紫薇，你在做什么？为什么点了满房间的蜡烛？你怎么摔在地上？"福晋喊着，奔过去，和丫头搀起紫薇。紫薇定睛一看，哪儿有尔康的影子，只见满室烛火摇曳。她一把抓住福晋，痛楚地、焦灼地喊："额娘！尔康没有死！"

福晋悲切地看着她说："我也希望他没有死！但是，他已经入了土，墓草也绿了，尸骨也冷了！紫薇，接受事实吧！自己骗自己，只会让我们一次又一次地失望！"紫薇好着急，激动得一塌糊涂。"额娘！我真的看到尔康，他向我求救呀！我们要想办法去救他，他没有死，他说他生不如死！他可能受了伤，在云南的某一个地方……"福晋抓住她的双臂，稳定住她，含泪说：

"你看看清楚，房里哪儿有尔康？那都是你的幻影呀！你点了这么多蜡烛，在烟雾里、火焰里，会酝酿出一种气氛，好像魂魄会回来！如果尔康真的回来过，像你说的，你常常见到他，为什么我都见不到？难道尔康不想见额娘吗？"

"不是这样的，"紫薇急急地解释，"尔康也想额娘，但是，我和尔康的心灵是相通的，以前，就常常这样，他想什么，不用说出口，我就知道。我的心事也一样！我们有一种超过自然的感应力，就像很多双胞胎，也会有感应一样！"她抓住福晋的手，热切地喊：

"额娘，你相信我，我真的看到尔康在求救，他还活着，他一定还活着！""不要再说这种话了！"福晋悲切地摇头，痛楚地喊，"醒来吧……尔康已经死了，再也不会回来了！把这些烛火灭掉，不要再做梦了！"紫薇知道无法说服福晋，就悲痛地站在烛火之中，充满期待地对空中喊：

"尔康！求你再现身一次，求你在额娘面前，现身一次！尔康！出来吧！"房里烛火荧荧，香烟缭绕。福晋和丫头们，悲哀地看着她，哪儿有尔康的影子？紫薇凄然伫立，开始怀疑自己是不是在幻想、在做梦。尔康，你到底是生是死？你到底在哪里？

尔康陷在缅甸皇宫，转眼间，已经到了结婚的日子。

他坐在房间正中的椅子里，一群宫女围绕着他，正给他梳妆打扮。半年以来，他的头发已经长得乱七八糟，前面短，后面长。慕沙曾经想剃掉他的头发，他大闹着说，满人最重要的就是头发，要剪他的辫子，除非先砍他的头！没奈何，慕沙只好用缅甸人的头巾"岗包"，把他的长发包住。现在也是这样，宫女们绾住他的长发，用一块镶着银丝的白头巾，包住了他的头。接着，一件簇新的缅甸贵族装，套上了他的身子。他看着这样的自己，忽然爆发了，烦躁地拉扯着衣服喊：

"脱下来！脱下来！我不穿这个！"一个侍卫大步上来，伸手一压他的肩膀，他"砰"的一声，跌坐在椅子里。他怔住了，惊愕地想，我怎么连一个缅甸兵都反抗不了？他大声喊："你们赶快把八公主找来，我跟她当面说清楚！我不能结婚！我不要结婚！"他再站起来，侍卫一按，他又砰然落座。宫女们就在侍卫的压迫下，给他穿戴整齐，还戴上许多贵族的饰物。他大急，先扯掉岗包，再伸手一拉，珠饰扯断了，饰物稀里哗啦滚落一地。他恼怒地喊："天下哪有这种事？你们缅甸人，没有人要娶慕沙吗？哪有强迫别人结婚的道理？我不结婚！我早已结过婚了，你们听到没有？"一个宫女，捧着脸盆过来，另外一个拿着剃刀，就要给他剃胡子。他一气，伸手一掀，脸盆落地，乒乒乓乓，水洒了一地。

宫女们见尔康如此不肯合作，叽叽喳喳奔出门去报告。

只见盛装的猛白和慕沙，大踏步而来。猛白大吼：

"天马！你再不好好地准备当新郎，我一刀杀掉你！"说着，从腰际拔出匕首，往桌上用力地一拍，"我可是玩真的，不要以为我在糊弄你！"

盛装的慕沙，穿着一件金色的服装，美丽绝伦，不可方物。尔康对于当初在战场上，不论是自己，或是永琪、箫剑，都没怀疑到她是女子，觉得简直不可思议！如果当初大家怀疑过，或者他不至于弄到今天这个地步！但是，如果她不曾对他有意，他大概老早就死在战场上了吧？他瞪着她，不知道对她这样一厢情愿的爱，应该感激，还是应该痛恨。她睁着一对明亮的大眼睛，困惑地看着他，问："天马，你还有什么不满意？难道我还配不上你吗？你这样不合作，会让我很没有面子耶！"

"你们愿不愿意听我说几句？"他急促地说，"我说过几千次了，我不能和慕沙结婚！你们大概不了解我的意思，我再说清楚一点，在北京，我有一位妻子，名字叫……"

"我知道，名字叫紫薇，"慕沙打断了他，"但是，她跟你已经没有关系了，你这一生，都不可能再见到她！她是你另外一个生命里的人，现在，你是天马，你生命里的女人是我！"

"不是！慕沙，听我说完！紫薇和我，经过了很多艰苦，才结为夫妻。我们的感情，不是平凡的感情，是一种深刻到你们无法想象的感情。她是我这一生唯一的女子！我爱她，那种爱，也不是你们可以了解的爱，是深入灵魂的爱。在很久以前，我就告诉过紫薇，我的生命里，除了她，再也没有别人！换言之，就是我死了，我的魂魄也会围绕在她身边！最近，我就觉得我会'离魂'，我人在这儿，我的魂，还是守着她！这种爱，是不容任何力量介入的！连鬼神都没有办法破坏……慕沙，你很好，你是一个具有很多优点的姑娘，但是，你不是我生命里的女人，她才是！不管我叫天马、地马、活马、死马……她都是我生命里唯一的女人！我心里只有她！这样一个心里只有紫薇的男人，你嫁给我不是也很委屈吗？你为什么要受这样的委屈呢？"

"废话怎么那么多？"猛白大怒，恨恨地嚷，"慕沙！他既然这样小看你，不要你，你还发什么昏？杀了他算了！"猛白说着，就从桌上一把抓起匕首。慕沙一拦，说："让我跟他说！"就转身对尔康嚷，"你想想清楚！如果不娶我，你就不是'离魂'，你会变成'鬼魂'！娶了我，留下你这条命，或者你还有机会见到紫薇，你选择生，还是死？"尔康想了一下，毅然说："杀了我吧！反正，我失去了武功，又被你们弄得上了药瘾，经常半死不活！与其背叛紫薇，苟且偷生，不如忠于紫薇，一死了之！"尔康说完，就把眼睛一闭，引颈待戮。慕沙和猛白都呆住了。猛白就抓住匕首，一下子就用匕首的尖刃，抵在尔康的面颊上，咬牙说："你想干干脆脆地死，也没有那么容易！你的紫薇，爱你什么地方？因为你长得俊吗？我不杀你，我划掉你这张脸孔，让你变成一个丑八怪，你说！要不要娶慕沙？快说！""刀子下逼出的婚姻，有什么价值？"尔康不为所动。"我没耐心了，你说，要不要娶慕沙？"猛白再问。

尔康眼珠一转，一翻身，想跳出重围。心想，自幼学习的武功，不相信完全没有了，先打一架再说！谁知，他不但武功全失，身子也很虚弱，一翻身之下，竟然"砰"的一声，摔在地上。

猛白怒不可遏，冲了过来，对着他乱踢乱踹，然后一脚踩在他的胸口，怒吼："这小子还想逃！"匕首又飞快地抵住他的面颊，大叫，"我再问你一次，你娶不娶慕沙？"

尔康被踹得七荤八素，忍着痛楚，咬牙说：

"贫贱不能移，威武不能屈！何况，我绝对不负紫薇，我不娶！"猛白的匕首一用力，在尔康的面颊上划了一道，鲜血立刻流出。慕沙大惊，飞扑过来，双手握住猛白拿匕首的手，大喊：

"不要！他这张脸，我也喜欢呀！你为什么要划掉他的脸？这样，怎么举行婚礼呢？"就推着猛白，嚷，"爹！你不要管了，你出去！今天只好不结婚了，等到他脸上的伤口好了再结婚！"

慕沙一面说，一面赶紧拿了一条帕子，压在尔康的伤口上。猛白气得跳脚，对尔康恨恨地说："我再给你两个月的时间来考虑，如果两个月以后，你还不肯娶慕沙，我每天在你脸上划一道，直到把你的脸，变成一个棋盘为止！"猛白说完，掉头大步而去。慕沙赶紧坐在地上，把尔康的头抱在怀里，一迭连声地喊：

"兰花！桂花！赶快拿金疮药来！侍卫，赶快去请大夫！"两个丫头拿了药，飞奔而来。侍卫答应着，飞奔出去。慕沙在伤口上撒了药粉，再用帕子按住伤口，看着帕子染红了，又是怜惜，又是生气，又是不可思议。"你为什么这么傻？娶了我，不喜欢随时可以走，总比送命和毁容好！刀子抵在脸上，还不肯屈服，你疯了吗？"

尔康痛楚地看着她，眼里，充满祈求的神色：

"我已经这么狼狈，什么地方还值得你爱？把这个没用的我，还给紫薇吧！"慕沙凝视他，想了想，就对他一笑，洒脱地说："我爹已经说了，再给你两个月考虑，你呢，也利用这两个月，把身子调理好！这两个月里，你不要再跟我闹别扭，什么都听我的，好好地陪陪我！我答应你，如果两个月以后，你还是不想娶我，我认了！什么话都不说，马上放掉你！"

尔康眼睛一亮，精神大振：

"一言为定吗？"慕沙点头，斩钉截铁地说："一言为定！"

第四十八章

　　这天，是绵亿满月的日子。晚上，乾隆赐宴，把所有的皇亲国戚都请来了，在大戏台前，摆下几十桌酒席。戏台上，许多只穿着肚兜的小孩，在表演"百子满月舞"。孩子们跳着，笑着，翻筋斗，手里拿着红绸，写着各种吉祥话。

　　正中一桌，围桌坐着乾隆、太后、知画、小燕子、晴儿、令妃、永琪、永璇和其他妃嫔。其他的桌子，坐满妃嫔、亲王、贵妇、格格、阿哥等。知画今晚是个主角，穿着红色的福晋装，头上戴着大朵的牡丹花，戴着乾隆赏赐的珠宝，一身的喜悦，满脸的笑容，乐不可支。和知画相比，小燕子是闷闷不乐、若有所失的，她甚至无法掩饰自己的失意。永琪不时看看小燕子，看看知画，这真是一种难堪的局面。大家在为他的第一个儿子做满月，他应该兴高采烈才对，他却连笑容都挤不出来。再想到，每逢宫中有喜庆，都是福伦和尔康来张罗，小燕子和紫薇同欢笑。现在，失去尔康，福家全家都没来，他就更加笑不出来了。

其实，乾隆是在苦中作乐，尔康的去世，紫薇的悲切，事事伤心。他勉强提着兴致，环视众人，说："今天，是绵亿满月的日子，宫里已经很久没有喜事了，绵亿的出世，带来一份崭新的希望，让我们一起祝福这个小生命！来！大家喝一杯！"众人站起身子，举杯，大声祝福："恭喜皇上！恭喜老佛爷！恭喜荣亲王！祝福小王爷身体健康，长命百岁！"乾隆干杯，永琪赶紧干杯，大家也干杯。乾隆看着知画，答应了太后的事，不能不履行，再说："今天，还有一件事情要宣布。知画生下小王爷，功不可没，从今天起，正式册封为荣亲王的嫡福晋！"众人掌声雷动，又大声恭喜："恭喜荣亲王福晋！福晋大喜了！"知画满面笑容，羞答答起身道谢："知画谢皇阿玛恩典！谢谢大家！谢谢！谢谢！"

没料到乾隆会在宴席中突然宣布这个，小燕子一听，大受打击，脸色顿时变得好苍白，眼里，盛满了痛楚，忍不住看了永琪一眼。永琪也着急地看着她，想安慰，苦于无法说，眼神里充满歉意。

太后志得意满，看看众人，朗声说：

"大家坐下喝酒吧！只是家宴，不要拘束了！"大家喜气洋洋，坐下喝酒。台上的舞蹈，跳得热闹缤纷，让人目不暇接。小燕子看着这样热闹的场面，心里五味杂陈，真想抱着紫薇哭一场。紫薇，紫薇在哪里呢？紫薇比她还惨！她想着，心里酸楚已极，再也沉不住气，冲口而出：

"紫薇在家里哭，我们在这儿笑！上次聚在这儿看表演，是送永琪他们上前线，现在聚在这儿庆祝绵亿满月，已经少了一个重要的人！我们好健忘啊，照样地喝酒，照样地笑……大家心里，还有尔康吗？"

太后脸色一僵，瞪着小燕子，不快地说："今天是个欢庆的日子，你一定要说扫兴的话吗？我们心里都有尔康，但是，不能因为尔康的死，就停止过日子！死是悲哀，生是喜悦！我们为死者悲，也要为生者喜！"

"老佛爷说得好！"知画甜甜地接口，带着一脸的歉意，"其实，我心里也很不安，在这个非常时期，大张旗鼓地庆祝绵亿满月，确实不妥。但是，有了这个题目，让老佛爷和皇阿玛能够从悲哀里走出来，就是绵亿的功德了！"

乾隆不禁点头说："知画真是个懂事的孩子，说进朕的心坎里了！就是这样！"小燕子听到知画什么都好、什么都对，心里的痛，翻江倒海地涌了上来。她无法再面对这个局面，无法再面对这样的知画、这样的乾隆，甚至这样的永琪！她忽地站起身子，大声说："你们去庆祝，我坐不下去了！我走了！""回来！"乾隆一怔，怒喊，"你怎么这样没风度？朕知道，你心里不舒服，因为孩子是知画生的，因为朕封了她为嫡福晋！但是，母以子贵，这是天经地义的事！你要怪，只能怪你自己肚子不争气！"晴儿好着急，拼命拉小燕子的衣服，低声说："坐下，坐下！小人大猫！别忘了！"永琪在另一边，也拉小燕子的衣服，低声说："顾全大局，好不好？"小燕子听到乾隆那几句话，早已气得神志不清了，哪里还听得到晴儿和永琪的劝解，把自己的衣服一拉，傲然地昂头说："皇阿玛！您不会愿意我在场的！我再留下去，大家都吃不好！你们大家去享受'生的喜悦'，我一个人去凭吊

'死的悲哀'，我不在这儿惹大家讨厌！"小燕子说完，就掉转身子，冲出了大厅。永琪跳起身子，匆匆说了一句："我去追她回来！"永琪跟着跑了。

大家怔着。令妃急忙打圆场："皇上别跟她计较，小燕子就是这个脾气嘛！来来来！大家看表演，吃饭，喝酒……不要扫兴！""还好知画进了门，小燕子这副样子，哪里配得上永琪！"太后哼了一声，对乾隆说，"咱们喝酒，不要理她了。"

乾隆一叹，举杯和大家喝酒，勉强提起的欢乐情绪，都被小燕子这样一闹给闹掉了。小燕子变了，不再是他的开心果；永琪也变了，不再是出发打仗时那个意兴风发的青年；紫薇更是变了，热孝在身，几乎不进宫。唉，尔康死了，什么都变了！台上，百子舞如火如荼地跳着，音乐喜悦地响着。乾隆却一点喜悦都没有了。

小燕子离开了大戏台，心里的苦，心里的怒，心里的嫉妒，心里的痛楚……全部汇集，像是一把大火，燃烧着她。这个宫殿，再也不是她的乐园！她要逃，她要走，她要冲出这个牢笼！她埋着头在御花园里疾走，永琪三步两步，追上了她。

"小燕子！等我一下！"他拉住了她，诚挚地说，"我知道你心里有多少不舒服，我也非常不舒服。你不要以为我沉浸在绵亿出世的喜悦里，就忘了尔康！我没有！我早就跟皇阿玛说过，我没有情绪庆祝绵亿的满月，但是，老佛爷一定要做满月，我也没有办法！至于封嫡福晋的事，我抱歉，又是我无法控制的事……"

小燕子站住了，猛然回头，对着永琪大声喊：

　　"不要说了！你有一大堆无法控制、身不由己的事！我脑筋不清楚，我是傻瓜，我是白痴，我疯了才会嫁给你！做了你这个大人物的老婆，我要和知画分一个你，看着知画帮你生儿子，看着大家帮你们庆祝，我还要坐在那儿恭喜你们，糊里糊涂就从大老婆变成小老婆……老天啊！"她抬头看着天空，对天空握拳叫，"老天！告诉我，这还有天理吗？"

　　像是回答小燕子的问话一般，那黑暗的天空，骤然一亮，一朵烟火冲上天空，轰然炸开，绽放出一蓬花雨。接着，无数的烟火，在天空绽放。许多宫女太监，纷纷仰头，欢呼不断：

　　"哇！放烟火了！五阿哥生了小王爷，普天同庆呀！"小燕子呆住了，看着天空一蓬蓬的烟火。怎么？逃都逃不掉？永琪急忙解释："这是宫里的习俗，有了喜事，都要放烟火，你应该早就习惯了！"小燕子的视线，从烟火转到永琪脸上，她瞪着他，像是在看一个完全陌生的人。呼吸急促地鼓动着她的胸腔，她所有的理智，全部飞了，她摇着头，咬牙说："我不习惯！我为什么该习惯？我像那个烟火一样爆炸了，我和你结束了！""什么叫结束了？"永琪惊愕地问，睁大了眼睛。"结束了，就是完了！"她悲愤地喊，"我不要你了，不要这个婚姻，不要跟别的女人去抢丈夫，我认了！我输给知画了，我把你完完全全地让给她！我今晚就搬到学士府去住！我和紫薇一起抱着哭，让你和知画一起抱着笑！我还要给自己再找一个男人，去生我的孩子！"听到小燕子最后那几句话，永琪脸色大变。毕竟是阿哥，哪儿听过这样的言论！他瞪着她，又急又气："你在说些什么话？给别人听到算什么？你不怕大家传话吗……""我不怕，我什么都不怕！"她眼里冒着火，"我不再喜欢你了，我的苦都因为喜欢你才有，只要不喜欢你，我还有什么可怕？我决定离开这个皇宫……"她说着就要走，他紧紧地拉着她，急促地说："小燕子！你肯不肯理智一点？你不要这样说，如果你否定了我，实在太过分了，知画是你求我娶的，你忘了吗？"小燕子一听，悲从中来，怒上眉梢，憋着气喊："是我求你的，我还求你跟她洞房呢！"她的眼泪，不争气地冲进眼眶，"你这个谎话大王！欺骗大王！伪君子！骗子！""什么谎话大王、欺骗大王？你指什么？"永琪也沉不住气了，生为阿哥，被人这样指着鼻子骂，还是少有。何况，对小燕子，他掏心掏肺，怎么会落到是骗子、是伪君子？"我指你和知画结婚那晚，就'洞房'了！"小燕子喊，想着知画告诉她的话，越想越气，"还骗我没有！骗了我两个月之久，最后还要我求着你去……我真是天下最大最大最大的大笨蛋！你是天下最大最大最大的大混蛋！""这话从何说起？"永琪一怔，惊愕极了。"从你的嫡福晋说起！从你的荣王妃说起！"小燕子手一甩，甩开了永琪，拔腿就跑。

"我不要再跟你说任何一句话，我们完了！结束了！我再也不为你伤心受罪了！我解脱了！"小燕子说完，就向景阳宫飞奔而去。永琪愣了半晌，拔脚就追，拼命喊：

"小燕子……小燕子……小燕子……"一群宫女太监，看得目瞪口呆，议论纷纷。满天花雨，仍然热闹地撒了下来。

小燕子冲进景阳宫，再冲进自己的卧室，拿出包袱皮，摊在床上，打开抽屉，把衣服一件件抛在包袱皮上。她再卸掉那个镶着牡丹花的旗头，嚷着："明月，彩霞！来帮我一下，我要换我的普通衣裳，从今以后，我不是福晋，不是格格，也不是五阿哥的老婆！我恢复我的本来面目，我是小燕子！"小燕子一面说着，一面七手八脚地脱掉那身正式的旗服，穿上最简便的便服。明月、彩霞赶紧过来帮忙梳头。明月一边梳头，一边着急地劝着："格格，不要生气，好好跟五阿哥谈谈嘛！"

"你这样一走，不是正好中计了吗？"彩霞也着急地说，"那个福晋就是要把你逼走，你怎么可以让她称心如意呢？想想清楚吧！""让她称心去，让她如意去！我不在乎了！"小燕子嚷着。正说着，永琪大步冲了进来，看到这样，就叹气说：

"你又要闹'出走'吗？为什么要这样？我好不容易从战场回来，留住了这条生命，希望和你共度以后的人生，你居然和以前一样，只要不开心，就收拾东西闹出走！你也想想我的感觉，我的处境……"

永琪话没说完，小燕子大声地打断：

"你的感觉，你的处境我都不在乎了！因为你老早就不在乎我的感觉和处境了！我走到今天这个地步，已经没有路再走下去，我不是你的备用老婆！"她把鞭子缠在腰间，把剑佩带在身上，又把箫放进包袱里，"我告诉你，我的永琪和尔康一样，在战场上就死了，今天这个你，我根本不认识！我不要和你谈！"

小燕子口不择言，一句一句，刺痛了永琪，他恼怒起来，大声问："你巴不得我在战场死掉算了，是不是？""对！"小燕子答得干脆利落，"最起码，那时的永琪会永远活在我心里，那时的永琪是我的英雄，是我的丈夫！今天这个你，会对权势低头，对老佛爷低头，在尔康的死亡阴影下，大肆庆祝儿子的满月，对皇阿玛像小狗一样……你就算当了王爷，就算将来要当太子、当皇帝，对我而言，也什么都不是！"

这一下，永琪再也无法忍耐了，他不只生气，而且痛心。这样一路走来，为了她，多少委屈都忍受了。娶知画的事，说来说去都是为了她、为了箫剑！她应该比任何人都了解，最后，却换来她这样的评价！他重重地喘气，抬高了眉毛，怒声说：

"你这样贬低我！你把我说得一钱不值，这样的你，我也不认识！我也不稀罕！""你不稀罕就不稀罕，我们谁也不稀罕谁，从此以后，桥归桥，路归路！一拍两散！"她坚决地说，已经收束停当，一副女中豪杰的短打装扮，就把包袱用力打结，扬声大喊："小邓子！小卓子！"小邓子、小卓子奔进房，"你们去帮我准备一辆马车，告诉神武门，我要出宫去看紫薇格格，不许在宫门口拦住我！"

小邓子、小卓子二人，看看永琪，看看小燕子，立刻心知肚明。"格格要出宫啊？恐怕有点不方便吧？太晚了！"小邓子赔笑地说。"就是就是！这么晚，管马车的小厮早就睡着了，马夫也睡着了，那些马儿大概……大概……"小卓子一个劲儿傻笑，"也都睡着了！"小燕子大声一吼："你们去不去？"

"格格……"小卓子为难地嗫嚅着。永琪瞪着小燕子，见她横眉竖目，心中更痛，大声嚷："格格要走！就让她走！你们尽管去备车，告诉神武门的侍卫，是我说的，还珠格格要出宫，谁也不许拦住门！"小邓子抓着脑袋，傻笑："五阿哥……真的要备车啊？"

如果永琪肯把小燕子往怀里一抱，轻言细语解释一下，或者就没事了。偏偏永琪也憋着一肚子的无奈和沉重的悲哀，恨极她不了解他的心。俗语说"泥人也有土性"，何况，永琪是阿哥，可不是"泥人"，这场战争，演变到此，已经不可收拾。小燕子听到他这样说，连留她都不留，根本就是"有了新人忘旧人"！她伤心已极，怒气腾腾地对两个太监跺脚大吼：

"你们两个听不懂北京话是不是？要用海宁话讲，你们才懂？"永琪一听"海宁话"云云，如此夹枪带棒，辜负他一片真心，还要百般冤枉他，气得也跺脚大吼："去备车！去备车！去去去！""喳！"小邓子、小卓子只得答应，飞奔出去。

明月、彩霞双双呆住了。

小燕子整整衣裳，走到永琪面前，深深地凝视他："我不会和你说再见！我们两个的缘分已尽，我再也不会回来了！你最好认清这一点，我不是一时闹别扭，我终于认清了你！我跟你永别了！"说完，她掉转身子，就往门外大踏步而去。明月、彩霞一急，明月冲到永琪身前，急促地、焦灼地喊：

"五阿哥！您赶快留一留嘛！不要闹到整个宫里都知道了，又生出许多枝节来！"彩霞一眼看到桌上的一本《成语大全》，就拿了过来，冲到小燕子身边，喊着："格格！格格……你就看在五阿哥帮你写《成语大全》的分上，也要包涵一点嘛！"小燕子抓起《成语大全》就撕，彩霞赶紧去抢，已经来不及，撕碎了好多页。小燕子对彩霞怒气腾腾地说：

"那个帮我写《成语大全》的五阿哥，早已死了！"她把《成语大全》对着永琪扔了过去，毅然决然地说，"以后，我再也不必背成语，再也不必装淑女，再也不必讨好宫里的这些伪君子！我的新生命从今天开始！"

永琪一闪，《成语大全》落在地上，他的脸色发青，怒不可遏，大喊："你走了，就永远不要回来！"小燕子气得发抖，坚决地大叫："放心！你就是用八人大轿来抬我，你就是痛哭流涕来求我，我也不会回来了！"说完，她就背着包袱，乒乒乓乓地出门去了。永琪气呼呼地站在那儿，看着她的背影消失，脸色灰败，眼神却是极端痛楚的。

小燕子出了宫，当然只能去学士府。她有一肚子的话，要告诉紫薇。只有紫薇才能了解她的愤怒、她的委屈、她的醋意和她的无助。谁知，到了学士府，福晋就用一对带泪的眸子迎接她，一句话也没说，就把她带进紫薇的房间。她跟着福晋进房，一进门，就呆住了。

只见满房间都点着蜡烛，房里，处处烛火荧荧。紫薇一身素服，牵着东儿的手，站在窗前，对着打开的窗子，虔诚地喊：

"尔康！我带着东儿，在这儿等你！你不是责备我不理东儿吗？那么，你也不可以忘掉他呀！看看东儿，来吧！回来吧！"就低头对东儿说，"东儿，你喊阿玛！告诉阿玛，你想他，希望看到他！"

东儿顺从地看着窗外，喊："阿玛！东儿乖乖……东儿听话不闯祸，阿玛赶快回家！"福晋看得热泪盈眶，对小燕子低低说："最近，她好像中邪了，每晚都是这样子！"就悲哀地喊，"紫薇，小燕子来了！"紫薇惊动地回头，看了小燕子一眼，立刻紧张地、小声地说："嘘！别吵……说不定尔康会回来！上次我点了蜡烛，他就来了！"说着，顾不得小燕子，又虔诚地看向窗外。小燕子一见紫薇这样，悲从中来，把佩剑鞭子都丢在床上，奔了过来，握住紫薇的双臂摇着，沉痛地喊："紫薇！你醒醒啊！尔康已经死了，他怎么会回来呢？"紫薇一回身，热切地抓住她的手，满眼狂热地说：

"小燕子，我告诉你，尔康没有死，他陷在一个地方，过着生不如死的日子，但是，他没有死！他在我面前现身，向我求救，我跟阿玛额娘讲，他们都不相信我的话，你一定要相信我！我所有的思想、意识、感觉都清清楚楚地体会到这个事实，他没有死！我们必须想办法去找他去救他，要不然就太晚了！"她四面看，找寻着，"永琪呢？他在哪儿？我有话要问他！"

提到永琪，小燕子大痛，悲声喊："没有永琪！再也没有永琪！紫薇，你失去了尔康，我失去了永琪！我们姊妹两个，从进入皇宫开始，就是一场梦，现在，梦醒了，我们都变成原来的那个自己，什么都没有！"紫薇摇摇头，热切地向窗外观望："不不！不要这样说，我不是什么都没有，我有东儿，我有阿玛额娘，我有皇阿玛，我还有尔康啊！"福晋听着看着，伤心着，忍不住拭去眼角的一滴泪，走过来说：

"紫薇，你心里明白，你还有我们、有东儿，就为我们振作起来吧！小燕子带了行李过来，你又可以睡在一张床上说悄悄话了，我不打扰你们，你们慢慢谈！两个都不许钻牛角尖……你们互相吐吐苦水，说不定都会舒服很多！东儿我带走了，放心，奶娘会照顾他……我让秀珠给你们准备消夜！"

福晋说完，就牵着东儿，难过地看了二人一眼，出门去了。

房门关上，小燕子拉住紫薇的手，激动地说："我告诉你，我永远离开那个皇宫了！我再也不会回到永琪的身边去，在他把我'休掉'以前，我先下手为强，把他'休掉'了！"

紫薇这才注意小燕子的话，眼神里充满了困惑。"你离开皇宫了？你'休掉'了永琪？什么意思？""他们男人，动不动就要休掉老婆，什么'七出'之罪，都是女人的错！男人可以三妻四妾，换成女人，就是淫荡！我想通了，我和永琪是平等的，男人可以'休妻'，我也可以'休夫'，他伤了我的心，我决定不再爱他！我把他'休了'！从此，我和他一刀两断！"紫薇凝视了她一会儿："一刀两断？你怎么可以和永琪一刀两断？他是你生命里最重要的人，就像尔康是我生命里最重要的人一样！生死都无法斩断的感情，你怎么会说断就断？""这次是真的断了！我再也不会原谅他！"她激动地嚷，摇着紫薇的肩，"紫薇，你也别认那个爹了，他是我的杀父仇人，我再也没办法爱他，他也不再爱我！我每次看到他，就想着我爹在断头台上的情形，想着我娘在烈火里自刎的情形，我真想冲上前去，给他两刀，为我爹娘报仇，可是……我又会想到他对我的好……我真的太痛苦了！紫薇……我们两个，怎么会变成这样？"

紫薇看着窗外，神思恍惚起来：

"是啊，我们两个，怎么会变成这样？如果当初我们没进宫认爹，这一切都不会发生，说不定，我们嫁了两个平凡的小老百姓，过着平凡而幸福的生活，没有缅甸战场，没有死亡，没有尔康，没有永琪，没有皇阿玛，没有知画……说不定，那样的一辈子，比现在幸福！"

"是啊是啊！"小燕子热泪盈眶，"紫薇，让我们回到当初去吧！我不要什么皇子，不要皇宫，我宁愿过穷苦的生活！我真想回到当初，我一定不会再冒充你，再冒充格格！我已经尝到滋味、受到报应了！"

紫薇悲哀地看她，说：

"人生只能往前走，不能往后走，不管多后悔，就是无法回到当初！"她思前想后，心痛如绞，"可是……我要我的尔康啊！我要我的东儿啊，我也爱我的皇阿玛啊！如果回到当初，我宁愿再重复一遍，宁愿再受这样的痛苦和煎熬……"她的眼泪慢慢地滑下面颊，声音哽咽："我也不后悔和尔康的相遇相知，我珍惜和他在一起的每一个时辰……"说着，就忘形地冲到窗边，对着窗外大喊，"尔康！回来啊！让我再看你一眼……尔康……你在哪里？"小燕子看到紫薇这样，显然她的哀痛，更胜于自己！她震撼地看着，在各自那椎心的痛楚下，简直不知该何去何从了。

当紫薇在烛火中找寻尔康、在窗前呼唤尔康、在幽幽谷思念尔康的时候，尔康的身体，已经完全恢复了。穿着一身缅甸的服装，他看来英姿勃发，像个缅甸的王子。

这天，慕沙决定把尔康带到户外，让他晒晒太阳。她召来她的坐骑，一头高大的大象。她和尔康，乘坐在象背上，走在充满异国情调的缅甸花园里。慕沙带着满脸的笑，尔康依然是心事重重、落落寡合的。慕沙讨好地说：

"出来走走，你会不会觉得心情好多了？你看，我们这儿也挺美的，是不是？"

尔康四面察看，希望找到逃走的办法。他看到花园里有一群和尚走过。

"嗯，你们的国家，有好多和尚。"

"不是我们的国家，现在，也是你的国家了！"慕沙笑着说，"我们信仰佛教，但是，我们也同时信仰巫术、符咒和占星术。所以我们有巫师，你也可以称他们为巫医或者魔法师！他们在我们的生活里，是很重要的人！在你病得很重的时候，我就让一位巫师帮你喊魂，才把你的魂魄喊回来！"

"原来是巫师把我的魂魄喊回来的，"尔康苦涩地说，"要不然，可能我的魂魄还在紫薇身边吧！"他看着她，想着自己"离魂"的经验，不禁深思起来，问："你们也相信灵魂吗？"

"相信极了！每个人都有灵魂，身体只是灵魂居住的地方。灵魂可以离开身体，在外面飘荡，做自己想做的事。如果灵魂离开太久，人就会死掉，所以要把灵魂叫回来！人在做梦的时候，也是灵魂离开的时候，如果你梦到掉进水里，醒了之后，记得请巫师作法，用水盆装满水，把湿淋淋的灵魂捞出来！要不然就会生病，伤风咳嗽，就是因为灵魂湿了！"

尔康震慑了。原来缅甸人相信做梦是魂魄离开了身子，如果真是这样，说不定那些和紫薇魂魄相聚的时刻，并不是自己的幻觉。说不定他的魂魄，入乡随俗，跟着缅甸人的习俗，走出了自己的身体！他想着，几乎对这种说法，生出一种敬畏的情绪。

"看样子，在这一点上，我和你们的国家，有些同化了！我的灵魂也曾经离开身体，也曾经在外面飘荡……我国也有这种说法，和关于离魂的种种传奇，其中最有名的，就是'倩女离魂'的故事！我以前不信，现在有些相信了！"他看慕沙，又问，"你们相信灵魂，那么，灵魂有没有形状呢？"

慕沙有些兴奋，难得他这样心平气和地和她谈话，她就有些受宠若惊了。"有啊！"她知无不言，言无不尽，"灵魂有我们自己的形状和面目，但是，灵魂会飞，所以，我们也相信灵魂有翅膀。马来人说，灵魂像鸟，可是，我们缅甸人，相信灵魂是蝴蝶！""蝴蝶？灵魂是蝴蝶？"尔康一震，好像看到幽幽谷中，许多蝴蝶在救紫薇，也看到含香病危时，许多蝴蝶围绕着含香。慕沙拍拍象背，大象停下。

"我们下来走走！"象兵赶紧过来，把二人接下地。这时，那只大象，抬起鼻子亲吻着慕沙的脸颊，又用鼻子拍打她的肩膀，还用鼻子去卷她的脖子，把她勾向自己。慕沙笑着，拍着象鼻子，摸着象耳朵。"要跟我玩呀？不行不行！"尔康四面看着，心想，这是一个机会，要不要逃跑？看到花园四周，缅甸侍卫环侍，不禁摇摇头，知道自己插翅难飞。慕沙看他眼光四转，笑着问："你在想什么？如果想要逃走，你就太笨了！你看，四面都是我们的人！那些和尚，都是有功夫的，在悄悄地保护我，也是悄悄地监视你！""原来如此！"尔康惊看她，"你还会读心术吗？"慕沙一笑，笑得非常灿烂迷人。尔康发现，她是非常爱笑的一个姑娘，虽然自己总是给她钉子碰，她还是随时随地地笑。只是，翻脸比翻书还快，脾气一来，拳脚也跟着来。这种女子，也是天下一奇。他正在胡思乱想，慕沙的大象，发出一声长鸣，又把鼻子搭在她肩上。"你们的象，好像比人还重要！"尔康好奇地说。"当然！象是我们的神。传说，我们最重要的一条河流，伊洛瓦底江，原来是雨神住的地方。雨神有一头神象，它从鼻子里喷出大量的水，汇聚成伊洛瓦底江，我们才能灌溉农田，才有水喝！我的象也是神象，它还会表演呢！"慕沙说着，往草地上一躺，嘴里喊了一句缅甸话。只见那头大象走来，提起巨脚，就踩在慕沙的胸前。尔康一见大惊，急忙扑上前去，用力把她一拉，疾呼：

"小心！它会踩死你，赶快起来，不要这样玩，太危险了！"岂知，大象的脚，只是轻轻地踩在慕沙身上，还在那儿搓来搓去帮她按摩呢！慕沙却为尔康这声"疾呼"所表露的感情，深深震动了，躺在地上，呆呆地看着他。那只大象，忽然友善地扬起鼻子，在尔康面颊上轻轻地吻了吻。慕沙见状大喜，一滚，滚出大象脚下，一跃而起，满脸发光地对他喊："神象就是神象，它已经向我启示了，你就是我生命里的男人，没错！而且，你没办法赖，你关心我！哈！我们已经不再是敌人了！"尔康呆了呆，急忙解释：

"慕沙，我关心你，就像关心一个朋友……"慕沙喜悦地笑着，和大象玩着、闹着、嚷着："随你怎么说，我了解你不了解的！你是我的，你逃不掉了！这是你的命运，你成了缅甸人，你是我的……"尔康震动地看着慕沙，默默不语，心里在说着："我不是你的，我是紫薇的。这不是我的命运，我的命运早就注定了！我和你出游，迁就你，只是在等两个月期满而已。"

他环视四周，美丽的景致，美丽的庭园，花园里耸立着各种雕塑，繁花如锦，鸟语花香。如果紫薇也在，那该多好！尔康想起了西湖，想起了火烧小船，紫薇和晴儿双双跳进西湖里……那是多久以前的事？是前生，还是前生的前生？

"你在想什么？"慕沙看了他一眼。

尔康怔了怔，回过神来："想以前的事，你不会喜欢听的事！""那么你就别说！"她看着他，柔声问，"你知道缅甸的灯火节吗？""灯火节？不知道！""每年的七月十五日，是缅甸的灯火节！到了那一天的晚上，城里真是漂亮得不得了，我们会用灯火，把桥上、路上、房子上……全都挂满了灯，还会把灯火，在地上排成各种走道、各种形状。整个城里城外，都是一片灯海，然后，我们的姑娘和小伙子，会拿着蜡烛跳舞到天亮。那是我们重要的节日！""七月十五？今天已经是六月初，就是下个月！"他盯着她，"那天，我们的两个月之约，也到期了！""正是！所以，我爹已经选了那一晚，给我们两个举行盛大的婚礼！"

尔康直跳起来，坚决地喊："不行！你说过，如果到时候我还是不想娶你，你就放掉我！""时候还没到，到时候，你会答应的！"她乐观地说。"慕沙，这一切都是不对的！你们是一个信佛教的国家，有最和平的百姓，为什么要发动战争？为什么要侵略中国？为什么不尊重别人的意志？为什么要故布疑阵俘虏我？你在战场上，威风八面，豪气干云，确实让我刮目相看！但是，这样拘禁我、勉强我的你，会让我轻视！你为什么不做一个洒脱的女中豪杰，而要做一个眼光狭窄、一意孤行的女人呢？"

慕沙瞪着他，生气了："你喊些什么，我听不懂！""你懂！你的汉语这么好，你什么都懂！就算对我的用词用字不懂，我的表情我的心态，你也懂！我是中国人，我一定要回到中国去！"
"你的中国在哪里？你看得到吗？摸得着吗？"慕沙大叫，"只有你的灵魂，才飞得回中国去！何况，你已经离不开银朱粉了，你的中国，有银朱粉吗？""我的中国会让我摆脱银朱粉，我的中国有最好的大夫，我的中国还有我魂牵梦萦的紫薇，只要见到紫薇，我会百病全消！"慕沙一听，大怒，掉头对着那只大象，用缅甸话喊："象儿！帮我教训他！"大象一声长鸣，忽然向尔康冲来。尔康一看情况不对，拔腿就跑。他哪儿跑得过大象，只觉得身子被象鼻一卷，整个人就腾空而起。他张着双手，疾呼："慕沙！让它放我下来！"慕沙大笑。满花园的宫女侍卫，也都看着他大笑。他就这样悬在空中，挥舞着双手，笑也不是，气也不是，恨也不是，嘴里喃喃地嚷着："虎落平阳被犬欺！我今天是'虎落平阳被象欺'！"

第四十九章

　　小燕子出走好多天了，宫里的人，认为她满心别扭，跑到学士府陪紫薇，也是人情之常，都对她采取不闻不问的态度。永琪每天忙着上朝，忙着帮乾隆看奏折，忙着和傅恒等人讨论国事……每天弄到深夜才回景阳宫。回到景阳宫，也不去知画那儿，把自己关在小燕子的卧室里，倒头就睡，生着闷气。知画小心翼翼地讨好，看他无精打采、落落寡合，知道他在火头上，也不敢造次。

　　对于小燕子不回宫，最着急的人，就是晴儿了。这天，她在朝房外，拦截了永琪，两人走到御花园的绿荫深处，四顾无人，她才对他着急地说："这么多天了，你还不赶快去学士府，把小燕子接回来？""我不接！"永琪烦躁地说，"她要走，就让她走吧！你不知道她嘴里说的那些话，一句一句都像刀一样，她说我已经死了！对我又动手又动口，我不会再忍耐她了！哪有这样凶悍的老婆？最让我生气的，是她失去了正义感和同情心！知画生产那天，明明是我撞到知画，让她早产，小燕子还口口声声说她是装的！这件事，实在让我痛心疾首！她就是看知画不顺眼，看绵亿不顺眼……但是，我已经没有办法让知画不存在，让绵亿也不存在了！"原来为了知画生产那天，小燕子的一句话，永琪记在心里，竟然把她看低了！晴儿百感交集，叹息着说："那你就让小燕子不存在吗？小燕子会吃醋，正说明她有多么在乎你！知画生绵亿那天，你只知道知画痛得死去活来，你知不知道，小燕子的心，也痛得死去活来呢？"永琪呆了呆，小燕子痛得死去活来？他不禁诚实地说："那天知画徘徊在生死边缘，我哪里还顾得到小燕子的感觉？"晴儿责备地、不以为然地凝视他，摇了摇头，说：

"怪不得小燕子要出走，你眼里只有知画，没有小燕子了！可怜的小燕子，她是多要强的人，为了你，她什么都忍，她的'小人大猫'，对她真是不容易！忍了这么久，最后还是失去了你！我真为小燕子抱不平！再说，小燕子有没有冤枉知画，现在还不能下定论！"她盯着他，"如果我是你，我会去审问一下杜太医，那晚，有没有夸张知画的病情？所谓的生死边缘，是真是假？"

"这事，还能假吗？"永琪惊怔地问。"为了争宠，为了争地位，宫里什么都能作假！那晚我也在，杜太医送走老佛爷的时候，对老佛爷说了'放心'两个字！然后，这些日子，我也听到知画跟老佛爷说了些悄悄话……我认为事有可疑，不只这事可疑，很多事，都非常可疑！""还有什么事？"永琪震动了。"你自己去想！本来，不管发生什么事，你都偏着小燕子，为什么到了今天，她的伤心，你都看不见了？"晴儿看看四周，"我不能和你多说了，我得赶回慈宁宫去！你好好地想一想吧！如果想不通，就去审问杜太医！"晴儿说完，掉头走了。永琪怔在那儿，陷入沉思中。晴儿走了几步，又突然回头。她的眼中，蓦然充满泪水，痛楚地说：

"永琪！我们三对，只剩下你们这一对是团圆的，如果你再放掉小燕子，我对这个残忍的人生，真不知道还能相信什么！"晴儿说完，走了。剩下永琪怔在那儿，出神了。

片刻之后，永琪回到景阳宫。他没有进房，在大厅里走来走去，陷在深思里。知画抱着绵亿，笑吟吟地走到他身边，轻言细语地说：

"永琪，要不要抱一抱绵亿？你看，他在笑耶！他睡得那么熟，可是，他在笑！不知道他的梦里有些什么，会让他笑得这么甜？永琪，你认为这么小的婴儿，他有没有思想，会不会做梦？"

永琪站住，心不在焉地看了绵亿一眼。看到绵亿那熟睡的、可爱的脸孔，他心中一跳，父爱就油然而生，不由自主地接过婴儿。他仔细地凝视着，孩子长得好漂亮，像他也像知画。一代一代的延续，实在是很奇异的事！"你看，他越长越像你，你的眉毛你的嘴巴，笑起来也像你！"知画柔声说。

永琪看着看着，烦躁起来，一叹说："他来人间干什么？将来，他的人生，谁知道会怎样？""你说些什么？他的人生，已经注定是大富大贵了！他是衔着金汤匙出世的！"知画说着，就依偎着永琪，笑看婴儿。"遗传真是好奇怪的东西，他也有几分像皇阿玛。怪不得中国人对于孩子这么重视，不孝有三，无后为大！永琪，你总算交差了，不会背上不孝的罪名了！"

听到这"不孝有三，无后为大"，永琪的反感就来了，就是这个罪名，让小燕子罪该万死！让知画侵占了小燕子的地位。但是，是谁给了知画机会呢？是他啊！是这个口口声声说可以抛弃江山，可以什么都不要，只要小燕子的永琪！他心烦意乱，把孩子往前一送。

"好了，抱走吧！这么软软的身子，我抱起来危危险险的！"桂嬷嬷就走上前来，接过孩子。"五阿哥，把小王爷交给我吧，我抱去房里睡！"桂嬷嬷抱走了孩子，知画就凝视着他，体贴地、温柔地、小心翼翼地说："你是不是想着姐姐？如果是，就去接她回来吧！"

永琪瞪着她，忽然脸色一沉，严重地说："知画，我要问你一件事，你坦白告诉我！""是！"看到他神色不善，她紧张起来。"是你告诉小燕子，我在新婚之夜，就和你圆房了？"

知画不料永琪有此一问，顿时面红耳赤起来。"哎呀，孩子都生了，再来追究这种事，不是很多余吗？"她微笑地说。永琪正视着她，神色严肃，好像这是一个天大的问题。他再问一遍："是你说的吗？"看他如此严肃，她的笑容顿时不见了。抬起眼睛，她也正视着他，理直气壮地说：

"是我说的！那天，姐姐忽然谈起这件事，丫头嬷嬷站了一房间，难道我说没有？让人告密到老佛爷那儿去，我们那条喜帕，岂不是犯了欺君大罪？我当然说有，反正，肚子里都有孩子了，还在乎这个吗？姐姐是江湖侠女，应该不是小心眼的人吧？

难道还为了七早八早的事，生气到今天？那也太小题大做了吧？给大家知道，岂不是让人笑掉大牙吗？"

原来她真的这样说了！永琪震动着、恼怒着，默然不语，看了她好一会儿。知画被看得有些发毛，就叹了口气，悲哀地说："新婚的事，你必须体谅，我也有我的自尊和骄傲，传出去，我怎么做人？何况已经有孩子了，早一天圆房和晚一天圆房，怎么说都一样，没圆房怎么会有孩子呢？事实胜于雄辩嘛！姐姐生气的，不是早晚那回事，是绵亿这个事实！她眼里和心里，都容不下绵亿！"永琪深思地看了她一眼，就背负着手，走到窗前去。他抬头，看着窗外的天空，眼前，忽然浮起小燕子在南巡时陪乾隆逛花园，唱的一段"蹦蹦戏"："张口啐，呸呸呸，狠心的郎君去不回，说我是鬼，我就是鬼，我那个冤家心有不轨！张口啐，呸呸呸，你要是狠心我也不回，说我不对，我就不对，谁教你无情无义心儿黑！"

永琪心中，狠狠地一抽，痛楚迅速地扩散到四肢百骸。小燕子，小燕子，远在那个时候，你就预感了今天？你知道我终有负你的一天！你知道我终有为了一个女人来冤枉你的一天？我竟然把你看低了，把知画看高了！

知画悄眼看他，被他眼神中的痛楚，弄得心慌意乱了。他忽然掉头，眼神变得非常严厉，厉声问："我还有一件事要问你，你生绵亿那天，是我把你撞到桌子上去的，还是你自己去撞桌子的？"知画一听，大惊失色，瞪大了眼睛问：

"这是什么话？哪有人拿生孩子这样的大事来开玩笑？你怎么可以这样含血喷人？我自己去撞桌子？难道我不要命了？也不

要孩子了吗？是谁跟你这样说的？姐姐吗？她要冤死我……而你，你也信了吗？"

永琪一跨步，飞快地来到她身边，一伸手，就扣住了她的手腕。他紧紧地盯着她，有力地、坚定地说："我要一句实话，你是不是走了一步险棋？你自己去撞桌子，用生命和孩子来下赌注？你存心要我内疚，要我着急，是不是？""你怎么可以这样说？不是，不是，当然不是！"她惊喊着，心慌意乱。"我要一句实话！"永琪厉声喊，盯着她的眼睛里，冒着怒火，"再说一次，你有没有故意去撞桌子？"知画挣扎着，要扯出自己的手腕，眼泪在眼眶中打转。"你要屈打成招吗？好痛！"她泪汪汪。他没有被她的眼泪所打动，命令地低吼："回答我！听好，"他从齿缝中迸出他的问题，一个字一个字地迸出，"我、要、一、句、实、话！如果你说谎，我们的绵亿会遭到报应的！"知画一听，报应要到绵亿身上，大惊之下，顿时崩溃了，痛喊着："要报应就让我报应，千万不要说绵亿！"她情急地一把抱住他的手腕，哀声地说：

"那晚，我怎么说，你都不要留在我房里，你那么冷漠，我还有什么办法？刚好你推了我一把，我心里想，了不起就是死！我就顺水推舟地撞了桌子，我并没有想到，那样一撞，孩子真的撞了出来……永琪，看在我如此'拼命'的分上，看在我为你生了绵亿的分上，你不要生气！总之，是绵亿选了这一天，来到人间……总之，是老天保佑，有惊无险……总之，我也受了好多苦，早就受到报应了！"原来被小燕子说中了，原来真是这样！永琪定定地看着她，眼神冷冽而悲痛，放开了扣住她的手。他悲切地说："你让我变成一个不仁不义、没心没肝的负心汉！"知画看到他这样的眼神，听到他这样的句子，心惊胆战，身子不由自主地溜下来，跪倒在他脚前，双手抱住他的腿。她抬头看着他，泪如雨下："永琪，请你想一想，为我想一想，如果我不是这样爱你，怎么会这样拼命呢？我也很可能一撞就撞死了！"永琪低头凝视她，好像不认识她，好像想弄清楚她到底是谁，他颤声说："你知书达礼，温柔美丽，纯洁高贵……但是，你让我害怕！"说完，他用力地一抽腿，挣开她的手，往门口就走。知画摔在地上，惊喊着：

"永琪！永琪！你去哪里？"永琪头也不回地走了。知画不禁伏在地上，痛哭起来。

永琪立刻去了学士府，他要找回他的小燕子。福晋带着永琪，直奔紫薇的房间，喊着：

"小燕子，紫薇，你们看谁来了！是五阿哥啊！"紫薇和小燕子正在窗前谈话，听到声音，双双回头。小燕子看到永琪，心里一跳，余怒未消，冲口而出："你来干什么？我不要见你！"紫薇见到他，却惊喜而激动，奔上前来，喊着："永琪！你来得正好，我有很重要的事要问你！"永琪顾不得紫薇的问题，眼光凝视着小燕子。他走向她，眼神里盛满了着急，盛满了热爱，盛满了歉意，盛满了祈求，说：

"小燕子……有些事情，我误会了你，你在紫薇这儿，也住了好多天了，气消了没有？我承认我有错。人，都会犯错……我们不要把时间浪费在怄气和分离上，我们应该珍惜能够相聚的时光，让我们和好吧！我来接你回家！"

小燕子猛地一退，激烈地说："你不是说，我走了就永远不要回去吗？"

永琪苦涩地看着她，后悔已极："那是气话，我收回！""你收回？"小燕子愤然大叫，"说出口的话，哪里能够收回？你收回我不收回！我现在明明白白地告诉你，我不回去！我再也不回去！回去干什么？面对一个爱着别的女人的丈夫，一个我必须称呼为皇阿玛的仇人！我……"

永琪四看，关于小燕子的身世，连福伦和福晋都不知道，他着急地说："嘘……你小声一点！""我为什么要小声？"小燕子大声嚷，"我不在宫里，我不怕任何人知道！""你也不怕连累伯父伯母吗？"永琪走近她，拉住她的手，低声下气地、柔声地说：

"能不能够和你单独谈几句话？"小燕子用力一甩手，甩掉了他的拉扯，身子再一退："不能！我不会和你单独在一起，我跟你也没话可谈！当你的心选择了知画，你和我就恩断义绝、一刀两断了！我说过，你用八人大轿来抬我，我也不跟你回去……"福晋赶紧过来，拉住紫薇说："紫薇，我们出去！让五阿哥和小燕子单独谈谈！"小燕子闪电般冲了过来，拉住紫薇喊：

"紫薇，你不要走！你做我的见证，我和永琪，不再是夫妻，连朋友都不是！这个人，他一步一步，杀掉了那个原来的我，他是个狠心的人！我再也不要为他忍气吞声……再也不要做他的哈巴狗……"

"小燕子，"福晋劝着，"看在五阿哥亲自来接你的分上，退一步海阔天空嘛！紫薇，我们出去，出去！"

永琪心痛地看着小燕子，千言万语，不知从何说起。紫薇一直着急地看着永琪，心思不在永琪和小燕子的战争上，在尔康的生死上。这时，紫薇再也忍不住，挣开了福晋的手，冲了过来，对永琪急急问：

"我有紧急的事要问你，你们两个等下再吵架，先回答我一个问题！"她盯着永琪问：

"你仔细想一想，你们带回来的遗体，有没有可能根本不是尔康？我现在越想越怀疑，除了尔康的服装和身上的配饰，你怎么确定带回来的是尔康呢？你不是说，找到他的时候，他已经面目全非了吗？"

福晋不禁深深一叹，看着紫薇问："你又看到尔康了吗？"

"我知道，你们一定说我是日有所思，夜有所梦！一定说我又在胡思乱想！我们就不要讨论我看到尔康的事，就算我没有看到他吧！"紫薇有力地问，"你，肯定你带回的，是尔康吗？一点怀疑都没有吗？"永琪一时之间，被问住了，陷进了回忆里。记起，当尔康的遗体带到他身边时，他曾经否认过，他曾经说过：

"不是他！不是尔康……"永琪呆住了，认真地思考着。是的，当时他确实怀疑过。福晋看到永琪在思考，情不自禁也跟着燃起了希望，渴盼地问：

"五阿哥……你是不是想到什么疑点了？"

"我就是想不出来，这事怎么都说不通！"永琪叹了口气说，"如果尔康没有死，他为什么把自己的衣服，穿在别人身上？还把自己的佩剑、同心护身符、玉佩、靴子，连袜子、贴身的里衣统统换到别人身上，然后自己消失掉？这太奇怪了吧？"

"你想想看，在战场，有没有碰到什么奇怪的事？哪怕是有些不合理，也没关系，有没有碰到有神秘力量的人？有特异功能的人？就像含香会招蝴蝶那种？"紫薇迫切地问。"没有啊！我们除了行军，就是打仗！每天都生活在刀光剑影里！哪里有机会碰到奇人奇事呢？"

紫薇失望极了，心灰意冷地说："好吧，我把房间让给你们两个，要吵要闹，随你们去！我去照顾东儿！""紫薇……你不要走！"小燕子喊。

紫薇和福晋，已经离去了，关上了房门。永琪一看，屋里只剩下了自己和小燕子，就一冲上前，把她一把抱住，热情地、悔恨地、一迭连声地说：

"小燕子，我错了，我不好，我对不起你，都是我的错！你离开的这些天，我想了好多，我也问了知画，许多事都明白了！包括圆房那件事……我从来没有骗过你，是知画在要手段……你原谅我！我真的喜欢你、爱你、要你！"

永琪这样一说，小燕子心里一热，泪水就不受控制地夺眶而出，顿时泪湿衣襟。但是，她仍然高昂着头，意志坚决地说：

"没用了！你明白得太晚了！我原谅过你几千几万次，我总觉得，我的出身和一切，配不上你，处处迁就你！为了你去苦背《成语大全》，为了你去念唐诗，为了你把杀父仇人当成阿玛，为了你拼命改变自己……这一切，当你爱上知画的时候，就全部没有意义了……"

"我没有'爱上'知画，只是'可怜'她而已。"他急忙打断。小燕子越想越委屈，越想越心痛，凄然而坚定地说："你有！

你让她有了孩子，你守候在她床边，你相信她的话更胜于相信我，你让她名正言顺地凌驾在我头上，你体会不到我的感觉，疏忽我，冷落我……你有！事实就是事实，你'可怜'她到这个地步，我也决定不要你了！""不是的！"他急得额上冒出了汗珠，"不是的！我们之间有误会……""是你让误会存在的！如果像以前一样，我们之间就不会有误会！因为你的心有了别人，才会让误会存在！""那么，我们现在把误会解除……"他的双臂，情不自禁地抱紧她。她用力一推，把他推开，坚决地说："你所有的解释和努力都没有用了！我不再爱你了！"我不再爱你了！这是多么严重的宣告！如果她真的关上了她心中那道门，他就再也走不进去了！他震动地看她，这个从小独立、混在江湖中长大的姑娘，有她独立的人格、叛逆的个性、强烈的是非观，还有一颗大而化之却炙热如火的心！他那么了解她，知道哀莫大于心死，如果她真的停止爱他，他就真正地失去她，再也无法挽回了。他凝视着她，被她这句话打倒了。他哑声说：

"你口是心非！你只是生气而已，你的心里不可能没有我！""那是你一厢情愿的想法！我的心里已经没有你，你带给我的都是痛苦，我最恨过痛苦的生活，我要找回我的笑，我把你开除了！"他了解到她不单是说气话，而是认真思考过，就冷汗涔涔了。他不知道他还能怎样做？在他"皇子"的生涯里，本来连"认错"两个字都没有！他叹口气，说："我并不熟悉认错和道歉，为了你，我都做了！我把自尊和骄傲都踩在脚底下，因为我渴望得到你的谅解，渴望回到我们以前的生活，你，真的不再爱我、不再给我机会了？""是！我不再爱你，也不再给你机会了！"

她昂着头，傲然地说，心想，小燕子要头一颗，要命一条，就是不能在知画的阴影下当乞儿！永琪睁大眼睛，痛楚地凝视着骄傲的小燕子。两人沉默着，空气紧绷着。这时，外面传来一阵喧嚷和惊呼声。接着，房门被冲开了，紫薇冲了进来，惊喜地大喊："永琪！小燕子……赶快来，你们一定不会相信，有个'百夷人'来了！"

小燕子和永琪大惊，两人忘了吵架，同时喊出：

"什么？百夷人？"三人就震惊地、狂喜地奔进大厅。进了大厅，小燕子一眼看到萧剑，如玉树临风般站在那儿。福伦和福晋紧张地、兴奋地站在一旁。

福晋对丫头们急急地喊："你们都下去！有事我会叫你们！"
"是！"

秀珠带着众丫头出房去。"哥！"小燕子悲喜交集地惊呼了一声，就扑上前去，抓住了萧剑的手，一迭连声地喊，"哥！哥！哥……"眼泪夺眶而出。

福晋和福伦，赶紧把门窗都紧紧地关上。萧剑紧握着小燕子的手，眼睛也是湿润的，上上下下打量她。

"小燕子，怎么变得这么瘦这么憔悴呢？"萧剑问。小燕子心中一酸，有几千几万句话想告诉萧剑，告诉这个在世上唯一的亲人，只是，那么多的事，那么多的委屈，不知从何说起。"自从永琪带了尔康的遗体回来……我们还会有好日子吗？"她掉着眼泪说，"什么叫作'笑'我都不知道了！这几个月来，我几乎没有笑过！每天都在掉眼泪！"她掏出帕子，擦不干泪水。萧剑满眼的震动和怜惜。永琪生怕小燕子说出他们间的决裂，走过来，用力地拍着萧剑的肩膀，困惑而惊讶地说："你怎么会突然回到北京来？真是神龙见首不见尾，变化多端！"萧剑抬眼看着众人，眼神变得严肃而郑重，说："紫薇，伯父，伯母……我有一个惊人的消息要带给你们！但是，希望你们不要太兴奋，因为，我还没有完全的把握，只是推测而已！"

紫薇睁大眼睛，急迫地问："是什么？是什么？跟尔康有关？""对！跟尔康有关！"萧剑有力地说，"我想，尔康没有死！"

顿时，房中众人大震，各种声音同时响起。紫薇发出一声喜极的惊喊："我就知道！萧剑……如果你带了这个消息来，你不是人，你是神啊……""箫、箫、萧剑！赶快说，赶快说……"福晋惊得口齿不清了。"你有什么根据？"福伦亲自搬了一张椅子给萧剑，"坐下说，坐下说！""怎么可能？"永琪喊，"萧剑，当初不是我们亲自给尔康收尸的吗？"

"你们不要吵，让我哥说清楚！哥，到底是怎么回事？"小燕子喊。福伦就举手说："大家都不要说话，让萧剑说！"众人都安静了，个个仰着头，渴盼地看着萧剑，像是看着一个神祇。萧剑环视大家，沉稳地说：

"当初，我和永琪在云南分手，就是觉得事有可疑。我留在云南，为了想查出事情的真相。永琪，你记得吗？当尔康的尸体被刘德成找到，放在我们面前的时候，你说了两句话，你说'不是他，不是尔康！'可是，事实摆在我们面前，让我们不能不信！因为不可能有人为尔康换衣服，调包一个假尔康给我们，没有这个理由！可是，你这两句话，一直在我脑海里响着。后来，我忽然想到一个可能性……"萧剑停住了，看着紫薇，"紫薇，不管发生了什么事，你都希望尔康活着，是不是？"

紫薇热烈地、坚决地说："是！赶快说吧！没有打击会比尔康的死更大！"

萧剑就看着永琪说："永琪，你记得我们和缅甸交手时，那个缅甸王子慕沙吗？""当然！我怎么会忘掉他？这事跟他有关吗？""是！有一次，我和尔康谈过，都觉得这个王子怪怪的，说话行动，有些不男不女。尔康跟他，几次正面交手，那个王子，也几次死到临头，被尔康放了一马，记得吗？""当然记得，还记得他射了尔康毒针，又留下解药救尔康的事！""就是这样，"萧剑深深点头说，"我把所有的事，仔细一想，越想越可疑。所以我没有跟你回北京，我化装成缅甸人，溜进了缅甸境内去打听……打听的结果，缅甸根本没有一个王子名叫慕沙，却有一位八公主，名字叫慕沙！是猛白最心爱的女儿，经常女扮男装，跟着猛白东征西讨！"

众人大震。紫薇急急地问："你的意思是说，这位八公主俘虏了尔康？把尔康的衣服配饰换到别人身上，故布疑阵，让大家都以为尔康死了？"

"有这个可能！所以，我在三江城里，待了三个月之久，守在缅甸宫殿外面，希望找到一些线索，却一直没有在缅甸看到过尔康。我的缅甸话又不灵光，生怕泄露行藏，不敢久待，但是，我买通了一个缅甸侍卫，得到了一个消息，八公主慕沙确实带回一个身受重伤的人，名叫'天马'，救了几个月，还在昏迷中。天马，这不是尔康的名字，可是，战场上，慕沙都喊尔康驸马！开骂时，叫他死马！"

萧剑说到这儿，众人面面相觑。紫薇就深吸口气，坚信地说："那是他！没错！他已经托梦给我，说他还活着，说他生不如死，我现在明白了！我去收拾东西……阿玛，额娘，请你们照顾东儿，我要去缅甸找尔康！"

　　"不忙不忙……"永琪看萧剑，问，"可是，这只是一个推断，你始终没有确定的消息，说那人是尔康，对不对？"

　　"我想，现在除非见到尔康本人，没有任何人可以确定那是不是尔康。我的故事还没说完。我当时已经引起缅甸皇宫的注意，不敢在那儿继续留下去。我回到云南大理，找了一个精通缅甸话的朋友，在一个月以后，第二次溜进缅甸。这次，总算得到一些线索，那个天马，确实是一位大清的将军！你们想，大清的将军，除了尔康还有谁？而且，这个天马，已经被八公主救活了！"

　　萧剑说完，大家你看我，我看你，兴奋得无以复加。紫薇冲到萧剑身边去，对他倒身就拜："萧剑啊……我谢谢你，谢谢你……尔康和我，前世修来的福分，才有你这种肝胆相照的朋友……我要给你磕个头……"说着，就跪了下去。萧剑大惊，慌忙一把拉起紫薇，说：

　　"千万不要这样！我很抱歉，本来想带着朋友，去把尔康救出来，可是，我的朋友都不认识尔康，缅甸皇宫又戒备森严，守了一个月，生怕耽误太久，把营救的机会都错过了，这才决定快马加鞭，赶到北京来！想和你们大家，研究一个救人的方案！但是，万一我错了，那个人不是尔康，希望你们不要太失望！"

　　"是尔康！是尔康！一定是尔康！"紫薇激动得一塌糊涂，抓住福晋的手，摇着说：

"额娘啊！你现在信我了吧？尔康没有死，我说了几百遍，都没有人相信我！"忽然看萧剑，问："那个缅甸皇宫，是不是有一个名字叫'阿瓦'？""阿瓦？"萧剑一怔，"那是三江城的缅甸名字！你怎么知道？"紫薇眼中立即流泪了，震慑地说：

"我说了你们也不会相信，是尔康在梦里告诉我的！"大家全部看着紫薇，此时，没有人不信她了，个个脸上，都带着敬畏的神情。半晌，小燕子才兴奋地嚷：

"我们赶快准备一下，带一队兵，打到缅甸去！救出尔康！"

永琪也积极起来，说："我得回宫去，把这件事禀告皇阿玛！恐怕和缅甸的战争，又要开始了！""五阿哥不要急，这事要彻底想一想！"福伦在震动惊喜之余，还保持着理智，分析地说："带兵到缅甸，要打到他们的都城去救人，恐怕不是这么容易！只要我们这儿一发兵，缅甸就会得到消息，尔康在他们手里，他们会杀尔康来泄恨！""伯父说得很对！"萧剑点头，"我觉得，最好派一队大内高手，认得尔康的人，大家乔装打扮成缅甸人，混进三江城，想办法进宫救人！不管怎样，我们要好好地计划一下！""但是，我们这样研究计划，再路远迢迢地赶到缅甸，要浪费多少时间？他会不会在这个时间里遇害呢？"紫薇好着急，恨不得插翅飞到缅甸去。

"他不会遇害，因为……"萧剑看着紫薇，噎住了。"因为什么？因为什么？"大家七嘴八舌地急急追问。"因为……那个八公主喜欢他，要逼他结婚！整个三江城，都在传说婚礼的事！他们不久就要结婚了！"紫薇一震，虽然听到有个"八公主"，心里已经有数，仍然震动得呆住了。大家都惊怔着，室内有片刻的宁静。忽然，紫薇打了个寒战，紧张地问：

"如果……尔康认死扣，誓守他和我之间的诺言，抵死不从呢？"

大家被紫薇一句话提醒了，人人心怀恐惧。紫薇和尔康的故事，是大家都深知的，他们那"山无陵，天地合，乃敢与君绝"的誓言，人人会背。尔康在这一点上，是认死扣的，他确实可能宁死不屈！

"你们继续讨论，我要去做一件很傻的事！"紫薇说，就匆匆跑进房去。紫薇进了房间，就急急忙忙地点蜡烛。房里，到处都是烛台，她把所有的蜡烛都点燃，一面点蜡烛，一面虔诚地喃喃祝祷：

"尔康，希望我的思想，能够一直传到你的身边。既然你的意志和灵魂，可以穿越生死和时空，好几次跟我相会。那么，我的呼唤和叮咛，一定也能到达你的耳边！请你再一次，穿过时空，来和我沟通……"

紫薇点燃了满室的蜡烛，就走到窗前，打开窗子，对窗外喊：

"尔康……不管你在哪里，请你为我活着！只要你活着，我什么都可以容忍！我不在乎和别的女人分享你，我不要你誓守我们的诺言，我永远了解你的心……请你为我忍辱偷生，随机应变！尔康……你听到了吗？"

室内，烛火荧荧，窗外，皓月当空。紫薇等待着，四周静悄悄，没有任何人影出现。紫薇虔诚默祷，再度对着天空，发出心灵深处的呼唤：

"尔康……不要灰心，不要放弃，请为我活着！我很快就来了，等我，等我，等我……"紫薇的声音，穿透夜空，直入云霄。

同一时间，尔康正在缅甸皇宫的宴会厅里，"享受"着猛白和慕沙的"款待"。缅甸乐队在奏着节奏强烈的音乐，许多缅甸姑娘和青年，一男一女为一组，正在热热闹闹地跳着缅甸热舞。慕沙、尔康、猛白和许多宾客都坐在一张长桌子后面。桌上堆满了山珍海味，宫女们还川流不息地上菜斟酒。舞蹈者就在桌前跳舞，极尽声色之娱。慕沙和尔康坐在一起，尔康脸上的刀伤已经淡了，精神也恢复很多，但是，神情寥落，强颜欢笑。

慕沙却是兴高采烈的。舞蹈者跳到慕沙和尔康面前，卖力地表演。宾客们掌声、笑声、喝彩声不断。慕沙忍不住拉着尔康的手，兴致勃勃地说：

"我们去跳舞！""我不会跳舞！中国没有这种舞蹈，男人也不和女人一起跳舞！""这不是中国！我跟你说了几百遍，你是缅甸人，忘了你的中国吧！"慕沙喊。"我不可能忘掉我是中国人，就像你不可能忘掉你是缅甸人一样！""算了算了，忘不掉就忘不掉吧！"慕沙妥协地说，撒娇地看他，"两个月还没期满，说好的，这两个月你都依我！我想跳舞，我们来跳舞！"猛白看过来，对尔康大声说："天马！慕沙要你跳舞，你就起来跳舞！知道吗？"

尔康脸色猛然一沉，对猛白恼怒地说："你少命令我！我又不是你的部下！""你哪有资格当我的部下？你是我的俘虏！你懂得'俘虏'是什么吗？在缅甸，俘虏就是'奴隶'！"猛白吼着。"那么，你碰到了一个永不屈服的俘虏，永不会变成奴隶的俘虏！"尔康背脊一挺，义正词严，"你们唱歌跳舞，威胁利诱都没用，最好把我放了！"

猛白一拍桌子，跳了起来："混账东西！你找死……"

慕沙也跳了起来，急喊："爹！你又来了！这是我的宴会，你不要破坏我的兴致！""是我破坏你的兴致，还是这个'死马'在破坏你的兴致？"猛白指着尔康怪叫，"你看他那副要死不活的样子，对你这个宴会哪有一点兴趣？"

慕沙就仔细地看尔康，问："这样的舞蹈，这样的光影，这样的宴会……你真的一点兴趣都没有吗？""如果我不是'俘虏'，或者我会有兴趣！""你不要把我爹的话放在心上，你看看这个排场，哪有一个'俘虏'会有这种享受？好吧！你不想跳舞，就不要跳舞，喝酒吧！"慕沙倒了一杯酒，送到尔康唇边。他退了退说："我拼命想恢复武功，我想，我最好不要喝酒！"慕沙脸色一变，有些沉不住气了，大声说：

"我们的条件，你要不要遵守？如果你不遵守，我永远不会放掉你！等到我对你失去耐心的时候，你就会终身在缅甸的苦牢里度过，你最好想想清楚！不要太不给我面子！我亲手给你斟酒，难道你还不喝？"

尔康只得勉为其难地喝了那杯酒。心想，他怎么会弄成这样？现在武功全部消失，在这铜墙铁壁里，想要脱身，实在是难上加难！如果他还想回到北京，除了忍，还是忍！慕沙又把食物送到他唇边，他只得吃下。舞者跳到他面前，鼓声、音乐声嚣张地响着。

忽然间，在这强烈的音乐中，夹杂着一声穿山越云的呼唤：

"尔康……请你为我活着……我很快就来了，等我等我等我……"

尔康陡然一震，立刻跳起身子。

"你要干什么？"慕沙一惊。

"你听到了吗？"尔康急切地问。

"听到什么？"慕沙莫名其妙。

"紫薇！是紫薇的声音……"

尔康转身，急急冲出了大厅。慕沙赶紧跳起身子，跟着跑了出去。

尔康冲到花园里，仰首向天，四面找寻。缅甸皇宫巍峨耸立，四周是暖暖的风、静静的夜，哪儿有紫薇的声音？哪儿有紫薇的影子？但是，刚刚那声呼唤，如此清晰，好像就在耳边。

"紫薇！紫薇！你的灵魂也会离开身体，到这儿来吗？"他喃喃自语。

慕沙追了过来，不可思议地看着他，生气地喊：

"你是疯子吗？好好的舞蹈不看，跑到花园里来鬼叫些什么？"

尔康再看，但见树影参差，园中竖立着许多石雕，有的是大象，有的是飞鸟，还有许多神话人物，暗影幢幢中，绝对没有紫薇！人家说，日有所思，夜有所梦，他已经随时随地，耳有所闻，眼有所见。大概，他快要疯了！他凄然一叹，抬眼看慕沙，这个陪伴他度过生死的女子，现在是他唯一可以倾诉的对象。他就"倾诉"起来：

"慕沙，你一定不会相信，我常常看到紫薇，有时，我会梦到和她在一起，我会听到她的声音。明知这是不可能的，我还是会觉得像真的一样！有一次，我看到她在幽幽谷，从悬崖上跳下去，我来不及去救她，吓得魂飞魄散，可是，有许多蝴蝶飞去救她……大概是含香的蝴蝶，让我有这样疯狂的幻想吧！说不定，是你们所谓的灵魂在救她吧！我还看到她拒绝东儿，让我难过极了，我责备她，想尽办法要唤醒她……"他用手抹了抹脸，"我想，我真的疯了，我被困在这儿，什么都不能做，只能胡思乱想！慕沙，我知道你真心地喜欢我，在我心底，也被你这种喜欢深深感动着，但是，我现在已经有点疯，等到我完全疯了，我对你还有什么意义？"

慕沙深深地看着他：

"你在说些什么，我没有完全听明白！但是，我知道，你一直在想你的紫薇，我答应过你的话，我不会赖！走吧，我们回到大厅去，把酒席吃完！到了七月十四日，你还是为你的紫薇这样疯疯癫癫，我一定放掉你！"

尔康无奈地点头，只得跟着慕沙回到大厅去。大厅中依旧热闹非凡，他们回到座位。慕沙笑着为尔康斟酒，他举起杯子，一饮而尽。眼前，是缅甸舞娘扭动的身子。耳边，是慕沙讨好的笑声。算了，今朝有酒今朝醉，醉里是另一种乾坤，那个乾坤里，说不定有紫薇！他酒到杯干，来者不拒，终于大醉。

深夜的时候，喝得大醉的尔康被兰花、桂花架进卧房来。慕沙也带着酒意，跟在后面。尔康醉醺醺地唱着歌："当山峰没有棱角的时候，当河水不再流，当时间停住，日夜不分，当天地万物，化为虚有，我还是不能和你分手，不能和你分手……"宫女们把尔康放上床，为他脱掉鞋子、外衣等。"好渴……"尔康挣扎着，要下床找水喝。慕沙拿了一杯水和一包药粉过来，笑着说："让我来服侍你！这儿有水……顺便把这包银朱粉吃了！要不然，等会儿又会发抖抽搐！"宫女们扶起尔康，慕沙就给他吃药喝水。尔康吃完药，喝了水，撑持着坐在床上，醉醺醺地看着慕沙笑：

"你知道吗？中国有两句诗写得很好！'醉卧沙场君莫笑，古来征战几人回？'这正是我的写照！你知道紫薇是个才女，对中国的诗词，都能倒背如流……她现在会背什么诗？'上穷碧落下黄泉，两处茫茫皆不见'吗？"

"好了好了，别谈你的紫薇，我听都听得烦死了！如果你那么想紫薇，就把我当成你的紫薇吧，我不在乎！"慕沙对两个宫女挥挥手，宫女识相地退出了房间。她绯红着脸，开始宽衣解带。她喝了很多酒，已经半醉了。"来，我是你的紫薇！你在中国叫什么名字？到了这种时刻，她会怎么做？"她低声问，褪去衣服，半裸着，眼光如醉地看着他。尔康坐在床上，醉眼看慕沙，慕沙巧笑情兮的脸孔，像水雾中的影子，摇曳着，重叠着，变幻着。无数紫薇的脸孔盖了下来，紫薇的笑，紫薇的泪，紫薇的深情凝视，紫薇的殷勤嘱咐……一张张紫薇的脸孔，取代了慕沙的脸。尔康惊疑地看着，不相信地问："紫薇……紫薇？"他伸手去勾慕沙的脖子。"是你吗？是吗？"他渴求地低语，"我又陷在这样疯狂的梦里了！怎么办？紫薇……"

紫薇的脸孔，柔情万缕地、醉意醺然地说："是！我是紫薇……我是紫薇……你的紫薇……""我不相信啊……紫薇……"

尔康昏乱地、狂喜地、热烈地吻住紫薇，实际上是吻住了慕沙。慕沙紧紧地环抱住他的腰，炙热地反应着他那渴切的吻。紫薇，想你，爱你，思念你！多久没有拥抱过你？百年，千年，几万年？紫薇，抱紧我，再抱紧我……他忽然觉得有些不对劲，那不是紫薇的唇，不是紫薇的手臂，不是紫薇的缠绵……他猛然一睁眼。他看到的，是另外一张脸孔！他大震，酒醒了一半，推开慕沙，直跳起来，惊喊出声：

"你不是紫薇！你是慕沙！"慕沙睁大眼睛，凝视着他，甜甜地笑着说："我不在乎当你的紫薇……"尔康跳下床，踉跄着、跌跌撞撞地退开，喊着："我在乎！请你赶快离开这儿，不要让我把你当成紫薇的替身，那样，是对紫薇的不公平，是对我的不公平，也是对你的不公平！离开我！"慕沙逼近他，再用手去勾他的脖子，柔声说："我这样低声下气，连冒充的事都干了，你还是不要我吗？"尔康退到墙边，已经退无可退，他用力把她的手腕拉了下来。

"请你不要这样！在我心里，紫薇真的无可取代，她没有替身，她是唯一的！我即使醉得糊里糊涂，吃药吃得昏昏沉沉，眼前全是幻影……但是，只要一接触，她的一切，仍然清晰明了，她是任何人都冒充不了的！慕沙，请你原谅我！"

慕沙放开了他，眼里的柔情，逐渐被怒火所取代。她这样被严拒，实在太没面子了，越想越气，顿时怒发如狂，大喊：

"你这匹死马！病马！醉马！疯马！你气死我了！如果我得不到你，我也不会让那个紫薇得到你！你走着瞧！"慕沙匆匆忙忙，穿上衣服，扬声大喊，"来人呀！来人呀！"侍卫乒乒乓乓地冲了进来。慕沙指着尔康命令着："给我把他关到地牢里去！"侍卫们冲上前来，七手八脚来抓他。尔康抡拳就打，架势不错，苦于失去武功，虽然拼死力战，仍然几下子就被制伏了。侍卫们就拖着他出门去。

从天堂到地狱，其实只有几步路。

厚重的牢门一开，尔康被丢进去。他的身子，从一段陡峭的石阶上，一路滚落下去，跌落在一堆软软的东西上，那些东西吱吱叫着，四散奔开。他定睛一看，居然是许多老鼠。他赶紧站起身来，只见四周阴森森、暗沉沉。墙上，有着铁链和刑具。墙角，插着一支火把，是地牢里唯一的光源。

侍卫冲过来推他打他，用缅甸话，吼着骂着。这时，猛白带着侍卫队，拿着火把，大步走了进来，叫着说："哈！慕沙总算想通了，把你关到这里来！看样子，宴会歌舞和皇宫，你都配不上，你只配住地牢！你这匹死马，又臭又硬，如果你再不知好歹，今天你的死期就到了！"对侍卫喊，"把他用铁链绑起来！"几个侍卫，就拉起尔康。尔康虽然拼命抵抗，仍然徒劳无功，终于双手高举，被绑在墙上的铁链上。

"给我一根鞭子！"猛白喊。侍卫递来一根长长的鞭子。猛白拿着鞭子，恶狠狠地看着尔康，大声地问：

"下个月的灯火节，你到底要不要娶慕沙？"

尔康高高地抬着头，悲愤而坚决地说："头可断，血可流，志不可移！""听不懂！再讲一次！""不要！"尔康吼了出来。

叭的一声，鞭子用力地抽在尔康身上，立刻带起一片衣服的碎片。他的身子一挺，咬牙忍着。"再问一次，你要不要娶慕沙？如果不要，我就活活把你打死！""你们是怎么一回事？"尔康悲愤地喊，"你也是一个堂堂缅甸王，慕沙是一位缅甸公主，哪里有'威逼成亲'这种事？你们是佛教徒，佛教是不杀生的，你们却如此残暴，不怕遭到天谴吗？你们……"尔康话没说完，猛白手里的鞭子，一阵噼里啪啦，抽得他眼冒金星。他身上的衣服，抽成碎片，片片飞去。鞭子在皮肤上留下道道血痕，他痛得七荤八素，额上冒出汗珠。这时，慕沙匆匆进来，看到这样，就急忙喊："爹，让我来问他！"就盯着尔康问："有温暖的房间，有舒服的床，还有漂亮的丫头伺候着，那么好的日子你不过，一定要吃这种苦，你有病吗？"

尔康浑身都痛，心也痛，到了这种时候，豁出去了，惨然大笑，说："是！我有病，住那样的房子，睡那样的床，我却付不起房租！""难道，我把你辛辛苦苦地救活，你也没有一点感动吗？"慕沙困惑地问。"我很感动，也很感激。但是我不能因此而做违背良心的事！""不要跟他啰唆了，我来教训他！"猛白推开慕沙。

猛白的鞭子，又一阵噼里啪啦地猛抽，鞭鞭有力，毫不留情，打得尔康的身子不断抽动，胸前背上，到处血痕斑斑。他咬牙忍着，不哼也不叫，猛白越打越气。"你要不要结婚？要不要？要不要？"他一面问，一面狠狠地抽着。"不要！不要！不要！不要……"尔康喊着。"拿一桶盐水来！"猛白大喊。一个侍卫，拿了一桶盐水过来，对着尔康一泼。什么叫作"痛"，他这才领教了。那些伤口，一接触到盐水，立刻痛入骨髓。就算他是铁汉，这时也忍不住了，发出一声惨叫："啊……慕沙，这种谈婚事的方法，实在惨无人道！"

慕沙看着，脸上浮起不忍之色。"你服了吗？要不要准时结婚？你说！"猛白再问。"如果我'屈打成亲'，我活着，无法见紫薇于人间；死了，无法见紫薇于天上！对不起，我就是做不到！"猛白大怒，噼里啪啦，又是一阵猛抽。尔康身上皮开肉绽，脸上也挨了两下。"爹！"慕沙疾呼，"不要打在脸上，脸打花了，又要耽误婚期了！"猛白停下鞭子，气喘吁吁的，回头瞪着慕沙，不可思议地问："你还没对这小子死心吗？人家不要你呀！打死了都不要你呀！"慕沙脸一红，实在有气，咬牙说："不用打了！只要不给他吃银朱粉，看他能够撑几天！爹，咱们走！让他死在这里！"对侍卫喊，"放他下来，不要给他东西吃！"

侍卫放下铁链，一阵"钦钦……"，尔康站立不住，瘫倒在地。慕沙对他恨恨地说：

"我明天再来看你！希望你明天还活着！"

父女二人，再也不看他，两人转身大步而去，牢门重重地拉了起来。

尔康浑身都是血痕，蜷缩着身子，痛楚地呻吟着。陪伴着他的，是无边的黑暗、无尽的思念，还有那些四窜的老鼠。此时此刻，他心里竟然浮起小燕子的诗句："走进一间房，四面都是墙，抬头见老鼠，低头见蟑螂！"他苦涩地笑了。小燕子，你的诗毫无诗意，却这么写实！想到小燕子，种种往事，如在目前。唉！紫薇、东儿、小燕子、永琪、箫剑、晴儿、阿玛、额娘、皇阿玛……你们都在做什么呢？今生今世，还能再见吗？

第五十章

尔康完全没有想到，他活着的喜讯，已经被箫剑传回了北京，让整个学士府欢喜如狂。他也不知道，在他和老鼠为伴的此夜，紫薇、小燕子、永琪、箫剑、福伦、福晋等人，都彻夜不眠，讨论又讨论，该怎样去营救他。

当黎明染白了窗子，永琪看看窗外，站起身来，积极地说：

"天都亮了，事不宜迟，我先回宫，把整个事情禀告皇阿玛，研究一下该带哪些人去营救尔康？"他转头看着小燕子说，"小燕子，在这个节骨眼上，我们就不要闹别扭了，跟我一起回去吧！"

小燕子一听，心里的委屈，又排山倒海般地涌来。她立即从尔康的喜讯上，跌回到自己的悲剧里，脸色僵住了。"我不回去！我要留在这儿，我还有好多话，要告诉我哥！"她看着箫剑，眼圈涨红了，说，"哥！永琪他欺侮我，知画现在生了儿子，比我神气一百倍！她是正福晋，我是侧福晋……永琪还处处偏袒她，所以，我已经和永琪一刀两断了！"

萧剑听了，心中猛地一抽。这么久以来，压下内心的深仇大恨，只为了成全小燕子的婚姻，如果落得这样的下场，所有的牺牲和忍耐，就都成了虚话！他震惊而心痛，盯着永琪问：

"是吗？"

"萧剑，你不要误会，"永琪尴尬地回答，"我和知画的事，你也了解，当初是多少无可奈何堆砌出来的……我承认我有错，千不该万不该，就是不该让知画怀孕！小燕子确实受了许多委屈，可是，我也有很多委屈……"

紫薇实在忍不住了，站起身，阻止地喊：

"小燕子，事有轻重缓急，你和永琪的战争，能不能暂时停止？现在，我们不能再分裂了，我们要团结一致，去缅甸救尔康！越早动身越好，没有时间再耽误了！我恨不得飞到缅甸去，你们还在这儿谈知画……皇天菩萨啊！"

"紫薇说得对，大家赶快进宫吧！我跟你们一起去面见皇上！这趟远行，我说什么都要一起去！"福伦接口说。

"老爷……你要亲自去吗？那我可不可以也去？"福晋跟着问。

"伯父，伯母，你们还是在北京等消息吧！"萧剑急忙说，"无论如何，我并没有确实的证据说那个人就是尔康！说不定，大家白忙一场！我看，连紫薇和小燕子都不要去，我们要快马加鞭，连夜赶路，男人比较好办事！"

紫薇坚决地、激动地嚷：

"我是一定要去的，不管找不找得到尔康，我非去不可！你们没有任何办法阻止我！我也可以快马加鞭，连夜赶路！我现在骑马骑得不错，我心里这么急，说不定跑得比你们都快！"

"我也一定要去的，我和紫薇做伴，我好歹也有一些武功，可以保护紫薇！"小燕子也激动地嚷，"而且，救了尔康以后，我和哥哥就可以留在大理，不用再回北京了！"不用再回北京了？这是什么话？永琪震动地看小燕子："你还是没有原谅我？"紫薇跳起身子，站在两个人中间，急促地说："不许吵！不许吵！永琪，我们一起去找尔康，在这一路上，你有的是机会和时间，向小燕子证明你的心！现在，我们把全部的力量，都集中在救尔康的行动上吧！"

小燕子听紫薇说得有理，不禁沉默了。萧剑看来看去，见永琪的眼光，一直带着求恕和深情，默默地看着小燕子。他凭本能，知道小燕子和永琪之间，不是决裂，而是小两口在闹别扭，与其没弄清楚真相来过问，不如先装聋作哑。何况，他还有一件重大的心事要解决……他走到小燕子面前，用渴盼的眼神，看着她，说：

"小燕子，你先跟永琪回宫，不许吵架了！我还有事，需要你帮忙……不管你用什么方法，你要让我跟晴儿见一面！"

小燕子、紫薇同时惊悟，大家都只想到自己，谁都没有想到晴儿！"晴儿！我被尔康的事弄得太激动了，都忘了晴儿！"小燕子喊。"小燕子，阿玛，永琪……我们一起进宫吧！"紫薇说，"一路上，再研究一下，怎么跟皇阿玛说！萧剑是不能泄露行藏的，我们又没证据说尔康活着，永琪现在身份不同，每天参与国家大事，不知道皇阿玛会不会答应永琪跟我们一起走？至于晴儿……"她看着萧剑，承诺着："我负责亲自把她接到学士府来！

你等我的消息！"她看了自己一下，她身上，还穿着白衣，"我得去换件衣服，我不要再为尔康穿素衣了！"她匆匆跑进房去换衣服了。

于是，一清早，福伦就带着永琪、小燕子、紫薇赶到乾清宫，在书房中见到了乾隆。"臣福伦叩见皇上，有紧急的事和皇上谈！"

乾隆看到他们几个一起来，十分纳闷："发生什么事情了？"

"皇阿玛！"紫薇向前一步，急急说，"我们刚刚得到一个消息，尔康说不定没有死，他被缅甸王猛白俘虏，带到缅甸去了！"乾隆大震，一惊而起："你们怎么知道？谁说的？"他们早已研究过这个问题的答案，永琪马上回答：

"当初，我们和猛白作战的时候，曾经请一个'百夷人'当军师，帮了我们很大的忙，是这个百夷人带来的消息！""百夷人！"乾隆立刻想起来了，"朕听傅恒说过这个人，据说是个奇人，功夫第一流，智慧也第一流，是个智勇双全的人物！"

"是！"永琪点头，"就是他带来了这个消息，是不是事实，还不知道！我现在非常着急，大家商量了一下，不能为了一个没有证实的消息，与猛白交兵。紫薇坚持要亲自去缅甸找寻尔康，小燕子也坚持和紫薇一起去！我是识途老马，当然义不容辞！我想带二十个大内高手同行，一起潜入缅甸！因为，只有大内高手，认识尔康！"

乾隆震惊地看着众人，皱眉说："永琪，你现在是荣亲王，也是朕最大的帮手，你去了，谁来帮我？小燕子贵为福晋，也不便抛头露面，紫薇是格格，千里迢迢去缅甸……这事，实在不妥！"小燕子一听，大急，往前一冲，嚷着：

"什么福晋不福晋，知画才是福晋，我什么都不是！我没有什么高贵，也没有什么不方便，我要去缅甸救尔康，皇阿玛可以不在乎尔康，但是，我们不能不在乎！我一定要去救尔康！"

乾隆被小燕子一阵抢白，气不打一处来。他瞪着小燕子，大声说："你这是什么态度？谁说朕不在乎尔康，尔康是我的半子，是紫薇的丈夫，是朕最宠爱的臣子，朕当然在乎他！听到他可能还活着，朕也很兴奋。但是，事情总要弄清楚，派人去救他可以，你们几个不许去！哪有皇室女眷，溜到缅甸去的道理？万一事机不密，被活捉了，两国不想交兵也得交兵，那才是朕的大问题！不许去！"

紫薇对着乾隆，就扑通一跪，悲声地喊：

"皇阿玛！不管您许不许，我是一定要去的！得到尔康可能还活着的消息，我已经欣喜若狂，恨不得立刻飞到缅甸去。我一定不会泄露自己的身份，不会引起两国交兵，如果被捉，我就自寻了断！假若您不许我去，我溜也要溜去，逃也要逃去！我非去不可！"

"我也是我也是！非去不可！"小燕子接口。

"皇阿玛！我向您保证，我会非常小心，我们打扮成商人，就像以前浪迹天涯一样！请皇阿玛答应我们，时间已经非常紧急，多耽搁一天，尔康就多一天的危险，我带高远高达他们去！有大内高手保护，我们怎么会被活捉呢？"永琪恳求着。

福伦急忙往前一步，拱手喊着："皇上！如果您担心五阿哥他们的安全，那么，让臣潜入缅甸去救尔康，把高远高达派给臣!""阿玛最近身子不好,常常犯头晕,不能长途跋涉!何况额娘和东儿,也需要阿玛留在家里照顾……皇阿玛,您不要犹豫了,让我们去吧!"紫薇再恳求。乾隆皱着眉头深思着,越想越可疑,忽然说:

"这事听起来很奇怪!尔康已经葬了,隔了好几个月,忽然有人来,说是可能没死,要惊动朕的儿女,路远迢迢地去缅甸冒险,恐怕其中有诈!"头一抬,大声吩咐,"福伦,赶紧把'百夷人'传来,让朕亲自盘问一下!"

乾隆这话一出口,大家全部变色。"您要见百夷人?"小燕子冲口而出。"是!朕要见见这位'奇人'!""他……他早就走了!"小燕子又冲口而出。"走了?"乾隆惊愕地瞪大了眼睛。"是呀!走了!他来报信,报完信,他就走了!"

乾隆狐疑地看着大家,不解地问:"你们也不仔细盘问一下,就把他放走了?然后集体要去缅甸找尔康?朕越听越奇怪!你们不觉得奇怪吗?这之间一定有问题!"

福伦好着急,悲声喊:"皇上!不管怎样,臣父子情深,一定要弄个水落石出!""朕也要弄个水落石出!福伦,传傅恒,朕要和傅恒谈一谈,你们关心则乱,没有一个人有理智!如果尔康还活着,已经陷在缅甸这么久,也不在乎这几天,等到朕弄清楚了再说!"

"皇阿玛!没有时间让您慢慢弄清楚,我等不及了,要马上动身!"紫薇嚷着。"我们在这儿耽误时间,尔康说不定正在水深火热里!"小燕子嚷着。"皇阿玛,不要犹豫了,"永琪也嚷着,"我保证没问题,不会有诈!我会非常小心地保护大家,让这次的行动，完满达成！如果能够营救尔康，也等于是我的再生！皇阿玛，您不了解，尔康的死，不只带走了紫薇一部分的生命，也带走了我一部分的生命！这次的营救行动，对我们大家，都太重要了……"

大家你一言，我一语，个个激动万分。乾隆一拍桌子，正色地说：

"都不要说了，永琪，万一这是缅甸设下的圈套，你也要带着紫薇和小燕子，去缅甸送死吗？你是朕最重视的阿哥，身份多么重要，朕不许你冒险！你们先下去，让朕和傅恒谈过了再说！"

大家面面相觑，知道乾隆疑心大起，怎么都听不进去，显然请旨救人这条路走不通了。彼此交换了眼神，大家就请安告退。

离开了乾清宫，大家都向景阳宫走去，个个神色凝重。"怎么办嘛！皇阿玛一个字都不相信！除非我们变一个百夷人出来！""嘘！进去再说！"

小邓子、小卓子迎了出来，看到小燕子回来了，发出喜悦的惊喊：

"五阿哥，您把两位格格和福大人都请来了！小邓子叩见五阿哥，紫薇格格，还珠格格和福大人！""谢天谢地。天灵灵，地灵灵……看到两位格格在一起，五阿哥也在一起，小邓子打心里欢喜啊！"大家就在小邓子、小卓子簇拥下进房。明月、彩霞喜悦地迎过来，忙着端椅子，倒茶倒水。两个宫女就急忙问："哎呀！两位格格，这么早，吃过早饭了吗？""一定还没吃过，我去准备点心。"

紫薇一把拉住彩霞说："你不要准备点心了，赶快去慈宁宫，告诉晴格格，我进宫了，让她马上到这儿来！要紧要紧！""我马上去！"彩霞说着，就奔出门外。这时，知画听到声音，急匆匆地带着珍儿、翠儿迎了出来。看到福伦和紫薇都来了，不禁一呆，赶紧招呼着："福大人好！紫薇姐姐好！知画给你们请安啦！"就请下安去。"福晋不要客气！是我该给福晋请安！"福伦赶紧还礼。"说哪儿话？福大人太见外了！"知画就祈求似的看向永琪，说："把姐姐接回来就好了，你也不生气了吧？家和万事兴，是不是？"永琪瞪了知画一眼，眼神是冷漠的。"你知道'家和万事兴'就好了！"他冷冰冰地说。知画被永琪的冷漠打倒了，心里一怨，就再也沉不住气了。她笑看小燕子，语气立刻尖锐起来："知画给姐姐请安！我以为姐姐永远不回来了！正想禀告老佛爷，用八人大轿，去抬姐姐呢！"

　　永琪一听，不禁怒视知画。大家都在紧张时刻，哪里有心思理会知画。小燕子的心，被救尔康的事占据着，见到知画，已经一肚子气，再听知画说话尖酸，夹枪带棒，更气，忍不住眼睛一瞪，嚷着说：

　　"你巴不得我永远不要回来吧！我偏偏回来了，怎样？""我哪敢怎么样？"知画微笑起来，从容地说，"姐姐爱走就走，爱回来就回来呗！反正姐姐不像我这么忙，绵亿见不到我就哭，弄得我哪里都不能去！"小燕子果然大被刺激，瞪着知画，尖声说："我知道你生了儿子，你好了不起！你好伟大！你比我能干！行了吗？"紫薇拉着小燕子，摇着她，喊："小燕子，我心里好急，你还在这儿吵架！"

"都是我不对！姐姐别生气啦！"知画急忙说，再看永琪，小心翼翼地说，"永琪……我去把绵亿抱出来，见见紫薇姑姑和福爷爷……"永琪立刻把知画一拦，没好气地说：

"不用了！我们很忙，没时间抱孩子，不用献宝了！"他回头看着众人，"伯父，紫薇，小燕子，我们到书房去谈！"他再瞪着知画，严厉地说："知画！我们有大事要商量，你待在你的房里就好！告诉你那几个奴才，不许偷听，不许偷看，谁要去老佛爷那儿打小报告，我就板子伺候！"

永琪声色俱厉，这"大事"显然把她排除在外。知画大受打击，声音颤抖着："永琪……你居然这样对我？""是！我已经认清楚你了，希望你也认清楚自己！"永琪正视着她，眼里没有丝毫感情。

知画被这样的眼光、这样的语气彻底打倒了，她退了一步，仓皇失色。这时，晴儿和彩霞匆匆跑进。晴儿看着大家，喘息着喊着："紫薇！小燕子！伯父……"紫薇急忙拉住她，兴奋地说："走！我们去书房谈！"紫薇拉着晴儿冲进书房，永琪带着福伦、小燕子也急急走进去。书房的房门，立刻"砰"的一声合上了。永琪再走到窗前去，把每一扇窗子都关上。

紫薇看看房门窗子都关紧了，就拉着晴儿的手，急急地说："晴儿，有个人来北京了，现在正在我家，等着要见你！"晴儿的呼吸立刻急促起来，屏息问："是谁？"

小燕子奔了过来，兴奋地看着晴儿，低喊着说："还有谁？百夷人呀！""他来了？"晴儿的心狂跳，眼睛闪亮，"真的？他现在在学士府？"

小燕子和紫薇都拼命点头。晴儿的手，压在胸口，好像那颗心就快跳出来了。她睁大眼睛，开始语无伦次："他？他怎么来了？那……我……我要怎么办？我……我……""我等下就去慈宁宫，亲自跟老佛爷说，就说我要接你去学士府陪陪我！""那么，就赶快去吧！马上就去吧！"晴儿一把拉住紫薇，此时此刻，连害羞也不见了，发过的重誓也忘了，她迫切地、急促地喊着。

"不忙，我们还有大事要商量！"紫薇说，也语无伦次，"都是那个伟大的'百夷人'！他带了一个消息来……我们要去云南，不是云南，是缅甸，但是，皇阿玛不许我们去，我们得研究个办法……晴儿，你知道吗？尔康没有死！"

紫薇说得乱七八糟，信息一下子太多，晴儿简直无法接受，睁大眼睛看着众人。

"尔康没有死？怎么会？我们不是把他葬了吗？""我们葬错了人！"小燕子喊，"原来这么久以来，我哥都待在缅甸的三江城，在那儿找寻尔康！他真是天下最好的人，真是最有侠义心肠的人，真是最好的哥哥呀！"

永琪急忙打岔：

"好了好了，这个经过慢慢说吧！先研究目前要怎么办？"

"五阿哥！"福伦已经深思过了，说，"皇上说得对，您地位尊贵，不能随便冒险！这件事，就由我们学士府来办吧！我马上回去，调集我的亲信，带着紫薇和百夷人，我们不等皇上了，立刻出发！我们的人手，当然没有大内高手的武功，可是，也是数一数二的好手，又都认得尔康！五阿哥和还珠格格，就留在宫里等消息吧！"

小燕子冲了过来，激动地嚷着：

"我一定、一定、一定要去！你们谁也拦不住我！紫薇，我和你结拜的时候，就发过誓的，有福同享，有难同当！连星星月亮蟋蟀苍蝇蚂蚁都听到过我的誓言，我无论如何都要陪你去！"她抬头看着永琪，"你留在宫里当荣亲王吧，我不当福晋，也不当还珠格格了！"

"你们都听我说！"永琪脸色一正，"大家行动一致！你们去，我也去！就是紫薇在皇阿玛面前说的那句话，皇阿玛允许，我们名正言顺地去！皇阿玛不许，我们溜也要溜去，逃也要逃去！反正我们去定了！"他看着福伦和紫薇，义无反顾、坚定不移地说："伯父，紫薇，你们带着晴儿，先回学士府去！你们去准备车马和行李，我去找高远高达他们，能带多少人，我就带多少人！明晚在学士府集合，先开一个救人会议，不见不散！"

紫薇又是激动，又是紧张，又是感动，对永琪喊着：

"永琪！你也是天下最好的人，最有侠义心肠的人，你也是天下最好的哥哥啊！我知道，在理智上，我不该违背皇阿玛的命令，拖着你同行，但是，我现在什么理智都没有了！你武功好，那些大内高手，又听你的话，我们需要你！"

"我听得糊里糊涂……"晴儿跟着紧张，"你们要集体去缅甸救尔康吗？如果皇上不允许，你们就准备不告而别吗？""正是这样！"永琪坚定地说。小燕子就一把拉住晴儿的手，恳切地说："你也加入一个！跟我们一起走！我哥已经老大不小，你也不再年轻，还有多少年可以耽误？如果你爱我哥，就再也不要离开他！这是一个机会，我们再来一次浪迹天涯吧！"晴儿震动地看着小燕子，狂跳的心已如万马奔腾，直奔向萧剑的身边。这个深宫，怎锁得住如此不羁的心？

　　一个时辰以后，晴儿已经到了学士府，在紫薇的房间里，她终于见到她魂牵梦萦的萧剑！当房门一开，她乍见萧剑那一刹那，她的思想就全部停顿了，她痴痴地站在那儿，整个人都傻住了。萧剑也目不转睛地盯着她，也是一动也不动。

　　紫薇看看两人，眼中漾着泪，说："你们一定有千言万语要说，你们就慢慢地说吧！我去和阿玛额娘，准备行装，讨论细节！吃饭的时候，再来叫你们！"说完，就匆匆地转身出门去，关上了房门。门里，剩下了萧剑和晴儿，两人痴痴对看。半晌，萧剑大步一迈，冲上前来，把晴儿紧紧地、紧紧地抱在怀中，一迭连声地低喊："晴儿！晴儿！晴儿！晴儿！晴儿……"晴儿的泪，随着萧剑的声声呼唤，夺眶而出。她啜泣着说："没想到今生还能见到你，没想到还能靠在你怀里，听你喊我的名字……"晴儿话没说完，萧剑一俯头，炙热地吻住了她。两人紧紧地拥吻着，吻得缠绵悱恻、荡气回肠。一吻既终，萧剑抬头看她，只见晶莹的泪珠，挂在她的脸颊上。他心中一痛，握住她的双手，深深地凝视她。

　　"认识你以来，这好像是我们的惯例，必须熬过许多朝思暮想的日子，才能见上一面，让我每次见到你，都有再世为人的感觉。也让我每次离开你，都心惊胆战！这种生活，我们难道没有办法解决吗？"

　　晴儿痴痴地凝视他，答非所问地："你怎么不去为自己物色一个好女人？为什么还要等我？你怎么不找一个云南女孩，或者是百夷女孩？你……"萧剑一听，放开她，转身就走到窗前去。晴儿看着他的背影，害怕了。"怎么啦？我……"她小小声地问，"说错话了？你生气了？"他蓦然掉转身子，看着她：

"生气？当然生气！好不容易才见一面，你问我的，居然是这种莫名其妙的话！你知道分开的这些日子，我是怎么挨过来的？我有没有一见面就问你，怎么不去嫁一位王爷、一位阿哥？"

晴儿奔过来，一把抱住他的腰，就痛悔地喊：

"我懂了，我明白了！萧剑啊……我不管了，遭天谴也好，应毒誓也好，遭报应也好，我什么都不管了……现在，你已经脱离了老佛爷的追捕，既然大家都要去缅甸，我豁出去了！请你带我一起走！我承认，没有你的日子，对我而言，每一天都是苦刑，我不要再过那种日子……我承认，没有你，我简直活不下去！"

萧剑喜极地呼出一口气来，听着晴儿这样坦白的招供，他感动至深，虔诚地说："是！我们好好地计划……这次的行动，不只要救尔康、救紫薇，还要救你、救我，说不定还要救永琪和小燕子！"晴儿深深点头，两人再度紧拥着。

援救行动，马不停蹄地展开，景阳宫里，一种前所未有的紧张气息，在悄悄地弥漫着。知画的每根神经都紧绷着，觉得所有的事都不对劲。晴儿从学士府回宫，立刻收拾了一些行李和细软，来到景阳宫，进了小燕子的房间，把一个包袱交给小燕子："这是我的行李，我只带了几件便装，那些宫里的服装，大概出了门都穿不着，我就不带了！永琪呢？""还在和高远高达他们商量。要大家违旨出门，每个人都有顾忌，也不知道能够招集到多少人？"小燕子盯着晴儿，"我哥怎么说？"

"他说，三天之内，一定要出发！或者，我不应该在这个救人的节骨眼里，参加一份，我好怕我会拖累大家！老佛爷发现我失踪了，一定会把一切都和盘托出，会不会又引起一场追捕行动呢？"

"不管了！豁出去了！每天都顾忌这个，顾忌那个，什么事都做不了！就算老佛爷要追捕，皇阿玛也会考虑到我们大家是为救尔康而行动的，对我们睁一只眼、闭一只眼吧！"

两位格格在门里密谈，门外的知画，用耳朵贴着门，紧张地听着，满脸惊疑之色。忽然外面一阵门响，永琪大步走来。知画一惊，赶紧绕到屋后的窗外去，在那儿，早有桂嬷嬷戳破窗纸，留下的小洞，她就隐身在走廊的柱子后面偷看。

"格格在哪儿？"永琪问彩霞。

"在房里和晴格格说话！"

永琪推开卧室的门，疾步走了进去。晴儿和小燕子，一惊抬头。"怎样怎样？"小燕子急忙问。"我招募了二十个人，大家听说要去救尔康，个个摩拳擦掌，抢着参加！什么违旨不违旨的，谁也顾不着！已经约好了，明天傍晚，大家在学士府集合！先开一个准备会议，三天之后，一早就出发！"小燕子和晴儿，喜悦地相对一视。晴儿就紧张地说：

"那么我赶快去慈宁宫，守着老佛爷，免得她起疑心！明天我再过来！"小燕子和永琪点头，晴儿就急匆匆地出门去了。屋里剩下永琪和小燕子。永琪就一步上前，握住她的手，正色地说：

"不要再跟我生气了，我们现在救尔康要紧！如果一路上，你都在生气，我顾此失彼，还能专心救人吗？让我们带着希望上路，不要带着烦恼上路，好不好？"

"可是，我就是很难过呀！"小燕子眼圈一红，委屈极了，"你看，今天一进门，知画就夹枪带棒，把我给损了一顿……我怎么这样没出息，才说过不回来，又回来了！"她跺脚，脸色一板："我跟你说清楚，我不是为了你而回来的，我是为了救尔康而回来的！我们两个，还是桥归桥、路归路……"

永琪把她一抱，拥住她说：

"谁跟你桥归桥，路归路？我们这条路上，偏偏就是桥多，一段路，一段桥，全都连在一起了，分也分不开！"小燕子用力去推他："我不跟你耍嘴皮子！"永琪把她抱得紧紧的，不肯放开她，盯着她，真挚地、诚恳地说：

"听我说！自从知画进门，我们两个的日子都不好受，可是，我没骗过你！从来没有骗过你！我以前跟你说的话，关于圆房那些，都是真的！知画一步一步，让我掉进陷阱，现在想来，她是我的一场噩梦！为了她，我确实冤枉了你，我让你痛苦伤心，让你饱受折磨，让你有苦说不出，是我的错！原谅我！但是，在你伤心的时候，我一定比你更难过。有的时候，你想到什么说什么，也冤枉了我！不管怎样，我全部承担，只要你不生气！我还是当初的永琪，我的心里只有你！"

小燕子凝视他，永琪这样一番话，融化了她所有的恨，眼泪终于掉了下来。

"你是真心的吗？还是糊弄我？"

"我怎么糊弄你？如果心里没有你，我这么左一次右一次地道歉认错，你认为我在做什么？我从小到大，就算对皇阿玛，也没有这么迁就过，你还要我低声下气到什么程度？你常常说，我用'阿哥'的身份来压你，事实上，我在你面前，从来没有'阿哥'的架势，每次你一生气，我就心慌意乱，完全忘记自己是'阿哥'！"他深深切切地凝视她，看进她的眼睛深处去，轻声问，"你真的已经不爱我了吗？不再给我机会了吗？在学士府，当你这样说的时候，真的像用一把刀，插进我的心里！"小燕子听着，感动已极，泪珠不停地掉。永琪心痛地看着她，再也忍不住，俯头想吻她。她忽然想到什么，又推开他：

"可是……那个知画，她会永远站在我们中间！"

"不会了！"他坚决地说，"等我们从云南回来，我再解决她！你给我一点时间！问题总要一个一个解决，是不是？"

小燕子抬头看着他，眼里已是柔情万缕。他就俯头吻去她的泪，再吻住她的唇。她融化在他的柔情里，情不自禁用手紧紧地抱住他的腰。误会冰释，热情奔放，她全心全意反应着他的深情。

窗外，知画像一座石头雕像般站在那儿，脸色惨白，神情冷冽。

第五十一章

北京已经展开援救行动，在缅甸的尔康却浑然不知，正在地牢里苦苦挣扎，陷在无以名状的痛苦里。

地牢里阴暗潮湿，他蜷缩在地上，满身血痕，浑身颤抖。身上的伤，痛楚还小，最受不了的是，在他的血脉里，那几千几万只蚂蚁，在钻动、在啃噬着他的每一根骨头。他全心渴盼着一样东西，那东西的名字叫作"银朱粉"，只有这样东西，才能结束这种无法忍耐的痛苦！他喃喃地自语着：

"老天……请停止这种折磨吧！我到底做错了什么，要受这种苦？"他四面看，越抖越凶，眼神逐渐昏乱起来，喊着，"银朱粉！银朱粉……请给我一点银朱粉！慕沙！你在哪里？赶快给我一些银朱粉！"

一个侍卫打开牢门，走了进来，对着他一阵乱踢，用缅甸话大骂："鬼叫什么？银朱粉？你这个死囚，也配吃银朱粉？不要叫！"

尔康瞪着那只对他狠狠踢踹的脚。忽然间，一把抱住那只脚，把侍卫拖下地来。他就整个身子扑了上去，用双手掐住侍卫的脖子。变生仓促，侍卫毫无准备，大惊失色，拼命挣扎。尔康掐紧了侍卫的脖子，咬牙说：

"中国有句成语，'百足之虫，死而不僵'！你不要欺人太甚，我临死，也要找一个缅甸人来泄恨！"

尔康死命用力，侍卫又踹脚，又挣扎，喉中咯咯有声。侍卫踹到地上的食碗，一阵"钦钦……"，惊动了其他的侍卫。转眼间，大批缅甸兵，闻声而至，见状大惊，用缅甸话，七嘴八舌地大喊：

"不得了！这个死马，居然还想杀人！""毙了他！"一个侍卫舞着大刀杀进去。"不要杀他！当心八公主杀你！"另一个喊。

大家奔进来，对着尔康一阵拳打脚踢，救出了那个侍卫。不敢杀天马，却敢打天马，他们把尔康从地上拉了起来，这个一拳，那个一掌，打得他的身子东倒西歪。尔康还想反击，身体中一阵撞击发作，整个人就缩成了一团。

"银朱粉……银朱粉……"他喊着，用牙齿紧咬住嘴唇，仍然不能停止颤抖，身子向地上瘫去，"慕沙！慕沙……慕沙……"

侍卫们停下手，看着在地上蜷缩颤抖的尔康。"他快死了，赶快去告诉八公主！"一个侍卫喊，飞奔而去。尔康觉得那些小蚂蚁，已经钻进了他的脑袋，正在啃他的脑子。痛，痛，痛……他无法停止这份痛，也无法停止颤抖和痉挛。苦到极点，他抱着身子，自语：

"我来背什么，我不能想银朱粉，我要想一点别的……"就胡乱地念着，"天将降大任于是人也，必先苦其心志，劳其筋骨，饿其体肤，空乏其身，行拂乱其所为，所以动心忍性，曾益其所不能……"

一阵痉挛，冷汗涔涔，背不下去了，他痛苦地呻吟，辗转低呼："紫薇，我恐怕必须早走一步，我再也撑不下去了……"这时，慕沙急匆匆地赶了过来。她冲进牢门，蹲下身子看着他，手里握着一包银朱粉，在他的鼻子前面晃了晃，说："想吃银朱粉吗?"

尔康一见慕沙，就像看到救星一般，伸手死命攥住了她的衣摆："救我救我! 银朱粉……银朱粉!""你是铁人，不是吗? 你的决心像铁，不是吗?"

尔康痛苦已极，悲切地喊："我不是铁人，只是一个废物而已! 给我银朱粉，求你给我银朱粉……"

慕沙把银朱粉放在距离他一段路的地上，他就没命地爬向银朱粉。好不容易爬到前面，他饥渴地伸手一捞，慕沙已闪电般将银朱粉抢去。他顿时要发狂了，用手捶着地，他痛喊出声:

"慕沙! 杀了我! 给我一刀! 我求你!"

"我不要杀你，如果没有银朱粉，你要死，也要拖上好几天，你就慢慢地拖吧!"慕沙拿着银朱粉，又在他鼻子前面晃，"我只要你一句话，马上给你吃银朱粉。你要不要和我成亲?"

尔康哀恳地看着她，颤声说："来生，愿意为你做牛做马; 今生，请你成全我做尔康。""你的意思是，你宁愿死，也不要屈服，是不是?""慕沙……你发发慈悲吧!"

慕沙霍地站起身来，毅然决然地说："那么，你继续去发抖抽搐吧! 我走了!"慕沙握着银朱粉，头也不回地走了。尔康狂喊着："慕沙……不要走……慕沙……请给我一包银朱粉……哎哟……我吃不消了，我实在吃不消了，慕沙……慕沙……"慕沙早已走得不见踪影。

尔康抱着身子，整个人蜷缩成一团。

时间不知道过去了多久，他在椎心蚀骨的痛楚中，生平第一次想到结束自己，想到死亡。如果没有银朱粉，他宁愿死！银朱粉，银朱粉，银朱粉，这三个字，把紫薇的名字都盖住了、遮住了。他全心最最渴望的，是一包银朱粉！他迷糊地想着：

"痛苦到了一个最极限，人就会失去知觉吧？此时此刻，失去知觉对我就是一种恩惠了！我愿意用我的生命，换一包银朱粉！我现在什么欲望都没有，只有银朱粉！"他看着虚空，冒着冷汗，他喃喃自语："紫薇，你相信吗？我会弄得这么狼狈，这么走投无路……"话没说完，又是一阵抽搐，他放声大叫了："慕沙，给我一包银朱粉吧！"

没有人理他。他呻吟着："谁能救救我，谁能给我一包银朱粉，谁能结束这种痛苦？"他四面看，看到了装食物的大碗。他爬到那个大碗前，拿起碗，用力一敲，大碗碎裂成好几片。他拿起一片，看到碎片锐利的切口。"结束吧！结束吧……没有人会救我……没有人会帮我……这种痛苦，是无了无休的，结束吧……结束吧……"他爬到屋角，撑持着坐起来，背靠着墙。他颤抖的手，把碎片按在自己的颈项上。从小习武，让他了解命脉之所在，只要割断那条血管，所有的痛楚就都结束了。

"生不如死！死吧！死！死……死……紫薇，来生再见了！"尔康的手正要用力，空中传来一声撕心裂肺的呼唤："尔康……

不要……不要……"尔康急切地循声看去。一眼看到紫薇,正向着他飞奔而至,狂喊着:

"尔康……不要……不要……我来了!"尔康大震,挣扎着站起,手里的碎片落地。他瞠目结舌地看着紫薇。紫薇奔到他面前,把他一把抱住,痛喊着:

"尔康,当我在幽幽谷要跳崖的时候,你责备我,说你恨我,恨那个不珍惜生命的我!现在,你怎么可以做同样的事呢?为我活着!不管你活得多么痛苦,为我忍着!人间,没有比天人永隔更痛苦的事,你不能死!我们还年轻,熬过了这次的痛苦,我们还有数不清的甜蜜日子!知道吗?知道吗?"

尔康颤抖着,喜极而泣了,紧拥着她:"是!是!我错了,再也不会做那样懦弱的事……紫薇……"他抱紧她,渴切地看她。"我没喝酒,我没醉,甚至没吃银朱粉,你不是我的幻觉吧?""我在这儿啊!"紫薇凝视他,眼里遍是怜惜和深情,叮嘱地说,"为了活着,你什么都可以答应,不要抗拒了,娶了慕沙吧!娶了慕沙,我们还有机会再见呀,知道吗?""不不不……"他挣扎着说,"我不要,我不要,我知道心无二志到天长地久,是一种神话,但是,让我们维持这段神话吧!不要勉强我!""你活着,才能跟我天长地久!不管你是不是别人的丈夫,我要你这颗心!我知道你'心无二志'就够了!何必去计较你的人呢?没有银朱粉,你不能活,娶了慕沙吧!我要活着的你呀,因为我在人间呀!"紫薇说完,推开他,身子往后退。尔康大惊,飞扑过来抓她,狂喊着:"紫薇……你去哪里?你不要走!"尔康砰然一声,跌落在地,抬头一看,室内阴风惨惨,哪儿有紫薇的影子?

一切只是他的幻觉，他大痛，狂喊：

"紫薇……紫薇……"他喊不回紫薇，坐了起来，绝望地抱住头，凄楚地说，"我明白了！你只是我的幻影，是我太渴望银朱粉了，生出的幻影，我已经疯了，为了一包银朱粉，我幻想是你要我娶慕沙……不不，紫薇，我宁可没有银朱粉而死，不能辜负我们这段情！尽管独一无二的感情是个神话，我要这个神话！要定了！要定了……"

门外，一阵脚步声，慕沙带着几个侍卫走来。慕沙喊着："你狼嚎鬼叫些什么！一个人关一间牢房，还能吵成这样！你实在太有本领了！"尔康急扑到门边，渴望地喊："慕沙，给我一包银朱粉……求求你，求求你！"铁门拉开，慕沙走了进来。手里，扬着一包银朱粉。

"银朱粉，可以啊！就在我手里啊！"尔康扑过来，双手去抓那包银朱粉，慕沙身子灵活地一闪，他扑了一个空，跌跌撞撞地撞上铁门，再摔落地，好生凄惨。"你要娶我了吗？"尔康颤抖着说："要，要，不要，要，不要……"慕沙大声问："到底是要还是不要？"

尔康虚弱已极地妥协了，声音沉痛低喃，有如呻吟："要，要，要……""拿水来！"慕沙胜利地喊。

侍卫端了一碗水来。尔康一把抢过那包银朱粉，迫不及待地倒进嘴里，再狼吞虎咽地喝着水。喝完了，身子一软，就乏力地倒了下去。慕沙给了侍卫们一个眼光，大家就架起尔康，带回寝宫去。尔康这一觉，睡得昏天黑地。直到天亮时分，才悠悠醒转。他睁开眼睛，一下子跳起身子。"我在哪儿？"他迷糊地问，身上的鞭痕剧痛着。"哎哟，好痛！"他看看自己，穿着一件干净的衣服，那件在地牢里弄得支离破碎的衣裳已经换掉了。

慕沙笑嘻嘻走了过来，说：

"你浑身都是伤，昨晚抬过来的时候，你睡着了，所以只给你上了药，大夫说，让你睡一觉比吃药好，所以也没好好治！现在，你醒了，应该赶快清洗一下，你脏得像一只老鼠！我让兰花、桂花伺候你洗澡洗头，洗完了，我再给你上药。兰花、桂花，伺候着！"

兰花、桂花应着，过来搀扶他。他惊怔地看慕沙，非常困惑，地牢里接受银朱粉的一幕，在他脑海中，几乎没有留下记忆。他纳闷地问："你为什么放了我？""你答应成亲，我当然放了你！"慕沙笑得好开心，"灯火节那天，你就是我的新郎官了！我必须在这些日子里，把你弄得像个人样！现在的你，简直像个鬼！"

尔康大吃一惊，瞪大了眼睛："我答应了娶你？我答应了？"他不信地说，"我不会！""怎么不会？你亲口答应的！"慕沙也张大眼睛，不信地看他，"你总不会想赖账吧？""我什么时候答应的？我真的答应了你？""是呀！要不然怎么会给你银朱粉呢？你可别吃完了银朱粉，就不认账啊！如果你不认账，只好回到那个苦牢里去，继续过没有银朱粉的生活！"尔康怔忡着，回忆着，模糊的记忆逐渐清晰，他顿时冷汗涔涔了。"是……我答应了你……为了那包银朱粉，我答应了……"他抱着头，痛恨地捶着自己的脑袋，"我，已经落魄到这个地步，堕落到这个地步，我还是个'人'吗？"他挣扎着站起身子，跌跌撞撞地冲到镜子前面，凝视镜子中的自己。

镜子中，一张瘦削的脸，脸上有鞭痕刀疤，披散的头发，长短不齐地挂在脸上，其中有一绺已经白了。失神的眼睛里布满血丝，嘴角有着瘀青……这张脸孔，说有多丑就有多丑，说有多狼狈就有多狼狈！他被镜子里的自己彻底地打败了。

"这是我吗？是福尔康吗？这不是我……会屈服在一包银朱粉底下，就忘掉紫薇，忘掉自己的誓言，答应去娶别的女人，那怎么可能是我？尔康已经死了……"他用袖子擦了一下额上的冷汗，惊惧地说，"还好，还好……紫薇没有看到这样落魄的我，还好还好……尔康死了，葬了……"他瞪着镜中的自己："你该庆幸，阿玛额娘紫薇永琪小燕子他们，没有人知道，你沦落到这个地步！"

慕沙走了过来，瞪着镜子里的他。

"你又在发什么疯？自言自语，说个不停！"她安慰地拍拍他，柔声说，"你现在很丑，没关系，过几天就会好看得多！快去洗澡吧！我真倒霉，整天要照顾你！"说着，又对他胜利地一笑，"你现在知道了吧？离开了银朱粉，你是一点办法都没有的！"

尔康回瞪着她，心灰意冷地说："我答应娶的，不是你，而是银朱粉！对于这点，你完全不在乎吗？"

慕沙一听，笑容顿时消失无踪，眼里闪着怒火。尔康惨然地看着她，用极度悲哀和萧索的语气，继续说：

"我娶的，是银朱粉；你嫁的，是'行尸走肉'！如果我们真的成了亲，是天下最悲哀的夫妻！我唯一感激你的是，你让我的亲人，都相信我死了！因为，我是真真正正地死了！"他说完，就在兰花、桂花的搀扶下，去洗澡了。

慕沙呆呆地站在那儿，想着尔康的话，第一次，挫败感把她紧紧地攫住了。

同一时间，学士府在十万火急地准备行装。院子里停着两辆马车，紫薇、萧剑、福伦、福晋带着秀珠、丫头、家丁，忙着把行李干粮等物品，搬上马车。紫薇真是心急如焚，迫不及待，一面搬着东西，一面着急地问萧剑：

"为什么还要等两天再出发？我觉得，今天就可以出发了，我们早走一天，不是就可以早一天见到尔康吗？"

萧剑有些担忧地说："紫薇，你不要抱太大的希望好不好？这样，我的负担很大，万一……""我知道我知道，只要跑一趟缅甸，不管结果如何，我都认了！"

福伦看看马车和行装配备，说："我们这样二十几个人，又是车，又是马，会不会太引人注意了？"

"到了云南境内，我有几个朋友在那儿接应我们，他们准备了缅甸的服装，到时候大家换上！"萧剑胸有成竹地说，"这满人的头发，是最大的问题，还好，缅甸的男人，都用一种头巾包住头发，叫作'岗包'，正好可以把大家的辫子藏起来！我带了几顶过来，等到晚上，高远高达他们来了，大家先练习用'岗包'！"

"老爷，紫薇呀，你们可要一路小心，千万不要救人没救成，再陷到敌人手里去！我真是不放心呀！"福晋又是兴奋，又是担心。"阿玛！"紫薇还想说服福伦留下，"我求求你不要去，家里少不了你！""不要劝我了，尔康是我的儿子，有机会救他，我怎么可能不去呢？"

正说着，家丁们大声通报："老爷，傅将军来了！"大家吃了一惊，只见傅恒带着一队精锐部队，迅速地进了院子。众人赶紧招呼："傅将军吉祥！"傅恒一步就冲到萧剑面前，大笑说："哈哈！'百夷人'别来无恙！你说'后会有期'还真说对了，咱们又见面了！"萧剑心里暗叫不妙，嘴里若无其事地打招呼："傅将军好！"傅恒四面一看，看到马车装备等，颔首说：

"听说额驸可能没死，皇上非常高兴！军师，在下奉皇上命令，请您立刻进宫去面见皇上！把事情的来龙去脉，说说清楚！"

紫薇和萧剑都变色了，萧剑急忙一退，朗声说："本人就有一个毛病，不喜欢见大人物！恐怕无法进宫见皇上！""那可不行！"傅恒笑着说，"这个毛病非改不可！皇上召见，不是你喜欢不喜欢的事，是没办法说'不'的事！傅恒只得勉强你去一趟！"萧剑怎能再进那个皇宫？怎能再面对有杀父之仇的乾隆？三十六计，走为上计！他纵身一跃，就上了屋顶，大声抛下一句："紫薇！咱们后会有期！"岂料，无数的侍卫，从屋顶冒了出来，大家环伺着。萧剑手握腰间的剑柄，放眼四看，只见重重屋顶，高手林立。原来，傅恒已经布下天罗地网，势必要带走他！

"军师，"傅恒大声嚷着，"请不要抗旨，皇上没有丝毫恶意，只是想了解事情真相而已！"就对福伦说："福学士，这位百夷人，大概是额驸的老朋友吧！既是如此，为什么不愿意见皇上？难道皇上还会害额驸吗？你赶快劝劝他吧！"

福伦完全不知道萧剑和小燕子的身世，只当萧剑不愿进宫，是为了晴儿的事，就着急地对屋顶上喊："箫剑！我陪你去见皇上，你和晴格格的事，皇上早已不怪你了！"

"那个皇宫，困住了我生命里最重要的两个人，那位皇上，我见了会出事，不见也罢！"箫剑大声说，说完，长剑出鞘，拔身而起，闪电般打向面前的两个侍卫。不料侍卫武功高强，不退反进，从四面八方围攻过来，箫剑刹那间陷入重围，在屋顶上，和众高手过招，你来我往，打得惊险万状。福晋不明就里，忍不住喊："箫大侠，为什么你不肯见皇上呢？你不想做官，皇上不会勉强的，有我们和紫薇帮你说话，皇上会听的！你不要再抵抗了，又生出新的枝节来……救尔康不是最重要吗？"紫薇抬头看，更是心急如焚，也大声喊着：

"箫剑！已经到了这个时候，大家都没有退路了！干脆一起去见皇阿玛吧！我跟你保证，皇阿玛是个心地宽厚的仁君，南阳几次深谈，你忘了吗？我们只要告诉皇阿玛有关尔康的事，其他可以不谈呀！说不定皇阿玛会同情你和晴儿，名正言顺让晴儿跟我们一起走呢！说不定这是天意呢！"

箫剑武功再强，也敌不过这么多高手，陷入重围，打得捉襟见肘。他眼见无法脱身，又听到紫薇的声声呼叫，知道这次再也无从回避，时也命也，他终将再次面对乾隆！发出一声长叹，他一翻身跃下地，收剑入鞘，抬头朗声说：

"我这是'明知山有虎，偏向虎山行'！看样子，我和那位皇帝，到了摊牌的时候了！走吧！"

小燕子不知道箫剑已经被傅恒押向皇宫，正忙碌着，在卧室里收拾行装。明月、彩霞在帮忙，永琪走来走去，心事重重。"五阿哥和格格这次出门要多久？冬衣要不要带呢？"明月问。"我也不知道要多久？心里有个感觉，好像会一去不回似的！"小燕子怔了怔说。

永琪听了，不禁一震，抬头看了小燕子一眼。"格格不要吓我！"彩霞惊喊，"怎么会一去不回呢？不管救得到额驸还是救不到额驸，都要赶快回来才是！""就是就是！我看，衣服还是多带一点！"明月说。"少带一点衣服，多带一点盘缠是真的！"永琪看了那些衣服一眼，"这些衣服太考究了，去准备一点普通的衣服！""你的剑是随身带着，还是放在行李里面？"小燕子问。"随身带着吧！给我！"永琪把剑佩带在腰际。

小燕子一眼看到被自己撕破的《成语大全》，就忘了收东西，嚷着："明月，彩霞，糨糊在哪儿？"明月找到糨糊，小燕子就停止收拾行李，坐下来贴那本《成语大全》，两个宫女也帮忙贴。永琪看她这样，心里感动，嘴里阻止着：

"算了！不要管那本《成语大全》了，里面的成语，你大部分都会了，想学的时候，我再写一本给你吧！"

小燕子贴贴弄弄，把撕破的地方贴好，再把那本册子，珍惜地放进包袱里。"我们去救人，你带这个干什么？"永琪问。"我就想带着嘛！晚上睡不着的时候，可以背一背！"说着，她走到永琪面前，向往地说，"永琪，有没有一个可能，我们找到了尔康，又到了我们心心念念的大理，发现那儿家家有水、户户有花，是个好美丽的地方，我们三对，就迷上了那个地方，然后，大家一致决定，不回北京了？"

"不回北京了？"永琪惊问。

"是啊！"她凝视他，认真地说，"当初在南阳的时候，如果不是皇阿玛亲自去接我们，我们已经这样做了！现在，兜了一个圈子，多了一个知画，让我的心好痛……皇阿玛说过，你将来还会有知兰知梅什么的，我难道还要一个一个地去忍受吗？我真想回到从前！"

永琪看着她，体会到她这些日子以来的痛楚，就为她心痛起来。他怜惜地看着她，确实心动了。这时，房门忽然"砰"的一声撞开了，知画大步进房来，面色冷峻如寒霜，眼神凌厉，气急败坏地大嚷：

"永琪，你跟我说清楚，你到底要做什么？昨天晚上，你们关着房门计算怎么解决我！怎么带走晴儿！今天，又在这儿收东西，计划怎么一去不回！小燕子和萧剑，是叛党的漏网之鱼，你准备和他们一个鼻孔出气，要违旨叛变吗？"小燕子吓了一大跳，永琪听到知画把"叛党""违旨""叛变"这等杀头的字眼都喊了出来，又急又怒，往前一迈步，瞪着她厉声说：

"你说些什么？这些话，句句要置人于死地！你这样含血喷人，更加暴露了你的真面目！我就算对你还有抱歉，也被你这几句话，收拾得干干净净了！"他昂首大喝，"我有没有说过，不许偷听我们的谈话？是谁打小报告，谁在偷听？我今天非要严办不可！"

知画黯出去了，她苦心经营过这段感情，好不容易盼到他回来，好不容易生下绵亿，他的心里，依然只有小燕子！还要带着小燕子远走高飞，那她怎么办？她再也顾不得轻重，顾不得一切，永琪就是她的一切呀！见他声色俱厉，她也声色俱厉地吼了回去：

"是我在听！你是不是要'严办'我？这可是我的家，我要到哪个房间就到哪个房间！我用不着偷听偷看，我堂堂正正地听，堂堂正正地看！"她瞪着他，语气凄厉，"永琪！你是一位阿哥，你是荣亲王，你是我儿子的阿玛！你说我含血喷人，你自己呢？正准备遗弃我们母子，远走高飞！你对我无情无义就算了，你对绵亿，也没有父子之情吗？你好狠啊！我既然得不到你，我就不必再保护你！你不怕我把你们的秘密，全部抖出来吗？"

知画说完，掉头就走，小燕子生怕她去告密，飞身过去，拦住房门："你把我们的秘密都听去了？我不能放你走！""你不放我走，预备怎样？把我关起来吗？你敢？"知画高昂着头。

"她不敢，我敢！你既然想告密，你就不许离开景阳宫！"永琪气势凛然地吼着，一步上前，扣住了知画的手腕，把她拖出门去。知画就尖声大叫："救命啊！永琪和小燕子要杀我啊！谁来救我呀……"

桂嬷嬷、珍儿、翠儿都奔了过来，各喊各的："五阿哥！您要干什么？放开福晋呀！""赶快去告诉老佛爷！"珍儿拔腿就跑。"站住！谁敢去告诉老佛爷，我打断她的腿……"永琪大叫。

正在一团乱，小邓子和小卓子气急败坏地冲进门来，大吼大叫："五阿哥……五阿哥……不好了！箫大侠被傅将军押进皇宫了……""紫薇格格也来了，福大人也来了，他们都在乾清宫……"

这一下，小燕子、永琪、知画都大吃一惊，个个变色。永琪毕竟经过了战争的考验，在这等危急中，立即整理出一丝头绪，甩开了知画，疾呼："小邓子……快去告诉晴格格，让她赶到乾清宫！小卓子，你去告诉令妃娘娘，请她来帮忙……"他一拉小燕子，"我们赶快去！"他拉着小燕子就飞奔而去。知画惊怔着，一股大事不妙的感觉和一股冰冷的凉意，把她从头到脚地包围住了。她愣了愣，再也无法待在景阳宫等消息，她也跟着飞奔而去。

当乾隆知道所谓的军师"百夷人"竟然是箫剑时，他的震惊真是不小！他从座位上跳了起来，惊看着站在面前的箫剑、紫薇、福伦和傅恒。

"原来，所谓的百夷人，就是箫剑？"他的目光停在箫剑脸上，充满疑惑地问，"箫剑，你到底是怎么一回事？当初不告而别，把晴儿丢下！现在又用百夷人的身份出现，说是尔康可能没死？你到底是满人、汉人、百夷人，还是缅甸人？"

箫剑昂首而立，傲然地说：

"我是为了救尔康而回来的，我是什么人，和我的目的没有关系！"

乾隆大怒，重重地一拍桌子，大声说：

"怎么没有关系？朕要给你一个四品官，你不要！和晴儿的婚期已经决定了，你逃跑！这样不识抬举、没有责任感的人，哪里配得上称箫大侠？朕看你藏头藏尾，神神秘秘，说话言不由衷，哪里值得人信任？你和尔康他们的认识，是从他们集体出走开始，糊里糊涂认小燕子做妹妹，朕越想越怀疑！你到底居心何在？你真是小燕子的哥哥吗？还是冒牌货？赶快给朕从实招来！"

箫剑还没开口，紫薇就忍不住，往前一站，急急说：

"皇阿玛！箫剑的身份不用怀疑，他确实是小燕子的哥哥！傅六叔可以做证，箫剑也确实参加了清缅之战，我们能不能不要追究箫剑的出身，赶快调集人手去救尔康呢？至于晴儿，箫剑并没有忘情，只是有许多不得已……"

"紫薇！"乾隆打断了紫薇的话，"我了解你要救尔康的心情，这个'百夷人'也了解你的急迫，了解永琪和小燕子对尔康的感情，他在利用你们呀！他从头到尾，就没安好心！在南阳的时候，如果不是朕出现了，他早已把你们统统带到云南去了！他的目标，是你们！是朕的儿女……他是有计划的行动！你们不要上当了！"

紫薇和福伦大急，还没开口，箫剑昂首大笑说：

"哈哈！所谓'以小人之心，度君子之腹'，就是这样！身为一国之君，疑心病和编故事已经成了本能！"他转头看紫薇，"这一下，你明白为什么有这么多冤狱、这么多文字狱、这么多莫名其妙就被砍头的人了？"

"你居然敢这样对朕说话？"乾隆一听，怒不可遏，声如洪钟地说，"你以为你冒充了小燕子的哥哥，朕就不敢砍你的头吗？你说了这番话，朕不只要你的脑袋，还要把你凌迟处死！"

正好，小燕子、永琪气急败坏地赶到，在门口就听到乾隆对箫剑的怒吼，又是砍头又是凌迟处死，小燕子听得毛骨悚然，想到自己的爹，也是这样糊里糊涂就被处死了，心里的痛，再也无法控制。冲进房来，她就悲声大喊：

"皇阿玛，您不要动不动就想杀人，如果我们每个人都有您的权力，都动不动就想杀人，皇阿玛老早就没命了！"乾隆一听，真是气得一佛出世，二佛升天。

"小燕子！"紫薇急喊，此时此刻，只想立刻飞到缅甸去救尔康，生怕再生枝节，哀求地看着小燕子说，"不要火上浇油了！我们在这个节骨眼，不能出事！大家为尔康想一想吧！把所有个人恩怨，暂时抛开吧！"说着，就对乾隆请安："皇阿玛！小燕子和箫剑都是心直口快的人，反应太快，不是要和皇阿玛作对……"

"朕看他们就是成心和朕作对，箫剑的目的已经达到了！你们看，小燕子以前，是朕的开心果，现在，她是什么样子？见到朕就掀眉瞪眼、大呼小叫，说些不是人说的话，这样的义女，这样的儿媳妇，朕不要了！"乾隆大叫。

小燕子的悲愤和怒火，全部燃烧起来，顿时掀眉瞪眼，也大叫："不要就不要，我已经忍了太久，老早就不想要了！是你自己跑到南阳去把我们找回来的，是你用免死金牌把我们请回来的……"乾隆怒极，抓起一个镇尺，向她砸去。小燕子闪开，镇尺砸向古董架，把一个大花瓶砸到地上打碎了。小燕子一冲，就想动手，永琪急忙拉住她，气急败坏地喊："皇阿玛！永琪代小燕子向皇阿玛认错，她口不择言，胡说八道！最近发生很多事，小燕子受了许多委屈，才会这么反常……"永琪话没说完，小燕子就激动万分地喊："我不要你帮我说话！我去缅甸找尔康，找到尔康，我也不会回来了！这个宫里的女人，我是再也不做了！"

福伦看闹得不可收拾，大急，往前一步，急切地说："皇上！箫剑这次回北京，完全是为了尔康，请皇上看在老臣的分上，不要再追究箫剑的私人问题，让他带路，找到尔康再说！臣给皇上磕头了！""福伦，"乾隆又急又气地一嚷，"你是朕最忠心的臣子，不要为了尔康，弄得是非不分！这个箫剑，来历不明，做事出尔反尔，鬼鬼祟祟，他的话，哪里能信？""皇阿玛，我们信他呀！我们真的信他呀！"紫薇痛喊着。这时，太后带着令妃、知画、晴儿一起赶到。太后已经听过知画三言两语的禀告，知道箫剑进宫了，就吓得魂飞魄散，生怕乾隆有闪失，一进门就急切地大喊："皇帝！不要放掉这个箫剑……他不是个好东西！"乾隆一震抬头，大声回答："老佛爷不用担心，这个人居心叵测，朕已经明白了，不管他做了什么，就凭他对朕的不恭不敬，他也是死期到了！"看到这种状况，晴儿失去一贯的平静，她冲到乾隆身前，悲声喊着："皇上请开恩！箫剑绝对不是一个坏人，他对朋友肝胆相照、奋不顾身，今天才会再度陷进牢笼！请皇上本着仁民爱物的原则，千万要做个明君呀！"令妃事情也没弄清楚，一心要帮忙，急忙站到乾隆身边，热情地喊：

"皇上！他们几个小辈，情同手足，彼此帮忙，侠义的心肠，让人感动！皇上千万不要为了一点口舌之争，就把任何人问罪，当初一怒之下，要杀两位格格，差点铸成大错！这种事情，不要再来一次！"

乾隆被吵得头昏脑涨，振臂狂呼：

"都不要说话！让朕把事情调查清楚！"他瞪着箫剑问，"你到底是谁？男子汉大丈夫，坐不改名，立不改姓！一会儿是箫剑，一会儿是方严，一会儿又变成百夷人，算什么好汉？你诱骗小燕子当妹妹，混进宫来，到底为了什么？"

箫剑仰头大笑，盯着乾隆说："我是'百夷人'，我今天为救尔康而来！皇上，你派几个好手给五阿哥和我们，等我们救回尔康，我再来跟你面对面解决我们的问题！"知画心已死，豁出去了，清脆地开了口："皇阿玛！这位百夷人，来头不小！他的父亲，就是大名鼎鼎的方之航……"

知画话没说完，永琪对她冲过去，把她撂倒在地，怒喊："知画！如果你聪明一点，就赶快闭口！"知画倒在地上，悲喊着："永琪……你好狠，当初想谋杀绵亿，把我撞倒在地上，害得绵亿差点活不成！现在，为了救这一对来报仇的兄妹，你又想除掉我……"永琪大惊，伸手就去蒙知画的嘴，乾隆已经听到了，惊喊："报仇？什么报仇？"知画挣开永琪的手，尖声大喊："皇阿玛！您是箫剑和小燕子的杀父仇人！他们两个是来报仇的……"永琪死命蒙住知画的嘴，恨极地喊："住口！你这样歹毒，满口谎言，留不住我的心我的人，就要把我们一起消灭，简直是蛇蝎心肠……"太后大怒大惊，急喊："皇帝！你还不把他们抓起来！知画所说，句句是实话，永琪已经被这个小燕子迷惑，失去本性了！"箫剑听到这儿，知道所有的秘密，都已揭穿，闹到这个地步，显然已到最后关头，无法善终。他长笑而起，闪电般扑向乾隆，同时大喊：

"小燕子！我们被逼到这一步，大概是天意吧！爹娘在天上看着我们呢！这个仁君，也不过如此！既然他们口口声声说我们是来报仇的，就让我们被杀之前，先为父母报仇！还不动手……"

萧剑说话中，已经一手就扭住了乾隆的胳臂，另一手掐住了乾隆的脖子。

变生仓促，福伦和傅恒大惊，双双飞扑过来相救，两人同时大喊："萧剑！万万不可！赶快放手！""萧剑！这是皇宫呀！多少大内高手在这儿，你以为能够得手吗？赶快投降！"

福伦、傅恒一面说着，一面对萧剑打了过去。萧剑拿着乾隆的身子当盾牌，左挡右挡，福伦和傅恒大惊，生怕打着乾隆，硬生生收回拳头。小燕子惊呆了，站在那儿无法动弹，萧剑怒喊：

"谁敢过来，皇帝就没命！"再大喊，"小燕子！你还等什么？"

在这一刹那，小燕子想到知画，想到绵亿，想到杀父之仇，想到嫡福晋和侧福晋，想到太后的鸿门宴，想到密室被囚，想到被迫接纳知画，想到活活被拆散的晴儿和萧剑，想到这一年多来许许多多的大悲大痛……她大叫一声，从永琪身上，拔出佩剑，一剑刺向乾隆，嘴里乱七八糟地喊着：

"你砍了我爹的头，你让我娘在烈火里自刎而死！我喊了你好几年的皇阿玛，你还是这样对我们！我跟你拼了！"

永琪一看，这还得了，大叫："小燕子！你敢伤皇阿玛？"永琪跳起身来，已经来不及拉住小燕子，危急之中，想也没想，就伸出手臂，硬挡她的剑。只听到刺啦一声，永琪的衣服顿时裂开，鲜血直流。小燕子大惊，喊："永琪！你还不让开！"永琪也顾不得伤势，直扑上去，闪电一般快速，抱住萧剑的身子，萧剑不肯放开乾隆，对永琪一脚踢去，永琪闷哼了一声，却死命抱住萧剑不放，撕心裂肺地大喊："萧剑！小燕子！你们有父母，难道我就没有父母吗？如果你们伤了我爹，你们就再也看不到我了！要杀皇阿玛，必须先杀我！"这时，紫薇也奋不顾身地扑上前来，抱住小燕子握剑的手，哭着痛喊："小燕子！我们是结拜姊妹啊，你怎么可以杀我爹？难道你也要成为我的'杀父仇人'吗？"小燕子和箫剑，双双被阻，乾隆原是练过武术的，乘此机会，迅速地挣脱了箫剑，跃到一边。福伦和傅恒，立即冲上前去，一左一右，保护着他。

箫剑一看，大好机会，都被永琪破坏了，大怒，一掌打向永琪，再一脚踢飞了他，永琪毫无防备，被打得飞了出去再落地。箫剑扑了过去，伸出拳头还要打。永琪不还手，凄然地看着箫剑说：

"箫剑，我不能对你还手，我欠小燕子太多！要打要杀随你便，算我为皇阿玛还债，但是，我不会允许你对皇阿玛动手！只要你动了手，有你没我！我不吓你！""那我就先杀了你再说！父债子还！"箫剑喊着，举起手来。小燕子一看，魂飞魄散，手里的剑"砰"的一声落地，她飞扑到永琪身边，抱住他，用自己的身子挡住箫剑，痛哭失声，真情流露地喊："永琪！永琪……"她回头看箫剑，泪落如雨，"你杀了永琪，我也不能活呀！他是我的命呀！杀了他等于杀了我……"

小燕子这样一句话，永琪震动无比。比永琪更震动的，是箫剑！他一直知道小燕子深爱永琪，却不知道爱到这种地步！他看着泪流满面的小燕子，看着父子连心的永琪，顿时心灰意冷，知道大势已去。他长叹一声，站起身子，对乾隆挺胸而立，朗声说：

"我报仇失败了！不是今天失败的，是早就败在永琪、小燕子、尔康和紫薇手里！后来又加上一个晴儿，他们联合起来，让我一败涂地！现在，我认输了，要砍头还是要凌迟，随你便！"

"皇阿玛！你不能杀我哥！"小燕子哭着痛喊，"他是方家唯一的血脉，你已经杀了我的父母，怎么忍心赶尽杀绝？我的命不要了，你杀我吧，放了我哥！"这时，侍卫们乒乒乓乓冲进房，大呼小叫："什么事？皇上？发生什么了？"

乾隆惊魂未定，睁大眼睛，看着一屋子的零乱。看着躺在小燕子怀里流血的永琪，看着挺身而立、视死如归的萧剑，看着泣不成声的紫薇和晴儿，看着吓傻了的太后和知画……他惊疑震动，思想和感情却像跑马灯般地旋转。这群孩子，到底怎么回事？他还在惊怔中，紫薇见侍卫进房，更急，扑跪上前，膝行到他面前，仰头哀恳地看着他，泣不成声地说：

"皇阿玛！用您的心，来看整件事！如果小燕子和萧剑要报仇，当初在南阳，早就下手了！小燕子对皇阿玛的孺慕之情，感动了萧剑，我们大家的说服，晴儿的一片心，这才让萧剑化敌为友！皇阿玛要明察呀！"

晴儿跟着紫薇跪下去，用发自肺腑的声音，也对他哀恳地喊：

"皇上，萧剑夹在父母惨死和我们的感情下，左右为难，天人交战，这才走也不是，留也不是，这里面有好多曲折，皇上想弄清楚，就要真正地弄清楚！我们不知道当年的文字狱是怎么一回事，但是，萧剑当年才四岁，小燕子才一岁，难道也要为文字狱负责吗？"

吓得胆战心惊的太后，抖着声音疾呼："皇帝，不要再听他们的！赶快把这一对兄妹问罪！皇帝身边，怎能留这样的危险分子？"知画早已站起身来，在这一片惊心动魄中，看到最鲜明的一件事实，永琪是跟定小燕子了！只要放他离去，再见无期！她什么都顾不得了，一步上前，急迫地喊着："皇阿玛！我在景阳宫，已经听得清清楚楚，他们准备再一次集体大逃亡！如果皇阿玛不阻止，大概也失去永琪了！如果皇阿玛还要永琪，赶快留人吧！"

傅恒赶紧问乾隆："臣先把萧剑关进大牢，再等皇上定夺！至于还珠格格，不知如何发落？""皇上请三思！"福伦悲声喊。

永琪挣扎着站了起来，握住血流如注的手臂，走到乾隆身前跪下。经过了小燕子用身子帮他挡萧剑，听到了她心底最真挚的告白，他心念已决。在这一刻，江山地位，皇子亲王，对他而言，都成草芥。他坚定地、诚恳地说：

"皇阿玛！生也在您，死也在您！尔康的生死不明，已经让紫薇痛不欲生，萧剑如果死到临头，晴儿也不会独自活着！至于我和小燕子，皇阿玛看得比谁都清楚！您说我胸无大志也好，您说我没出息也罢，江山王位，我都不在乎！小燕子生，我生；小燕子死，我死！我们的命运，都在您的手里！"

小燕子听到永琪这样一番话，更是泪不可止、泣不成声了。知画惊怔地看着永琪，眼里盛满了绝望、嫉妒和愤怒。令妃就走过来，满眼含泪地摇着乾隆的手臂说：

"皇上，紫薇格格说得好，这件事，是是非非，咱们都糊糊涂涂，但是，您要问一问自己的心，千万不要做违心的事！"乾隆听着想着，对于整个事件，有些明白了。他挥手让侍卫退去，努力镇定了自己，定了定神，说：

"谁都不要说话！"他轮流看众人，有力地吩咐，"福伦！萧剑交给你，你把他带到学士府去，他现在是钦犯，如果他脱逃了，我唯你是问！小燕子，你和永琪回景阳宫去，赶快传太医，给永琪治伤！紫薇，你留下来，陪着朕！其他的人，都各自回到各自的地方去，这件事，谁都不许说出去！朕要彻底想想清楚！"

众人面面相觑，都不料乾隆这样发落。

萧剑和小燕子尤其意外，怔怔地看着乾隆。"萧剑不能放，纵虎容易捉虎难！"太后着急地说。"他如果跑得了，今天就不会在这儿。"乾隆沉吟地说，"何况有晴儿在。他们这批人，都是怪物，为情而生，为情而死！看样子，他生是晴儿的人，死是晴儿的鬼，跑不了的！大家都不要说了！回去！回去！"福伦大出意料之外，生怕乾隆生变，急忙说了句："臣遵命！臣告退！"他拉着萧剑就走。众人便各自请安，告退。乾隆眼见众人离去，忽然喊："傅恒！回来一下！"傅恒站住。"你马上去刑部，把方之航的案子，所有文件全部调出来，送到朕这儿来！如果有相关人证，也一并带来！"

"是！臣遵旨！"

毕竟是一国之君啊！紫薇不禁崇拜地、热烈地看着乾隆。说不定可以为方家翻案，说不定当初的案子还有冤情，说不定乾隆会再度饶恕萧剑和小燕子，说不定可以立刻去救尔康……她眼里闪出希望的光芒。

永琪带伤回到了景阳宫，立刻惊动了一屋子的太监、宫女和嬷嬷。大家惊呼不断，张罗医药。太医立刻来了，帮永琪包扎上药。幸好只是外伤，没有伤筋动骨，包扎之后，永琪就急急地挥退了太医。

"一点小伤，根本没事，不要小题大做了！明月、彩霞，送太医出去！我们这儿，不用人伺候了，大家都去休息吧！"

太医急忙告退，明月、彩霞也都离去。小燕子眼睛一直湿湿的，充满歉意地看着永琪。当房里的人，都纷纷离去了，两人才面对面，彼此深深地看着。刚刚在乾隆书房的一番惊心动魄，始终震撼着两人的心。小燕子心有余悸地、轻轻地说：

"没想到，这个秘密还是拆穿了！我们弄成这样，不知道皇阿玛会不会越想越气？说不定我们大家，又要集体进监牢！"永琪深深切切地凝视着她，柔声说：

"可是，我却觉得如释重负！这个秘密，一直压得我们大家透不过气来，揭穿了也好，再也用不着提心吊胆，防备这个，防备那个了！最坏的情况，就是你那句口头语：'要头一颗，要命一条'！"

小燕子摸着永琪受伤的胳臂，说不出有多么心痛和懊悔：

"对不起，我刺伤了你！我并不是真的要杀皇阿玛，只是在那个情况底下，完全失去理智了！听到皇阿玛对我哥一句句逼迫的话，想到我爹娘的惨死，我就什么都顾不得了！皇阿玛到底是我的亲人，还是我的仇人，我真的弄不清楚啊！"

永琪用没有受伤的手，揽住她，拼命点头说：

"我了解，我完全了解！自从你知道皇阿玛是杀父仇人之后，你就生活在矛盾和煎熬里，为了我，你忍受了太多太多！刚刚听到你说，没有我，你不能活，我是你的命……你知道我有多感动多震撼吗？你什么都不用解释了，我都深深体会，你这样辛苦地挣扎着，我还常常跟你生气，要求你这样那样，要求你适应我的生存环境，我才该说对不起！"

"你不生我气？不骂我？不怪我？"小燕子怯怯地问，"我差点杀了皇阿玛呀，我差点杀了你呀！"

"怪你什么？怪你对自己父母的一片孝心？怪你对我的抛舍不下？怪你对箫剑的兄妹之情？怪你对皇阿玛的又爱又恨？"他抚摸着她的头发，怜惜地喊，"小燕子啊！连皇阿玛都没有怪你！连他都知道，我们这群怪物，是为情而生、为情而死的人！"

小燕子听到永琪这样说，感动得快要死掉，就热情奔放地拉住他没受伤的手，含泪喊着：

"永琪！我冤枉你了！我一直说你对我不好，到处告状，说你这也不对、那也不对，还对你凶，我就是会欺负你……你说你被我的话感动，我才被你感动，你对皇阿玛说的那番话，让我觉得，就算为你死了，我也值得！我再也不会冤枉你！再也不跟你闹分手了！你不必用八人大轿来抬我，我以后就像一个跟屁虫一样跟着你，就算你嫌我烦，我也不离开你！"

永琪感动至深，微笑了一下：

"跟屁虫？很新鲜的词！大概所有的格格里，只有你会用这三个字！你是'江山易改，本性难移'，我想，以后你还是会冤枉我，和我吵架的。不过，我们还是会讲和，会融化在彼此的感情里！没办法，谁教我这么命苦，碰到了你！如果这次我们还能逃过一劫，大概就要这样吵吵闹闹过一生了！"

小燕子含泪瞅着他，依偎进他的怀里，想想，又忧虑起来："我们还逃得过吗？不知道皇阿玛要怎样发落我们？闹了这么一大场，他还会放掉我们吗？还会让我们去缅甸找尔康吗？还会让我跟着你吗？""不要太悲观，皇阿玛留下了紫薇，我们就等着看紫薇的本领了！"永琪深思地说，"皇阿玛对我们，也有许多的无可奈何！他说我们是'怪物'，他却是'怪物'的阿玛！龙生龙，凤生凤！"小燕子听了，不禁生出无限的希望来。是啊！他们还有紫薇，聪明的紫薇，会说话的紫薇，被皇阿玛宠着爱着的紫薇！

是的，紫薇在乾隆的书房里，终于，终于，终于把箫剑和小燕子的重逢、认妹妹的经过、杀父之仇的原委巨细靡遗地说完了。

乾隆细细地听完，他震惊地起立，在房里兜着圈子，喃喃自语：

"原来，箫剑和小燕子，是方之航的儿女！原来，朕真的是他们的杀父仇人！"思前想后，不寒而栗了，"这么久以来，朕把一个仇人的女儿养在身边，把仇人的儿子带出带进，真是险啊！怪不得箫剑不肯做官，他始终没有忘记这段仇恨！"

"他几乎忘了！如果没有老佛爷的调查，如果没有那场鸿门宴，他真的几乎忘了，连小燕子，他都隐瞒着，一个字都没说！"

乾隆深思着，越想越明白了。

"原来是这样！老佛爷囚禁了你们大家，小燕子才知道自己的身世，为了救箫剑，永琪勉强娶知画！小燕子是知道身世之后，才变了样……怪不得她看到朕，就掀眉瞪眼，满嘴胡言乱语，常常横冲直撞，咬牙切齿……朕这才恍然大悟！萧剑的来龙去脉，和晴儿的曲曲折折，朕也明白了！"就瞪着紫薇说：

"你们几个，经历的事，可以写一部二十四史了！"

"不是二十四史，是一部没人相信的清宫传奇！"紫薇苦涩地说，抬头哀恳地看着乾隆，"皇阿玛！请您开恩，让萧剑和永琪，带我们去找尔康，至于这件二十几年前的旧案，就让它烟消云散吧！如果皇阿玛允许萧剑带走晴儿，我敢保证，他再也不会出现在您面前！冤家宜解不宜结，您已经杀了他的父母，就为方家留一条根吧！人家方之航，好歹也是读书人，是书香世家，不过是一首剃头诗，弄得家破人亡，还不够吗？"

乾隆思前想后，一个站定，严厉地看着紫薇："你刚刚没有看到吗？萧剑和小燕子，他们要朕的命！一个掐朕的脖子，一个拿剑刺朕，这么严重的谋刺行为，朕也不闻不问吗？"

"如果皇阿玛要闻要问，刚刚就把他们推出去斩了！"紫薇迎视着他，勇敢地说，"皇阿玛……您也不忍，是不是？您也想弄清楚是怎么回事，是不是？现在，您已经知道了事情的真相，会不会觉得萧剑有萧剑的悲哀，小燕子有小燕子的悲哀，永琪有永琪的悲哀，晴儿有晴儿的悲哀……甚至知画，也是这件事的牺牲品！当初一句砍头，今天多少悲哀！皇阿玛您有最宽阔的心胸，您也是性情中人，就让这个悲剧，到此为止吧！紫薇给您磕头！"

紫薇说着，就要下跪，乾隆伸手，一把拉起她，长长一叹："紫薇，你一句'性情中人'，扣住了朕，朕不见得有这么宽阔的心胸！想到刚刚那一幕，朕依旧感到毛骨悚然。这件事，实在让朕太震惊了，朕要看一看当初方之航案，是怎么回事？老实说，朕印象里，对这件案子非常模糊！到底为什么判斩首，朕已经记不得了！你回去吧！让朕弄明白了，再做定夺！"

"可是皇阿玛……"

"朕知道，你没有时间可以耽误，想去缅甸救尔康！朕现在已经不怀疑萧剑带来的消息，他为了这个消息，明知道是飞蛾扑火，还是扑到北京来，我对他，也有几分佩服！能够在众目睽睽下，掐朕的脖子，也需要一些勇气！紫薇，别说了！先回学士府去，朕会在最短的时间里，拿定主意，也会派人救尔康！至于怎么救，怎么处置小燕子和萧剑，朕还要想一想！"

紫薇见乾隆眼神坚定，不敢再多说，只得请安说：

"紫薇谢皇阿玛的了解！谢皇阿玛对萧剑和小燕子的不杀之恩！"

乾隆一怔，忍不住"哼"了一声说：

"哼！谢得太早了吧！"

紫薇不语，深深地看了他一眼，离去了。

乾隆却看着紫薇的背影出神了，心里，逐渐浮起难以割舍的伤痛。

北京的皇宫里，为了救尔康，已经闹得天下大乱。在缅甸的尔康，却陷在慕沙的温柔乡里。自从答应了娶慕沙，这位八公主就收起了霸气，展现了最温柔的一面。她带他走出皇宫，走进郊外的一片野花田里。缅甸阳光好，气候炎热，适合各种颜色艳丽的草花，郊外山坡上，几乎处处有野花。尔康看到这样一片无边无际的花海，杂生着各种叫不出名字的野花，也不禁叹为观止。

这天，尔康穿着一身白色的缅甸服，戴着白色的岗包，看来飘逸出尘。尽管脸上的伤痕还是明显的，却掩饰不了他那玉树临风的气质。慕沙看着他，越看越高兴，安慰地说：

"大夫说，到灯火节的时候，你脸上的伤痕就看不出来了，身上的伤口也会统统治好！只要我不再给你弄出新的伤口来！这半年以来，你都是旧伤加新伤，才会这么难治！以后，你应该聪明一点，不要再受伤了！"

尔康看着那片野花，摘了一朵红色的花，问：

"这是什么花？这么好看？"

"罂粟花！你吃的银朱粉，里面就有这种花的种子！"

听到"银朱粉"三个字，尔康心底一凛，不禁凝视她，正色地说："慕沙，我要问问你，这个银朱粉到底是什么东西？为什么会让我上瘾？为什么不吃它，我就简直活不下去？我要怎样才能摆脱这个银朱粉？"

"你没办法摆脱银朱粉了！我问过大夫，他说，这个药，是很好的止痛药，当初你伤得太重，为了救你，我用得太猛了，又是长时间用，才会让你上瘾！银朱粉最主要的成分是罂粟花的种子，再加上一种名叫大麻的叶子，还有其他几味草药，混合制成的！在民间，也有类似的药，当然没有你吃的这么好，老百姓叫它'白面'！这个药，吃上了，就是终生的事！"

"我不要它成为我终生的事，我要除掉它！有没有办法除掉呢？"

"你急什么？反正，宫里这个药很多，我不会让你缺货的！你尽管吃就是了！"

尔康一本正经地看着她，语气郑重：

"慕沙，你不会喜欢一个动不动就发抖抽搐的人，你不会喜欢看到我痛苦，这个药吃完了虽然精神百倍，但是，过一阵子就使我萎靡不振，使我毫无生命的活力，我相信也是它，让我的武功全部消失，如果我想重生，就必须戒掉这个药，假若你真对我好，就帮助我戒掉它！"

慕沙凝视着尔康，被他的急切感染了，沉思着：

"其实，大夫说过的，只要咬紧牙关，不管多么难过，都不吃药，熬得过去，熬上十天不吃，还能活着，那就戒掉了！但是，在牢里，你已经试过了，你认为，你戒得掉，还是戒不掉？"

尔康想到不吃药的情形，不禁不寒而栗。他心中一寒，神情顿时充满了沮丧。慕沙看看他，安慰地说："算了！不要戒了，何必那么痛苦呢？大夫说，有一次帮一个人戒药，那个人最后咬断自己的舌头死掉了，死得好惨！"

尔康听了，更加无助。

忽然，一阵悦耳的鸟鸣传来，慕沙兴奋地大喊：

"你听！这是我们缅甸著名的'妙声鸟'！"

"妙声鸟？"尔康心不在焉。

"是啊！妙声鸟是缅甸的神鸟！从来没有人看到它长得什么样子，它的声音太美了，可以让所有听见的人，都忘记自己在做什么！"慕沙要鼓起尔康的兴致，热心地介绍着，"据说，在森林里，它的叫声会让正在吃东西的动物忘了吃，食物从嘴里掉出来；会让正在飞的鸟忘记拍打翅膀，而被风吹走；会让狮子老虎忘记去追猎物，停下来兴奋地举起前爪；还会让水里的鱼静止不动，忘记游泳。所以，我们的王船，都用妙声鸟的样子来建造，宫里很多东西，都是照妙声鸟的样子来做的！"

"它可以让所有听到的人，都忘了自己在做什么，可惜，它没办法让我忘掉自己在做什么、在想什么！"尔康说。慕沙一怔，看着他。他也出神地、深刻地看着她。

"你们有'妙声鸟'，中国也有很多鸟，有一种鸟，名字叫'杜鹃'，它的叫声，让很多诗人写诗，让很多远离家乡的人掉泪！它的叫声是'不如归去！不如归去！'"尔康叹息地说，神情凄恻。

慕沙站住了，凝视他。被他眼里那种深刻的悲哀，给撼动了。慕沙的个性，是永不投降、永不服输的。尔康的固执，激起她所有的"征服"感，她要征服他，她要得到他，她要拥有他！为了这个目标，她付出了全部的心力，不论尔康多么顽固，她都不肯退缩。但是，这天关于"妙声鸟"和"杜鹃鸟"的谈话，是第一次，让慕沙动摇了。

这天回到缅甸皇宫，尔康开始和银朱粉作战。他明白了，只有自己坚定，才能戒掉银朱粉！他要恢复健康，他要回到北京，他要和紫薇团聚……那么，第一件事，是戒掉银朱粉！他拒绝再吃那个药，到了晚上，他已经脸色惨白，满头大汗地蜷缩在床上发抖。那种万蚁钻心的感觉又来了，那种疯狂般的渴望又来了！他咬牙忍受着人生最大的痛苦，在心里给自己不断地打气：

"只要咬紧牙关，不管多么难过，都不吃药，就能戒掉！我福尔康什么难关没有遭遇过，怎么会冲不破这个难关？我咬紧牙关，咬紧牙关……"

兰花、桂花紧张地在一边观望，看得胆战心惊。

"我觉得他撑不下去，太危险了，我要去告诉八公主！"兰花害怕地说。

"不要告诉八公主！"尔康大喊。

"不行呀！你这样会死掉的，我们不敢负责任！要不然，你就吃药吧！"

"不吃！不吃！"

尔康说着，一阵抽搐，床铺都咯咯作声。他痛苦地抓床柱，身子一挺，脑袋"砰"的一声撞在柱子上，冷汗直冒。

兰花、桂花吓死了，兰花喊着："桂花，你照顾他！我去找大夫和八公主！""不要不要！"尔康急喊，"她来了，又会强迫我吃药，我现在没有任何的抗拒力量，只要把药拿到我面前来，我会像小狗一样爬过去抢！让我用意志力克服吧！"兰花早已跑得不见踪影了。尔康陷在极度的痛苦里，挣扎着颤抖着，心志开始动摇。他望着床前，小几上有一盏灯，燃烧着变烫的烛火。他太痛苦了，忽然跳起身子，把手掌伸到烛火上去烧着。桂花大惊，扑了过来。"你干什么？"她去拉他的手。"不要管我！"他用力一推，桂花摔跌在地上，"你知道吗？有几万只蚂蚁在我身体里爬，我要烧死它们，消灭它们！"

这时，慕沙带着大夫和巫师，一起冲进房来。慕沙看到这个情形，吓了一跳，就直冲到床前，一口吹灭烛火，惊呼着："你在做什么？真要戒这个药，也需要大夫在旁边，需要很多人来帮忙，你自己一个人怎么成？"尔康跌跌撞撞地扑到另一盏烛火前，举起手掌继续烧着，昏乱地说："烧死它！烧死它！它在我身体里面钻，快要钻到我的脑袋里面去了！给我火，烧得大大的火，我要烧死它们！"大夫、巫师、慕沙都看得胆战心惊。大夫嚷着："吃药吧！这儿有银朱粉！我知道你很不开心，又给你配了一点新的药，吃了会让你很轻松、很愉快！"他一面说，一面拿出准备好的药。慕沙抢过了药，拿着水杯，冲到尔康身边去。"你为什么一定要跟自己过不去呢？赶快吃药！"尔康看到了药，瞬间瓦解了，扑了过来，就去抢药。"给我！给我……给我……"他抢到了药，才要塞进嘴里，又停止了，瞪着那些药粉，发出一声哀号："哦……不要！"他把药粉一撒，把杯子砸碎，抓住慕沙一阵乱摇乱喊："你看你把我弄成什么样子？这样活着还有什么意义？我恨你！恨你！恨死你！"

慕沙惊怔着，没有反抗，也没有挣扎，呆呆地看着他。她怎会把他弄成这样子？在她这一生里，第一次这样深深地爱一个人，这样强烈地想要一个人！她只是要救他的命，怎么会把他陷进这么大的痛苦里？

大夫赶紧又拿了一包药过来，喊着："吃下去！吃下去！吃了很快就舒服了！天马，不要拿自己的身子开玩笑，你的药瘾已经太深，戒不掉了！"尔康放掉慕沙，直扑大夫，双手掐住了大夫的脖子，大喊："我掐死你！你是什么大夫！你治得我不死不活，治得我一身是病，治得我这么痛苦，我掐死你……"大夫挣扎着，兰花、桂花、巫师、徒弟都来帮忙，喊着叫着："放手呀！放手呀！你会把他掐死，快放手……"众人去拉他扯他，喊成一片，房里乱成一团。忽然间，尔康双手乍然松开，倒在地上，抱着身子一阵抽搐，就厥过去，不动了。"他死了！死了！"兰花惊喊。慕沙这才惊醒过来，扑向尔康。大夫惊魂未定，摸着脖子发抖。慕沙疾呼："巫师，巫师，赶快给他喊魂呀！"宫女们端着一盘一盘的食物跑进门来，把食物放在窗前。巫师就带着徒弟，去窗前喊魂。宫女们七手八脚把尔康抬上床，大夫也摸摸脖子喘口气，急忙诊治。"还好还好，还没死！赶快把他的嘴撬开，把银朱粉灌下去！他的消沉，也是断药的症状，我又加了一味药，吃了就会好！赶快赶快！"大夫用银匙撬开尔康的嘴，大家抱住他的头，压住他的身子。慕沙急忙把银朱粉倒进了他的嘴里，再用水一匙一匙地喂进他嘴里，他喉中咕咚几声，药已入喉。

巫师站在窗前，生怕尔康的灵魂听不懂缅甸话，特地练习了汉语，虔诚地喊着：

"天马的灵魂啊！你不要漂流在外面了，如果下雨，你会淋湿；如果出太阳，你会晒伤。蚊子要叮你，水蛭要咬你，老虎要吃你，雷电要轰你！家里多舒服，你什么也不缺，不怕风吹雨打，你安安逸逸地回来吃饭吧！"

巫师重复地念着喊着，尔康醒来了。他睁开眼睛，虚脱地、无力地看着室内的一切，听着巫师用不纯熟的汉语"喊魂"。慕沙看到他睁开了眼睛，这才松了一口气，喊着："醒了醒了！天马，你觉得怎样？"尔康无力地、沮丧地、虚弱地说：

"好像经过一场激烈的战争，打了几天几夜一样，浑身都没力气。"众人全部如释重负。巫师不敢大意，继续向窗外"喊魂"。尔康听着，看着慕沙问：

"他在为我'喊魂'？你们就这样，把我的灵魂喊回来？"

"是！巫师怕你的灵魂听不懂，还特地练习了汉语！幸亏他给你喊魂，你看，你醒了！刚才，你差一点就死了！""这样'喊魂'，简直是对我的灵魂'威胁利诱'，怪不得他会回来……"他感觉到体内有种轻飘飘的感觉，正在慢慢扩散到四肢百骸去，了解地说，"你又给我吃了银朱粉。"

"是！"她深深看他，"你不要再戒药，没用了！大夫说了，你再也离不开银朱粉！大夫又给你加了一味药，你会不会觉得比较开心呢？"

"开心？应该是吧！我觉得轻飘飘的，好像在云里雾里……我很开心……有你这样陪着我，不断供应我这么名贵的药，帮我喊魂，我……很开心……"他嘴里这样说着，眼角却滚出了一颗泪珠。

这泪珠震动了慕沙，惊喊：

"天马！你不开心吗？你怎么哭了？""我们中国人有句话，'英雄有泪不轻弹，只是未到伤心处'！现在，我承认我已经彻底失败，我陷在这儿，苟且偷生，还答应和你成亲……败军之将何以言勇，负国之臣何以言忠，背信之人何以言爱……我再也无颜见皇阿玛、五阿哥、紫薇和亲人，真想大哭一场！"

慕沙怔着，凝视尔康，她虽然听不懂他那些"何以"，心里却不知道为了什么而痛楚着。眼前，浮起在战场上英姿飒飒、不可一世的尔康，和面前这个落泪的尔康，简直是两个人！慕沙心里一酸，她只是爱他，只是要他，怎么会把他弄成这样？她困惑了，迷惘了。

第五十三章

　　乾隆用最快的速度，了解了"方之航"案。这晚，乾隆的书房里，站满了人。桌上，堆满了厚厚的文案。桌前，小燕子、永琪、紫薇、箫剑、晴儿、福伦都站在那儿，太后坐在一旁。乾隆看到大家都到齐了，就从书桌后面，站起身子，神情严肃地环视着众人。

　　"朕连夜传唤你们，是要告诉你们方之航的案子和朕的决定！"乾隆看看太后，"老佛爷，您对这事，介入也很深，所以请您也来一趟，免得朕再说一次！"他凝视小燕子和箫剑："小燕子，箫剑！这桌子上堆着的，都是当年方之航一案的资料，朕几乎用了整整一天的时间，把它看完！朕简单地把经过说一遍！"

　　小燕子、箫剑都全神贯注，众人也都紧紧地看着乾隆。"二十五年前，方之航是浙江巡抚，是个很有才气的文官，朕对他也相当器重。杭州文风很盛，方之航也常常和一些文人，泛舟游湖，畅谈国事。当时那首剃头诗，就是在这种情形下写出来的，很快就流传开来。其实，朕并没有注意到这首诗，直到有位也是姓方的守备，写了一道密折，传到北京，这才惊动了朕！那个方守备，自称是方之航的堂兄弟，也是舟字辈，说是熟知内幕，列举方之航许多叛国的言行，还附了一卷方之航的文稿，并不止一首剃头诗！朕下令先把方之航收押入狱再彻查，把案子交给刑部！案子这样一拖，就拖了一年多……"

一屋子的人，静悄悄地听，大家的眼光，都凝聚在乾隆脸上。乾隆叹了口气，继续说：

"朕承认，在朕即位之初，对思想言行的管束，确实比较严苛！但是，朕并没有下令斩首，只吩咐当时的浙江总督马大人，把方之航押解到北京审问，谁知道，押解途中，发生劫囚的事，马大人打败了劫囚的人，抓到一个，那个人供称，是方之航妻子的指使！马大人快马传书，问朕要不要继续押解人犯，朕记忆中，当时只说，先押回杭州大牢，再等朕定夺。这件案子，就到此为止，后来事情太多，朕几乎把它给忘了！直到前天，你们大家提起来，朕才想起有这么一回事。朕查看了这件旧案，才知道，后来有人再度劫狱，马大人一气，就把方之航给立地正法了！本来还要去缉捕你们的娘，但是，你们的娘却抢先一步自刎了！"

小燕子听到这儿，忍不住叫了起来：

"这么说，我们的仇人，还有那个方守备和马大人！难道，马大人有权力正法我爹吗？"

乾隆正视小燕子，郑重地说：

"马大人有权力，是朕给他的权力！对于证据确凿的案子，他可以'先斩后奏'！马大人德高望重，二十年前，他告老还乡，十五年前，已经过世了！他是个很负责任的人，绝对不会草菅人命！但是，这件案子确实审理得糊里糊涂。朕传了刑部当时的几位大人，据说，那位方守备的许多供词，对方之航都非常不利！最后，也是方守备认出，劫狱的人，是你们的舅舅！所以，当时牵连入狱的，有十九个人！这些人都早不在人世了！刑部为了保护方守备，对他的身份，一直保密！"

萧剑眼神一凛，双手蓦然紧握拳头，朗声道：

"这位方守备，还在人世吗？"

乾隆看看萧剑，看看小燕子，有力地说：

"他死了！你们都认得他，他就是山东巡抚方式舟！去年南巡的时候，被你们几个拆穿真面目的大贪官，在朕的命令下，就地正法，斩首示众了！他卖友求荣，一步步爬到巡抚的位子，仍然难逃一死！"

"什么？方式舟？"永琪惊呼。

众人大震，不禁面面相觑，大家你看我，我看你。小燕子和萧剑，交换着眼光，两人眼前，都浮起方式舟那副贪官嘴脸，想起大家怎样追捕方式舟，怎样捉拿他，怎样被乾隆"杀无赦"，怎样在法场眼看着他人头落地……两人都震慑起来。不只他们兄妹两个震慑，是人人震慑了。福伦不禁喊着：

"真是老天有眼，天网恢恢，疏而不漏呀！"

紫薇回过神来，眼睛蓦然一亮，十分激动地拉住小燕子的手，喊了起来："小燕子！这么说起来，皇阿玛根本不是你的杀父仇人！这是一个误会呀！你再也不必恨皇阿玛了，你可以像以前一样去喜欢他了！"小燕子像做梦一样，不知是悲是喜。永琪感恩地吐出一口长气，就用没受伤的手，拍着箫剑的肩说："箫剑，这里面有很多曲折……如果我们早点弄清楚，我们都不必受这么多的苦！"晴儿泪汪汪，去拉紫薇的手："原来是这样！我们大家，死守着一个秘密，谁也不敢拆穿，以为拆穿了就是死！早知道，直接来问皇上，不是早就可以调出案子来查看吗？"

大家你一言，我一语，只有箫剑不说话，沉思地看着乾隆。心想，乾隆把一件"砍头"的大案件，说得如此轻描淡写，虽然方式舟的伏法，让人震撼，但是，乾隆所扮演的角色，依然是最重要的一个人！绝不能因为方式舟的缘故，就让他置身事外！乾隆，依然是他们兄妹的"杀父仇人"！如果没有乾隆下令收押入狱，没有乾隆下令严办，马大人怎样也不会"先斩后奏"！他抬眼正视乾隆，沉着地问："皇上，你重新看了这些资料，认为我爹是罪有应得，还是被人陷害了？你认为，你没有亲自下令斩首，就和我爹的死，没有关系了？"乾隆深深地看箫剑，完全了解箫剑的想法，他从桌上拿起一卷文稿，坦率地说：

"你爹是被人陷害了！如果没有人告密，朕永远也不会去注意他的文章！但是，他的思想，如果要问罪，也可以问罪！这儿，有一本你爹的文稿，是他的手迹！我把它还给你们兄妹两个，你们自己去判定！你爹是汉人，对汉人的文化，非常推崇！对满人的文化，多少有些轻视！这，实在犯了朝廷的大忌。不过，因为这些文稿而弄得家破人亡，也确实太严重了！所以，朕不否认，自己和你爹的死，仍然有关系！朕虽然没有亲手杀他，他仍然是因朕而死！现在，方式舟已经伏法，还是借你的手，让他问罪的！朕回想起来，也觉得不可思议！好像冥冥中，自有天意！朕希望，整个事件，就此烟消云散吧！"

乾隆说着，就把文稿递给萧剑。萧剑想到是父亲的遗稿，眼中立刻流泪了，双手恭敬地、颤抖地接过。听到乾隆这样坦白地"承认"，想到"思想文化"的控制，每个皇帝都一样！那句"犯了朝廷的大忌"，也是自己父亲的任性吧！这样想着，那"杀父之仇"就真的变淡了。何况，乾隆的语气里，带着太多的感情，太多的忍让，太多的迁就……他是一个皇帝，大可不必向他解释这些，要杀要斩，凭他高兴。他会说这么多，大概是真心喜欢小燕子，真心不愿失去永琪吧？他注视着乾隆，决定把话问清楚：

"皇上，你的'烟消云散'是什么意思？我还是你的'钦犯'吗？对于我和小燕子前天的举动，你预备怎么处置？"乾隆再看看小燕子，看看萧剑，叹息着："这几年来，小燕子带给朕非常多的快乐，还记得南巡时，小燕子为了要朕高兴，当小二，背菜单，唱蹦蹦戏……还有她的跳驼比赛，她的灯笼舞，她的《成语大全》，她著名的诗句'抬头见老鼠，低头见蟑螂'……一件一件，让朕念念不忘！朕对那个小燕子，非常怀念，如果没有杀父之仇，大概朕永远不会失去那个小燕子吧！前天，拿着剑来刺朕的小燕子，确实让朕不寒而栗……但是，想到她的亲爹，因为朕的疏忽而送了命，朕……不想追究了！什么都不追究了！何况，萧剑还要带路，赶到缅甸去，救我的女婿尔康！"

乾隆一番话，说得真情流露，大家听了，个个眼中湿漉漉的。小燕子听到乾隆历数她的种种，件件记在心头，尤其震动，不禁含泪说："皇阿玛！我不知道现在是恨您还是爱您，我已经糊涂了！不过，前天那一剑，我不是有心的……""别说了！永琪不是代我挨了这一剑吗？"乾隆柔声打断，转眼看永琪，心痛地问：

"永琪，伤口是不是很深？很疼吧？"此时，乾隆眼前忽然浮起小燕子曾经手持鞭子对他冲来，永琪不惜用花瓶砸伤她的一幕。想到他们两人如此恩爱，永琪却为了保护自己，三番两次，让小燕子和自己受伤。这样的儿子，哪儿去找？他心里对永琪的珍惜和宠爱，就更加强烈；眼里流露的父爱，也更加深重了。

"皇阿玛，没事！"永琪激动地说，"一点小伤而已！永琪谢皇阿玛的谅解！谢皇阿玛的不追究！"太后看到这儿，不禁一呆，站起身子，着急地说：

"皇帝！以前的案子，就算过去了！但是，这兄妹二人，对皇帝的安全，已经构成威胁，一个要掐皇帝的脖子，一个拿剑要刺杀皇帝，吓得我魂飞魄散，到现在还发抖。皇帝心地仁慈，什么都不追究，但是，他们是不是也把这杀父之仇，彻底摆脱了？会不会随时想起来，再来一次？"

福伦一步上前，拱手说："臣以性命，担保还珠格格和箫大侠，再也不会这样做了！以前的事，已经说得这么清楚，他们何必还要这么做呢？"紫薇也急忙上前说："紫薇也以性命担保，小燕子会变成原来的小燕子！"她回头看小燕子，推着她上前："是不是？你自己跟皇阿玛说！"岂料，小燕子眼泪一掉，痛喊出声：

"不！我再也没有办法变成原来那个小燕子了！这一年多，我受了许多你们想象不到的痛苦，我的笑，早已被眼泪取代……

现在真相大白，我的心还是很痛，我说不清楚……为了这个杀父之仇，我付出好大的代价，失去了以前的欢笑，失去了皇阿玛，失去了半个永琪……我……我……"她痛定思痛，不禁伏案大哭，边哭边说，"我好想哭，我好想找回以前那个我，但是，我找不回来了！"

小燕子这样一哭，人人眼中泪汪汪，永琪尤其心痛。

晴儿和紫薇，一边一个，去扶着小燕子，跟着掉眼泪。乾隆眼中也含泪了，看着众人，不胜感慨地说：

"是！我们大家，谁都无法回到从前了！你们随时会想起杀父之仇和这件事引起的后果，对朕耿耿于怀……朕也会随时想起小燕子那一剑和小燕子的身世，对你们也起了戒心……要回到毫无芥蒂的日子，确实难了！"说着，他看着永琪，心里千回百转，已经有了决定，不舍地说，"永琪！为了小燕子，你决定放弃江山、放弃王位吗？你不会后悔吗？"

永琪大大一震，抬头看着乾隆，父子连心，顿时了解了乾隆的意思。

"是！"永琪诚挚地、真切地说，"如果皇阿玛肯放掉我，让我跟小燕子离开皇宫，从此过平凡的老百姓的生活，我会非常感激！小燕子从小在江湖中长大，确实无法胜任一个福晋的生活，更没办法当王妃、当太子妃，甚至当国母！而我，只是一个'怪物'，缺乏当帝王的霸气！经过了清缅之战，我更加体会到'一将功成万骨枯'的悲凉，觉得自己更加不适合当皇帝！我想，几个小阿哥，会比我更有成就！皇阿玛如果真的喜欢我，就成全我，让我当个普通百姓吧！"

乾隆紧盯着永琪，忍着心痛，正色说："如果你跟小燕子一起走了，我只能宣布，你死了！以后，你也不能再回来了！你决定了吗？""也不能回来看皇阿玛吗？"永琪眼中含泪，不舍地看乾隆。

"大概不能！但是，朕很喜欢微服出巡，说不定哪一天，会到大理去玩玩！"

小燕子听到乾隆这些话，才知道乾隆有意要成全她和永琪，她在意外惊喜之余，生怕永琪不答应，立刻紧紧地看着他。永琪掉头看她一眼，接触到她那震动、期盼、着急和恳求的眼光，他就义无反顾了。他痛楚地一点头，说：

"我决定了！请皇阿玛原谅我的不孝、我的自私和我的任性！"

太后大急，站起身子，往前一冲喊："皇帝！你怎能放弃永琪？你哪儿再去找这么好的儿子？""皇额娘……"乾隆一叹，"朕曾经说过，为了天下，朕失去了太多东西，现在，不忍心让永琪再走我的老路！爱他，只好放他！"好一句"爱他，只好放他"！永琪震动已极，一眨也不眨地看着乾隆。小燕子也转过眼光来看乾隆，众人全部震住了，都感动地看着乾隆。被他这几句深刻的肺腑之言，深深撼动。一时之间，偌大的房间里，鸦雀无声。最后，还是乾隆振作了一下，大声喊："晴儿！""是！皇上！"晴儿一惊，急忙答应。"朕把你指婚给箫剑了！他们马上要动身去缅甸救尔康，你就跟箫剑一起走吧！婚礼你们自己看着办，朕不参加了！老佛爷，请帮朕给晴儿准备一份嫁妆！"

太后愣住了。晴儿大出意料，又惊又喜，怔了片刻，才热泪盈眶地，急忙谢恩。"晴儿谢皇上恩典！"乾隆就再度深深地看萧剑，充满感情地说："萧剑！朕把晴儿给你，能不能抹杀你心头之恨呢？"萧剑至此，不能不服，双拳一抱，朗声说："萧剑不敢再恨！救出尔康以后，大概也不会再出现在皇上面前，皇上可以高枕无忧，安心度日！一个晴儿，弥补了二十几年的孤苦……萧剑谢皇上恩典！"晴儿听到萧剑这样说，更是热情奔放，再也不用掩饰自己的感情了。"小燕子！"乾隆再喊。小燕子抬头看着乾隆。

"朕害得你失去了爹娘，过了许多年孤儿的生活，过去的事，无法弥补。但是，朕把自己最心爱的一个儿子，给了你！从此，永琪是你的人，跟你去浪迹天涯！这样……"他的声音哽住了，壮士断腕，痛入骨髓啊！他声音哽咽："朕和你之间，是不是扯平了？"

小燕子一听，再也控制不住自己，奔上前来，一跪落地，抱住乾隆的腿痛哭。她仰着头，边哭边喊："皇阿玛！您是我永远的皇阿玛！不管我人在哪里，我会记住您的好！我要让您知道，我心里再也没有恨，一点也没有了！"乾隆眼中，落下一滴泪。大家全部落泪了，连太后，眼泪也不停地掉。永琪更是深深切切地看着乾隆，眼神里，是无尽的不舍。他就走上前去，跪在小燕子身边，对乾隆含泪说：

"我舍得江山，舍得王位，舍得皇宫，舍得富贵……舍不得的，是皇阿玛！"乾隆一伸手，紧紧地握住了永琪的肩膀。父子二人，泪眼相看，都在对方眼中，看到人世间最真挚最高贵的爱。从来没有一个时刻，乾隆和永琪的心，如此贴近。虽然他们的人，即将分开，天南地北！

从乾清宫回到景阳宫，小燕子和永琪的情绪，一直陷在激动里，根本无法平复。小燕子看到明月、彩霞两个，眼泪更是不停地掉。两个宫女着急地递手帕、端热茶，不解地追问："怎么了？皇上又跟你们发脾气了吗？"小燕子一手拉明月，一手拉彩霞。看看这个，又看看那个，含泪说：

"明月，彩霞！我和五阿哥后天一早，就动身去找尔康！你们两个跟着我，也过了好多年，明天，我会禀明令妃娘娘，让她做主，早一天放你们出宫，自己找个好婆家，就嫁了吧！"

"格格怎么忽然说这个？"彩霞着急地说，"彩霞不要嫁，要终身伺候格格！"

"我也是！"明月跟着说，"出宫之后，家里也没人了，不知道怎么过日子啊！我最快乐的时光，就是跟着格格的时光，格格千万别赶我走！"小燕子搂着两人，更是泪不可止。永琪走上前来，拍拍她的肩膀，柔声地说：

"小燕子，别哭了！事情发展到今天这个样子，已经比我们的预期要好了无数倍。人生，就是这样，常常不能两全。有喜有悲，有聚有散！"小燕子一转身，抱住了永琪的腰，热烈地喊：

"永琪！我值得你为我这么做吗？想到皇阿玛对你那么好，你也那么喜欢皇阿玛，我觉得自己好残忍呀！你心里一定很难过很难过，是不是？或者，你留下，让我走吧！我不再自私，不再占有你……"

永琪叹口气，轻声打断了她："是！我心里很痛很痛，但是别说了！好不容易争到今天的结果，不能再改变了！你跟我过了许多年的宫廷生活，也轮到我来试试你的生活！天涯海角，让我们结伴同行吧！"明月和彩霞互视一眼，这才惊觉到小燕子和永琪，可能一去不回了。两人体会到这个，就惊怔着呆住了。就在这时，房门忽然乒乒乓乓地被撞开了，知画跌跌撞撞地扑奔进来。她一下子就冲到永琪和小燕子面前，顾不得宫女在前，也顾不得形象和面子，她惶急地、慌乱地一跪落地，痛喊出声：

"永琪，姐姐！请你们原谅我！我前天是失去理智了，被魔鬼附身了，才会在皇阿玛面前，说出那些话！我错了，请你们不要走！你们走了，我怎么办？"她抬头看永琪，眼里是无尽的悲惨，"永琪，不管我做了什么，我对你的心，天知地知！我只是太想拥有你，太想留住你，太想跟你在一起！永琪，不要遗弃我，我……我……我就算有千错万错，也帮你生下绵亿了，你不看我的面子，看绵亿的面子，请你，求你……"说着说着，竟对两人磕下头去。

小燕子怔忡着，这样凄惶无助的知画，对她而言，几乎是陌生的。在这一瞬间，她忘记了和知画所有的战争，抛开了所有的嫉妒，对知画生出无限的同情。永琪一把就拉起知画，说："知画，我们回到你房里去谈！"永琪说着，就回头看小燕子，眼里有征求同意的味道。小燕子急忙点头，永琪就拉着知画走了。

到了知画的房间，永琪关上房门，走到她面前，深沉地、悲哀地、怜悯地看着她。看了好久，他才郑重地叮咛："知画，我们之间的是是非非，现在都不要说了！你嫁给我，本来就是一个悲剧，是你的失策，是我的遗憾！我走了以后，我想，皇阿玛和老佛爷都会善待你，何况，你已经有了绵亿！他是你的护身符，是你的希望，我把这个沉沉重担交给你了！好好把绵亿带大，说不定有一天，我们父子还会见面！至于你，你才十八，犯不着为我守身，我们大清有这样的例子，丈夫死了，妻子可以改嫁给宗亲，当初顺治爷的董鄂妃，就是这样……说不定你会遇到一个比我更适合你的人……"

知画用一对着急而热切的眸子看着他，仔细地听着他，越听越急，她拼命摇头，眼泪就疯狂地滚落。她忍不住用手去捂他的嘴，痛楚地喊：

"不要这样说，我也是念四书五经、《列女传》长大的，自从嫁到景阳宫，我这一生已经注定，我是你的人了！我知道，我说出了那个大秘密，差点害死你们，你心里恨死了我，才会这么说！我承认，我对姐姐吃醋，做了很多不该做的事，说了很多不该说的话，我错了错了错了！我不敢求你原谅，只求你发发慈悲，如果你一去不回，我要怎么办？"

永琪拉下她的手，悲哀地凝视着她的眼睛：

"对不起！你的心，我了解；你的感情，我也了解！你的行事作风，我不了解，但是，现在也不用去追究了！"他顿了顿，语重心长，"这个皇宫，到处充满战争，人与人之间，钩心斗角，一个比一个厉害。你如果处处争强好胜，注定要遍体鳞伤！来日方长，你自求多福吧！"

知画更急，又要下跪：

"我给你跪下，你现在去找额驸没关系，但是，求求你，答应我一定回来！如果永远失去你，我也是生不如死呀！"永琪一把拉住她，不让她下跪，悲哀地凝视她：

"太晚了！我已经下定决心，不能改变。这次离别，我们今生，大概也不会再见了！好在，这个嫡福晋的名分，你是坐稳了！荣王妃的地位，也没人再来抢！如果绵亿争气，说不定还有更大的荣华富贵在等着你！我祝福你！"

永琪说完，转身就要离去。知画大急，一把抱住他，惶急地喊着：

"永琪、永琪……我不在乎你只爱姐姐，我只要在你旁边，偶然得到你一点点恩宠就可以了，我再也不吃醋，再也不用心机，再也不要手段，再也不争强好胜，再也不出卖你们……请你给我机会……我真的喜欢你呀……真的真的呀……"

知画的话，让永琪更加感到悲哀。他看着她，想着在海宁初次见到的她，想到那个可以一边跳舞、一边画出梅兰竹菊的她，想到刚进宫的她，想到征服了太后和乾隆的她，想到新婚那夜的她，想到用"谁伴明窗独坐，我共孩子俩个"来得到他的她，也想到冒险撞桌子，撞得几乎送命的她……他心底充满同情和凄惨！她曾经做过多少的努力，是为了喜欢他……还是为了喜欢地位权势呢？这也不重要了。不管她喜欢的是什么，她注定都失去了！他深刻地凝视她，说：

"不要继续喜欢我，你像一条彩色的爬墙虎，多彩多姿，应变能力是第一流的！如果有人砍断你的尾巴，你会再长出一条新的来！我就是你的断尾，刚刚断掉的时候很痛，但是，旧的不去，新的不来！我相信你会得到重生，继续活得多彩多姿！"他说完了，用力地抽身而去。知画跌倒在地，痛哭着喊："永琪！你是最善良的人，你有最柔软的心，为什么对我这么狠？这么无情？我爱你呀，爱你呀，难道爱也有错？"永琪听了，心中恻然，走回来拉起她，轻轻地拥抱了她一下，怜恤地说：

"这个皇宫里有很多可怜人，你只是其中的一个！你冰雪聪明，美丽动人，又念了那么多的书，为什么要把自己陷在这个地位？以前我也认为爱没有错，现在才明白了，爱也有错！不择手段的爱，伤害别人的爱，比恨还可怕！你想想清楚，还来得及重新来过！"

知画眼睛一亮，充满希望地、急急地问：

"你允许我再重新来过吗？你跟我一起重新来过吗？"

"我不行！"永琪温和却坚定地说，"我早就认定了一个。你好自为之！珍重珍重！"说完，放开知画，这次再不回头，毅然决然地走了。知画扑倒在床，顿时痛哭失声。

第二天一早，太后才翻身起床，晴儿已经一步上前，搀着她起身。早有宫女，捧着盥洗用具，水盆、帕子、漱口杯、衣服等站了一排。晴儿试了试水的温度，绞了帕子，递给太后。

看到她擦完脸，晴儿再拿起漱口杯，递给她。等到太后漱了口，她再为她穿衣。清装很讲究，是一层一层穿上去的，晴儿也一层一层地服侍。穿好衣裳，就轮到梳头，那代表身份地位的旗头，也要花一点时间来梳理，梳理完了，才轮到戴簪环首饰、翠玉项链。

"晴儿，让丫头来伺候就好了！你昨儿一夜没睡吧！眼睛都肿得像核桃，去歇着吧，不用伺候我了！"太后柔声地说，看着细心服侍的晴儿。晴儿眼中含泪，充满孺慕之情，依依不舍地说：

"老佛爷，让我伺候您最后一次，等一会儿，我就去学士府了。明天，大伙都从学士府出发去云南。只怕今生，我就和老佛爷再也见不到了！老佛爷，请您原谅我这样任性，辜负了老佛爷的教诲和期望！"

晴儿这样一说，太后的眼泪就夺眶而出。一转身，她握住了晴儿的手：

"晴儿啊！"太后到了这个时候，才真的对她放手了。她叹息地说："你有你的任性，我有我的任性！今天这个局面，是我们两个的任性造成的。我知道，你为了这一段情，流过多少泪！在你心里，早把我恨死怨死了吧？"

晴儿诚挚地、热烈地急急接口："老佛爷！没有！我从来没有怨过您，也没有恨过您！我知道您的立场、您的心和您对我的'舍不得'，我没办法恨一个爱我的人！如果我曾经有恨，也只是恨人生的际遇、恨老天的安排！恨我自己不争气，为什么对这段情认死扣？是我太没出息，是我让老佛爷错爱了！"

"不要再说这种话，最近，我常常觉得自己老了，对很多事都力不从心！我想，人，最终还是斗不过命运，老天有老天的安排。以后，你不用再恨人生的际遇和老天的安排了，老天不见得对人人都好，但是，对你的安排，应该是'煞费苦心'吧！要不然，以你和萧剑这样天南地北的两个人，会用红绳绑在一起，最后还能成其好事，实在是不可思议呀！"

晴儿凝视太后，感慨良深，低声地说：

"整个故事，不是从我和箫剑开始的……"

太后点头，了解地说：

"是从皇帝的文字狱开始的，是从方之航被砍头开始的！为了一个方之航，皇帝赔上了永琪，我赔上了你！这是命！你……好好地去吧！好好地为箫剑生儿育女，让方家的香火得以传承，这是我们欠方家的！"

"老佛爷，您能这样想，就可以开怀很多！"晴儿听到她这样的话，心里的安慰实在太大了，不禁对着太后微笑起来，"让我和永琪去还债，换得老佛爷和皇上的永远安宁，事事如意！希望我们离开以后，老佛爷也能常常这样去安慰皇上！"

太后再点头，就从自己的脖子上，解下那条戴了许多年的翠玉项链，戴在晴儿脖子上。她温柔地说："这是我的翠玉项链，还是我的额娘给我的东西，翠玉保平安，珠子保团圆，九十九颗珠子，象征长长久久！给你了，我的祝福和我的心，都在这条项链里！希望你这一生，平平安安，和箫剑圆圆满满，长长久久！"

晴儿顿时泪落如雨，跪在太后面前，一把抱住了她，喊着：

"老佛爷啊！我这样辜负您，不听您的话，最后还狠心地离开您……我以为您被我气坏了，早就不再喜欢我了！谁知道，您还对我这么好！我怎么配接受您戴了一辈子的项链，还有那么多的祝福？"

"你不配，还有谁配？"太后哽咽地说，"你是我最贴心的晴儿啊！"太后说完，喉中哽着，再也说不出话来，满眼的泪，伸手把晴儿抱得紧紧的。晴儿依偎在太后的怀里，此时此刻，只有深深的孺慕之思和不舍。

这一天，大家都很忙。晴儿和太后依依不舍，小燕子却直奔静心苑。

皇后躺在床上，正在生病，看到小燕子，撑持着坐了起来，惊喜地喊：

"小燕子！怎么突然过来了？"

"皇额娘在生病吗？脸色怎么这样坏？有没有传太医？太医怎么说？"小燕子看到皇后脸色憔悴，着急地问。"没事没事！看什么太医？最近一直这个样子……"皇后说着，就大咳起来。容嬷嬷赶快上前，拼命给皇后捶打着背。小燕子急忙倒了一杯水过去，皇后就着小燕子的手，把水喝了，抬起头来，额上都是汗珠，脸色惨白。

小燕子看得胆战心惊，转身就跑："我去传太医！这样拖下去不行！门口的侍卫都是死人吗？病得这么严重，怎么没有人告诉皇阿玛？我去……""别去别去！"皇后疾呼，"难得看到你，坐下说说话！太医来也没用，治得了病，治不了命！容嬷嬷，你给我拉住她……"容嬷嬷就上前，一把抓住了小燕子说：

"格格！不要传太医，娘娘不许惊动太医，也不想惊动任何人，方才什么都没说！在这个静心苑里，娘娘的心，也静得没有任何声音了！娘娘除了念佛，什么都不愿意做，只是静静地活着，静静地挨过每一个日子！"

小燕子站住了，似懂非懂，却感到一种莫可言状的悲凉。皇后注视着她，感到她这次来，有些不寻常，就问："小燕子，你有事吗？有话要跟我说？"小燕子这才想起自己的来意。

"皇额娘，我是来……辞行的！等一会儿，我就离开皇宫了，要去云南找尔康……皇额娘！我不会再回来了！这是个秘密，宫里的人，都以为我还会回来，但是，我们已经得到皇阿玛的允许，从此不回来了！"

皇后深深地看着小燕子，眼神清亮起来说：

"飞进皇宫的小燕子，再飞回民间去！好！皇上终于做了一件充满智慧的事。小燕子，好好地飞吧！这个皇宫，是个牢笼，关得了皇帝，关得了皇后嫔妃，关得了王孙公子，关得了阿哥格格……就是关不了燕子！你在临走之前，还来见我一面，让我再一次为你动了凡心！"

小燕子就上前，和皇后紧紧拥抱，说：

"皇额娘，我不能多留，还要去和令妃娘娘辞行，还要和皇阿玛辞行……奇怪，一天到晚想飞出皇宫，现在，真要走了，这个也舍不得，那个也舍不得！我一点慧根也没有，想到可能永远见不到你们了，我的心还是很痛很痛！"

"去吧！有舍才有得！不舍不能得！"皇后推开了她。小燕子就放开了皇后，看着容嬷嬷，突然又热情奔放地一把抱住容嬷嬷："容嬷嬷！你好好地照顾皇额娘！不要让她的心，静得没有声音，最起码，她听得到你的声音！你要跟她说，身体不好，一定要看太医，一定要吃药呀！"

"格格！你说的，奴婢都记住了！"容嬷嬷也热情奔放了，伤心地说，"我一直都在跟她说，她就是不肯听呀！就算她舍得整个天下，奴婢还是舍不得她！不知道要怎样才能让她的心，听得到我？不知道要怎样才能让她的眼睛，看得到我？不知道要怎样，才能让她看病吃药？奴婢太笨了，太没用了，都伺候不好娘娘！"

容嬷嬷一番泣血之言，皇后眼中充泪了。看着容嬷嬷，她说：

"容嬷嬷！如果我在这个人间，还有什么舍不得的，不是皇上，不是皇宫，不是身份地位，不是十二阿哥……不是任何一个人，只有你！"容嬷嬷一听此话，放开小燕子，扑奔皇后，紧紧地搂住了她，一迭连声喊："娘娘，娘娘，你不要舍不得……奴婢，奴婢不会让娘娘挂单，娘娘在哪儿，奴婢在哪儿！奴婢早就下定决心，永远永远跟着娘娘！"

"就是你这一份心，让我牵挂！到时候，你要'舍得'呀！"

"不！不！舍不得……舍不得……奴婢是凡人俗人粗人，听不懂道理，奴婢就是舍不得！"

主仆二人说着，抱着，悄然落泪。

小燕子眼中湿漉漉的，悄悄地转身走了。

然后，收拾好了行装，永琪带着小燕子，到了慈宁宫。正好乾隆和令妃也在那儿。永琪、小燕子和晴儿就一排站着，拜别乾隆、太后和令妃。永琪一步上前，对着三人一跪落地，充满感情地、充满歉疚地、充满感激地开了口：

"老佛爷、皇阿玛、令妃娘娘，永琪一定要给你们磕一个头！感谢皇阿玛的教诲，老佛爷的错爱，令妃娘娘的照顾。永琪相信，真诚会感动天地，我们一定还有再见的日子！至于永琪的种种不孝，希望老佛爷和皇阿玛原谅！不管我们到了哪儿，我们永远永远，不会忘记你们！"太后拭泪，令妃拭泪，乾隆眼中湿湿的，柔声地说："起来吧！这以后，只能自己照顾自己了！记住，你是朕最优秀的儿子，是朕最大的骄傲，这是永远不变的！"

"是！永琪会记住这句话，以后，我生命里再有任何挫折，都会用这句话来自勉！我不会再辜负皇阿玛了，这一生，已经做了一个失败的阿哥，但愿，会做一个成功的百姓！"说着，就磕下头去，磕完头起身，站在一边。

小燕子就拉着晴儿，双双跪倒。

"皇阿玛！老佛爷，令妃娘娘……"小燕子含泪喊着，"小燕子要走了！这次一走，不知道哪一年再会见面！小燕子平常叽里呱啦，现在只想哭，该说的话，一句都说不出来！自从进宫，我闹了好多笑话，闯了好多祸，最后还带走了永琪，我简直是皇宫里的灾难！我走了，皇宫里就再也没有灾难了！皇阿玛您知道吗？我从小没爹没娘，常常想象我亲爹的样子，都想象不出来。直到我遇到皇阿玛，您的影像，就变成我亲爹的影像，就算后来知道皇阿玛是我的杀父仇人，我想起亲爹，还是会浮起您的脸孔！我真的好喜欢您，好爱您！皇阿玛……以后，我再也不会这样叫您了，请您允许我，现在叫个够……"小燕子感情一来，完全无法控制，就一连串地喊，"皇阿玛，皇阿玛，皇阿玛，皇阿玛，皇阿玛……"

乾隆的泪，再也忍不住，被小燕子喊了出来，他站起身子，走上前来，拉起她，怜惜地、宠爱地看着她说："小燕子，不要招惹我们掉眼泪，你是朕的开心果呀！朕会记住你的好，忘记你的不好……"他皱皱眉头，故作疑惑地说："你有不好吗？怎么朕想不出来呢？"小燕子含泪看他，父女二人，不禁深深对视，所有仇恨，全部被天伦之爱所淹没了。小燕子就扑进了乾隆怀里，不舍地喊："皇阿玛！我会想您的，我会一直一直想您的！""朕也是！"乾隆喉中隐隐作痛，"你这么奇奇怪怪，带来这么特别的故事，一会儿让朕笑，一会儿让朕气，一会儿让朕啼笑皆非，一会儿让朕掉眼泪……要想忘掉你，都不容易！"小燕子依偎片刻，才离开乾隆。晴儿就磕下头去，对三人热烈、诚挚地说：

"晴儿和小燕子一样，准备了一肚子的话，要和皇上、令妃娘娘、老佛爷说，可是，现在一句也说不出来！晴儿只能谢谢皇上，谢谢老佛爷，谢谢令妃娘娘！你们的成全，造就了一个全新的晴儿，也造就了全新的永琪和小燕子！对你们来说，这是一件不可能的事，要有多么大的胸襟，才能做到你们应允的啊！晴儿在感激之余，有更多的崇拜，我只能给你们磕三个头，来代表我的感激和感动！希望我们的后半生，不会让你们大家失望！"

晴儿说着，就恭恭敬敬地磕了三个头。令妃赶紧走过来，含泪拉起：

"不要再磕头了，我知道，你们的行装都准备好了，马车也在宫门口等着，学士府急着要出发，大家就不要为了辞行，耽误行程了！你们三个，一路平安，从此之后，事事如意！"

老佛爷抓着晴儿的手，依依不舍。永琪忍不住，对太后说："老佛爷，永琪还有一件事，要拜托老佛爷！""你说！""知画和绵亿，我都辜负了！请老佛爷在我走之后，为知画做主，让她改嫁吧，不要耽误了她的青春！至于绵亿……"他的声音哽了哽，哑声地说，"他从小没有爹，请老佛爷和皇阿玛，多多照顾他一点，在他懂事的时候，告诉他，他的阿玛，心里是非常疼爱他的！走的时候，也是非常舍不得的！"

"永琪！你的托付，我都了解了！"太后含泪说，"从今以后，知画和绵亿，就是我的事了！你安心地走吧！"三人立定，再对乾隆、令妃、太后行礼，这才转身离去。令妃追在后面喊："有了落脚的地方，还是要想办法捎封信给咱们呀！如果信里不方便说，只要'平安'两个字就够了！""是！知道了！大家珍重！"乾隆、太后和令妃都身不由己地追到门口来，挥舞着手，喊着"珍重""保重""平安"等话，离别时候总伤心，也只有一声珍重！小燕子出了门，忽然站定，回头看乾隆，冲口而出地说："皇阿玛，您知道皇额娘已经病危了吗？您连我这样的人，都饶恕了成全了，还有什么不能包容呢？"小燕子说完，掉头而去。只剩下乾隆，震动地站着。

终于，永琪、小燕子和晴儿，要永远永远离开皇宫了。宫门口停着马车，小邓子、小卓子驾车，坐在驾驶座上。明月、彩霞带着众宫女太监，送到门口来。"五阿哥，两位格格，一路顺风！要早去早回呀！"明月喊着。"一定要回来呀！奴婢们准备着月饼，等着你们中秋节回来团圆！"彩霞明知不可能，仍然抱着希望喊。小燕子就一个一个地拥别明月和彩霞，说不出地舍不得，说不出地心痛："我已经和令妃娘娘说过了，你们以后好好地过日子！我留了好多东西给你们，放在我屋里，你们记得去拿！"明月、彩霞心里有数，顿时含泪了，两人抱着小燕子不放。晴儿满眼的泪，站在一边看，喊着："明月，彩霞，不要再招惹小燕子的眼泪，她已经哭了好几天了！"晴儿一说，明月、彩霞更是泪不可止，抱着小燕子哭。

就在这时，知画抱着绵亿，飞奔而来。后面紧跟着桂嬷嬷、珍儿、翠儿等。知画撕心裂肺般地喊着："永琪……永琪……再等一下！"永琪震动地抬头。小燕子和晴儿也惊动地看着，只见知画气急败坏地奔到众人面前，气喘吁吁地说："永琪！我把绵亿抱来送你！好歹，你也跟绵亿说一声'再见'吧！"

知画双手捧着绵亿，送了过来。永琪注视着绵亿，一阵心酸涌起，情不自禁，抱过了绵亿。他手臂上有伤，这一抱，才觉得痛，不知道是伤口痛，还是心痛。一时之间，五脏六腑都跟着痛了起来，他把绵亿小小的头，贴在自己的面颊上，亲热了一会儿，再低头看着孩子，低低地、不舍地说：

"绵亿，对不起！你有一个不负责任的阿玛，在你才出世没多久，就弃你而去！但是，记住，你的阿玛，心里始终有你！你是我'绵绵不断的希望，亿亿万万的回忆'。勇敢地面对你的人生吧！当你长大了，如果觉得生命不够美好，不妨来找我！我会让你认识一个不一样的生命！"

永琪说完，把孩子依依不舍地放回知画怀里，叮咛着："知画！用一颗最纯净的心，来教育这个孩子，让他远离斗争和钩心斗角！那颗纯净的心，你一直有的，把它找回来吧！"

知画满脸的泪，虔诚地说："是！我听你的！我把它找回来……我也等你回来！""不要等我，再见了！"永琪摇摇头，一叹，"知画！珍重，保重！"

永琪说完，一回身，跳上了马车，小燕子和晴儿，赶紧跟着上车。小邓子、小卓子一拉马缰，马儿立即向前飞驰。知画情不自禁，抱着孩子，开始追车，嘴里不断地喊着："永琪……永琪……早点回来……我会等你啊！永琪……永琪……我会为你做一个全新的知画，你记住啊……"桂嬷嬷和珍儿、翠儿，生怕知画有失，开始追知画。"福晋！赶快停下来，当心摔着孩子呀！风这么大，孩子吹风会生病的，不要追车了！五阿哥去一阵子，就会回来呀！"桂嬷嬷喊着。知画仍然没命地追车，没命地喊："永琪……永琪……记住！我抱着的是'绵绵不断的感情，亿亿万万的决心'，我在等你啊……我和孩子，都在等你啊……"永琪从车子的后窗看出去，看着跌跌撞撞追车的知画，心里涨满悲切和不忍。小燕子了解地、含泪地，紧握着他的手。晴儿看得泪汪汪。知画眼见车子越走越远，终于抱着孩子站住了，嘴里依旧在喊着：

"我知道，我做错好多事，但是，都是为了你呀……我会找回那个纯净的我，我一定找回那个纯净的我，你要给我机会呀……"车子已经越行越远。知画像个雕像般站在那儿，遥望着那辆远去的马车，嘴里再也喊不出声音，泪珠却不停地跌碎在绵亿的襁褓上。

　　这天，在缅甸皇宫的花园里，尔康穿着一身白色的衣服，飘
飘欲仙地站在一栋建筑的围墙上，正沿着围墙，双手平摊，像走
钢丝般向前走着。围墙又高又窄，下面是笔直的一片大石墙，尔
康摇摇欲坠，走得惊险万状。围墙下聚集了许多缅甸侍卫、宫女
在仰头观看。兰花、桂花也在其中，两人仰着头，着急地嚷着：

　　"天马少爷！你赶快下来吧！""他怎么下来？我们赶快去搬
梯子！"慕沙、大夫、猛白都得到消息，飞奔过来。慕沙仰头一
看，魂飞魄散，大叫："他怎么上去的？兰花！不是你在照应吗？
他怎么上了围墙？你怎么不看着他？他现在没有武功，摔下来怎
么办？"兰花害怕地回答："他清早起床就很兴奋，在花园里走
着走着，忽然跟我说，他是一只'杜鹃鸟'，就飞快地上了楼梯，
我还来不及追，他就像壁虎一样爬上了围墙，很灵活的样子，说
不定他的武功恢复了！"

　　慕沙看大夫，急切地问："大夫，这是怎么一回事？他的武

功会恢复吗?""除非把银朱粉断掉,要恢复武功,几乎不可能!"大夫说:"他会这个样子,大概是我给他加了龙鳞草的关系,我只是想让他快乐一点,谁知他的反应特别强!"大家说话中,尔康一个失足,差一点摔下屋顶,下面的人,发出一阵惊呼。"去找梯子,要好几个梯子绑起来才够!"慕沙对侍卫喊,"你们还不赶快把他给救下来!上阳台的上阳台,找梯子的找梯子!""是!"御花园里忙忙碌碌,一群侍卫飞奔着到建筑里去上楼梯。另外一群侍卫,拿了好几个长梯子来绑着。围墙下的忙乱,似乎丝毫没有影响到尔康。他在屋顶站稳了身子,带着一脸正气,面向御花园里的观众,一眼看到慕沙,他精神一振,开始对她喊话:

"慕沙!中国人讲信用,讲承诺!我知道我答应了你的事,君子一言,驷马难追!我不敢狡赖。但是,那不是我的意志!在我国,一个男人可以娶很多老婆,尤其是贵族,没有三妻四妾,是件丢脸的事!男人不只比功勋、比财富,还要比老婆!但是,我在很多年以前,遇到一个姑娘,她不见得是世间最好的女子,却是我最爱最爱的女子!我们有很多誓言,其中有一项,我要为她打破中国传统的习惯,创造一个神话。这神话就是,我这一生,再也不容许另外一个女子,闯进我的生命……"他说得从容不迫,面带笑容,却气势十足。

御花园里的人,大部分听不懂汉语,不知道他在做什么。有的惊疑,有的迷惑,有的担心,有的着急……猛白听到这儿,已经怒不可遏,抬头大吼:"你赶快下来!怎么上去的,就怎么下来!不要站在那儿发表演说,丢慕沙的脸!你再不下来,我就叫弓箭手,一箭射你下来!"尔康对猛白视若无睹,继续说:

"慕沙！你碰到我，是你的不幸！我没办法感谢你救活了我的生命，我恨死你糟蹋了我的生命！你们'喊魂'的那一套，对我这个中国灵魂没有用，我的灵魂不怕日晒雨淋，不怕毒蛇猛兽，也不怕路远迢迢，只怕灵魂会和身体一起腐烂消灭，如果灵魂不灭，我就是无所畏惧的！"

"梯子绑好没有？我上去拉他下来！"慕沙喊。"这个人根本就已经疯了！不用你去拉他……"猛白回头大喊，"弓箭手在哪儿？"一排弓箭手急奔过来站定，上箭拉弓，对准尔康。大夫疾呼："大王！他只是吃了银朱粉和新的药，现在是药力的关系，变得非常兴奋，等到药力过去，他就会好的！"

尔康无视于弓箭手，无视于猛白，旁若无人，继续激昂慷慨地说：

"我现在一点也不怕死亡，反而害怕活着，我的生命已经残破不堪，除了丑陋，就是丑陋！早已配不上我的紫薇！可是，我的灵魂还是高贵的！我希望，我的灵魂可以和身体分家，你如果要定了我的躯壳，我只好救我的灵魂！"

慕沙抬着头，不禁专注地看着他，听着他。尔康说完了，站在屋顶，危危险险地对慕沙拱手，朗声说："慕沙！一切的一切，该谢的谢，该恨的恨，该结束的结束……"慕沙大急，高声喊："你从原来的路下来，我们再好好谈！"尔康仰首大笑，凄然地说："原来的路，已经记不得了！我是杜鹃鸟，我可以用飞的！"

他说完，就张开手臂，像一只大鸟一般，心里在欢唱着："紫薇，我向你飞，多远都不累，尽管旅途中，有着痛和泪……紫薇，我向你飞……"他觉得自己的身子轻飘飘，真的有大大的翅膀，真的成为一只鸟！他飞着飞着，飞进了紫薇的窗子，看到紫薇正在给东儿穿衣服。我来了！紫薇，东儿，我来了！他拼命鼓动翅膀，绕着房间飞，紫薇抬起头来，看到他了。她惊喊着：

"一只鸟，好像是杜鹃！东儿，你看，一只杜鹃鸟！"

他绕着屋子飞，绕了好多圈。紫薇，是我啊！我幻化成鸟，我飞向你！紫薇，理我啊，认我啊！紫薇的视线，随着他移动，有些怔忡地出神了。她喊着："东儿！你知道杜鹃吗？你听它的叫声，像不像在说'不如归去！不如归去！'。"东儿开心地抬头看，欢呼着："鸟儿！鸟儿……好漂亮的鸟儿！"

东儿，是我啊！是阿玛啊！但是，我变成了一只鸟，怎么和你们说话呢？紫薇，我怎样再拥抱你？再在你耳边轻言细语？他绕室数圈，飞出了窗子，看到紫薇扑到窗前，神往地看着他飞走的方向。

"南边！鸟向南边飞去了！鸟儿鸟儿，我真希望能够变成你，那么，我也可以振翅飞去了！鸟儿鸟儿，你帮我带一个信息给尔康，我来了！我马上就来了！"什么？紫薇，你会来吗？不行不行，你不要来，不要看到那个残破的我！他飞回，急切地绕着窗口飞，看到窗内的紫薇，揽着东儿说："东儿！明天一早，我就要出发去找你的阿玛，你留在家里，要听奶奶的话，额娘找到了阿玛，一定飞快飞快地回来！""东儿和额娘一起去！东儿也去！""不行啊！东儿……我们要去的地方好远，要骑马乘车，走很远很远的路，带着你会耽误时间，你太小了！你等着，额娘充满了信心，一定不会白跑这一趟！只是，要跟你分开，我还是舍不得呀！""东儿等额娘和阿玛回家……东儿乖乖会听话……"不行！紫薇，不要来找我，看我！看我！我是尔康啊！我来找你了！他拼命扇动翅膀，用力地飞……在缅甸皇宫那高墙上的尔康，他不是鸟，他还是一个人，他的身子，就从缅甸那围墙的顶端，直直地飞落到围墙下面去了。慕沙、大夫、猛白、宫女、侍卫都尖叫着飞奔过去看。尔康不知道他的身子重重地摔落在围墙下，他依然飞向紫薇，飞飞飞……

当尔康"飞下"围墙的时候，紫薇、永琪、小燕子等人，已经出发了。几十匹快马，一辆马车，疾驰在郊外的道路上。福伦和箫剑骑马在前，高远、高达和大内高手们在后，大家全速行进着。"驾！驾！驾！"箫剑对福伦喊，"我们快马加鞭，连夜赶路，我希望可以赶在七月十五以前到达三江城！""皇上每一站都安排了快马，只要马换得勤，大概就没问题！我们大家，可以轮流在马车上睡觉！"福伦说得心急如焚，恨不得立刻就到缅甸。马蹄扬起无数的灰尘，车轮碾过了无数的道路。马车内，小燕子、紫薇、晴儿正忙着给永琪手臂上的伤口换药、换布巾，小燕子看着伤口，怜惜着，心痛着，后悔着。"看样子，伤口很深，永琪，一路上你千万注意，不许和人动手！"她叮嘱。永琪对伤口满不在乎，却有些心事重重地说："没事没事！大夫说十天就会好，已经三天了！随便包扎一下就好了！"他看车窗外，"我想跟箫剑他们去骑马！"

"别胡闹了，你这个样子怎么骑马？拉马缰都不方便！等会儿把伤口再弄裂了，就麻烦了！我们可没带太医同行啊！"小燕子话没说完，车子一颠，她连药瓶一起扑倒在永琪身上，永琪痛得大叫：

"小燕子！"

"对不起！对不起！"小燕子歉然地喊，对着伤口吹气，吹了半天，抬头深深看他，说，"你心里很难过，是不是？离开皇宫，离开皇阿玛你也有很多舍不得，是不是？最舍不得的，是知画和绵亿吧？"

"你还在吃醋吗？不要再提知画，过去的就过去了！"永琪看了她一眼。

"我提她，并不是吃醋。我想让你知道，你有牵挂，有回忆，有想念……我都会看成是一种自然现象，我不会吃醋！"她眼里盛满了温柔和感动，再说，"你为我做的，是任何一个阿哥不会做的！你丢下的，不只江山王位，不只你最敬佩的皇阿玛，还有你的儿子和另一个深爱你的女人……我没办法告诉你我心里的感觉，但是，我会向你证明，你的选择没有错！"

紫薇和晴儿已经包扎好永琪的伤口。永琪感动地凝视小燕子，一伸手，握住她的手，诚挚地说："你不用证明，我也知道我的选择没有错！这样最好，从今以后，那个劈成两半的我，又可以合而为一了！"两人就深深切切地互视着。紫薇一抬头，忽然看到窗外有一只大鸟掠过。她惊喊一声，就扑到窗前去看。晴儿不知道她在惊喊什么，追到窗前来。"晴儿！你看你看！一只鸟！"紫薇喊着。

鸟儿飞掠过天空，往远处飞去。"一只鸟有什么稀奇？我看到好多只鸟呢！"晴儿不解地说。"那只鸟和别的鸟不一样，它好像在带路！""不要说得太玄了！哪有这种事，带路的不是鸟儿，是箫剑!"

车窗外,箫剑听到晴儿提到自己,情不自禁对车里看过来,和晴儿的眼光一接,他不由自主,给了她一个微笑,她也不由自主,回了甜甜的一笑。终于,终于,他们两个可以名正言顺地在一起了;终于,终于,他们不用躲躲闪闪了。

紫薇看看箫剑,看看晴儿,再看看马车里深情相对的永琪和小燕子,感动至深,希望满怀,她激动地说:

"我们三对,已经有两对团圆了,现在,只剩下我和尔康……现在回忆我们这一路走来的故事,我觉得,上苍还是仁慈的!尽管大家都吃尽苦头,但是,大家都获得了福报。"晴儿虔诚地接口:

"所以,上苍也会保佑尔康,成全我们大家,让我们每一对,都没有遗憾!"晴儿和紫薇,说得虔诚热烈,永琪和小燕子,都感动地看着她们,期望着。这时,那只盘旋的鸟儿忽然飞回,停在紫薇的手腕上,哀声叫唤。紫薇惊看那只鸟,晴儿、永琪、小燕子也惊看着。鸟声啁啾,若有所诉。车子一阵颠簸,鸟儿受惊地飞去。紫薇的眼光,情不自禁,跟着鸟儿飞去。

"紫薇,不要来找我,这个我什么都没有了,再也不是你的尔康了!回去吧!回去吧!"尔康正绕着紫薇飞翔,他很急,要警告紫薇,不要冒险……他飞着飞着,翅膀突然使不上力,身子就沉甸甸地向下坠落、坠落、坠落……坠落到一个深谷中。是幽幽谷吗?不是,他定睛一看,天啊!是缅甸的皇宫!

是的,尔康正躺在缅甸皇宫的床上,大夫在诊治,慕沙在一旁看。巫师带着徒弟又在窗前卖力地喊魂："天马的灵魂啊！不要在外面飘飘荡荡了！老鹰会抓你，大风会吹你，野狗会咬你，野狼会吃你……你赶快回家吧！家里多么温暖，有软软的床，有新鲜的水果，有好吃的米饭，还有一直等你的八公主！你快回来吧……"尔康睁开了眼睛，听着巫师喊魂的声音……他还陷在自己变成鸟的幻觉里，神志迷迷糊糊。"天马少爷，你醒了吗？"大夫看到尔康睁开眼睛，急忙问。尔康怔怔地看着室内，看着慕沙，看着大夫。"我真希望不醒，但是……我醒了！"他怆恻地说。慕沙紧盯着他，着急地问："你看到我们吗？认得我们吗？有没有头昏？有没有看不清楚？大夫说，你说不定会摔成白痴！"尔康没有回答慕沙，瞪着窗前的巫师，从床上坐了起来："你们又在'喊魂'吗？停止停止，不要喊了！我的灵魂正在优哉游哉地漫游，喊回来干什么？我的好事，都被你们破坏了！"大夫一脸喜色，对慕沙笑着说："恭喜恭喜！他脑筋清楚，什么事都没有！简直是奇迹，他从那么高的地方掉下来，居然只擦破了一些皮，骨头都是好好的，没有断手也没有断脚！看样子，他有神灵保护！"慕沙瞪着尔康，简直不知道是生气还是高兴，对他嚷着：

"你怎样？昏迷了两天，害我们给你灌药灌汤灌水……大夫说你没有伤筋动骨，算是你运气！赶快起来动一动手脚，看看能不能动？……"

尔康跳下床，看看四周，好像大梦初醒一样："我做了一个奇怪的梦，梦到我变成了一只鸟！""是！"慕沙生气地说，"这只鸟从屋顶上飞下来，摔得动也不动，昏迷了两整天，你气死我！自从在战场上把你救下来，我随时要准备给你挖坟墓！巫师大夫天天伺候，我所有的耐性都用完了！你如果再变成鸟，拜托你飞走不要飞回来了！"尔康瞪着她，爆发地喊：

"我也很想飞走，不要飞回来！不知道怎么回事，我的灵魂每次飞出去还会飞回来，大概都是你们喊魂的结果！下次你们不要再喊魂，让我自由自在地飞吧！你知道吗？我飞到紫薇身边了……"他回忆着，感伤起来，"我梦到她要来找我，我不能让她来，我不能让她看到我这个样子，看到我马上要成为别人的新郎，所以，我拼命想阻止她，但是，她不懂我的鸟语……"他瞪着巫师，忽然异想天开，冲到巫师身边去，喊："巫师巫师，你会喊魂，会不会把灵魂送出去呢？"

"听不懂！什么叫'把灵魂送出去'？"巫师纳闷地看他。"你作法，把我的灵魂变成鸟，变成蝴蝶，变成云，变成风……只要是能飞的东西，什么都好！"他兴奋起来，"来来来，要我怎么合作？躺下来，还是跟你一起念咒语？你们的缅甸巫术好像有用，我要找一个可以和紫薇沟通的方式！""天马少爷，这个……我没办法！从来没有做过！"巫师为难地说。"你试试看呀！"尔康积极地嚷，"我来帮你写一篇'送魂词'！你来作法！""天马，你可不可以不要乱出花样？连巫师念的咒语，你也要管？"慕沙简直拿这个"天马"一点办法也没有。尔康不理她，拼命想他的"送魂词"。自从到了缅甸，这个相信灵魂会飞的地方，他总觉得自己的灵魂也会飞。他一击掌说：

"想出来了，这样念！我念给你听！"就念着，"天马的灵魂呀！你好好地在外面飘荡吧！天空又大又高，回家的路不长，紫薇在想你，东儿在喊你，爹娘在盼你，你赶快飘过去吧！这缅甸的宫殿，虽然有新鲜的水果，有好吃的米饭，有软软的床铺，有深情的慕沙，但是，这毕竟不是你的家！你赶快结束你的旅程，回到你真正的家里去看看吧！只要看看就好，你已经千疮百孔，千万不要纠缠紫薇，悄悄地看，看完了，再去四海飘荡吧！"他念完，看着巫师，"这样行吗？你照着念就对了！"

巫师愣着，不知该如何是好。慕沙也愣着，愣了片刻，恼羞成怒地冲上前来喊："你不要胡说八道，巫师哪里有办法把你的灵魂送出去，灵魂送出去，人就死了！只有'喊魂'没有'送魂'！我不管你想变蝴蝶想变鸟，你什么都不许变！既然你的骨头没有断，你也没有摔成白痴，这个婚礼就要如期举行！"慕沙说完，气冲冲地转身走了。巫师觉得这"天马少爷"的魂魄依旧没有归位，赶紧地对着天空喊：

"天马的灵魂啊！不要在外面飘飘荡荡了！狐狸会引诱你，藤蔓会缠住你，妖魔会迷惑你，小鬼会欺骗你……你赶快回家吧！家里有体贴你的八公主，有照顾你的八公主，有喜欢你的八公主，你不要犹豫了，赶快回来吧……"

尔康惊愕地听着，顿时怒火攻心，冲上前去，把两个徒弟拉开，把整张供桌掀翻在地。

一阵"钦钦……"，碗碗盘盘全部摔碎，两个小徒弟摔得四仰八叉。尔康怒吼着："再也不许帮我'喊魂'，知道吗？滚出去！统统给我滚出去！""是！是！是！"

巫师带着两个小徒弟，逃之夭夭了。尔康跌坐在床沿，痛楚地用手抱住了头。他感到头痛欲裂，寒意侵骨。兰花急忙奔上前来，送上一包银朱粉。尔康抢了银朱粉，连水都没喝，就倒进嘴里，吞进肚里了。

这天，北京的"援救队伍"已经到达了云南边区，大家在客栈中，换上准备好的缅甸服装。紫薇、晴儿、小燕子彼此打量，彼此帮忙调整衣饰。

箫剑带着三个朋友进来，看到永琪弄不好那顶"岗包"，就来帮忙，一边帮忙，一边做最后的解释和交代：

"明天我们就进入缅甸境内了，我的三个朋友，都会缅甸话……这是老高，这是老朱，这是老林！我们大家，最好不要开口，有话让他们去说！我们都是中国来的商人，车上全是中原绸缎首饰。万一被认出是中国人，就大大方方承认，千万不要故作聪明。缅甸人会把我们当作是中国跑单帮的商人，再加上我们的货品物美价廉，他们贪便宜，不会看穿我们。从缅甸边境到三江城，还有一段路。大家小心！"

"到了三江城以后呢？"福伦问，"箫剑，你有计划吗？现在已经到了最后关头，你必须把你的计划说出来！大家要怎么混进皇宫去呢？"箫剑沉重地看看大家，吸了口气。他的眼光停在紫薇脸上，郑重地说：

"紫薇！我不能瞒你了！我这样拼命赶路，是有原因的！我希望来得及在七月十五日赶到三江城，那晚，是缅甸一年一度的点灯节，又称灯火节。据说，这晚，缅甸八公主要和天马举行盛大的婚礼！"

紫薇惊跳，睁大了眼睛。晴儿和小燕子，也大大地震动了。"举行婚礼？"晴儿惊喊，"八公主要和天马举行婚礼？你怎么不早说？""我……不想让紫薇难过。""这就大有问题了，"晴儿着急地分析，"萧剑，我们可能白跑了一趟，如果那位天马真的要和八公主结婚，他就不可能是尔康！你想想，尔康和紫薇这份感情，他怎么可能答应和八公主成亲？就算用刀架着他，这也是不可能的！"小燕子重重地一点头，完全同意晴儿的看法："对！尔康不是这样的人，他是宁死也不会屈服的，尤其要他背叛紫薇，那比杀掉他还严重！哥，晴儿说得对，你一定弄错了！害我们空欢喜一场！"

紫薇呆呆地站着，震住了，一句话也没说。

永琪看看大家，不以为然，深思地说：

"如果天马就是尔康，他已经陷在缅甸七个多月了，这七个多月，他到底在做什么？萧剑，你曾经说，他病了很久，人在病中，会不会比较脆弱？"他看了紫薇一眼，"紫薇，你别难过，到了现在，我们不能不讨论！我从男人的观点来说，男人最怕的，不是威胁利诱，不是刀搁在脖子上，而是柔情加恩情！"

永琪是有感而发，小燕子不禁深刻地看了他一眼。

紫薇震动地看着众人，眼神里透出义无反顾的坚决，有力地说：

"你们不要顾虑我的感觉！我希望那个人是尔康，我相信尔康对我的心，就算他在别的女人身边，他的心不会离开我！其实，我做过一个梦，梦到我在一个很可怕的地方见到了他，他好像很痛苦的样子，我记得我一直求他，去和一个女人成亲！我说出来你们不要笑，那个梦好像真的一样！或者，他身不由己，非结婚不可，就像永琪那时，非要知画不可一样！不管是什么局面，他依然是我的尔康！”

众人看着紫薇，福伦颇有隐忧，沉吟地说：

“那……如果他真的喜欢了那个八公主，要怎么办？”

“他真的喜欢了八公主，我就成全他！只要他活着，他是谁的丈夫没有关系，他依旧是东儿的阿玛，是我心里唯一的尔康！”小燕子无法同意紫薇的话，冲口而出：

“那他还是尔康吗？他背叛了你，再娶八公主，他就不是我们的尔康了！八公主是缅甸人呀，是我们的敌国呀！永琪不是说，那场战争，打得血流成河，死了好多大清的英雄吗？娶缅甸公主，他对不起紫薇，也对不起国家！那和永琪娶知画，是完全不一样的事，不能混在一起谈！”

“小燕子，这话说得太重了！说不定尔康有苦衷，这么久的俘虏生活，他一定过得非常凄惨。除非知道整个的经过，我们不要给尔康胡乱定罪吧！”晴儿说。

“就是就是！”箫剑急忙接口，“被你们大家这样一说，我完全没把握了，说不定这是一个天大的误会，说不定那个人根本不是尔康！但是，大家已经走到这一步了，总要弄个明白！我的主意是，到了灯火节那晚，整个三江城会是一个狂欢的城市，再加上公主的婚礼，热闹情形可想而知，我们就混在看热闹的人群里，反正大内高手，个个认得尔康，如果天马不是尔康，大家赶紧回到客栈聚集，连夜撤退。如果那个人是尔康，不管他是不是新郎，不管他有没有苦衷，不管他是不是喜欢八公主……大家就一拥而上，使出浑身解数，劫走尔康再说！”大家点头。永琪就把战场上的经验搬了出来，积极地说：“我们要画一张地图，马匹藏在哪儿，劫完了人，要怎么撤退，大家都计划一下！紫薇、小燕子和晴儿要不要去现场？她们是姑娘……"

"你们别想摆脱我们！"紫薇坚决地喊，"灯火节一定有很多点灯的姑娘，我们可以混在里面，混到最前面去，有那么多大内武士，又有老高、老朱、老林，还怕我们会危险吗？萧剑照顾晴儿，永琪照顾小燕子，派两个人照顾我就行了！"

大家见紫薇这样说，就不再辩论了，萧剑赶紧画图，大家围在一起详细计划。

转眼间，就是缅甸的"灯火节"了，也是尔康和慕沙大喜的日子。烟火冲上天空，绽放出一蓬蓬的花雨，整个缅甸皇宫，都耸立在烟火里。尔康的房间里，也是灯烛辉煌，到处张灯结彩，喜气洋洋。兰花、桂花和众宫女，都穿着鲜艳的衣服，发际簪着鲜花，正在七手八脚、忙忙碌碌地帮慕沙和尔康化妆。兰花着急地嚷着："快一点！快一点！花车已经在等了！""不忙不忙，让我帮八公主把脸上的花画好！"桂花用黄色颜料，在慕沙脸颊上画了一朵花，这是缅甸的习俗，盛装的姑娘，都要在脸上画黄花。说不定中国成语"黄花闺女"，是来自缅甸呢！慕沙神采焕发，穿着一身宝塔一样的服装，是由金色、红色、紫色织成。肩上是重叠的、向上翘的花瓣，美丽非凡。许多宫女围着她，给她戴上华丽的银头冠。尔康换了一身金色和紫色镶嵌的衣服，肩上也有一层一层的花瓣装饰，他看来非常英俊，但是，他的神情却是极端消沉的。他无精打采地打了一个哈欠，说："我很累！想睡觉！""先吃一包银朱粉再说！"慕沙看他一眼。"我不要在药物的影响下和你成亲！我不吃！"

慕沙点点头，好不容易要成亲了，什么都迁就他。"好吧！等到花车游行的时候，再吃！兰花，你带着药，跟在天马身边，千万不要让他在游行的时候发病，看到他支持不下去，就马上给他吃，知道吗？""是！"兰花放了好几包银朱粉在口袋里。尔康站起身来，在室内像困兽般踱着步子，忽然站到慕沙面前，正色地说："慕沙！我们还有机会停止这场闹剧，我请求你，我们把它停止吧！"慕沙大惊，跳了起来："老百姓已经挤在宫门口，花车也准备了，歌舞表演、庆祝活动都排满了，我的哥哥姐姐叔叔伯伯都赶来参加婚礼……到了这个时候，你还想变卦吗？"

"是！我想变卦！我想来想去，就是没办法做这件事！"尔康悲凉地说，"我失信了，我毁约了，什么'君子一言，驷马难追'，我现在连一个流氓地痞都不如，有什么资格当君子？我不要当君子！在银朱粉的需求下，做任何诺言，都没有意义！慕沙，我现在根本不是一个人，我是一个鬼，你要一个鬼做什么？"

慕沙没料到在这个节骨眼儿，他还会变卦，顿时暴怒起来，跳起身子，喊着：

"让我告诉你我要你做什么？你这个没有良心的混账东西！自从我救了你，你一点感激都没有，关于婚事，你这也不行那也不行，让我丢脸丢到极点！我现在怄上了，非跟你举行婚礼不可！等到婚礼过后，我就把你一脚踢开！"

尔康凄凉地看着她：

"一定要这么残忍吗？你是一个公主，何必让你的生命里，留下这样失败的一桩婚姻。你看，你现在一点也不喜欢我，你恨我！你要完成这个婚礼，只是和我赌气！你们缅甸人的婚礼，是每个人最隆重的日子！从这天开始，两个新人要走向人生的另一段旅程！而你，却要用一个建筑在恨上的婚礼，作为这段旅程的起点吗？"

"不要说了！现在说什么都晚了！你非结婚不可！"慕沙大声嚷。"我后悔了，我不去！"尔康往床上一躺。慕沙扑到他身上来，摇着他的肩膀，怒极地大叫：

"你去不去？去不去？不去我杀了你！""杀吧！请动手！"尔康眼睛一闭。慕沙奔到门口，从侍卫身上，抽出一把匕首，再扑了过来。兰花、桂花和众宫女，赶紧前来阻止，大家喊成一团。"八公主！你好好地跟天马少爷说呀！""马上要举行婚礼了，你把他刺伤了怎么办？"

尔康一声长叹，从床上坐起，看着手持匕首的慕沙，语气越来越坚定：

"我的心愿已定，不管这次我要面对的是什么，我再也不妥协，再也不动摇。慕沙，你要我和你坐在花车上，吹吹打打地完成婚礼，游街做你的新郎，我会一路想着紫薇，那是把我凌迟处死！我也知道没有银朱粉是什么滋味……我准备承受，随你怎么发落吧！"

"你真的不去？说什么都不去？外面都是侍卫，他们会拖着你、抬着你上花车的！"慕沙挑起眉毛，怒看尔康。

这时，侍卫急急进来通报："天马少爷，八公主，时辰到了！赶快出发吧！""你到底走不走？"慕沙大声问。

尔康一看，情势紧急，似乎再也没有退路。他忽然闪电般迅速，一把抢过慕沙的匕首，飞快地在脸颊上一划，鲜血立刻冒出。

众宫女侍卫，发出一阵惊呼。"我的脸又花了，你要我这样去当你的新郎吗？"尔康大声说，"如果不够，再来两刀……"他举起刀要再刺，慕沙飞起脚一踢，把匕首踢飞了。她瞪着满脸流血的尔康，完全震住了。兰花、桂花扑上前去，用帕子按住伤口，众宫女尖叫着"请大夫"。大夫赶来了，猛白也赶来了，看到这个状况，猛白简直气到发狂，他心爱的八公主，居然被这个大清的"死马"，羞辱成这样，让人如何咽下这口气？他一拍桌子，大吼："居然自己把脸给划了！你找死！"

大夫赶紧给尔康治伤，涂上药膏止血，站直身子说："这个伤口很深，要看不出来，起码要一个月！"

"我打死你这个不知好歹的东西！"猛白飞扑过去，抓起尔康，一阵拳打脚踢。尔康的身子飞了出去，撞倒了桌子椅子，一阵乒乒乓乓。他倒在地上，伤口再度流血，鼻青脸肿。猛白越看越气，恨不得把他杀了，扑上去，继续打。慕沙着急地喊：

"爹！不要打他了，打了也没用！"她对众人挥挥手，"你们都下去吧！让我和这个又臭又硬的死马谈谈！"

猛白拉起尔康的衣领，再重重地推倒在地，站起身子，大声怒吼：

"我不管他的脸是个什么样子，不管他流血不流血！婚礼一定要举行！"他指着尔康，咬牙切齿地叫，"我再给你一点时间收拾干净，想要悔婚，门都没有！如果你破坏了今晚的婚礼，我会把你砍成一段一段去喂狗！"

猛白气呼呼地出门去了。大夫、兰花、桂花、侍卫、宫女也都出门去了。尔康挣扎着从地上站起来，脸上的伤口流着血，眼角瘀青，额上红肿，伤痕处处，惨不忍睹。显然身体上也有许多伤处，他双手抱着胸口，身子微微战栗着。"你想吃银朱粉，是不是？你开始发抖了！"慕沙说，盯着他。尔康摇摇头。"你到底为什么这么强硬？是什么力量，让你这样不肯屈服？我实在有些不明白呀！我从来没有见过一个像你这样的人！"尔康一脸的狼狈，眼神却依然清明，他深挚地看着她，回答了两个字："紫薇！"

慕沙震动已极地凝视着他："七个半月了，你从来没有忘记过你的紫薇，一天都没有吗？""从来没有忘过！"他诚实而悲哀地说，"我清醒的时候，她活在我的记忆里；我昏迷的时候，她活在我的幻觉里！在缅甸的这些日子里，我一会儿清醒，一会儿昏迷，不管在哪一个情况下，紫薇从来没有离开过我！"她再看了他好一会儿，深深吸了口气，沉吟片刻，说：

"你知道你有病，离不开银朱粉？你知道你已经失去武功，而且身无分文？你知道从这儿到云南，还有相当远的路？你知道你在缅甸，言语不通，出了这个宫门，你等于没有水的鱼，说不定一天都支持不了？"

他怔怔地看着她，问：

"你告诉我这些干什么？"

慕沙大声地、果决地喊了出来：

"告诉你这些，因为我不要你了！我不要这个宁可把自己的脸划伤，也不要我的人！我不要这个只想变成鬼魂，飞回到紫薇身边的人！你们中国人，我不懂！你的神话，我不懂！你的不肯屈服，我不懂！你清醒中，昏迷中，我都沾不上边，我气死了！

我们的婚礼，没有了！我放掉你！"

尔康大大地震动了，简直无法相信自己的耳朵。

"你放掉我是什么意思？不再拘禁我？也不再限制我的行动吗？"

"是！你走！你现在就可以走！你自由了！我会命令下去，没有人会阻止你回到中国！你的身体也好，你的灵魂也好，都可以去找你的紫薇！只要你有这个能力！"

尔康大喜，目不转睛地看着她，呼吸急促地说：

"这不是一个诡计吧？我走到宫门口，就会被你抓回来吧！"

慕沙对他摇摇头，深刻地看着他：

"我死心了！我放弃了！"她注视着他的眼睛，坦率地说，"你知道吗？在战场上，就是你这种气质吸引我，不管战况多么不利，你从来没有退缩过，眼神里，总是闪着自信的光。到了缅甸，我看着你变变变，自信没有了，武功没有了，健康没有了……但是，你对紫薇的爱没有变，我看着什么都没有的你，还在坚持你的感情……天马，我被你打败了！走吧！去找你的紫薇去！"

尔康也深深地看着她，眼里，逐渐充满了狂喜和感激：

"慕沙，谢谢你！我不会去找我的紫薇，我这么乱七八糟，再也不敢见紫薇！何况路远迢迢，要找也找不到！但是，我总算没有背叛紫薇，这会使我心里觉得很踏实，就算死了，也对得起自己的良心！"他握住她的手臂摇了摇，"上苍会照顾你，缅甸的风神雨神花神树神都会照顾你！我虽然被你囚禁了七个多月，我依旧感激你！谢谢你爱我，谢谢你要我，谢谢你救我，更谢谢你放我！"

"你什么都没有，你认为你能够走多远？"她问。"不管走多远，出了这个宫门，代表的是自由！哪怕明天就暴毙街头，我也有一个自由的灵魂！"

慕沙点点头，心中佩服，却依旧充满不舍。

"现在，宫门口挤满了要看我们成亲的老百姓，舞蹈队乐队都在吹吹打打……你只好从皇宫的后门走，马上离开皇宫！今晚，整个三江城都在狂欢里，你走上街头，也没有人会注意！如果你能够顺利出城，你就一直往东走，走个几天，可以到一个名叫'大山'的城；走出那个城，继续往东走，可以到'木邦'；再往东走，就是边境的'宛顶'城；过了'宛顶'就是云南了！"慕沙一面说，一面拿了一个钱袋，又拿起几包银朱粉，放了进去，递给他。"这里面是一些碎银子和几包银朱粉，我能帮你的，就只有这么多了！"

尔康感激地接了过来，收进口袋里。慕沙想想不放心，又拿起那把匕首，插在他的腰带上。"虽然你已经没有武功了，还是带一把匕首比较好，最起码可以吓唬吓唬人！"尔康这才有了真实感，原来她真的要放他走！他激动地看着她，激动地说："七个半月的囚禁，恩恩怨怨，我们都一笔勾销！告诉你爹，不要再和中国交战，双方的战士，都经不起这样的死伤，大家议和吧！""你留下，我们议和！"慕沙眼里，蓦然又绽出希望的光芒。他的身子，立刻一退："不要再改变你的决定！不要让我白白谢你！"慕沙眼里的光芒乍然消失，脸色一沉，咬牙说：

"我送你出宫门！免得你被侍卫打死！"

尔康不敢相信地看着她，慕沙大吼一声，跺脚喊："还不走！难道你舍不得我？当心我后悔，不放你了！""我走我走！"尔康回过神来，急忙说。

　　尔康像做梦一样，就这样跟着慕沙，来到了缅甸皇宫的后门。后门早就张灯结彩，喜气洋洋。从后门看出去，街道两旁，全是灯，像两条闪亮的灯链。街头挤满了提着灯、跳舞游行的人群，熙来攘往，热热闹闹。

　　慕沙带着尔康，走到宫门口。侍卫全部用缅甸话惊喊着："八公主！天马少爷……怎么走到后门来了？花车在前门等呀！"慕沙板着脸，用缅甸话大声交代："婚礼取消了，天马少爷要离开皇宫，谁都不要阻止他，他爱去哪里就去哪里，他不是我们的俘虏，自由了！"侍卫们面面相觑，个个对八公主都又敬又畏，不敢争辩。慕沙再深深地看了尔康一眼，命令地说：

　　"快走！从此，你和我再也没有关系！走得到云南，是你的事；走不到云南，也是你的事！饿死，是你的事！被人打死，是你的事！犯药瘾死掉，也是你的事！"尔康对慕沙微笑起来，直到这个时候，他才发现，这位八公主，是个非常可爱的女子，有男人的霸气，有女儿的痴情，最珍贵的，是放手时的潇洒！不由自主地，他用很柔和的声音，感性地说："中国人告别的时候，会说一些吉祥话！"慕沙瞪着他，又气又恨又不舍，大声说："我不是中国人，没有你们中国人的规矩！我打赌你走不出三江城……如果你走不出去，或者迷路了，没钱用了，缺银朱粉了，都不许回来！""是！我死在外面，也不回来就对了！""是！走吧！我再也不想见到你！""我要用中国的方式跟你告别……"

尔康就对她深深一揖，充满感情地说，"祝你早日找到你的幸福，当那个男人出现的时候，希望他爱你如同我爱紫薇！珍重！"

尔康说完，一掉头，就大踏步向前面的人群走去。慕沙呆呆地站在那儿，看着他的背影发怔。尔康的身子，转眼间，就被熙来攘往的人群所吞噬了，消失在一片灯海中。

第五十五章

皇宫后门发生的事，前门的人群是一无所知的。从黄昏时候起，皇宫外面，已经挤满了看热闹的群众。整个皇宫，全部用彩灯装饰得灯烛辉煌。街道两旁，一只只雕塑的神象，用鼻子卷着火把，站在那儿，把黑夜照耀得如同白昼。在广场上，无数的烛火在地上排列成各种形状，许多手持花灯的姑娘，就在这些烛火围绕的形状中跳舞。无数的缅甸群众，手里高举着各式彩灯，燃着烟花，笑着，闹着，拥挤着，等着要看新郎和新娘。一辆饰满鲜花的马车，早在皇宫大门前等候。

群众中，紫薇、晴儿、小燕子都在挤着看着。永琪、箫剑、福伦、老高等人在她们身后保护，大内武士们打扮成缅甸人，散在人群中，不时以手势和箫剑、永琪联系。大家早已望眼欲穿，等候多时。

"到底是什么时辰行礼？怎么等了这么久，还没看到新郎新娘？"晴儿紧张地问，伸长脖子向前看。

紫薇呼吸急促，脸色苍白，又是紧张，又是激动，又是期盼，又是害怕……各种激烈的情绪紧压着她，她快要昏倒了，喃喃地问："不知道是不是他？大家会不会白跑一趟？小燕子，我快要不能呼吸了！""来！抓住我的手，如果是他，你不要大叫，不要昏倒，知道吗？"晴儿叮嘱着。"如果不是他，你也不要大叫，不要昏倒，知道吗？"小燕子再叮咛。大家都知道，紫薇有个毛病，每次情绪紧绷，不论是大喜或大悲，她都会昏倒。紫薇目不转睛地盯着那辆喜车，神色紧张已极。如果如果，那个新郎是尔康，他要带着他的新娘上花车……天啊！这个谜底就要揭晓了，她都不知道她有没有这个勇气来接受它！

萧剑、永琪、福伦和老高在人群中，眼观六路，耳听八方。"怎么一直没动静？婚礼会如期举行吗？"永琪心急地问。"已经打听过了，婚礼会如期举行！总之，皇室的婚礼，总是慢吞吞的！"萧剑说。"我买通了一个侍卫，据他说，那个天马的身体不大好，一直靠药物在维持，是抱病成亲……说不定有些耽搁！"老高说。"我要挤到最前面去，看看清楚！"福伦一听，就急了，"抱病成亲，听起来让人很担心呀！"福伦一阵挤，挤到了最前面。小燕子拉着紫薇和晴儿，赶紧也挤到最前面。

缅甸侍卫拿着棍子阻挡，永琪、萧剑急忙上前去保护。永琪低声叮嘱着萧剑："萧剑，你要注意一下紫薇，不管是不是尔康，对紫薇的打击都会很大，万一她支持不住，先救走她再说！"

"是！"萧剑看到缅甸侍卫就在旁边，赶紧对众人做了一个噤口的手势。歌舞队伍壮丽地舞着彩灯，唱着歌，一队一队地出现。群众欢欣鼓舞，彩带满天飞，气氛热闹。然后是缅甸的神象，在队伍中缓缓前进，不时举起鼻子，卷起鲜花撒着，成为另外一种风景。紫薇、小燕子、晴儿、永琪、箫剑等人，没有人注意这些异国的风景，大家都全神贯注地等待着。紫薇越来越紧张，握着小燕子的手，低语："晴儿、小燕子，给我一点勇气！如果不是尔康怎么办？""如果不是，我就去放鞭炮！我宁愿不是，也不愿意他是！"小燕子说。"不要这样讲，我宁愿他是，我已经期望了这么久……"正说着，宫门口一阵骚动，人潮汹涌。箫剑双手按在腰间武器上，说："来了来了！出来了！"只见宫门口，猛白牵着慕沙的手，在彩灯中出现。永琪一眼看到慕沙，低喊："是那个缅甸王子慕沙，我看到他了！果然是个女子！"

"看到尔康了吗？怎么我看不到？"福伦问。箫剑对所有的武士暗中招呼，紧张地东张西望："还没看到尔康！新郎在哪儿呢？难道……是我弄错了？"

猛白牵着慕沙的手，在宫女簇拥下，站到了花车上。所有缅甸百姓，开始欢呼。慕沙笑吟吟，眼睛亮晶晶，环视着四周。盛装的打扮下，她看来高贵美丽，有种夺人的气势，简直艳光四射，让人目眩神驰。紫薇看着这样美丽绝伦的慕沙，怔着。尔康呢？尔康就要出来，和这个公主成亲吗？

紫薇正在胡思乱想，猛白举起手来，示意大家安静，用缅甸话，喊着："大家安静，乐队停止！舞蹈停止！安静安静！"所有的舞蹈都停止了，欢呼的群众也住口，大家安静下来。猛白正视着群众，郑重地朗声说："我有一个重要的消息要宣布！今晚的婚礼取消。大家都知道，天马一直在生病，半个时辰以前，他死了！他的灵魂已经离开，喊不回来了！"

群众一阵哗然，有的惋惜，有的惊讶，有的叹气，有的扼腕，一片激动。"他说什么？听不懂呀！"紫薇着急地问。"他说婚礼取消了！因为天马生病死掉了！"老高赶紧翻译给众人听。

紫薇、永琪等人，个个大震。紫薇顿时脸色惨白，呼吸急促，不相信地说：

"死掉了？天马……死掉了？""怎么会这样？是在故弄玄虚吧？"晴儿睁大了眼睛。"啊？新郎死掉了？"小燕子张大了嘴巴。

永琪、福伦、箫剑全部呆住了，赶了这么久的路，策划了这么久，又等了这么半天，大家揣测过两种可能，是尔康，不是尔康？但是，却绝对没有想到，会有这样一个可能！大家愕然惊怔，不知所措。不只他们这样，那些缅甸的老百姓，也愕然惊怔，开始议论纷纷，惊声四起。这时，只见慕沙举起双手，示意大家安静，带着微笑，用缅甸话，豪放地喊着：

"我要大家继续唱歌跳舞，天马的灵魂，到他该去的地方了，有神仙照顾，我们不要伤心！今晚是一年一度的点灯节，让我们继续点灯！乐队奏乐，大家跳舞！我们要用歌舞，欢送天马的灵魂！"

慕沙充满豪气的命令一出，老百姓又欢声雷动。"她在说什么？"永琪着急地问老高。"她说，要大家照样庆祝节日，照样跳舞唱歌，欢送天马的灵魂！"

乐队已经奏起音乐，舞蹈队开始跳舞。花车在音乐声中动了起来，马儿拉着花车开始游街，许多小花童沿街撒着花瓣。整个街头，人潮全部疯狂地流动起来，大家追着花车跑。叫着嚷着，你挤我，我挤你，争先恐后。紫薇、小燕子和晴儿，身不由己地被人群冲着、卷着。紫薇踉踉跄跄，这一下，是真的要昏倒了。失望，悲痛，着急，恐惧……的情绪像海浪般冲击着她，她呻吟般地说："我宁愿是他！他可以做别人的新郎，不可以死！"永琪冲到紫薇身边，保护着她，坚定地说：

"紫薇，你不要慌，这件事一定有问题，你看，那个慕沙好像兴致好得很，哪有未婚夫刚刚去世，还可以这样若无其事，照样庆祝节日的！慕沙这个人，如果能够调换尸体，让我们带回假遗体，她就是诡计多端的，我们不要被她骗了！"

"对！这件事太奇怪了！慕沙的话，我一个字也不相信……"萧剑冲口而出，"除非这个天马抵死不从！被他们给杀了！"紫薇一个冷战。永琪也悚然而惊。福伦着急而无助，急问："现在要怎么办？这种结果，太意外了！那个人到底是不是尔康，也没弄清楚……"他们个个心急如焚，失去了主张。而滚动的人群，一拨一拨地卷了过来。大家身不由己，跟着人潮滚动。萧剑当机立断，急促地交代："永琪，伯父，你们照顾好小燕子她们，我要和老高去找那个买通的侍卫，打听一下有没有内幕。你带她们先回客栈！等我的消息！"萧剑就拉了老高一把，两人飞快地穿入人群中，不见了。紫薇早已心神大乱，神思恍惚，被一群老百姓一冲，不知不觉放开了握着小燕子的手，她的眼光没有目标地看着前方，心底一片绝望。死了？她已经承受过一次，难道再要承受第二次？他到底是不是尔康呢？谁能告诉她？"小燕子！拉着紫薇，大家不要走散了！"永琪紧张地喊。

小燕子一惊，伸手一抓，抓到的是晴儿的手，小燕子惊问："紫薇呢？你没有拉住紫薇吗？""不是你拉住紫薇的吗？"晴儿也惊问,急忙四面找人,着急地喊:"紫薇!紫薇!你在哪里?小燕子,不要放掉我的手,我们一起去找她!她一定在附近!"晴儿伸长脖子四面张望,不料蜂拥的人群实在太疯狂,大家往前一挤,她站立不住,尖叫一声,跌倒在地。立刻,许多脚从她身上践踏过去,晴儿大惊,喊着:"不要踩我!哎哟!"

小燕子、永琪、福伦都飞扑过来,挡住人群,扶起晴儿。福伦苍白着脸问:"紫薇呢?紫薇在哪儿?""她好像被人群冲到路边去了!我们赶快去找!"小燕子急促地说。"不要急不要急,她丢不掉的,我早就安排过了,有两个大内武士,专门跟着她!"永琪说。"可是……还是不放心呀!快找!"大家就喊着紫薇,在一片人海灯海中,到处找寻紫薇。

这真是一个狂欢之夜!街道两旁,镶着由彩灯串连的灯链。无数的百姓,在街道上放着烟花,成群结队追逐着向前奔跑。

尔康在街上已经走了一段时间了。四周的烟火、灯花、人群……在他身边闪烁喧闹地流过去,像是幻象一般地不真实。自从被慕沙救活,他就在"真"与"幻"的两种境界里,载沉载浮,现在,他觉得自己还是在这两种境界中,载沉载浮。他跟着人群流动,走了不知多久,他的额上开始冒汗,伤口痛楚,身体里的蚂蚁大军,又在蠢蠢欲动。初获自由的狂喜渐消,他无法集中思想,脚步也零乱起来。周围的人,以为他喝醉了,没人在意他,从他身边像潮水般流过。

"这样走,要走到哪里去?应该找一个人问问路!但是,谁听得懂汉语呢?"他想着,四面看看。

"还是不要引人注意吧！先找个地方过夜再说！"

一阵战栗忽然通过他的全身，汗珠从额上向下滴落。"蚂蚁大军"出动了，冲进了他的脑子，在吸吮他的脑浆。他仓促地扶住路边的一棵树，稳住站不稳的脚步。

"吃药吧！吃完药才有力气走……"他想着，又摇头。

"不行，一共只有五包银朱粉，吃完了就没有了，没有药我比死还糟……忍着，除非迫不得已，不能吃药！"

他靠在树上，闭上眼睛，拼命忍耐那"蚂蚁大军"的强烈攻击。

人潮依旧不断地从他身边流过去。人群像是沙漠上的沙，被风吹起卷起，向前滚动。"你是风儿我是沙，缠缠绵绵绕天涯……"他想起了那首歌，紫薇写的！紫薇，你在哪儿呢？"叮咛嘱咐，千言万语留不住，人海茫茫，山长水阔知何处？"紫薇，你在何处？你在何处？

紫薇就在离他数尺以外的街道上，是人潮中的一粒沙，在那儿身不由己地流动。她魂不守舍，神思恍惚，似乎根本不知道自己身在何方。尔康没有看到她，也不会想到她会在这个城市里，他振作了一下自己，离开了那棵树，一边承受着"蚂蚁大军"的攻击，一边脚步踉跄地继续往前走。

紫薇也在脚步踉跄地向前走。尔康在前面的人潮里，她在后面的人潮里。两人之间，是无数的烟火、灯花、烛光、舞蹈队伍……这些异国的欢乐，交织出一种如梦如幻的气氛。两人一前一后，咫尺天涯，被这个"梦幻队伍"包围着，像神游般前进，两个人的内心，都在呐喊着对方的名字。紫薇，你在哪里？尔康，你在哪里?

尔康走着走着,忽然心中一动,回头注视。蓦然间,他整个人都惊跳起来,他看到紫薇了!

"紫薇!是紫薇!她穿着缅甸的衣服,美得像个神仙一样!"

他站住了,定睛细看。紫薇在缓慢地走着,身后有一串瀑布形的烟火在绽放,无数的烟花、烟火、烛光、彩灯在她四周闪烁舞动,把她衬托得如虚如幻。

"紫薇……紫薇……紫薇?"他喃喃地念着,神思如醉,意乱情迷。紫薇似有所觉,站住了,茫然地看向前方。"怎么好像听到尔康的声音呢?"

是紫薇,是紫薇!尔康没有怀疑了,眼前那个双眼迷蒙的女子,正是他朝思暮想的紫薇啊!他再也控制不住自己,急忙冲进人潮,向紫薇的方向奔去。但是,迎面是一群狂欢的青年,对着尔康冲来,双方一撞,他本就浑身是伤,撞到伤处,顿时痛入心脾。他站不住,摔倒在地,人群从他身边掠过。

紫薇伸长了脖子往前看,有人摔倒了,有人继续走……她还没看清楚,两个奉命照顾她的大内武士,快步走到她身前,行礼说:"格格!箫大侠交代,大伙都去客栈集合,不要再走散了!我们赶快去吧!"紫薇再伸头四看,看到的只是蜂拥的缅甸人和点点灯火,闪闪烟花。哪儿有尔康?又是她疯狂的幻觉罢了!她凄然低语:"众里寻他千百度,蓦然回首,那人'不在'灯火阑珊处!""格格!格格……"武士催促地低喊。

紫薇茫然地点点头,跟着武士们转身而去了。尔康好不容易,才从地上挣扎地站起身子,赶紧冲进人群去找寻。只见人潮汹涌，一波又一波，万头攒动，哪儿有紫薇的身影？他呆呆地站在街头，悲从中来。

"只是一个幻觉而已！紫薇远在北京，怎么可能出现在缅甸的三江城呢？这只是我的幻觉！就像在监牢里看到紫薇，在幽幽谷看到紫薇一样！"尔康正在想着，一阵颤抖，疯狂地袭来。

"又来了！不能再撑了……"他从口袋中摸索着，摸到一包银朱粉，颤抖着倒进嘴里吃下。他抱着双臂，强忍着袭来的痛苦。烟火、烟花、灯光、人群……仍然包围着他。热闹的是这个城市，落寞的是他！繁华的是这个城市，荒凉的是他！闪亮的是这个城市，黯淡的是他……这才真印证了那两句诗："冠盖满京华，斯人独憔悴。"尔康和紫薇，就这样擦肩而过了。

当武士把紫薇带回客栈，大家都急得快要发狂了。小燕子立刻冲上前来，抓住紫薇的胳臂，激动地摇着喊着："你吓死我了，我以为，又像从前一样，我把你弄丢了！没想到街上的人那么多，一转眼，你就不见了！""格格有我们照顾，大家放心，不会丢！我们下去了！"武士行礼退下。大家都围着紫薇问长问短，晴儿倒了一杯水来，递给紫薇。"你怎样？脸色好坏，赶快喝杯水，定定神！"晴儿说。

紫薇被动地喝了水，依旧神思恍惚。晴儿抓住她的手，安慰着：

"你别难过！萧剑已经去皇宫打听消息了，大家都说，天马病死的消息有问题，说不定根本没死，现在，不能凭缅甸王的一句话就做定论，你别先着急！至于天马是不是尔康，萧剑也会再进一步打听！"

"紫薇，振作一点，我们等箫剑的消息吧！"福伦强忍着自己的担心和害怕，安慰着紫薇。

紫薇这才抬头看众人，魂不守舍地说：

"刚刚我在街上，好像看到了尔康！"

"你总说看到了尔康，那是不可能的！"永琪摇头，"今晚，三江城里，家家户户都在庆祝点灯节，满街的人潮，再加上灯火烛光，你怎么看得清楚呢？""紫薇啊，"福伦伤心地接口，"不只你这样，我也是这样，自从尔康失踪以后，常常都看到尔康！我知道，那只是思念成病而已！"紫薇茫然地坐在那儿，陷进深深的哀愁里。这时，箫剑兴冲冲地开门进来，众人全部精神一振。箫剑看着大家，兴奋地说：

"福伯父，紫薇……大家千万不要放弃希望，我打听又打听，都没听说皇宫在办丧事，人死了，不可能连棺木都不准备！老高买通的侍卫说，那个天马，是个硬汉，差点把猛白气疯了，曾经关进大牢，挨过各种苦刑，他宁可从高楼上跳下来，就是不肯成亲！今晚，本来是要成亲的，临时取消婚礼，因为……天马逃走了！"

大家都震惊着，每个人都睁大了眼睛。永琪一击掌，低呼：

"逃走！这就更像尔康的行为了，他在缅甸皇宫待了七个半月，大概把宫殿都摸熟了，侍卫宫女也混熟了，时机成熟，就逃之夭夭！答应成亲，是一个拖延政策。"他转头看紫薇，"我几乎可以肯定，这是尔康了！一定是这样！"

紫薇眼睛发亮了，呼吸急促地看着箫剑和永琪，又燃起了希望。

"我想，永琪分析得不错！"萧剑盯着紫薇，"关于天马是不是尔康，我也有了进一步的消息！那个侍卫和宫里一个名叫兰花的宫女很要好，兰花伺候了天马七个多月，据说，天马心情好的时候，常常练字，他们偷了一张天马写的字给我，我想，你们都认得尔康的字迹吧！"

萧剑说着，已经在桌上摊开一张纸，众人全部冲到桌子前面去看。紫薇大叫：

"是尔康，就是尔康！"抓起纸张来念，"'千锤万凿出深山，烈火焚烧若等闲。粉身碎骨浑不怕，要留真情在人间！'这是尔康最喜欢的一首诗，以前也常常写！他只是把'要留清白在人间'，改成了'要留真情在人间'！萧剑，你怎么不先把诗拿出来？还要分析那么多！"

"好戏要压轴嘛！"萧剑已经有心情说笑了。

但是，紫薇脸色一悲，焦灼而痛楚地喊：

"他到底受了多少苦？又是大牢，又是苦刑，又是跳楼……"福伦看到那首诗，就老泪纵横了："不管怎样，我们证实了一件事，尔康就是天马，他没有死！"小燕子情不自禁，拉着永琪嚷："永琪！永琪！我们的尔康还活着，他一直都活着！我们哭他想他葬他祭他，他根本没有死！你这个糊涂虫，带回什么人的遗体，让我们大家哭死！"

"这个该死的八公主，她把我们全体都骗了！"永琪兴奋得语无伦次，"不只我被骗，刘德成、傅六叔、萧剑和全体官兵，都被骗了！当时，我就说'不是不是，不可能是尔康'，但是，看到紫薇的同心护身符，看到福家的传家宝剑，我就崩溃了！居然中计，把遗体一路带回家！我就应该追着猛白打过去！"

晴儿骄傲地看着萧剑，激动地喊：

"萧剑啊！你是我们大家的英雄！这一下，我们是士气大振！紫薇，不要伤心了！我们现在要做的，就是去把他找到！"她忽然一惊，"我们还在这儿东找西找，说不定他已经回到云南去了！"

"那么，我们要怎么办？是留在这儿找他，还是沿路一站一站找过去？下面，他会去哪里？"小燕子问。"下面一站，是到'大山'，然后去'木邦'，然后去'宛顶'，然后到云南！"萧剑数着地名，想着尔康可能的回国路线。"如果他还留在三江城，怎么办？"晴儿问。"他不会，如果他自由了，他会马不停蹄地赶回北京去！"永琪斩钉截铁地说，"他可不知道我们全体到缅甸了，他一定想见大家想到发疯！他身怀绝技，就算夜行昼伏，也会在几天之内，赶到边境！""那么，我们就不要再耽误了，我们也马上赶到下一站去吧！"小燕子说。大家你一言我一语地讨论着，只有紫薇默默不语。她走到窗边去，看着窗外的天空发怔，大家见她不语，也看着她发怔。"他就在离我们很近很近的地方，我几乎可以感觉到他的呼吸！"紫薇想着街头上那个人影，想着那份强烈的感应，对着天空低喊，"尔康！你在哪里？请给我一点暗示吧！"窗外，除了隐隐约约的烟花，没有丝毫的动静。

同一时间，尔康走进了一条陌巷，这儿已远离市区，看不到人潮和灯火，四周暗沉沉的。他发现陌巷里有栋破旧的、半倒的断壁残垣，他摸索进去，选了一个不受注意的墙角，靠着墙角坐下，合目休息，心里在筹划着：

"我必须等到天亮，才能进一步行动。从这儿到云南，好像路途遥远，我身上那些碎银子，不知道够用多久？不能住客栈，只能随遇而安了。最重要的，是我的银朱粉，顶多只能维持一天，没有银朱粉，我就等于废物，我要先想办法，弄到足够的药，才能开始逃亡！慕沙说过，民间也有这个药，叫作'白面'！睡一下，天亮再说！"

尔康就闭上眼睛，试图睡觉。天色逐渐地亮了，一群衣衫褴褛的小流氓走了过来，打量着尔康，指手画脚。尔康蓦然醒觉，睁开眼睛看着。一个小流氓冲上前来，用缅甸话喊：

"喂！你是什么人？怎么睡在我的地盘上？这里是我的家，你知道吗？要睡，要给我房租！"对尔康一伸手，"拿钱来！"

尔康虽然不完全懂他的语言，也了解了他的意思。他不想引起战争，只想息事宁人，就忍耐地、求饶地说："对不起，我是外地来的人，不想惹麻烦！我只是休息一下，现在就走！"他站起身子，想离去。

另一个流氓气势汹汹冲来，用缅甸话大声喊："原来是外国人！八成是从云南过来的，怎么穿着缅甸衣服，一定是偷来的！想走？门都没有，房租还没交！拿钱来！"尔康往左，几个流氓往左，尔康往右，几个流氓往右，尔康站住了。"你们怎么不讲理？"他压制着怒气低吼，"我只是在这个墙角休息一下，碍了你们什么事？"

他话没说完，一个流氓伸手一抓，就抓着他胸前的衣服，另一只手，就去摸他腰间的钱袋。尔康大惊，抽出腰间的匕首，用力一挥，流氓赶紧躲过，大叫：

"他有刀！干掉他！居然敢用刀子！干掉他！干掉他！"几个流氓，就围了过来，和尔康大打出手。尔康虽然武功没有了，打架还是第一流，手中的匕首，挥舞得密不透风，奋力苦战。奈何他只有一个人，对方有好多人，打倒了这个，又来了那个，越打越吃力，一个不小心，挨了一拳，正好打在面颊的伤口上，伤口裂开，再度出血，尔康一个踉跄，就被另一人踢翻在地。

顿时间，所有的流氓一拥而上，对着他拳打脚踢。他浑身的新伤旧创，在众人的围殴下，惨不忍睹。一个小流氓就从他腰间，抽出钱袋，大喊："有钱袋！还有银子……"尔康一看，这还得了，大叫一声："这是我全部的钱，我还要靠它回家，今天才是获得自由的第一天，就失去了盘缠和银朱粉，我就什么路都没有了！你敢抢！"

尔康一面大吼，一面振臂狂呼，气势凌人，不顾一切地握着匕首，疯狂砍杀。他势如拼命，竟使一个流氓挨了一刀，尔康抢回钱袋，拼死力战。这时，另一个流氓手持一根大木棍，对着他的脑袋，一棒打来。尔康一闪，棒子打在肩上，他跌落在地，长叹一声：

"没料到，居然被慕沙说中了，我连三江城都走不出去！想我福尔康曾经多么威风，今天连几个小流氓都打不过……"就在这时，有个大汉吊儿郎当地走了过来，用缅甸话大吼："干什么？又在欺负人吗？有我三爷在，谁敢打架？"尔康赶紧呼救："不管你是哪一位，请帮帮忙！我只是一个过路人……"大汉一听，飞扑过来，七手八脚，打倒了两个流氓，其他流氓一看，惊呼着："三爷来了！大家跑啊！"流氓们转眼就跑得不见踪影。大汉低头，看着遍体鳞伤的尔康，伸手给他，用很破的汉语问："你是中国人吗？我会说汉语！"

尔康精神大振，急忙拉着三爷的手，站起身子，不停地鞠躬道谢："谢谢你救我！你会汉语？太好了！我是……阿康，你叫我阿康就好！""大家都叫我三爷，你也叫我三爷吧！"大汉说着，对他上上下下，仔细一打量，"看样子，你有很多故事吧？我什么问题都不问……你穿这样，在三江城里混，只要几天，你就没命了！""我要去大山，你知道怎么走吗？"尔康急忙问。

"到大山？你要用脚走去吗？要走五天的样子！"大汉摇摇头，"你浑身是伤，这条路又很难走，你走不到的！"这时，尔康身体里的蚂蚁大军又开始行动，颤抖袭来，他情不自禁，用胳臂抱着双臂，让战栗通过。大汉仔细地看着他。尔康生怕药瘾发作，不可收拾，急忙拿出一包银朱粉，倒进嘴里。大汉眼睛一亮，抢过尔康丢下的包药纸，拿到鼻子前面闻了闻，惊呼着：

"银朱粉！只有贵族，才有银朱粉可用！"尔康心中一动，急忙问："你知不知道什么地方有'白面'卖？我想买一些'白面'！"大汉盯着他大笑，拍着他的肩，欢声说："你要买白面，你就找对人了！这三江城，要买白面，就要找我三爷！但是，你有多少钱呢？"

尔康不敢再大意，看着大汉："我没有什么钱，白面要怎么卖？你有多少？""你跟我来吧！"大汉点点头，豪气地说，"我交了你这个朋友……有钱，用钱买，没钱，用劳力买！我三爷最好讲话了！"

大汉说着，掉头往前走，尔康踉踉跄跄地跟随在后，拐弯抹角而去。尔康并不知道，他这样跟着大汉一走，又远离了紫薇的世界，走进一个更加无法自拔的地狱里去了。

十天以后，永琪、紫薇、小燕子等人，还是没有找到尔康。这天，车车马马，在郊外的水边停下。大家下车的下车，下马的下马，个个风尘仆仆，满面倦容，在水边略事休息，让马儿去喝水。晴儿和萧剑坐在水边，晴儿深思地说："我们已经把几个大城都搜寻过了，还是没有尔康的踪迹，尔康心思敏捷，最会出主意，最有办法，我认为他一定已经回到云南去了！我们是不是早点离开缅甸，到云南去找？""我也这么想！我们这样找他，实在是大海捞针，也不能见了任何人就问，有没有见到一个中国人？"萧剑说。老高走了过来，点头说："我们这样沿路打听，已经引起缅甸守军的注意了，我看是不会有结果的。还是早些离开缅甸比较好！"小燕子、永琪、福伦、紫薇都聚集过来，个个脸色凝重。"尔康如果只是逃走，他没有交通工具，没有马，没有车，他应该走不快！"永琪说，"不在大山，不在木邦……他能去哪儿呢？"

"哎！永琪，你说这话就太外行了！"小燕子说，"尔康为了回家，没有交通工具算什么？这个时候，还讲什么规矩吗？他的武功又好，他用偷的，用抢的，用骗的……只要能够达到目的，他都会用！他一定会弄到马匹的！"

"他这人讲义气，讲原则，那些不规矩的事，他不一定会用!"福伦叹气,"再加上……他没有钱怎么办?不是'一文逼死英雄汉'吗?"

"伯父!等到活不下去,事情紧急的时候,规矩原则那一套,就只能靠边站了!没钱,也一样啊!用偷的,用抢的,用骗的!我小时候,还不是这样活过来的!什么都讲规矩原则,大杂院里的人,早就死光光了!"

小燕子不以为然地说着,永琪听到她的成长过程,心中恻然,摸了摸她的肩。紫薇用手托着下巴,一语不发,看着溪水发呆。忽然间,有一只大鸟扑棱棱地飞过,飞向前面去了。紫薇抬起头来,看着大鸟的方向出神,突然跳起身子,坚决地说:"我们折回三江城去!"大家惊看紫薇。永琪摇头,说:"紫薇,尔康不可能还在三江城,他就是用爬的,也早就爬出三江城了!你想,他受困了这么久,一定会归心似箭,怎么可能还让自己陷在那个城里?"

"我们对尔康到底遇到了什么事,其实并不清楚。"紫薇看着大家,"说不定他还陷在三江城里,我说不清楚为什么要回去找他,只是有一个强烈的直觉,他还在三江城!我们沿路找不到丝毫的蛛丝马迹,再盲目找寻下去,很难得到结果!我要回到三江城去!"大家狐疑着,举棋不定。晴儿看着紫薇,毅然地点点头说:

"或者,我们应该听紫薇的!紫薇的直觉,一直很灵,她说尔康没有死,尔康果然没有死!她说尔康陷在三江城,说不定他真的陷在三江城!再说……我对那位缅甸公主,还是有些怀疑!"

萧剑一击掌,决定了:"晴儿和紫薇都这么说,大家就这么

办吧!"永琪想了想,虽然是大海捞针,也得有一些计划。他指挥若定地说:

"我让武士们一半留下帮我们,一半赶到云南去见云贵总督杨应琚,如果尔康回到了云南,一定会去找杨应琚帮忙,好早日回到北京!我们两路人马,分开去找。任何一方有了尔康的消息,就快马来找对方!像以前我们大家浪迹天涯时一样,我们可以在树上、墙上、石头上,随时留下彼此的线索!"

"就这么办!"福伦大声说。

第五十六章

这是三江城的东城，几乎是个贫民区，这天正在赶集，市集中，摊贩云集，卖鸡卖鸭卖水果卖旧货，应有尽有，热热闹闹。男男女女、老老少少都在市集中买东西，不买东西的人就在闲逛，孩子们追逐玩耍。好像全东区的人，都集中到这儿来了。

尔康也挤在人群中，他那件新郎服，早已穿得破旧不堪，连颜色都分不清了，只看得出来是件缅甸服而已。他的岗包早已不知去向，头发披散着，长长短短、参差不齐地挂在脸庞上，半遮着眼睛和脸上的伤疤。满脸胡子和披散的头发混淆着，简直是"人面不知何处去，一堆茅草乱蓬蓬"。他看来形容枯槁，双眼无神，瘦削到几乎不成人形。迈着踉跄的脚步，打着哈欠，他哆哆嗦嗦地在人群中搜索着什么。他的眼光，阴鸷地从乱发中窥探着四周，然后，他挨到一个女人身边去。

女人正在和小贩讨价还价，双方用缅甸话吵吵闹闹。她的钱包，就放在摊贩桌上。尔康觊觎的眼神，死死地盯着那个钱包。赶快下手吧，偷走这个钱包，可以换取几天的白面，赶快下手吧！

在市集的另一头，紫薇、永琪、小燕子、老高在四面探视，几个武士远远相随。他们的眼光，并非没有看到尔康，但是，这个畏缩的、褴褛的乞儿和尔康的形象实在差太远，谁也没有注意到他。老高边走边说：

"我今天又去了一趟皇宫，天马已经离开皇宫，这一点是千真万确的了！"

"现在只能用'盲目寻找法'，我们在东门市集找，萧剑、晴儿和福伯父在南门市集找，大家用几天工夫，把三江城所有的市集走一遍，看看有没有什么线索。老高，拜托你听听大家的谈话，说不定听出什么疑点来！"永琪说。

"是！"众人就在人群中走着，东看看，西看看，依然没有注意到尔康。尔康也没有发现紫薇等人，他正全神贯注在那个女人的钱包上。女人开始选东西，要了这个又要那个，讲价讲不停。尔康偷偷地伸出手去，闪电般扒了那个钱袋，钻进了人群，像条滑溜的鱼，游进人潮，飞快地逃跑。女人忽然发现丢了钱袋，大叫："有小偷！有小偷！快抓小偷呀……"永琪等人被惊动了，大家跟着方向看了过去。只见那个小偷，溜进人群，就迅速地取出钱袋中的钱，再把钱袋丢在地上。小燕子眼尖，一眼看到了，尖叫：

"小偷在那儿！钱袋已经空了，快去抓！"正在飞跑的尔康，忽然听到小燕子的声音，吓得直跳起来，这一惊非同小可。他急忙回头看去。不看还好，一看更是魂飞魄散，他居然看到了紫薇！

紫薇也一眼看到尔康！虽然他憔悴至此，虽然英雄形象全部消失，虽然乱发蓬蓬、衣不蔽体，虽然行径奇特、匪夷所思……但是，他就算变成了灰，她也认得出来，这，就是她的尔康呀！她大震，呆住了。

尔康比紫薇更加震动，天啊！他愿意付出生命和一切，只要紫薇没看到今天的自己！天啊！

"是紫薇！紫薇和小燕子……还有永琪……他们怎么会在这里？"他的冷汗，从背脊一直冒到头顶，"我不能让他们看到我这个样子……我宁愿死，也不能让他们看到我这么狼狈……"他想着，就拼命地钻进人群，迅速地、没命地往前奔跑。

小燕子根本没有认出那是尔康，喊着："小偷往那边跑了！要不要管闲事？要不要追？""这是缅甸呀，"永琪也没认出来，拉住小燕子，"我们自顾不暇了，你还要帮缅甸人抓小偷？不许去！也不要用中文叫！"许多缅甸人，已经拿着棍子棒子，去追尔康。尔康颠簸地、跌跌撞撞地往前奔，一面奔、一面恐惧地回头看。

紫薇回过神来，大喊：

"尔康！那是尔康呀！"永琪和小燕子大惊，大家急忙看去。紫薇早已控制不了自己，飞奔着，穿过重重的人群，对着尔康的方向追去，嘴里发出撕心裂肺般的大喊："尔康……你为什么要跑？是我呀！是紫薇呀！尔康……我们来找你了！你不要跑……不要跑……大家都来了……"

尔康听到紫薇的喊声，跑得更快了，他拼命地穿过人群，拐弯抹角，钻进一条小巷。还好，他对这儿的地形熟悉，东钻西钻，四周的巷子，越来越残破。他心底，悲吟般地喊着："紫薇……回去回去……尔康已经死了，老早就战死了！记着那个战死沙场、英勇的尔康，放掉我……你不要来……回去回去……"紫薇不顾一切地追着，她被人群撞得东倒西歪，兀自狂奔狂喊："尔康……尔康……是我呀，是紫薇呀……尔康……尔康……"紫薇跑得太急，脚下一绊，跌倒在地。小燕子、永琪、老高和武士们赶紧扑奔上前，扶起她。这样一耽搁，尔康已经钻进一条破落户住的贫民区。他看到一个猪棚，想也不想，就钻进猪棚去躲了起来。

紫薇、小燕子、永琪追了过来，大家东找西找。

后面呼啸而至的人，找不到小偷，都纷纷往前跑走了。"不见了！"小燕子瞪着紫薇，"紫薇，你眼花了，糊涂了，那个小偷怎么可能是尔康？""我看也不像！"永琪说，"尔康个儿高，那个人弯腰驼背的，没有一点尔康的样子，你一定是想得太多，把一个缅甸的流浪汉也看成是尔康，这实在有点离谱！"老高也摇头，对紫薇说："格格一定弄错了，你想，八公主千方百计，要和额驸成亲，如果额驸是这个样子，八公主怎么会要他呢？想必，他是风度翩翩的！"躲在猪棚里的尔康，瑟缩在一头大母猪的后面，大家的对话，清楚地传了过来。他听到这些话，更是自惭形秽，不胜悲苦，心底在辗转呻吟："紫薇，你是最善良最体贴最了解我的人，我弄到今天这个局面，最不想见的，就是你！我已经配不上你，请你回去，让我自生自灭吧！"紫薇站在猪棚外面，焦灼地四面张望，固执地、坚定地说："那是他！那是尔康！他就在这附近，我已经感觉得到他的呼吸，听得到他的心跳，我知道，他就在我的身边！"紫薇看到那个猪棚，听到里面的猪群，发出低鸣的声音，空气里弥漫着猪舍的味道，臭气熏天。她想了想，身子一弯，要钻进猪棚去。

小燕子急忙拉住她，跺脚喊："你疯了？尔康怎么会躲在猪棚里？他看到我们，高兴都来不及，为什么要躲我们？何况，这是猪棚耶！尔康最爱干净，平常衣服脏了都不肯穿，怎么会钻进猪棚？"尔康一听，咬紧牙关，悲苦已极。是的，这不是尔康！这怎么可能是尔康呢？紫薇推开小燕子，对猪棚看进去。用世上最温柔的、最深情的、最真挚的、最美妙的声音，凄凄楚楚地说："尔康，我知道你在里面，你要我进来找你吗？我进来了，你不要跑，你等我……"什么？她要进猪棚？尔康大惊，跳起身子，沙哑地喊：

"好脏！你不许进来！"随着尔康的声音，他从猪棚中，飞奔而出，继续向前奔跑。这一下，永琪和小燕子也都大惊失色，永琪急喊：

"是尔康！真的是尔康！"永琪就施展轻功，急追过去，大喊："尔康！你站住！不管你遭遇了什么，你不能看到我们还开溜！我们是你的家人，朋友，兄弟……你跑什么？难道你连我们都不认识了吗？难道你连紫薇都不认识了吗？"小燕子和武士们也施展轻功，急追过去。尔康回头一看，魂飞魄散，狼狈地跑着，悲切地喊着：

"我不是尔康，尔康已经死了！我是小偷，我是行尸走肉，我怎么会是尔康？你们走！不要追我……不要追我……"

紫薇听着，心碎地体会到，这时的尔康，是多么不愿见到他们！他一定有难言之隐，自惭形秽。她和尔康，早已心念相通，这种体会，撕碎了她的心。她拼命奔跑，因为不会武功，已经落在永琪和小燕子的后面，她追着大家，哀声大喊：

　　"永琪！小燕子！你们不要追他！让我去跟他说，你们停下来，不要追！你们这样追，他更会跑！"永琪急忙收住步子，对众人说：

　　"紫薇说得对，他好像跑不快！让紫薇去追他……"他纳闷着。小燕子、永琪和武士们，就停步观望。剩下紫薇，狂追着尔康，喊着：

　　"尔康……你停下来，不要躲我！不管你现在是什么样子，不管你多么狼狈，你是我的尔康呀！你怎么忍心让我这样追你呢？你知道我跑不快……"

　　尔康头也不回，没命地跑着。紫薇也没命地追着，边追边喊，力尽声嘶，脚下石头一绊，整个人又扑倒在地。小燕子看到紫薇摔倒，就要飞奔过去，永琪一把抓住了她，低声说：

　　"不要过去，看看尔康会怎样？"

　　尔康听到紫薇摔倒的声音，蓦然回头，心中大痛，不禁停步。紫薇看到他站住了，就一步一步爬向了他，一直爬到他的脚边。他低头一看，拔脚又要跑。紫薇一把抱住他的腿，仰头看着他，发自肺腑地说："尔康，山无陵，天地合，乃敢与君绝！"

　　尔康怔住，眼泪夺眶而出，沿着面颊滚落。紫薇攀住他的身子，站了起来，凝视着他的眼睛。然后，她心痛至极地、怜惜地抬起双手，去抚摸他脸上的刀疤、乱发、眉毛、眼泪和瘦削的面颊……她的泪水也夺眶而出，不停地掉下来。她哽咽地说：

"我不知道你受了多少苦，我心痛你的每一个伤口，不管是身上的，还是心上的……但是，这些都结束了，因为我找到了你！"

尔康动也不动，紫薇就抱住了他，身子贴着他。他一震，推她，哑声地说："别碰我，我好脏！""我不管，我不管，我不管，我不管……"紫薇一迭连声地喊着，双手抱紧了他的腰，把头埋进他的肩头。小燕子和永琪，虔诚地站在那儿看，两人眼中，都充满了泪水。尔康和紫薇，就这样依偎片刻，然后，尔康推开了她，开始向前走。这个猪舍旁边，不是紫薇能够停留的地方，他埋着头，一个劲儿往前走。她不知道他要走到哪儿去，生怕再刺激他，也不敢问。看他没有逃跑的意思，就伸手挽着他，亦步亦趋地跟着他。小燕子和永琪，不敢上前，也跟在后面。武士们当然紧紧相随。就这样，一行人来到郊外，眼前一亮，只见繁花似锦，绿草如茵，到了一个遍地野花的山坡上。小燕子困惑地看着，悄声问永琪："尔康怎么弄成这个样子？紫薇为什么还不带他回客栈去梳洗一下？他们一直走，要走到哪里去？"

"我想，尔康不肯跟紫薇回客栈，他们一定还有话要谈，所以走到这个没人的地方来，我们除了静静地跟着他们、保护他们，没有第二个方法。如果紫薇需要我们帮忙，她一定会出声的，我们跟着就好。"

尔康走进花丛里，仍然低着头急走。紫薇再也忍不住了，死命拉着他：

"不要再走了！你要走到哪里去？好不容易见面了，你连正眼都不看我……"她哀求地看着他，"你知道阿玛也来了，箫剑和晴儿都来了，我们大举出动，到缅甸来找你！我们赶快去客栈，就可以和阿玛他们团聚了！"

尔康战栗了一下，神色更加仓皇，他看了看肮脏的自己，头垂得更低了。紫薇走到他对面，伸手去扶他的头："尔康，不要这样子，看着我！你有什么话要说，告诉我！"尔康立即一退，哑声地喊："不要碰我！"

紫薇吓了一跳，缩回手来，哀伤地看着他，凄苦地说："我要怎么办，你才肯跟我说话？你在恨我吗？气我吗？因为我隔了这么久才来找你？还是你已经不再爱我了？"听到紫薇最后一句问话，尔康的心乍然抽紧，没办法再沉默了，他飞快地看了她一眼，哀恳而急促地说：

"紫薇，谢谢你这么远来找我，知道阿玛也来了，大家都来了，我只有惶恐和害怕，恨不得打一个地洞钻下去。我堕落到这个地步，名誉、志气、健康、武功全都没有了，我无地自容，没有脸再见大家，如果你还爱我，像当初爱我一样，请你帮我一个忙，让我悄悄地消失掉！能够再见你一面，是上天对我的恩惠，我不再奢求什么，你走吧！把今天的我，全部忘掉，记住以前那个我！"

紫薇热烈地看着他，惊喊：

"你在说些什么？我早也想，晚也想，梦到几千几万次和你重逢的情形，箫剑带来你可能没死的消息，我们在万难中，日夜赶路，马不停蹄，发疯一样地找你……今天见了面，我还陷在疯狂般的喜悦里，你却要我忘了你！我怎么忘？今天再见的一幕，会永远永远重现在我眼前，刻在我的心里，印在我的脑海里！你的每一件事，从我们相遇的第一天到现在，我没有一天可以忘！"

"你难道不了解，尔康已经没有了！"他激动地喊，"现在站在你面前的，根本不是福尔康！你看看我，看看我，我哪一点像福尔康？你认错人了，我不是尔康！"紫薇用双手捧起他的脸，看进他的眼睛深处去，柔声地说："你不要怕，我们都知道，你过了七个多月生不如死的生活，不管你被生活折磨成怎样，你的一切，只会让我们大家心痛，没有人会因此而看不起你的！"

这时，"蚂蚁大军"又出动了，啃噬着他的五脏六腑。他撑不下去，身子开始颤抖，他知道接下来会有多狼狈，不能让紫薇看到他这样！他着急地挣开她，只想赶快逃走，他哀求地喊：

"发发慈悲，离开我，你们统统离开我，我要走了，我要去找白面！"他忽然盯着紫薇，急切地问："你身上有钱吗？有银子吗？统统给我！"紫薇惊愕地看着他，见他迫不及待，急忙把自己的钱袋拿出来。尔康一把抢过钱袋，回头就走，嘴里飞快地说："我走了，告诉阿玛，你认错人了！赶快回北京去！"紫薇哪里还能放他走？她扑上去，死命抱住他的腰，哀声喊："如果我现在还会放你走，除非我也变了，变得不是紫薇了！你需要我们怎么帮助，我们会拼命帮你呀！你为什么不认我，不认大家呢？"尔康抓住她的手臂，着急地想拉下她的手，哑声喊："放开！不要碰我！我配不上你……离开我！离开我……"他无法脱身，痛吼，"你们已经埋了尔康，就让尔康永远安息吧！"

紫薇急了，说什么都没用，他只想走！怎么会这样？她一急，就踮着脚，勾着他的脖子，迅速地吻住了他的唇。尔康怔住了，动也不能动。紫薇热烈地、忘我地、缠绵地吻着，无视周遭的一切。尔康不能思想了，不能呼吸了，多么熟悉的、疯狂的甜蜜！梦里，幻觉里，回忆里，期望里……这一幕都不断上演过！他的紫薇，他最心爱、最牵挂的紫薇，他生命里的唯一！他不由自主反应着她的热情，恨不得立即死在这份甜蜜里！但是……那些"蚂蚁大军"不放过他，拼命在他四肢百骸里扫动啃噬……老天！一阵强烈的颤抖赶走了所有的甜蜜，他蓦然惊醒，粗鲁地推开了她。用手抱着痉挛的胃和肚子，他撕心裂肺般地吼着：

"我不是尔康，不是尔康，我走了！不要再来追我！"他说完，就一面颤抖，一面拔腿就跑。紫薇追上去，从他身后，一把抱住他，坚决地喊：

"你走不了！你走到天上，我追你到天上；你走到地下，我追你到地下；你走到天堂，我追你到天堂；你走到地狱，我也追你到地狱！你早就许了我，我们是生生世世的缘分，你今生逃不掉我，你来生也逃不掉我！"

紫薇的话，句句字字，打进了他的灵魂深处，但是……

"紫薇紫薇，"他痛楚地喊，"你不了解，再不给我白面，我会疯掉……赶快放掉我，我、我、我……"他颤抖得牙齿和牙齿打战。"我撑不下去了……"他说着，就使出全身力气，推开了她。紫薇站不稳，再度跌倒在地，他也不管，转身就跑。紫薇大急，急喊："永琪！去抓住他！不要让他走！"

永琪和小燕子一看，就施展轻功，飞跃过来。永琪迅速地窜到尔康前面，伸手一拦，尔康收步不及，一头撞在他身上。尔康抬头看到永琪，悲呼一声，回头又跑。永琪一把抓住了他，他对着永琪的脸一拳打去，永琪闪过，迅速地扭住他的双手，激动地大喊：

"尔康！不要这个样子！我们没有人会嫌弃你，你怎么会把我们的友谊、我们的生死之交都置之不顾？你今天的痛苦，都是我当初的疏忽造成的，你有气，对着我发好了！怎么可以对紫薇这样？"

尔康浑身是伤，被永琪一扭，痛彻心扉，忍不住惨叫一声。小燕子瞪着尔康，害怕地喊："永琪，你不要扭住他，他好像很不对劲！他很痛耶，身上是不是有伤？"一句话提醒了永琪，怎么尔康的武功都不见了？连反抗的力量都没有？他急忙松手，尔康就瘫倒在地，弯着身子呻吟不止。永琪刺啦一声，撕开了尔康胸前的衣服。顿时，看到尔康遍是瘀青、鞭痕、刀伤、箭伤、旧伤、新伤……的身子。紫薇失声大叫："啊……尔康！"她心痛得快死掉了。小燕子痛喊："谁把你弄成这样？你告诉我，我去帮你报仇！"尔康拉着衣服，遮住那个残破的身子，挣扎着想站起来，哀求地说："让我走……让我走……"永琪回头对两个武士大喊："快来帮忙！"两个武士，飞奔而来，对尔康行礼说："奴才参见额驸大人！营救来迟，罪该万死！"尔康痛苦地蜷缩着身子，对紫薇求救地伸出手去："去……去找三爷……我、我、我要白面！白、白、白面！"永琪当机立断，不管尔康在喊什么，他对武士果断地指示："把他背起来，赶紧把他送到客栈去！"他拉着小燕子。"你和紫薇，跟着尔康回客栈，我到南门市场去找萧剑、伯父和老高，弄清楚谁是三爷，谁是白面？""你小心一点！"小燕子心惊胆战地说。"放心！"

永琪说完，就快步地、迅速地跑走了。他不能耽搁，如果找不到三爷，尔康说不定会没命。那个"白面"，到底是何方神圣？武士扛起了尔康就往前跑，小燕子拉着紫薇的手，急忙跟着跑去。到了客栈，武士把尔康放在床上，紫薇就赶紧过来照顾他。只见他脸色惨白，汗珠把脏乱的头发濡湿着，脸上新伤旧伤，惨不忍睹。他不住地打滚、呻吟，双手抱住自己，拼命想制止自己的行为，却无法控制地痉挛颤抖着。紫薇坐在床沿上，双手也是颤抖着，不住地绞湿了帕子，去贴在他额上。这湿帕子显然一点用都没有，她不知道该怎么帮助他，不知道该怎样停止他的颤抖，她就跟着他的痛苦而痛苦，跟着他的颤抖而颤抖。

晴儿和小燕子，不住地端着脸盆进来，帮助紫薇，绞着帕子。福伦得到消息，飞快地赶回了客栈。冲到尔康的床边，他目瞪口呆地、不敢相信地看着尔康，又是紧张，又是心痛。他颤声问："怎么弄成这个样子？尔康，我是阿玛呀！你看看我……"尔康顾不得福伦，顾不得紫薇，顾不得任何人，心里只有一个渴望！他抖着，语不成声地喊："白面……白面……给我白面……"紫薇握住他颤抖的手，心痛已极地说："萧剑和永琪，带着老高他们，已经去找了！你再忍一忍！马上就来了！"尔康把脸埋进枕头里，痛楚地说了一句什么，谁也听不清楚。紫薇把耳朵贴到他的枕边，问："你要什么？""让大家出去……出去……不要让他们看到我这个样子……"紫薇含泪点头，了解他在狼狈中还想维持的自尊，顺从地说："是！"她回头对众人说："他要大家出去……他不要你们看到他这个样子……"她哀求地看了福伦一眼，急促地说："你们都出去，我会照顾他！"福伦眼泪一掉，回头喊着："晴儿，小燕子，我们出去！"大家正向门外走，房门一开，箫剑、永琪疾步进房来。箫剑喊着：

"来了来了！可以买到的白面，我都买来了！赶快先给他吃一包！"永琪打开一包药粉，晴儿急忙倒了水，拿到尔康面前。紫薇看看那包药，心里狐疑害怕着，这是什么药？怎么吃？"尔康！白面来了！要吃多少？"她问。尔康一听，立即跳起身子，抢了永琪手里的白面，就迫不及待地倒进嘴里，再抢了一包，颤抖着撕开纸包，再倒进嘴里。晴儿看得胆战心惊，喊：

"别吃这么急，喝点水！当心噎着！"尔康接过杯子，一口气就喝干了，虚脱地倒回床上，继续发抖。众人看得目瞪口呆，惊疑不止。

"这是什么药？会不会吃出毛病来？"小燕子问，"皇阿玛不是给了我们'十香返魂丹'吗？我们再给他吃一颗'十香返魂丹'好不好？""不能乱吃，两种药在肚子里打架，岂不是更糟？"永琪急忙说。尔康蜷缩在棉被里，继续低语："出去……求求你们……出去……""他一直要我们出去……我们还是出去吧，或者紫薇单独跟他谈谈比较好！"小燕子说。永琪和箫剑，悲伤地看着尔康。没想到战场上的一场生死大战，造成尔康这么大的伤害，两人震动不已。永琪看看众人说：

"关于白面，我们……出去谈！"大家会意，全体出了房间。房里，剩下了紫薇和尔康。尔康仍在颤抖，脸色惨白如死。紫薇看了他一会儿，就用手臂，紧紧地抱着他，用最真挚、最坚定、最温柔的声音说："把你的痛苦，传到我的身体里来，让我帮你分担！尔康啊……我这么爱你，这么要你，这么离不开你，这么喜欢你，我不会因为你任何的改变而改变，你不要再把自己藏起来，不要害怕面对我，你最脆弱最自卑的时候，也是我最心痛最怜惜你的时候，让我来照顾你，允许我爱你！"她说着说着，眼泪落下来。

尔康再也无法推开她，他脆弱地看着她，伸出颤抖的手，搂住了她，两行热泪，无声无息地从眼角滚落。他的泪烫痛了她的心，她的泪也是。两人就这样依偎着，让离别后的各种痛楚，化为热泪，任意奔流。

第
五
十
七
章

在另外一间房间里，大家都聚集在一起，听永琪解释什么是
"白面"。

"这个'白面'等于是一种毒药，越吃会越多，不吃就像尔
康刚才那样，会痛苦到生不如死！吃了，精神会恢复，会变得比
较兴奋，会感到飘飘欲仙。所以，一旦沾上了这个药，就离不开
这个药，但是，这个药会把人的身体逐渐弄坏，最后，会让人
送命！"

"那要怎么办？有没有办法把它戒掉？"福伦惊跳起来。

"听说，要戒这个药，非常痛苦，戒得不好也会送命。"萧剑
接口说，"在云南，像罂粟这种花，到处都有，也有一些人，染
上类似的药瘾！戒药的过程，病人会变得很暴力，有些挨不过去
的，会自杀或者杀人，是相当冒险的事！许多家人，宁可让病人
吃一辈子的药，不愿意面对他们断药的痛苦。也有很多不法的商
人，故意让人染上药瘾来赚钱，我想，那个三爷就是这样！"

小燕子听得大怒，嚷着：

"你们有没有把那个三爷抓起来？有没有把他杀掉，给老百姓除害！"永琪看小燕子一眼，说："你又毛躁起来，我们是中国人，化装成缅甸人，到处找人，又到处打听怎么买'白面'，已经很惹人注意了，难道还去杀人惹麻烦吗？"

"我想，我们不能再在缅甸停留了，既然已经找到了尔康，我们赶快动身回云南吧！到了云南，一切就好办了！"晴儿着急地说，看箫剑，"你既然说，云南也有人吃这种药，那么，云南一定有大夫可以帮忙戒药吧？"

"晴儿说得对！"箫剑神色凝重地说，"我们明天一早就动身，这儿太危险了！万一猛白发现了我们……尔康就是例子，我们谁也不想变成第二个尔康吧！到了云南，我再给尔康找大夫，无论如何，大家同心协力，一定可以治好尔康！"

"可是……"小燕子忧愁地说，"我觉得尔康并不想治好，他一直排斥我们大家，他根本不想见到我们！他看到紫薇都会逃跑，我从来没有看到过他这种样子，实在让我很害怕！以前的尔康，好像真的不见了！"

"不会的！他有紫薇！他会好的！"晴儿说。大家想起尔康的样子，都没什么把握，人人神情凝重，福伦尤其伤痛。永琪就振作了一下，站起身子说："我们大家往好处去想吧！无论如何，我们救回了尔康，他还活着，他又跟我们在一起了！这比什么都重要，对不对？大家开心一点！明天动身回云南！今晚，我们先把尔康弄弄干净！我让高远、高达他们去厨房，赶快烧些热水来！""对！我们都来帮忙，我看，金疮药、九毒化瘀膏统统拿来，一定都用得着！"晴儿积极地应着。大家都振作了赶来，开始忙碌。片刻之后，一桶一桶的热水，提进了尔康的房间。武士们搬来一个大澡盆，倒进热水，澡盆里冒着蒸腾的热气。尔康的精神恢复了很多，但是，情绪仍然陷在极度的沮丧里。他瑟缩地坐在一张椅子里，被动地看着紫薇。紫薇手里拿着剃刀，准备给他剃发。晴儿端着脸盆过来。小燕子捧来大摞干净的帕子。福伦拿来干净的衣裳。

"还缺什么？我再去拿！"小燕子低声说。紫薇摇摇头，示意大家出去。大家就很有默契地出去了。紫薇就拿起剃刀，对尔康温柔地说：

"我要让你恢复满人的发式，告别缅甸的发式，在离开缅甸以前，用岗包把头包住就好！来，让我帮你剃头！"

尔康一语不发，被动地让紫薇理发。一缕缕乱发落下，尔康那饱满的前额，终于又露出来了。紫薇再为他刮胡子，他那清秀的脸庞，终于重现。她再为他洗头，擦干，梳上发辫。这样整理之后，他虽然憔悴，却恢复了几分往日的神采。

紫薇把他打扮好了，凝视他，微笑起来，充满柔情地说："虽然脸上有刀疤，有伤痕，你依然是个好漂亮的男人！怪不得，那个缅甸公主会看上你！"提到缅甸公主，尔康浑身一颤，看了紫薇一眼。这时，才有力气来想，不知道紫薇对慕沙的事，了解了多少？"我要帮你脱衣服，帮你洗一个澡！洗干净了，包管你心情也会好很多！"尔康站起来，仓促地一退，简单地说："我自己来！你出去！"紫薇怔了怔，坚定地看着他，说："我不出去，我要在这儿伺候你！过来，让我脱掉你这件脏衣服！猪棚里打滚的衣服，你还要穿多久？"她伸手去脱尔康的衣服。"不要碰我！"尔康再一退。紫薇咬咬牙，清亮的眸子，一眨也不眨地看着他，说："好不容易找到你，你对我说得最多的一句话，就是'不要碰我'！我告诉你，我要碰你，不管你要不要！"

紫薇说着，就拉下了尔康的衣服。于是，她再次看到他那遍体鳞伤的身子，不只前胸，背后更惨，刀疤、鞭痕、箭伤、瘀青……到处都是。她看着他的伤痕，呆怔片刻，眼里盛满泪水，拉住他的手。

"洗澡水快要凉了，来吧！"尔康无法拒绝，坐进澡盆中，紫薇拿着皂荚、帕子，开始帮他洗澡。他背脊上的鞭痕，触目惊心。她很小心、很小心地用热水洗过去，害怕地问：

"会痛吗？那些鞭痕好像很久了……可是，这些瘀青是最近弄的吗？"尔康被动地坐在那儿，一语不发。紫薇注视着那些鞭痕，忽然用嘴唇贴在他的背脊上，吻着每一道伤痕。那温润的、柔软的嘴唇接触到他的伤处，那么贴心那么温柔，那么醉人那么震撼！他不由自主，整个人都跟着一震。战栗通过了他的全身，这次，不是蚂蚁大军，是触电般的甜蜜，让他心碎的甜蜜。紫薇落泪了，轻声地说：

"这不只是你的伤口，它也是我的伤口！我比你痛！"这句话粉碎了尔康的疏离，他心中一酸，几千几万种相思，此时一齐爆发，他转身，抓住了她的双手。紫薇震动着，含着泪，一动也不动地让他握着。尔康这才深深切切地看着她。好久好久，两人只是痴痴对看，那种仿佛从开天辟地以来，就开始的缠绵，又把两人紧紧相系。她不敢动，不敢说话，生怕自己会让他再逃进他的壳里去。他的眼光，在她脸上细细地逡巡，直到此刻，他好像才有了一些生气，然后，他轻声地问：

"东儿好吗？你没有拒绝他吧？你没有推开他吧？你没有因为和我相聚的时间太短，而怪在东儿头上吧？"

紫薇大震，惊讶至极："你怎么知道？""我一直做这样的梦，梦到你推开东儿，不要东儿！我急得不得了，却没办法让你感觉到我，听到我！"紫薇凝视他，震撼不已。这才体会到天地之间，有些无法解释的大力量，确实超越了时空，超越了生死。或者，怪不得有成语说："情之所至，金石为开"！她满眼热泪，喊着："你还敢推开我，不要我，赶我走？你、我、东儿，我们都是一体，我曾经看不到你，听不到你，你现在也看不到我，听不到我吗？"尔康惶恐地低下头去，惭愧和自卑再度袭来，紫薇看到他的神情，不敢再说。片刻以后，尔康已经洗完澡，站在房中，穿着干净的白色对襟的中式内衣。紫薇帮他细心地去扣纽扣。两人靠得那么近，尔康感觉得到她的呼吸，不禁低头凝视她。紫薇扣着扣着，感觉到他的凝视，抬起头来，就接触到他那深刻的、火热的眼神。她感到一阵心跳，那种触电似的感觉，好像比初恋时还强烈。这个男人，他控制了她所有的思想，占据了她所有的感情！她忘记扣扣子，眼神缠着他的眼神，一眨也不眨。尔康接触到这样的眼神，再也忍不住，伸手握紧了她的手，把那只手拿起来，贴到自己的面颊上，低喊着："紫薇，想你想到疯狂，那种疯狂，根本是你无法体会的！""不不！"紫薇迅速接口，"我当然能体会，因为我也一直在这种疯狂里！你有多疯，我就有多疯……不不！我一定比你更疯一点！"他眼中含泪，声音颤抖：

"我没有负你，没有对不起你，你还是我生命里的唯一，如果我还有什么可以骄傲的地方，就只有这一件了！"紫薇太震撼了，没想到他陷在缅甸这么久，是八公主的俘虏，他居然还守着当初的诺言！她感动至极，立即体会到，他为什么遍体鳞伤了。

"为了这个'唯一'，你一定付出了惨痛的代价……"紫薇说着，就心痛地拥抱住他，踮起脚尖，去吻他的唇。这次，尔康再也无法克制了，他一把抱紧她，热烈地反应着她的吻。这一吻，吻进了魂牵梦萦的相思，吻进了天人永隔的惨痛，吻进了刻骨铭心的至爱，吻进了难舍难分的缠绵……这一吻，山河变色，天地俱无。

两颗备尝忧患的心，又紧紧地靠在一起了。

第二天一早，大家就动身离开缅甸。

一连两天，大家马不停蹄地赶路。永琪、箫剑、福伦带着武士骑马，小燕子、紫薇和晴儿陪着尔康乘马车，黄沙滚滚，马蹄杂沓。这天，已经远离了大山，越来越接近云南了。永琪一面策马飞奔，一面乐观地说：

"我们这样飞快地赶路，说不定可以在三天之内，赶到云南！""尔康还是郁郁寡欢，不知道那个白面，会不会让他意志消沉？"福伦担心着。"伯父不要着急，只要到了云南，我们就可以找到大夫，好好地医治！"箫剑很有把握地说。永琪一鞭挥向马背，疾呼着：

"驾！驾！驾……我们把速度再加快一点！"马队车队，向前狂奔。马车内，尔康沉默地倚着车窗，呆呆地看着窗外飞驰而过的景致。小燕子正在指手画脚，情绪高昂地对尔康述说别后种种。紫薇和晴儿，一边一个，坐在尔康身旁，照顾着他，小心翼翼地观察着他。小燕子毫无章法，想到哪儿说到哪儿："哎呀……尔康，你不知道你错过了多少好戏，箫剑掐住了皇阿玛的脖子，大喊，小燕子快报仇！我这样一拔剑刺过去，永琪伸手一挡……哇！真是险呀险呀……我们这样一场大闹，永琪受了伤，皇阿玛也吓坏了，整个秘密全部抖了出来，我们都以为，这下完蛋了，大概是集体砍头！谁知道，皇阿玛居然把我爹以前的经过，全部调出来讲给我们听……哎呀，你记得那个大贪官方式舟吗？他才是我们的杀父仇人……"

晴儿一叹，笑着说："你认为你说得好不好？""说得不好，乱七八糟的，要说的事，实在太多了嘛！"小燕子笑着。"让我来说重点吧！"晴儿简单扼要地说，"皇上完全知道了我们的秘密，他原谅了小燕子和箫剑，但是，他再也不敢把小燕子留在身边，他成全了我们！他让我跟箫剑、永琪、小燕子一起走！从此，永琪不是五阿哥，他是平民百姓，他不能再提他的出身，他和小燕子，都不能回皇宫了！"

尔康的意志力集中了，震动地看着三人，惊愕地问："永琪再也不能回宫？皇阿玛不要他继承皇位了？"小燕子想到永琪的牺牲，就心里酸酸的，叹口气说："亲王、阿哥、皇宫、知画、绵亿、皇阿玛……他什么都没有了！他只有我！皇阿玛说，过一阵子就要宣布，他生病死了！"尔康太震惊了，这真是想也想不到的事，他沉默着，一时无言。小燕子就推着他，嚷着：

"轮到你了！我们的故事，你都知道了，但是，你呢？你一个字都不说，到底你是怎么陷在缅甸的？你和那个缅甸公主是怎么回事……"晴儿赶紧拉了拉小燕子的衣服，示意她还是不谈为妙。紫薇看了尔康一眼，小心翼翼地问：

"现在，是不是该再吃一包白面？你觉得怎样？"尔康郁闷地摇摇头，紫薇深深看了他一眼，说："你想吃的时候就告诉我，不要熬到受不了再说！我们到了云南，再找大夫，你放心，我一定让你在回到北京以前，戒掉这个药！"谈到戒药，尔康不禁打了一个冷战。紫薇看到他的寒战，知道这是一件多么艰巨的事，脸色也沉重起来。这时，在他们的队伍后面，出现了一队缅甸军队，飞快地追了过来。为首的是个女子，穿着一身红色镶金的衣裳，骑着一匹高大的骏马，身先士卒，策马如飞，正是八公主慕沙！她一面追，一面用汉语大喊："前面的中国人，快停下来！"

永琪等人回头，只见后面烟尘大作。"不好！有追兵！缅甸军队追来了！"永琪大叫。"怎么回事？"箫剑大惊。"我以为没有人发现我们，看样子，早就被人盯上了！"他不住回头看。只见慕沙，骑着快马奔来，喊着："停下来！赶快停下来！想把我的人带走，你们必须通过我慕沙这一关！""原来是慕沙！那个八公主追来了！"箫剑嚷着。"慕沙？"永琪咬牙切齿，"她居然追了过来？她把尔康害得这么惨，我恨不得把她碎尸万段！咱们干脆停下来，好好地打一场！"说时迟，那时快，追兵转眼已到眼前。军队迅速地把众人包围。马队和马车，都骤然停下。慕沙扬着声音，大喊：

"天马！你在哪里？出来！"车内的人，早已个个变色，听到慕沙点名叫唤，尔康神色一凛，说："她还是没有放过我！我去跟她说……"小燕子大怒，喊着：

"她还敢追来，她把你弄得满身是伤，我要找她报仇，她来得正好！我要把她打得落花流水！"小燕子一面嚷着，一面从车窗里飞了出去，大喊，"慕沙！有种你就和我单挑！你们缅甸没有男人吗？为什么要抢别人的丈夫？天马是我们的驸马，不是你的驸马！要抢他，先过我这一关！"

小燕子一面嚷着，手里的鞭子一扬，就对慕沙飞卷过去。

慕沙没想到车窗里飞出一个容貌俏丽、身手不凡的女子，一惊，急忙拔出长剑，一剑挡掉了鞭子。双方人马，个个蠢蠢欲动。慕沙大叫："谁都不要动手……"她盯着小燕子，问，"你是不是紫薇？""你管我是不是！打了再说！下马！"

小燕子的鞭子，缠住了慕沙的脚，一拉，慕沙落马。慕沙借力使力，一落地就站得稳稳的，一剑对小燕子刺了过去。小燕子挥鞭迎战，两人就大打起来。慕沙以为小燕子是紫薇，一面战，一面对众人喊："这是我和紫薇的战争，谁都不许插手！你们要打，也等我打完再打！"小燕子也不说穿，边打边嚷："你这个疯人，把尔康弄成那样，今天，我要为他报仇！他身上的每道伤痕，你要用十道来还！"顿时间，两个女子鞭来剑去，人影穿梭，忽上忽下，打得天昏地暗。两人势均力敌，谁也占不了便宜。永琪等人和缅甸军，都紧张地观望，永琪担心地喊："小燕子！她会暗器！小心她用金针伤人！那些金针有毒！""有毒？堂堂一个公主，居然动不动就下毒手！"小燕子想到尔康的情形，更是恨得咬牙切齿，打得奋不顾身。尔康、紫薇、晴儿都下了马车，站在一边紧张地观望。尔康四面看了看，衡量着情势。只见山头上，冒出无数的缅军。他暗暗心惊，知道慕沙诡计多端，只怕她从来没有对自己放过手。眼前这种情况，敌众我寡，虽然有大内高手，想要全身而退，恐怕也是难如登天。心里想着，就着急起来，自己沦落也就算了，现在，还有自己最深爱的每一个人！

慕沙一眼看到尔康，就大喊："天马！原来你的紫薇是个凶婆子，怪不得你怕她！"小燕子更怒，尖声喊："你骂紫薇是个凶婆子，吃我一鞭！"小燕子一鞭对慕沙面门打去，慕沙一闪，小燕子弯腰，在地上握了一把沙，对着慕沙撒了过去，大叫，"暗器来了！有毒！"慕沙赶紧去躲，身子一横，手一扬，无数的金针飞来。小燕子拔地而起，飞身上树，躲过了金针。慕沙起身，找不到小燕子，大惊，抬头看。小燕子飞扑而下，压在慕沙身上，拳打脚踢，大喊："我为尔康报仇！我为紫薇报仇！你抢紫薇的丈夫，还给他下毒！我打死你打死你打死你……"慕沙双脚灵活地一踢，小燕子的身子，被踢飞出去，重重地摔在地上。永琪一看，不能旁观了，就飞身出去。

"好一个缅甸公主！我来接招！"

慕沙跳出战圈，惊讶地举起双手喊："不忙不忙！""不忙也要打！"小燕子又飞扑过去。"先不要打，说说清楚！你是谁？你不是紫薇？"慕沙瞪着小燕子。

小燕子气得一佛出世，二佛升天，大嚷："我当然不是紫薇，紫薇是我的师父！功夫比我好了一百倍！她不会出手和你打，如果她出手了，你会和这些沙子一样，碎成一粒一粒的！"原来紫薇那么厉害，怪不得把天马收得服服帖帖！慕沙抬头挺胸，昂然说："请你的师父来和我打！我要见识见识！"永琪一怒，拔剑出鞘，喊着："要紫薇和你打架，门都没有！我也是紫薇的徒弟，打过我再说！"萧剑也横剑而出，大笑说："哈哈！紫薇的徒弟很多，我也是一个！要打，我们都奉陪！"尔康一看，只要大家再打，情况一定无法收拾，就挺身而出，朗声说："慕沙，你是冲着我来的，不要和我的兄弟斗法了！你不是放了我吗？你不是要我回大清去吗？为什么又追着我不放？"

"哈！"慕沙怪叫，"你问我？我还要问你呢！你可以毁约，我为什么不能毁约？"她指着众人，"你们太大胆了，以为我们缅甸人都是饭桶吗？居然敢跑到三江城来救人！把我的苦心安排全部破坏了！""你的什么安排？我们在点灯节那天，不是已经告别了？"尔康惊讶地问。慕沙大笑，看着尔康说："你以为，那些小流氓和三爷，从哪儿冒出来的？你第一个晚上就栽了！如果没有这些人跑出来救你，你再过几天，就熬不下去，会乖乖回到我的宫殿里来！"

尔康听了，脸色一变："原来，那些小流氓和三爷，都是你安排的，你一直派人跟着我！""是！"慕沙坦白地承认，看着小燕子等人，恨恨地说，"可是，我万万想不到，你的朋友和家人会从中国跑来救你！我到现在也不知道是哪里出了错！"

紫薇总算见识到这位"八公主"了，虽然在灯火节那天，见过她的华丽，却不曾这样细看过，更不曾听到她用汉语侃侃而谈。见她剑眉朗目，英姿勃发，尽管来势汹汹，脸上始终带着几分笑意，好一个奇女子！像阳光般灿烂，像月光般皎洁，有男孩的英挺，有女性的清丽。面对这样一个出色的女子，紫薇对于尔康居然没有答应娶她，就有更深一层的感动。她听到，慕沙口口声声指名要见她，她也不能再躲，就一步上前，诚挚地说：

"慕沙公主，你没有出错，你只是没有想到，尔康会有'生死之交'，在三江城明察暗访，终于打听出消息！你更不会想到，我们只要有一丝丝的希望，就会赶来营救！"慕沙打量着紫薇，问："你是谁？"紫薇对着慕沙，盈盈一拜，说：

"你一直在找紫薇，我就是紫薇。我要特别谢谢你，救了尔康。我相信，当初布置假尸体，带走尔康，你用心良苦。当尔康伤势危急的时候，你一定也曾经尽心尽力地抢救他，让他活过来，我才能够在今天和他团聚！你的恩惠，我夏紫薇永远记在心里！尔康属于中国，他有太多中国的习气和传统，是你无法克服的困难！我和尔康，有相同的文化，有最深的感情基础，是无法分开的，请你成全我们！"

慕沙上上下下地打量紫薇，深深看紫薇。她对紫薇那些文化论，并不是非常懂。她要看明白，到底是怎样一个女子，让她吃了这么大的败仗。她看到的，是一个面貌清秀，眼神澄澈，气质高贵，风度优雅，语气温柔……浑身上下，都带着女性特有的妩媚，是个女人中的女人！这样一个"纯粹"的"女人"，居然把她给打倒了？慕沙瞪视着紫薇，目不转睛。

小燕子气呼呼地冲了过来，拉住紫薇喊："紫薇，你还谢她？她把尔康弄得那么惨，你谢她什么？看样子，她不会放我们走，我们干脆打一个你死我活，看看是谁的功夫好！"

永琪看到四面的山头都是缅军，知道情况不妙。他向前一站，有力地说：

"慕沙！你的军队，几乎把我们包围了！但是，我要告诉你，我们要定了尔康！今天，如果你一定要带走尔康，我们势必要大打一场，弄得血流成河！我们这些人，既然敢这样来到缅甸，就个个都不怕死。我们大家死掉没有关系，中缅的战争，会因此没完没了，你要付出这么大的代价吗？"

福伦也往前一站，护着尔康，沉痛地说：

"慕沙公主，我是尔康的父亲，我和紫薇一样，先要谢谢你救了尔康，然后，我们两边人马，再来拼命！现在，尔康是走是留，已经不是尔康一个人的事，是我们这一群人的事！生生死死，听天由命！要和要战，但凭公主！"

慕沙听着大家的说话，挑着眉，眼神深邃，莫测高深。尔康看了看四周，越看越心惊。难道为了一个身心残破的他，要牺牲掉美好的紫薇、年迈的阿玛和他最挚爱的兄弟姊妹们吗？他往前一站，突然大笑着说：

"哈哈！为什么要弄成这样？阿玛！紫薇……你们回家去吧！慕沙既然要定了我，也是大清和缅甸的一段佳话！不瞒你们说，我在缅甸待了这么久，和这位缅甸公主，也日久生情，现在要我和她分开，我还有些舍不得！我愿意跟她回三江城，你们大家，就回去吧！"

尔康话才说完，小燕子大怒，手中的鞭子，一鞭子就抽向了尔康，大骂："我代紫薇，打你这个'日久生情'！"

尔康失去武功，闪避不及，被小燕子打个正着。紫薇急喊："小燕子！你干什么？你打我算了！""小燕子！不要敌我不分，乱打一阵呀！"晴儿也急喊。

小燕子还在怒冲冲，永琪一伸手，赶紧抓住了她的鞭子，大笑说："哈哈！尔康和缅甸公主日久生情，我们大家都离不开缅甸了！"

萧剑往前一站，也大笑着说："哈哈！慕沙公主，我们只好在这儿伺候你！"说着，回头把晴儿一拉，"晴儿！对不起，我们的婚事，又遥遥无期了！"

晴儿知道，这次，大家是生死与共、再难分开了，看到永琪、萧剑的豪迈，也笑了起来，从容地说：

"没关系！紫薇和尔康，经过了生死的考验，还'天上人间会相见'，我们也是一样，天上人间，都可以成亲！不要顾虑我，能够在你身边，在这么多好友身边，就算死了，我也没有遗憾！"

尔康看着众人，知道个个和他，都是同生共死，不禁苍凉地大笑起来说："哈哈！我福尔康有'生死之交'的朋友，又有'天上人间'的伴侣，真是没有虚度此生！慕沙，你要怎样就怎样，放马过来吧！"大家严阵以待，个个含笑，一股视死如归的样子。

小燕子这才知道错打了尔康，就急忙站到尔康身边去，护着失去武功的尔康和不会武功的紫薇，对慕沙嚷着："好吧！要动手就动手！我们大家都是'天上人间'，了不起一起死，了不起天上见！要头一颗，要命一条！"

慕沙环视面前这群人，越看越佩服，越看越震撼。能够深入缅甸，救走尔康已经不容易，这样视死如归、同生共死，更是奇谈！还有这个紫薇，看起来弱不禁风，为什么有那么大的力量？她的眼光停在紫薇脸上，看了片刻，终于抬头挺胸，用有力的声调，清脆地说：

"紫薇，你用什么方法，让他对你念念不忘？有没有巫师为你作法？将来，如果我们有机会再见，你一定要教我！"她忽然转头看着尔康，大声说，"你以为我和你一样，答应了的事也会赖？我比你有气度，我比你有出息！说过的话就算数！这次就算了！以后，你们再这样偷偷摸摸跑到缅甸来，我们就用军队接待！"

所有人都惊呆了！几乎不相信自己的耳朵，大家睁大眼睛看着慕沙。

"你真的要放我们走？"尔康问。

这次，轮到慕沙仰头大笑了，说：

"哈哈！我追过来，只是要看看紫薇，是怎样一个女人，我看到了！我还要看看是谁敢跑到我们缅甸来救人，我也看到了！我还看到了你们中国的'生死之交'，你们中国的'天上人间'！这些咒语，我们缅甸都没有！天马，我会把你记在心上的，有一天，如果紫薇对你厌倦了，你随时可以到缅甸来找我！哈哈！"她潇洒地笑着，看紫薇，"这对你是一个魔咒，你永远要提防，有一个女人会和你抢他！"

紫薇迎视着慕沙的眼光，对这个奇异的八公主，真是又佩服又感恩，她诚挚地回答：

"是！我会牢记在心！尤其是这么出色的女人，你永远是我的威胁！"

"哈哈！才怪！"慕沙笑得爽朗，"我用了八个月的时间，打不败一个不在眼前的敌人！服了，紫薇！再见，天马！"她手一挥，对缅军大喊："我们走！"慕沙跃上马背，就头也不回地飞驰而去。她带来的人马，都跟着飞驰而去。她真是来得急、去得快，来得气势汹汹、去得行云流水。剩下永琪、尔康等人，面面相觑，不能不对慕沙生出一种敬意。大家站在那儿，目送着慕沙，只见慕沙骑在马背上飞驰的背影，在烟尘滚滚中消失了。

接下来，一切顺利，几天之后，大家就到了云南。

萧剑不敢耽误行程，带着大伙，直奔大理。这天，永琪、萧剑、福伦骑马，尔康、小燕子、紫薇、晴儿乘车，武士随后，一行人走进古朴的大理城。车内的人坐在窗口向外看，骑马的人四看，只见大理城都是白色的建筑，家家窗口，都吊着花盆。路人有的穿着清装，有的穿着百夷人的服装，有的穿着其他少数民族的服装，五花八门，看得人目不暇接。路人看到他们骑马驾车进城，都稀奇地看着他们。萧剑回头，对众人说：

"这就是大理！"大理！那个大家梦寐以求的地方！大理，含香和蒙丹在不在这儿？大理，我们来了，终于来了！大家兴奋着，激动着。个个心里都是五味杂陈，目不转睛地浏览着大理城。小燕子就拍拍马车顶，喊着："我要下车！我要骑马走一走！""我们都下车吧！"晴儿说。

车子停下，大家下了马车，萧剑就把晴儿拉上马背，永琪把小燕子拉上马背，早有武士送来一匹马，尔康就把紫薇拉上马背，三对璧人，策马徐行。一面看着那古色古香的城市，那"三方一照壁，走马转阁楼"的建筑，那绕过每家庭院的小溪，那到处盛开的吊钟花、扶桑花、美人蕉……大理！经过了多少沧桑，经过了多少波折，经过了多少离别和割舍，经过了多少的痛苦和挣扎……他们总算走到了这个地方。

"哥！你就在这儿长大？"小燕子问。"是！我现在带你们去我义父的家！"

晴儿依偎着萧剑，到了这时，才想起一件重要的事，问："你的义父叫什么名字？你从来没有提过！""他姓萧，单名一个遥字，遥远的遥。"萧剑说。

永琪立刻想起最初认识萧剑的时候，他特别声明自己的姓，不是姓萧的萧。他就笑着问：

"萧遥？好名字！他那个萧，是姓萧的萧，还是逍遥的遥？"

"哈哈！问得好，大概都可以吧！"萧剑大笑说，笑完了，脸色一正，变得正经而恭敬，"他是个很有学问，却不求功名利禄的人！他那儿，房子很大，我们可以暂时住下，再慢慢安排我们大家的未来！到了这儿，我等于回家了，找大夫给尔康治病，是第一件要办的事。"

尔康听了，脸色顿时罩上一层寒霜。治病，戒药，他想想就不寒而栗。抬起头来，他看着福伦，请求地说："阿玛！您先回北京好不好？东儿和额娘在家里，我很不放心，现在，我已经脱险，又有永琪、萧剑他们照顾我，您可以放心了！""你的病还没治好，我要等你治好，一起回去！"福伦说。紫薇看看尔康，了解治病是个艰苦的过程，了解他不愿福伦看到他戒药的样子，就跟着说："阿玛，治病可能很慢。高远、高达他们，也该回家了！我们把皇阿玛身边的护卫，都带了出来，皇阿玛也不方便！有武士们和阿玛同行，大家比较安心！"永琪想到乾隆，今生不能再见了，脸色一暗，黯然地说："伯父！您先回去报平安吧！我想，我们这一群人都在外面，皇阿玛一定是牵肠挂肚的！您回去了，代我转告皇阿玛，艾琪在一个'天之涯，云之南'的地方，永远祝福他！"

"还有我！我也永远祝福他！"小燕子急急补充。福伦看看大家，完全了解了每个人的心意，点头说：

"我知道了，我会早走一步！等我们到了萧家，我马上派人快马传书到宫里去报平安！"这时，一行人已经出了城，来到一个农庄前面。只见萧遥仙风道骨，带着家人和妻子，已经得到消息，在门口迎接。萧剑带着晴儿滚鞍下马，激动地喊：

"爹！娘！"他推着晴儿上前，"这是我还没过门的媳妇！晴儿！"晴儿又是羞涩，又是激动，请安说："晴儿拜见爹娘！"萧遥仔细看了看晴儿，笑着说：

"剑儿，你的收获真是不小呀！这个美人儿，你是高攀了！"尔康、福伦等人，都赶紧下马，全部围上前去。萧剑再把小燕子拉到萧遥夫妻面前，不胜感慨地说：

"这是小燕子！我那个失散多年的妹妹！"萧遥夫妇都紧紧地盯着小燕子看。萧夫人就激动地上前，一把抱住小燕子，落泪了，喊着说："小燕子，我和你娘，是结拜的姊妹！你哥哥喊我娘，你也是我的女儿了！自从你下落不明，我们每天念着想着，总算皇天不负苦心人，让萧剑找到了你！"小燕子热情澎湃，眼中立刻流泪了，痛喊出声："爹！娘！小燕子给你们磕头！"小燕子就扑通一跪，萧遥夫妇急忙双手扶起。

"不要跪不要跪！"萧剑又把永琪推上前去，"这是小燕子的丈夫……艾琪！"永琪凝视萧遥夫妇，拱手行礼，恭敬地说：

"爹，娘！艾琪早就听说两位的义行，今天才有机会拜见！我和箫剑，情如兄弟，我和小燕子，缘订三生！从今以后，都是两位的家人了！"萧遥夫妇不禁深深看永琪，都知道永琪不凡的身份。对箫剑兄妹这番奇遇，深感震撼。萧夫人点点头说："我听箫剑说过你们那些不凡的遭遇，你们都是一群不凡的人物！我们家真是蓬荜生辉……看你们一个个都又累又热，赶快进去休息吧！""我们进去再慢慢认识，慢慢介绍！"萧遥赶紧让大家进门，"我知道大家都经过一番辛苦，但是，回家就好！回家就好！"是，回家就好！大家都累了，大家都走了一条好漫长的路，大家都走到目的地了。他们络绎进门，个个都怀着一颗感动的、激动的和感恩的心。

第五十八章

乾隆这天，接到了福伦的"快马传书"，他真是又悲又喜，迫不及待，他就拿着信，直奔慈宁宫，进了大厅，兴奋地嚷着："老佛爷，云南来的快马传书！他们平安地救出了尔康，不可思议呀，原来尔康真的还活着！"知画、太后、令妃和桂嬷嬷等人，正在逗弄着绵亿，听到这个消息，大家全部迎上前来。太后大出意料之外，喜悦地说："尔康真的还活着？这真是一个天大的好消息！""他们救尔康，是不是很惊险，大家都平安吧？"令妃急忙问。"拯救的过程，没有损失一兵一卒，算是和平解决了！信写得很简单，福伦说，他会提前回来，再细说经过！"知画就疾步上前，渴盼地看着乾隆，讷讷地、碍口地问：

"永琪……有没有说，他什么时候回来？"乾隆神色一凛，正眼看了看知画，再抬眼看太后和令妃，肃穆地说：

"我们失去了永琪！他在救回尔康以后，去云南的途中，染上恶疾，已经去世了！"大家都大大一震，个个心知肚明。知画一听，脸色惨白，踉跄一退，凄惶而悲苦地喊：

"皇阿玛，一定要这样做吗？或者有一天，他还会回来的！"乾隆拍拍知画的肩，深沉地说："知画，死者不能复生，朕和你，都必须接受这个事实！像尔康的例子，只能用'奇迹'两个字来形容！""但是，我们可以希望'奇迹'呀！"知画含泪喊，"尔康不是在紫薇的希望中，又复活了吗？永琪……也可以的，是不是？是不是？"乾隆凝视知画，不胜恻然，忍不住也含泪了，说：

"奇迹可一而不可再，可遇而不可求！让他活在我们的心里吧！他是朕的骨肉，想到他，还是会让朕心痛！他已经离开了这个'人间'，但是，他走进了他的'天堂'！"说着，想着永琪和小燕子的深情不渝，含泪而笑。"天之涯，云之南，有他的'天上人间'！他适得其所，我们也节哀顺变吧！"

知画绝望地看着乾隆，不要不要不要……不要不要不要啊！她要奇迹，她等待奇迹，她的永琪没有死，他不能死啊！但是，几天后，宫里就慎重地宣布，荣亲王去世了！在景阳宫，乾隆亲自祭永琪。无数的白幔，高高地挂着，白烛高烧，永琪的灵位前，摆着供桌，燃着白烛，和尚们诵经超度，一片悲凄景象。宫女太监，全部素衣，旗头上缀着白花，跪了满院。知画全身缟素，跪在灵堂前，泪不可止。桂嬷嬷抱着披麻戴孝的绵亿，也跪在灵堂前。乾隆带着令妃、太后和众妃嫔，一一在灵前致祭。阿哥格格亲王贵族等一排排地上前致祭。知画答礼如仪，一面磕头，一面流泪，一面在心里默默祝祷：

"永琪，我知道我的行为，使你无法原谅，但是，我也知道，在你那善良的心底，不会把我和绵亿，忘得干干净净！我会像紫薇期待奇迹一样，在这深宫中期待你！说不定，我的人生，也会有奇迹出现！"

乾隆祭完永琪，虽然明知他活着，心底，仍然充满了悲凉的情绪。因为今生今世，他的永琪，是再也不会回来了！走出景阳宫，站在院子里，眼前，忽然闪现小燕子的脸庞和声音：

"皇阿玛，您知道皇额娘已经病危了吗？您连我这样的人，都饶恕了成全了，还有什么不能包容呢？"乾隆苦涩地看着永琪住过的院子，想着小燕子咋咋呼呼的喧哗"人生，别离越来越多，在身边的人，越来越少了"！乾隆就举步向静心苑走去，太监们赶紧相随。

静心苑里的皇后，躺在床上，脸色苍白，骨瘦如柴，不住咳着，已经病入膏肓。容嬷嬷端着一碗汤，用汤匙盛着，还试图喂给她吃。"娘娘！喝一口汤！奴婢已经吹凉了，不烫！您已经两天没吃了，一定要吃一点东西！娘娘……"皇后咳着，推开容嬷嬷的手："实在吃不下，拿开吧！"容嬷嬷赶紧放下汤，去拍着皇后的胸口。"娘娘转过去，奴婢给您背上拍拍！再给您揉揉肩膀！"

皇后拉住容嬷嬷的手，柔声地说："不用了！你也歇着吧！年纪不轻了，整天伺候我，谁来伺候你呢？""娘娘说哪儿话？我是生来该伺候您的人！""这才是哪儿话！没有人生来是该伺候别人的，可惜我了解得太晚，已经来不及为你安排了！你无儿无女，无依无靠，以后要怎么办？"皇后问。"娘娘不是不动凡心了吗？还管奴才怎么办？"容嬷嬷含泪说，"有儿有女也是空，无儿无女也是空！反正两手空空来，两手空空去，无牵无挂！"

皇后苍白的面容上，竟然浮起微笑，看着容嬷嬷："你跟着我，也学会了！悟出这个道理，你就真的无牵无挂了！""我学会什么？我只是一只老鹦鹉，像还珠格格以前养的那只鹦鹉一样，会学人说话，娘娘说什么，我学什么而已！"正说着，外面忽然传来太监大声的通报："皇上驾到！"

容嬷嬷和皇后大惊失色，容嬷嬷立刻紧张起来："皇上怎么突然来了？娘娘，我扶您起来，您能下床吗？""下床，是不行了，扶我坐起来吧！"

容嬷嬷拼命拉起皇后，在她身后塞满枕头靠垫，好不容易，皇后才气喘吁吁地坐稳。两人刚刚弄好，乾隆已经大步进房来。容嬷嬷急忙请安："皇上吉祥！奴婢给皇上请安！"乾隆看到戴着尼姑头巾、不成人形的皇后，大震："你怎么弄成这副德行？头发全部剃掉了？"

"是！"皇后冷冷地回答，"剃光了！三千烦恼丝，剃了好！光了好！"乾隆碰了一个钉子，见皇后傲岸如故，坐在那儿不下床，心中的一丝柔软，全部飞了。他立刻板着脸，也冷然地说："你这副模样，算是开了大清皇后的先例！朕要你在这儿闭门思过，你到底思出一点心得没有？""生在人间，谁能无过？"皇后傲然地接口，"我倒是天天闭门思过，不知皇上是不是也在闭门思过？"乾隆一听，大怒，一拍桌子，厉声喊："你好大的胆子，到了这个节骨眼，还是这么强硬！见了朕，居然不下床，不行礼！你头发没了，基本的礼仪也没了吗？"皇后勉力挺直背脊，迎视着乾隆："那些虚伪的东西，我确实都没了！"容嬷嬷急得不得了，再也忍不住，在乾隆面前，扑通一跪，解释着："皇上！娘娘已经几天没吃东西，病得下不了床，不是忘了规矩，是没有力气维持规矩呀！请皇上不要错怪了娘娘……"容嬷嬷话没说完，乾隆迁怒地对容嬷嬷一脚踢去："朕在和皇后说话，哪有你开口的余地？"

容嬷嬷被踢得仰天一摔，皇后一看，心中大痛，竟从床上扑到地下来："皇上！容嬷嬷年纪已老，禁不起您踢来踢去，如果您心里还有一点仁慈，就不要为难我们了！"皇后说着，就对容嬷嬷爬过去。

容嬷嬷大惊失色，赶紧惶恐地爬过来，去搀扶皇后，哭着说："娘娘！怎么下床来了呢？您不要心疼奴婢呀，奴婢不值得啊！""你在我心里的地位，早已超过了结发三十几年的夫妻！"皇后抱着容嬷嬷说。

乾隆更怒，居然说他不如一个容嬷嬷！他一拂袖子，回头就走："算朕鬼迷心窍，居然想来看看你！现在，朕看到了，看够了！""皇上好走！谢皇上来看我最后一面！"皇后说着，就大咳起来，一口气提不上来，眼看就要断气。容嬷嬷抱住皇后的头，坐在地上，痛喊："娘娘！娘娘！娘娘……"乾隆觉得有异，不禁站住了，回头观看，只见皇后已经气若游丝，不禁大惊。容嬷嬷急喊着："娘娘！娘娘……睁开眼睛看看奴婢呀！娘娘……娘娘……"皇后睁眼看着容嬷嬷，唇边浮起一个苦笑："只怕我要先走一步了！"

容嬷嬷大震，泪如雨下，喊着："娘娘，您撑着！我扶您起来！我扶您……"

乾隆震动已极地看着，情不自禁地走上前去，抱起皇后，凝视了她一会儿。皇后睁眼，也凄然地迎视着乾隆，两人对视片刻。在这一瞬间，乾隆看到一个十四五岁的小姑娘，还梳着双髻，明眸皓齿，巧笑嫣然地凝视着自己，那个曾经让他怦然心动的姑娘！随后，陪伴着他度过了数十寒暑，如今竟成这样！他恻然地说：

　　"我们用了几十年，造就了一对怨偶……我们是怎么了？"皇后看着乾隆，断断续续地说："对……不……起……"乾隆心中一酸，这才明白，皇后真的快死了，他厉声喊："容嬷嬷！皇后病成这样，怎么不传太医？"回头大叫，"来人呀！传太医！赶快传太医！"外面的太监，连声喊着"传太医！传太医……"，奔了出去。容嬷嬷见乾隆抱起皇后，感动涕零，跪在地上，磕头如捣蒜。

　　"奴婢该死！奴婢该死！都是奴婢照顾不周！"乾隆把皇后放在床上，目不转睛地看着她。皇后已经呼吸困难，到了最后一刻，回光返照，对乾隆微笑起来，说：

　　"我这个'无法国母'早点走，皇上也能早点解脱！其实，皇上早就解脱了吧？"乾隆凝视她，几十年夫妻之情，涌上心头，悲哀地摇摇头，怜悯地说：

　　"所谓'万念皆空'，也不容易！修炼到你这个地步，不过如此！如果朕已经解脱了，今天也不会来这一趟了！现在，朕也不记得你的许多事，倒记得最初见到你的时候，你才十四岁，那种清清纯纯的样子……"

　　"忘了吧！"皇后徐徐地说，"不管是清清纯纯的我，还是浑浑噩噩的我，还是糊糊涂涂的我……"她一句话没有说完，头一歪，眼睛一闭，就这样去了。乾隆震惊着，大喊："皇后！皇后！皇后……"容嬷嬷急扑到床边，颤巍巍地伸手去拍着皇后的人中，哭着喊："娘娘！醒来……娘娘……醒来……娘娘醒来呀……奴婢还有话要跟娘娘说，奴婢还来不及说，娘娘……醒来！醒来……"几个太医直奔进来，也来不及叩见乾隆，就直扑床边。太医诊视了一会儿，就全体对着乾隆跪下。

"启禀皇上，娘娘驾崩了！"乾隆跟跄一退，震动地瞪着床上的皇后："朕……居然像她说的，赶来见了她最后一面！"

容嬷嬷发出一声哀号，抓着太医的手，跪了下去，哀求地喊："太医！太医！你们再用针灸试试看！再用扎针试试看！说不定还有救，太医……求求你们呀！扎她的人中，扎她的手指，试试看呀……""臣真的无能为力了！皇后娘娘已经升天了！"太医们退后。容嬷嬷知道再也无法回天了，起身拭去泪水，走到一边去开抽屉，拿出一把早已预藏的利刃。她把利刃藏在袖子里，折回到床边，面容肃穆哀戚地看乾隆，说："皇上，请让一让，让奴婢给娘娘盖被子！"乾隆让开，容嬷嬷在床前一跪，老泪纵横，把皇后的手合在胸前，用棉被盖好。她再仔细地看了看皇后，弯身磕下头去，虔诚地说："娘娘，您好好地走！奴婢恭送娘娘！奴婢不敢让您牵挂，让您孤单单地一个人走……奴婢跟来伺候您！"容嬷嬷在磕头的刹那间，利刃出手，直刺心脏。她的身子用力压下去，让那利刃刺入体内。只听到"砰"的一声，她泪未干，声未歇，身子已倒卧在皇后床前。乾隆大惊，喊着："容嬷嬷！容嬷嬷！太医……看看她怎么了？"太医们又扑奔上前察看，转身一跪："启禀皇上！容嬷嬷殉主归天了！"

乾隆踉跄着退后，看着屋内，只见一抹黄昏的余光，从没有帘幔的窗口斜射进来，照着床上的皇后、床下的容嬷嬷，一主一仆，静静地躺着。这个世界，总算与她们无涉无争了。房里忽然变得那么安静，安静得没有一点声音。皇后那嘈嘈杂杂、恩恩怨怨的一生，就这样结束了。乾隆呆呆地站着，眼中，逐渐凝聚着泪。

皇宫里的一切，距离小燕子他们，已经很遥远。这天，六人结伴，走在大理古城中，不住东张西望。福伦已经动身回北京了，他们迫不及待，就要好好地参观一下这个梦中的城市。"哇！都是白色的建筑，好美！还有那些门楼，简直不输给紫禁城嘛！"小燕子喜悦地说。"家家有水、户户有花的景致，终于看到了！"紫薇看尔康，"尔康，这实在是个世外桃源呀！如果不是牵挂东儿，我真想在这儿长住！"

尔康虽然也四处浏览，却是神情凝重、落落寡合的。他心里沉甸甸地压着一个大问题，就是戒药的威胁。"紫薇紫薇，如果我戒不掉，你会轻视我吗？"他很想问，却问不出口。周遭的美景，对他如同虚设。

"大理！大理……"晴儿四面看，不胜感慨，"我们终于来了！而且，我们六个人都在一起，这好像是个不可能的梦，但是，我们大家，把这些不可能都变成可能了！我觉得，我和你们这些人在一起，也感染了你们的仙气！居然可以做梦，也能美梦成真，真是不可思议呀！"萧剑陶醉在晴儿的快乐里，积极地说：

"晴儿，从此就是另一种生活，另外一个世界了！我们可以买一块地，办一个农场，或者办一个牧场！生一群孩子！"晴儿的脸孔，蓦然绯红，不胜羞涩。小燕子拍手大笑说："是！我哥可是方家唯一的血脉，就靠你们两个努力绵延香火！你们赶快成婚吧，这才好传宗接代呀！"大家都大笑起来，永琪就笑看晴儿和箫剑说：

"我们是不是应该给晴儿和箫剑，办一场别开生面的婚礼呢？以前，我们给金琐办过婚礼，给含香办过婚礼，现在轮到晴儿和箫剑了，这个婚礼一定要特别特别热闹，因为，它也代表了我们大家的'美梦成真'！我们也乘此机会，狂欢一番！庆祝大家的团圆，和我们这种'天上人间'的佳话！"

箫剑看看沉默的尔康，脸色一正，说：

"我们的事还可以慢慢来，现在，最重要的，是给尔康治病！"他看着尔康说，"我已经和这儿一个著名的大夫谈过了，他对缅甸的白面很了解，他说，他愿意来帮助我们，给你戒药！"

尔康的眉头骤然锁起，神色十分惨淡，突然说：

"关于戒药的事，我想，我们不要谈了，我也不回北京去了！我就在大理住下来，箫剑帮我，随时可以溜到缅甸去买药，如果办不到，就看看云南有没有类似的药，我就这样糊糊涂涂过一辈子算了！"

尔康这么一说，大家全部变色了。紫薇深深地看尔康，充满感情地说：

"尔康……现在我在你身边，不会让你孤军奋战，我们每一个人，都带着最大的决心，要帮助你！你从来不是一个会屈服、会投降的人，这次，你也不能屈服、不能投降！现在，阿玛已经回去了，我们也不赶时间，戒药如果太痛苦，我们就慢慢来！请你不要轻言放弃！"

尔康站住了，深刻而悲哀地看着紫薇：

"紫薇，你不知道你会面对什么？我已经没救了！这个白面的毒，已经深入我的五脏六腑，我除不掉了！我知道，吃了这个药，我是一个废物，但是，离开这个药，我生不如死！我试过许多次，失败了许多次，我……"他沉痛地摇摇头，"不敢再试，我也不忍心、不愿意要你面对我那种狼狈！"

紫薇目不转睛地看着他，毅然决然地说："你要面对的，就是我要面对的！你的痛苦，就是我的痛苦！如果你一辈子不断药，就等于我一辈子不断药！"她痛楚地、坦率地说，"你知道吗？现在，你每吃一包药，我的心就绞痛一次，我都不知道，这样的痛楚，我又能支持多久？"尔康定定地看着她，紫薇啊，你让我变得多么渺小，多么自私！他心中一痛，咬牙说："为了你，我再试一次！可是……"他看大家，"我不希望你们在旁边！"紫薇立刻急促地接口："只有我守着你，他们都在门外，我们两个，关在门里，除非需要大夫进来，谁都不进来，好不好？"尔康不再说话，大家全部用鼓励的眼光，深深切切地凝视着他。

第二天，大家开始给尔康戒药。自从到了萧家，他们就住在庄院的一个偏院里，这儿有间小厅，还有几间房间。戒药以前，大夫就在那间小厅里，避开尔康，先给永琪等人上课，他看着紫薇说：

"你心里一定要有准备，以病人的情况看，戒药并不乐观。要戒这种药，要从两方面着手，一方面是病人的意志，一方面是病人的身体！如果病人自己戒药的意志坚定，成功率就比较高！如果意志瓦解，就一点办法都没有！在身体方面，戒药是件非常非常痛苦的事，痛苦的程度，可能超过你的想象！但是，只要病人坚定，能够挨过这个时期，就能成功！戒药的方法，只有唯一的一个，就是从现在开始，全面停止吃药，硬撑过去！"

　　"我有一个很重要的问题，"永琪急切地问，"大夫，病人会不会因为戒药而送掉性命？也就是说，这个药不吃，他会不会死？""戒药成功的例子不多，戒药送命的人也很多，死亡的原因不在于药，而在于病人忍受不了那种痛苦，死于昏倒，脉搏停止，撞伤，自杀……什么情况都有！"

　　大家听得心惊胆战，面面相觑，个个都知道，这是一场大战。"当他发抖抽搐的时候，要怎么办？"紫薇问。"帮他度过，让他想些别的！尽你所有能尽的力量！发抖抽搐是一个过渡期，挨得过去，就会停止！""然后呢？停止了就会好了？""不会，过一个时期，又会发作！要完全好，必须连续停药半个月以上，甚至一个月不吃药，也不会再想吃药，才算成功！"

　　大家都神情沉重。晴儿问："难道没有药物可以减轻戒药时期的痛苦吗？""也许以后会发明新的药物来治疗，现在，我们只有'强迫断药法'，断得掉还是断不掉，就看病人的造化！这断药的每一天，都非常难挨，只要挨过头五天，以后就会逐渐好转！这前面的五天，是最关键的时刻！"永琪看着紫薇，积极地说：

"紫薇，无论如何，我们要试一试，最坏的情况，也就是现在的情况。尔康虽然自己说，他不敢再试，但是，以我们对尔康的了解，他只要吃药，就会意志消沉！你看，他脱险这些日子以来，几乎没有笑过，这，怎么会是尔康呢？何况，这个药在慢性地侵蚀他、伤害他，我们好不容易把他救出来了，不能让他再被这个毒药害死！"

"就是这句话！"晴儿接口，"我们虽然救出了尔康，只救了一半，真正的尔康，还没有回来！只有戒了药，我们才能找回那个风度翩翩、神采飞扬的尔康！"小燕子热烈地拍着紫薇，坚定地喊："紫薇，我们大家努力吧！如果你忙不过来，我们就轮番上阵，一定要把尔康完完全全找回来！"

"我们就从今天开始！"萧剑郑重地一点头，"我们大家在这间小客厅里，轮流守夜！大夫可以在我的房间里休息！一场漫长的战争开始了……"他看永琪："这可能比我们在战场上的仗还难打！"

小燕子和晴儿，就走上前去，一边一个，紧紧地握住紫薇的手。晴儿说："尔康不愿意我们看到他的狼狈，我们尽量不进房间，也不让丫头来伺候，我们大家会准备水盆、帕子、热水、吃的、喝的和一切用品，我们送进门就走！"小燕子紧握了紫薇一下："紫薇，尔康就靠你了！除非尔康恢复健康，否则我们谁也无法快乐起来！所以，告诉他，他的健康不是他一个人的，是我们大家的！"紫薇感激地看着大家，眼中凝聚着泪，感动至深地说："谢谢你们！我会用我全部的力量，来打这一仗！我相信'山高压不垮大地，困难压不倒好汉，风雨压不倒紫薇'！我进去了！"紫薇就勇敢而坚定地进房去。大家全部用一种敬畏的神情，目送她进房。

一场大战确实开始了。紫薇从来不知道，人生有如此惨烈的战争。没有吃药的时间，对尔康来说，几乎是停顿的。每一个时辰，漫长得像几百年。五天？半个月？一个月？他烦躁地踱着步子，觉得几个时辰都挨不过去。

紫薇坐在桌前，桌上，有一把琴，紫薇痴痴地看着他，开始为他弹琴唱歌，她唱了他们认识以来，所有她唱过的歌。山也迢迢，水也迢迢，梦里，你是风儿我是沙，天上人间会相逢……她的歌声，那么美妙，她的琴声像天籁。但是，她怎么有心情弹琴唱歌，在他难过得快要死掉的时候？他走到桌前来，打断了紫薇的弹琴。

"我多久没有吃药了？我可不可以用渐进的方法，今天吃一半，明天再吃一半的一半……慢慢地减少药量，慢慢断掉？""大夫说，只有一种方法，就是'说不吃就不吃'！你已经三个时辰没吃了，我们继续下去，不要前功尽弃吧！"紫薇停止弹琴，鼓励地看着他。三个时辰？天啊！才三个时辰！"你算错了吧？我起码四个时辰没吃了！"紫薇站起身子，温柔地抓住他的手，凝视着他："今天才是第一天，我们不要这么容易就打败仗好不好？撑下去！"尔康咬咬牙，走到窗前去。他定定地看着窗外的天空，夜色里，月渐移，星渐稀，时间在流动吧？多久了？五个时辰？六个时辰？他越来越烦躁，掉转身子，冲到床边，坐在床沿上，身子开始发抖。紫薇走过来，坐在他身边，用胳臂抱住他，千方百计，想转移他的思想，就回忆地说：

"尔康，我跟你讲，当初永琪把你的那个假'遗体'带了回来，我不相信是你，闹着要开棺。开了棺，我看到我给你的'同心护身符'，就完全崩溃了！那时，我只想死，只想跟你一起去……"

"你去撞棺！"尔康出神了，接口，"你大喊着：'你虽然言而无信，我依旧生死相随！'就对着棺材，一头撞去……"紫薇大惊，跳起身子，瞪着尔康："你怎么知道？"

"我在那儿！我也在现场啊！当时，我正在病危中，我的魂魄缥缥渺渺地回了家，我看到你痛不欲生，拼命跟你说话，可是，你听不到我，也看不到我……""可是……尔康，我常常看到你！"紫薇惊喊着，"我曾经在房里点满蜡烛，在窗口喊你的名字，有一次，你真的来了……"尔康睁大眼睛，定定地看着她："我确实去了！我经常回到我们的房间里，去和你谈话！当你拒绝东儿的时候，我几乎跟东儿一起哭……"紫薇和尔康相视，两人都陷进极大的震撼里。这时，一阵强烈的颤抖袭来，尔康痛苦地倒上床。紫薇急忙爬上床，用胳臂紧紧地抱住他喊：

"想想那个时候，我们分隔在这么遥远的地方，你半死不活，我半活不死，可是，我们的魂魄还急于相见，急于解决对方的苦难，这样强烈的爱，人间能有几对？尔康……那么艰苦的'天人永隔'，我们都穿越了，现在的苦难，又算什么呢？为我撑下去，为我们的爱，撑下去！我抱着你，跟你一起撑！"

尔康又是感动，又是痛苦，颤抖着去抱紧她，脆弱地说："紫薇，给我力量！给我力量！""是！我给你力量！"她吻着他的额，他的眉毛，他的眼睛，他的面颊，他的唇。"我在这儿！吻我！"尔康挣扎着去吻她的唇，骤然间，一阵抽搐，尔康放开她，跳下床："你出去，让我一个人在这儿！请你出去！"

紫薇跟着跳下床，跑过来，拉住他的手："不要怕我看见，我跟你是一体的，让我帮助你！""你难道还不了解吗？"他痛苦地喊，"你没办法帮我，只有白面才能帮我！"

紫薇生气地一跺脚，说："如果我打不败那个'白面'，我还配做你的紫薇吗？""是我不配做你的尔康！""胡说胡说胡说！"紫薇握紧他抽搐的双手，狂热地看着他，"我握着你，我守着你！大夫说，只要你的意志坚定，就可以成功！拿出你的意志力来！"尔康额上冒出大颗的汗珠，浑身颤抖，越抖越凶。他站起身子，像困兽一般，在室内到处兜圈子。兜着兜着，他哗啦一声，把桌上的东西都扫到地下，然后，他冲到墙边，开始用头撞墙，撞得"砰砰砰"地响。紫薇大震，飞奔过来拦阻："你撞我，不要撞墙！"紫薇钻到他和墙之间，尔康重重一撞，把她撞倒在地。尔康根本不管她，继续去撞墙。

紫薇吓得魂飞魄散，爬起来，去拉他："不要再撞头，撞晕了怎么办？""让我晕！晕了就不想吃药了！你打昏我吧！"他痛苦地对她伸出双手，"把我绑起来，把我绑在椅子上，让我停止颤抖！去拿绳子去……""不！"紫薇喊着，眼泪落下，"我不要！"尔康举起颤抖的双手，平伸在她的眼前，颤声说："你看到我的手吗？它不听我的指挥……它很想掐你的脖子，抢你身上的药……你去拿绳子，我怕我会伤害你，快去……""我不要绑你，我不怕你伤害我……"紫薇一急，就抓住他颤抖的手，塞进自己胸前的衣服里。她一面哭，一面颤声喊："我在这儿！抱我！吻我！爱我……利用我！只要能够让你不想那个药，你对我为所欲为吧！"尔康眼睛一闭，热泪夺眶而出，紫薇啊紫薇，你无所不用其极，你这样坚决地要我断药吗？他紧紧地抱住她，痛楚地说：

"我熬过去，我一定熬过去……我为你……也要、也要撑下去！我一定有这个意志力，我一定有！紫薇，紫薇，紫薇，紫薇，紫薇……"他一迭连声地喊着她的名字，身子沿着墙壁滑倒在地，双手颤抖地抱住腿，瑟缩在那儿。

紫薇跪倒在他面前，伸手紧紧地握住他颤抖的手。时间缓慢地流过去，天渐渐地亮了。小燕子、晴儿、永琪、萧剑都在外面的小厅里，紧张地倾听着卧室里的动静。大家都一夜没睡，眼睛睁得大大的，只有大夫坐在一张躺椅中睡着了。忽然间，卧室里又是一阵乒乒乓乓，大家跟着那些声音惊跳着，彼此互看。"我们要不要进去看一看？怎么一直乒乒乓乓的？"小燕子问，"万一紫薇应付不过来怎么办？""我想我们还是按兵不动比较好，如果紫薇需要我们，她一定会来叫我们！"永琪说，"如果她不叫，大概尔康不愿意我们看到他的样子！情况还算乐观，已经熬过一天一夜了！只要再熬过四天四夜就行了！""这一天一夜，已经漫长极了，还有四天四夜怎么熬？"晴儿忧心忡忡。萧剑站起身子，看着大家说："我再去烧一些开水，天快亮了，他们总要吃点东西！你们大概也都饿了！我去厨房看看有没有东西可吃。""我跟你一起去，我去煮点稀饭，炒几个菜！"晴儿赶紧站起来。"你会吗？"萧剑惊看晴儿。她是养在深宫里的格格呀！

晴儿脸一红，说："总要学着做，以后，不是都要靠自己吗？""我来我来！"小燕子急忙说，"我以前和大家逃难的时候，常常煮饭给大家吃，手艺是第一流的！你们忘了吗？""哪儿会忘！我还记得你的'酸辣红烧肉'，余味犹存！"永琪笑着。"我最难忘的还是她那些菜名，什么'大卸八块''断手断脚'……"萧剑一句话说了一半，卧室中忽然传来"砰"的一声巨响，大家全部吓了一跳。紧接着，是更多的巨响和东西碎裂声。大夫也惊醒了，跳起身子。"进去看看！好像有问题！"大夫喊着，就往卧房里冲。

大家全部跟着大夫，冲到卧室去。一进门，就看到尔康抱着头，像一只受伤的野兽般，在室内盲目地东撞西撞，撞倒了茶几，撞倒了桌子，又撞倒了梳妆台，房里一片狼藉，桌上的东西全部打落在地上。尔康痛苦地喊着：

"我的头要裂开了！我的眼睛看不见了！我瞎了，我什么都看不到！我的耳朵也听不见了！紫薇……你不要再虐待我，你救救我……你为什么要我这样做？你比慕沙还狠……"

紫薇脸色惨白，又是泪，又是汗，拼命去拉尔康抱住头的手臂，着急地喊："让我看看你的眼睛，为什么看不见了？给我看！给我看！""你走开！"尔康用力一推，紫薇摔了出去，头撞在墙上，再滚落到地上。

小燕子和晴儿飞奔过去，赶紧扶起紫薇，帮她揉着这儿，揉着那儿。永琪、萧剑和大夫都急忙走到尔康面前，永琪就用力地拉下他抱住头的手臂，喊："让我们看看，你的眼睛怎么了？"尔康眼神狂乱地看着众人，大夫急忙诊视，察看了他的瞳孔，说：

"你看得见，对不对？你只是觉得看不见了！眼神有些涣散，但是，不会影响你的视觉……你觉得怎么样？""我觉得怎么样？"尔康大吼，"我觉得想杀人……你们都给我滚出去！不要在这儿，我不要见你们！把紫薇也带出去！否则，我会把她杀了！"紫薇冲了过来，拉住他颤抖的手，坚决地说："我不出去，你没办法把我赶走！你坐下来，我用冷水冰一冰你的头，或者你会舒服一点！""对对！"大夫疾呼，"大家提一些冷水进来！"

萧剑立刻奔到天井里，迅速地提了一桶水进来。尔康看到了水，就奔上前来，拿起整桶的水，从自己头上淋下。水花四溅，他顿时浑身湿透，丢掉水桶，他湿淋淋地冲到紫薇身前，忽然抓住她的双肩，一阵疯狂般地摇撼，嘴里大喊着：

"你这样折磨我，你还敢说你爱我？你爱我会让我陷在这样的痛苦里？慕沙从来不忍心让我这样……她比你爱我！我累了我病了我疯了……我不要做你心目里完美的尔康，我做得好累，我做得好辛苦，我做不到！你懂不懂？我宁愿回到缅甸去做慕沙的天马……她会给我银朱粉，银朱粉，银朱粉……"紫薇被尔康摇得牙齿和牙齿都在打战，头发都乱了，汗和泪齐下。"尔康，已经一天一夜了……"她痛喊着。

小燕子和晴儿都去拉尔康，小燕子心惊胆战地喊："尔康！你不要这样，你会弄死紫薇呀！""大夫！大夫！"晴儿同时喊，"要不要停止戒药？这样怎么办？"

永琪看到尔康这样狂乱，走上去，扬手就对他的下巴打了一拳。尔康立刻跌倒在地，抱着头号叫着："你们算什么朋友？你们杀了我吧！为什么不干干脆脆给我一刀？"紫薇小燕子晴儿都惊喊着扑过去扶尔康。紫薇几乎也要崩溃了，尖叫着："永琪！你为什么打他？你难道不知道他太痛苦了，他不是真心在说那些话……他已经这样了，你还打他……"她泪流满面。永琪一把抓住尔康胸前的衣服，把他拉了起来，抵在墙上，义正词严地吼着：

"尔康！你给我听好！我们已经下定决心，要戒掉你的药！你发疯也好，你打人也好，你折磨自己也好，你折磨我们也好，我们不会和这个'白面'妥协！大夫已经说了，没有这个药，你不会死！既然不会死，只是痛苦而已！我们五个人守着你，我们跟你一起熬，如果你失败了，就是我们六个人的失败！我不许你失败，不许你让我们六个人一起面对失败！所以，听着！我非救你不可！"大家听了永琪的话，个个都激动着。只有尔康，像只垂死的野兽，挣扎着大喊：

"我不要你们救！把'白面'给我！我……我……我失败了！我承认失败，你们为什么不让我面对自己的失败……永琪！你混账，你做了王室的逃兵，难道你没有失败？你有你的失败，我有我的失败……我没有阻止你，你为什么要管我？"他疯狂地大叫，"你让我失败去！"

永琪也对着他大叫："我就是不许你失败！我做王室的逃兵，没有做人生的逃兵，更没有做感情的逃兵！你想从整个'人生'的战场里逃出去，你没种！你想逃开紫薇的爱，你太狠！"尔康一面颤抖，一面用双手抱住头，哀声喊：

"爱是什么？爱只是负担，只是痛苦，我不要爱，不要爱……我的头……我的头……有人在我的头里面敲我，拉我，扯我……几万只蚂蚁在咬我……"他对着自己的脑袋，一拳一拳地打去。

"再去提冷水，给他浇冷水！"大夫喊。箫剑就奔出门去，飞快地提了水进来，对着号叫不已的尔康，一桶水浇下去。尔康的呼号被冷水堵住了，他停止呼喊，惊怔着，彷徨四顾，安静下去。大家个个心惊胆战，目不转睛地看着他。只见他筋疲力尽，憔悴如死，瑟缩地蜷曲着身子，不断发抖，嘴里喃喃地喊着冷。"这样不行！"箫剑说，"我们要把他的湿衣服换掉，要不然，一种病没治好，又加一种病，那就更糟了！"箫剑就一把抱起尔康，放到床上去，回头喊："干净衣服在哪儿？永琪！大夫！我们给他换衣服！晴儿，小燕子！你们把紫薇带出去，赶快给她吃点东西！""是！紫薇，我们走！"晴儿拉着紫薇。紫薇挣脱小燕子和晴儿，从一屋子的狼狈中，找到干净的衣服，拿到床前来："我来换！"永琪抢过了紫薇手里的衣服，命令地说："你去吃东西，这儿我们来！弄干净了再叫你，你想一个人应付这局面是不行的！尔康不是你一个人的，他也是我们的！"小燕子和晴儿，就拖着紫薇出房去。这时，尔康安静下来了，在床上呻吟着说："紫薇，我说了什么？我有没有弄伤你？"他看到永琪了，脆弱地、请求地说："永琪，把我绑起来……去拿绳子……"紫薇听到尔康脆弱的声音，不肯走，一步一回头。

"我要陪着他！我要守着他……永琪，不要绑他，千万不要！""我们就在外面屋里，什么声音都听得到！"小燕子拖着紫薇走。"你不能让自己倒下去，你倒了，谁来照顾尔康呢？"小燕子和晴儿，就死命拖着紫薇出房去了。箫剑、永琪和大夫围在床边，七手八脚地给尔康换掉湿衣服。紫薇到了外间的小厅，就虚脱般地倒进椅子里，崩溃地用手蒙住脸，放声痛哭起来。晴儿和小燕子跟着泪汪汪。"紫薇，振作一点！我们事先就知道这是一件很艰苦的事！"晴儿安慰地说。"可是……我不知道这么惨，我觉得我很残忍，我想算了，他就算吃一辈子的白面，福家也供应得起……我不知道我是不是做错了……"紫薇边哭边说。小燕子一跺脚，喊着："紫薇！你不能这么脆弱，你答应了福伯父，你回北京的时候，会带回一个健康的尔康！那个白面是毒药呀，大夫说了，吃下去会越吃越多，最后还是会送命！"晴儿也接口说：

"我只要一想到以前的尔康，风度翩翩，神采飞扬，不论何时，都充满了自信，有恂恂儒雅的书生味，也有正气凛然的英雄气概，我就怀念极了！紫薇，你知道的，尔康一直是我心中最完美的男子汉，这个男子汉，确实不见了，我们不要泄气，还是坚持下去，把他找回来，好不好？"紫薇听着晴儿一番肺腑之言，不禁抱着晴儿痛哭："是！我坚持下去，我坚持！只是，我真的很害怕呀！"

这时，房门开了，萧遥夫妻带着丫头，端着热腾腾的饭菜、豆浆、油条、包子等食物，送进门来。晴儿、小燕子、紫薇急忙起立。小燕子迎上前去，帮忙把食物放在桌上，不好意思地说：

"爹，娘！你们一大早就在忙我们的早餐呀？我正要去厨房帮忙，这样我们很过意不去耶！""怎么好意思让爹娘辛苦呢？我们真不该！"晴儿好惭愧。"没事没事！我们起得早，闲着也是闲着。平常家里没什么人，你们来了，家里也热闹起来了！我高兴都来不及，喜欢做给你们吃！你们如果过意不去呢，就多吃一点！"萧夫人说，看看卧室，"折腾了一夜，大概都饿了！"

紫薇赶紧擦干眼泪，歉然地说："伯父，伯母，吵得你们一夜没睡吧？""放心！这个小院和前面隔开，吵不着我们，只是，听大夫说，戒药这么辛苦，我们难免也跟着牵肠挂肚……"萧遥看看卧室，压低声音说，"情形怎样？"紫薇眼睛一红，眼泪又来。萧夫人就把紫薇搂在怀里，真挚地说：

"孩子，已经一天一夜了，每熬过一个时辰，就是一分胜利！继续努力吧！老天不会亏待你们的！我们两老，看着你们一个个用情至深，感动得不得了，世间因为有你们这种人，才会变得这么好！"

"不只我们，还有爹娘呀！"晴儿感动地说，"把箫剑抚养成人，教养得那么好，再接受我们，就像接受自己的儿女一样，世间是因为你们，才变得这么好！"萧夫人好感动，一手搂紫薇，一手搂晴儿，拼命点头："说得好！说得好！勇敢一点，有任何痛苦，我们一起面对，你们都是我们的孩子呀！"小燕子见萧夫人搂着紫薇和晴儿，就挤了过来，嚷着说："不管不管，我是箫剑的亲妹妹，才是爹娘名正言顺的女儿，怎么你们两个喧宾夺主，把我的位子都占去了！"萧夫人就张大手臂，把小燕子也拥进怀中。萧遥眼睛湿湿地喊："好了好了，赶快让她们利用时间，吃点东西吧！"一句话提醒了紫薇，赶紧去桌子前面，盛了一碗稀饭，拿了几个包子，就往卧室急急走去，说："我去设法给他吃东西……他那样折腾了一夜，再不吃，怎么行呢？""那你自己呢？"晴儿问。"我跟他一起吃！"

紫薇就端着托盘，走进卧室，把托盘放在桌上。只见尔康静悄悄地躺在床上，不闹了。房间里，已经约略收拾过了，桌子椅子都已扶起。箫剑和大夫在床前守着尔康，永琪拿了一把扫把，在清除一地的狼藉。箫剑看到紫薇，急忙说：

"他好多了，睡着了！"紫薇惊喜地站在床前，看到尔康那张筋疲力尽的脸庞，即使睡着了，仍然眉头深锁，冷汗直冒。大夫解释地说："能够睡一会儿，就算很短很短的时间，都是好事！他……太累了！""我陪着他，你们赶快出去吃一点东西，伯父伯母送了饭菜过来！"紫薇看到永琪在扫地，又奔上前去抢扫把。"永琪，怎么是你在扫地？我来！"永琪抢下扫把，笑看紫薇："我不是阿哥了！这些简单的事，都不肯动手，我还能当平常百姓吗？"

紫薇一愣，深深看了永琪一眼，这才明白，在尔康的伤痛中，大家几乎忽略了永琪也有伤痛。割舍掉阿哥的生活，割舍掉皇阿玛，割舍掉江山和知画绵亿……他所做的，岂是"牺牲"两个字所能包括的？还有许多实际的生活，他要一件件从头学起。那是比尔康戒药更加漫长的考验吧？她想着，就看着永琪发呆，永琪在她这一眼中，已经了解她心里所想的，对她点了点头：

"放心！我会活得很好，学习当一个普通百姓，总比学习当一个皇帝要容易多了！不要担心我，现在，最重要的事，就是尔康！"紫薇点点头，回到床前去。"我们去吃东西！把这儿暂时交给紫薇！"箫剑看着紫薇说，"房门不要关，我们随时可以进来帮忙！"紫薇再点头，箫剑、永琪、大夫就出门去。紫薇在床沿上坐下，怜惜地看着尔康，在水盆里绞了帕子，轻轻地拭去他额上的冷汗。

尔康在睡梦里惊颤，睡得极不安稳，嘴里发着模糊的呓语。紫薇拿出一把扇子，帮他扇着，不断帮他换着帕子。时间缓慢地、缓慢地、缓慢地流过去，不知道过了多久，尔康忽然醒来了，睁开眼睛，凝视她。紫薇看到他醒了，立刻给了他一个甜甜的微笑，低声问：

"嗨！有没有梦到我？"尔康伸出手来，握住她的手，柔声说："是！梦到你了，梦到我对你凶，吼你，骂你……"他的眼神一暗，担心地问："我……没有吧？我没有凶你骂你吧？"紫薇眼里漾着泪，拼命摇头："没有！你没有！"尔康看到紫薇额头有一块瘀青，伸手去摸，怜惜地问："这儿怎么瘀青了？摔跤了吗？疼吗？"

"不小心撞到了！"紫薇去扶他，"坐起来，赶快吃点东西，饿了吧？"

尔康坐起身子，四面看看："我撑过去了吗？几天了？""不要管几天了！"紫薇不敢说真话，"先吃东西！"

尔康接过饭碗，吃了几口稀饭，忽然间，一阵反胃，要吐。他把饭碗一放，冲下床，奔到一个空的水桶前，大吐。紫薇奔了过来，为他拍着背脊。尔康吐完，坐在地上喘气，额上冒着汗珠。紫薇拿了一杯水来给他漱口。他漱完口，神情惨淡，颤抖又来。他努力克制着，伸手握住她的手：

"紫薇，我觉得我的意识可能会模糊，我的神志也可能会不清楚，那些痛苦，像是海浪，一波一波地侵袭着我，海浪一次比一次大，快要把我淹死了！我不知道还能承受多久，在我意识还清楚的现在，我要告诉你，谢谢你为我做的一切！如果我骂过你、吼过你，那都不是我的真心话！"

紫薇拼命拼命地点头。他凝视着她的眼睛，柔声地说："我还要告诉你，我爱你！"紫薇喉中哽咽，一句话都说不出来。尔康就把头埋在双膝中，挨过一阵寒战。片刻，他再抬起头，盯着她问："你呢？你爱我吗？"

"我爱，我当然爱！"紫薇又拼命点头。

"那么，我求你，我们结束这种痛苦吧！"尔康忽然道入了正题，一本正经地说，"你可以做两件事，一件，是你拿一把刀，插进我胸口里，这儿！"他拍着心脏的地方，"我的生命结束在你手里，我也是很幸福的！另外一件，是你赶快去拿白面给我，我跟你说实话，我已经撑不下去了！我的身体里，有几千几万只虫子，在啃我的骨头，喝我的血……我放弃了，你也放弃吧！"

他那么温柔，说得那么刻骨铭心，是发自肺腑，还是为了要得到白面？紫薇惊怔着，痛楚得一塌糊涂，看着他说："我们再试一试，到了今天晚上，你还是撑不下去的话，我就给你吃！""不要再等了，再等我就死了！"尔康哀恳地、痛苦已极地说，"什么叫作'十八层地狱'，我明白了！什么叫'上刀山，下油锅'，我明白了！紫薇，不是十恶不赦的人，才会受到这样的报应吗？为什么是我？给我白面，好不好？"说着，双手又剧烈地颤抖起来。

"尔康，尔康……我们再试试，再试试……求求你……"尔康的眼神，蓦然发出阴鸷的光芒。他陡地跳起身子，发出一声暴怒的大吼："我杀了你！我掐死你，我打死你！我踢死你！这样好说歹说，你都不听！你哪里是我的紫薇，你是一个魔鬼！魔鬼！魔鬼……"

外面小厅里，大家听到这声大吼，全部惊跳起来，冲进房。只见尔康扬起手来，给了紫薇重重的一拳，紫薇应声而倒，他又扑过去，又打又踢又踹。萧剑一步上前，就把尔康拦腰抱住，大叫："尔康！睁大眼睛看看，那是紫薇呀！"永琪跟着怒喊："无论你失去理智到什么地步，都不能打紫薇！你看看你做了些什么？"小燕子和晴儿扶起紫薇，只见她嘴角流血，眼角红肿，遍体鳞伤。晴儿看到这样的紫薇，真是心痛无比，不敢相信地说："尔康连紫薇都打，他真的疯了！"小燕子眼眶涨红了，冲到尔康面前，对着他，也是一阵拳打脚踢，嚷着："你这样对紫薇，我打死你！我也不管你是生病还是发疯，我们的尔康，确实死了！你才是一个魔鬼，魔鬼，魔鬼……"

永琪赶紧拦腰抱住小燕子喊："小燕子，他失去理智，你也失去理智了吗？冷静一点！""冷水！冷水！给他浇冷水！"大夫喊着。

永琪奔出去，提了冷水进来，对尔康一浇。紫薇看着狼狈已极的尔康，觉得自己完全崩溃了，她哭着，从口袋里掏出几包白面来。

送到尔康面前，哭着说："他撑不下去，我也撑不下去了！尔康，给你！"

尔康看到白面，眼睛都直了，扑过来就抢。谁知，小燕子比他快，用手一挥，把那白面打到地下的积水中，她再跳上去，用两只脚拼命去踩。那几包白面，立刻被小燕子踩得乱七八糟。她一面踩，一面喊：

"紫薇！你自己说的：'山高压不垮大地，困难压不倒好汉，风雨压不倒紫薇！'不许投降，我们永不投降！"尔康眼看白面被小燕子踩得稀巴烂，气得拼命想挣脱萧剑，苦于萧剑的双臂，像钳子一般，就是挣不脱，他就对着小燕子的方向踢着踹着，疯狂地喊："我要把你碎尸万段！我要你的命！你给我滚过来……""我告诉你！"小燕子大声说，"这是我们最后的几包白面，本来还有很多，昨天晚上，我把它们统统丢到火炉里烧掉了！现在，你要吃也没有了！""不要……"尔康发出一声撕心裂肺般的哀号，绝望地喊，"紫薇！紫薇！你这么狠心，你这样待我，我恨死你！恨死你……"紫薇听着看着，脸色惨淡已极。大夫看得胆战心惊，说：

"没办法了！如果你们还要继续下去，把他绑起来吧！要不然，他不是杀人，就是杀自己！戒药的人，都是死于自残！"

永琪当机立断，说："只要他不会死于缺药，我们就坚持到底！我去拿绳子！""不要用绳子，绳子会勒伤他！"晴儿说，"我们用布条，小燕子，紫薇……来帮忙，我们把床单撕成一条一条的！撕宽一点！"晴儿就去撕床单，小燕子也过去帮忙。只有紫薇，痴痴地看着尔康，心碎了。片刻以后，尔康已经被五花大绑地绑在一张坚固的椅子里，他喊着叫着挣扎着。大家不理他的喊叫，不停地提了冷水进来，浇他，淋他。紫薇守在旁边，一会儿给他擦拭，一会儿跟他轻言细语，一会儿拿着食物哄他吃，一会儿跟他抱在一起哭。这样，大家忙忙碌碌，一个时辰一个时辰地挨着。太阳终于落山了，又是一天过去了。半夜的时候，尔康忽然发狂，跳起身子，连椅子带人，全部跌在地上，椅子破碎了，他挣脱了捆绑，起身就打向永琪。永琪和箫剑双双扑过去，制伏了他。大家没办法，只好把他绑在床上。他无法把整张床打碎，只能不断地吼着叫着哀号着。

就这样，大家守着尔康，忍受着那种惨烈的煎熬。日出日落，月升月落……时间一直缓慢地、缓慢地、缓慢地消逝。每过去一天，大家就像"死去活来"一样，迎接的，不是新的一天，而是新的生命，这新生命，不只是尔康一个人的，也是大家的。他们六个人，曾经共同面对过许多艰苦、许多次死里逃生，只有这一次，才深切领悟到"重生"的意义。

第五十九章

终于挨到了第六天。在那间小厅里，永琪、箫剑、晴儿、小燕子四个人，都累得像脱了一层皮，个个形容憔悴，狼狈不堪，东倒西歪地倒在椅子里。有的睡着了，有的还在倾听卧室里的动静。忽然，房门一响，大夫擦着汗，从卧室出来，看着大家，喜悦地说："他不抽搐不发抖了，已经很安稳地睡了两个时辰，恭喜各位，真是众志成城呀！"

大家全部精神一振，打瞌睡的小燕子也惊醒了。永琪跳起身子，急切地问："大夫，你的意思是说，戒药已经成功了吗？""是！应该算是初步成功了！以后，他会在脆弱的时候，还想吃药，只要他能克服心里想吃药的冲动，他就完全成功了！我看，各位这样拼命救他，还有那么好的夫人守着他，他不会有'脆弱'的时候了！"

小燕子忍不住，"哇"的一声，就发出欢呼，狂喜地喊着：

"哇！胜利胜利！我们胜利了！大夫万岁！紫薇万岁！永琪

万岁！晴儿万岁！我哥万岁！尔康万岁……"喊到这儿，正好萧遥和夫人送食物进来，小燕子就一下子扑进萧夫人的怀里。

"娘！我们成功了！尔康活了，他会变成我们原来的尔康！我们做到了，我们太伟大了，我太感动了！怎么办？我被我们自己感动得一塌糊涂！"小燕子太兴奋了，语无伦次地喊着。

萧夫人十分感动地把小燕子拥在怀里，对萧遥说："你看她这副样子，还有什么可怀疑的，高兴起来，恨不得把天都拆了！和我那结拜姐姐的脾气，真是一模一样！""我哪有怀疑？"萧遥赶紧说，"见到她那天，我就知道没错！她这眼睛，这嘴巴，跟她的娘，像得不得了！"萧剑一怔，怎么？这话颇有玄机。他连忙看二人说："爹娘是什么意思？难道怀疑我认错了妹妹？"小燕子也怔住了，紧张地看萧遥夫妻。"没有没有，"萧夫人急急地接口，"我们只是私下讨论而已，其实，小慈那个孩子，出世时我还带过，她身上有个……"萧遥急忙咳了一声，萧夫人才惊觉失言，赶快住口。

小燕子疑心大起，连声问："有什么？有什么？""没什么，没什么！"萧夫人掩饰地笑着，"你们赶快吃东西！几天以来，没有一个人有胃口，现在，尔康戒药成功了，大家总可以好好地吃一顿了！""娘！"小燕子狐疑地说，"说话说一半，最别扭了！到底有个什么嘛？你说你说嘛！一定要说！"

萧夫人没辙了，笑着说："有个小记号而已。""啊？有个小记号？"小燕子大惊，很快地寻思了一下，"什么小记号？我身上光溜溜，没有胎记，没有疤痕，什么都没有！"她的心一沉，看萧剑："糟了！你一定认错妹妹了！"

箫剑急忙看着萧遥夫妇，着急地说："怎么你们以前都没跟我说过？""那个不大好说，也没什么意义，别去研究了！"萧夫人笑着。"不行不行！你们把我的好奇心都引出来了！我一定要知道！"小燕子嚷着。

箫剑不安起来，万一真的认错了妹妹，这事就太离谱了！因为认妹妹，造成小燕子离开了皇宫，造成永琪放弃了皇位，造成乾隆父子分离，也造成永琪和绵亿分离……万一错了，这一切岂不是都错了？他一甩头说："这个不用去研究了吧？我已经认了这么久的妹妹，她就是我的亲妹妹，认错也是亲的，没认错也是亲的，我不想去研究她身上的记号！"永琪担心地看看小燕子，看看箫剑，完全了解箫剑的心思，就急忙说："当初小燕子进宫，是'阴错阳差'，这个'认妹妹'，说不定是'歪打正着'，不管怎样，错也好，对也好，造的是人间三对佳偶，我们大家都认了吧！别研究了！""就是就是！"萧遥赶紧接口，"尔康戒药成功，恭喜大家，我们赶快去杀鸡，熬一锅好汤，给大家补补！"夫妇两人就要走，小燕子抓抓耳朵，忽然忍受不了，冲到萧夫人面前："告诉我，告诉我！这种哑谜，我受不了！到底我身上有什么小记号？在哪儿？头上脚上还是身上？"萧夫人走不掉，只得凑在小燕子耳边，说了一句悄悄话。只见小燕子一怔，冲口而出地喊：

"什么？我屁股上有颗红痣……"蓦然发觉不雅，用手蒙住了嘴。大家都瞪着她，想笑又不好意思笑。晴儿就看永琪说："这事，恐怕只有永琪知道了！长在那种地方，小燕子自己都看不见！"她连忙问永琪："有没有？有没有？"大家都看永琪，永琪面红耳赤，打着哈哈。"这个……这个……我真的没注意，要不然，我、我、我……我下次注意……"小燕子跳了起来，嚷着："我告诉你们大家，谁也不许来检查我，我才不给你们看！不管怎样，我已经认定萧剑是我哥哥，我也为了这个，离开了皇宫，还带走了永琪！一切都成为事实，再也无法怀疑了！我爹是方之航，我娘是杜雪吟，我认定了！"

"我也认定了！"萧剑也大声说。晴儿过去搂着小燕子，萧剑的顾忌，她早就体会到了。这件事，万一错了，也只能当它是对的。她坚定地说："我们大家都认定了，就这么回事！不要再去研究那颗小痣了！婴儿时期的痣，也不见得会留到今天！"永琪松了一口气，大笑说：

"哈哈，那么我的检查工作，就不必了，是不是？其实我也很乐意……"话没说完，小燕子踢了他一脚，他赶紧改口："大家都是'落地为兄弟，何必骨肉亲？'我们就糊涂一点吧！"

大家都释怀地大笑着，一屋子嘻嘻哈哈。这是尔康戒药以来，第一次房里充满了笑声。

这晚，深夜的时候，尔康从沉睡中醒来了。他迷迷糊糊地睁开眼睛，看到房中一灯如豆，紫薇在床边睡着了。他不知道这是戒药后第几个黑夜，好像已经过了几千几万年。他伸了伸手脚，发现没有绳子绑着自己，不禁一惊。

在床边椅子里打盹的紫薇，听到他的声音，立刻惊醒了，急忙扑到床前去。"尔康！你怎样？觉得怎样？"她急切地问。"你们怎么放开了我？怎么不把我绑起来？"尔康怔怔地问，忽然发现自己的药瘾症状都没有了，惊疑不定。"我不发抖了！也没冒冷汗，也没抽搐，身体里也没有虫子在爬……"他注视紫薇问，"第几天了？"紫薇凝视他，见他眼神清明，不禁悲喜交集，激动地喊：

"尔康，你太勇敢了，太伟大了，你挨到了第六天！大夫说，他简直不相信，你可以成功！他说，留在你身体里的毒素，已经慢慢地消退了！只要你意志坚定，这个药瘾不会再犯！你让他很有成就感！你让我骄傲，让我们大家都开心得不得了！"

尔康从床上坐起来，伸出双手，不敢相信地看着，见自己的手不再发抖，顿时间欣喜莫名。紫薇就急急地站起身子，要往门外跑："你一定饿了，我去给你热鸡汤，这锅鸡汤煮好的时候，你睡得正香，大家都不敢吵醒你，几天以来，你都没吃什么，吃了就吐，现在，可以好好地喝点鸡汤了！"尔康跳下床，一把拉住了她，仔细看她，哑声地说："不要走！"紫薇站住，看着他："你，饿不饿？"尔康一眨也不眨地凝视她，回答："是！很饿！""那我赶快去……"紫薇急着要走，笑着说，"今晚没人帮忙了，大家被你折腾了五天，个个筋疲力尽，全体睡觉了，所以，只好我去！"尔康紧紧地拉住她，不让她走。他的眼光，深深切切地停驻在她脸上，伸手抚摸她脸上的伤痕、嘴角的瘀青，声音哽塞地、带泪地说：

"这一定不是我弄的，对不对？我不可能弄伤你，对不对？"紫薇微笑着，眼里漾着泪，拼命点头。尔康一把就把她抱进怀里，用胳臂紧紧地环抱住她，把她的头，压在自己的肩上，在她耳边痛楚地说："我梦到我变成一只野兽，不管碰到谁，我都乱咬一气！越是靠近我的人，我咬得越凶！不只咬她，还说了很多混账话……很多不可原谅的话……"紫薇急急地抬起头来，看着他，伸手去捂住他的嘴：

"那是梦！那是梦！那不是真的……我一直听到你的心声，你在喊我的名字，要我救你帮助你……不过，真正救了你的，是我们大家，因为，我几乎功亏一篑，几乎放弃了！"尔康眼中潮湿了，再度抱紧她。

"我在你的脸上，看到这场战争的痕迹，什么叫'惨烈'，我知道了！这五天，是我一生最漫长的日子，也是你这一生最漫长的日子！对你的所作所为，我无以为报，只能用我全部的生命和热情，来好好爱你！而且保证，这份爱不会因为任何改变而改变，不会因为年华老去而褪色，永远鲜明如今天！"

紫薇感动至深，眼中带泪，唇边带笑，紧紧地依偎着他。

这天，风和日丽，鸟语花香。大理的天空，特别蓝。洱海的水，特别绿。大理的古城，特别古色古香。三对璧人，摆脱了各种阴影，嘻嘻哈哈地走在大理的街道上，个个神清气爽，精神抖擞。尔康已经恢复原来的风度翩翩，比所有的人都兴奋。大家正在研究萧剑和晴儿的婚礼，应该用什么方式。六个人七嘴八舌，议论纷纷。

"百夷人的婚礼有没有特色？让晴儿和萧剑，用百夷人的婚礼怎样？"永琪说。"百夷人结婚，是载歌载舞的，许多跳舞的姑娘，陪着新郎去迎娶新娘！"萧剑解释，"为什么要用百夷人的婚礼呢？""因为你是百夷人呀！"永琪笑着。

"我觉得，我们不要分民族，我们来个混合大婚礼，能够多热闹，就多热闹！什么满族、汉族、百夷族、苗族、蒙古族、回族……都可以，怎么热闹就怎么办！"小燕子兴冲冲，建议着。

"对！这个种族的歧视，希望到我们这儿为止！什么满人、汉人、百夷人、蒙古人……大家都是一家人！"永琪心有所感，如果不是满汉的问题，也不会因为一首剃头诗，造成了文字狱。"这样的婚礼，别有意义，就来个混合婚礼吧！"

"怎么混合呢？到底你们打算怎样？"萧剑问。"记得我们在西湖，给晴儿和萧剑制造机会，闹了一个火烧小船的故事吗？"紫薇问。"那件事，我一辈子都忘不了！这和婚礼有什么关系？"晴儿问。"我看洱海比西湖还大，我们弄一个花船婚礼好不好？用一队小船，上面张灯结彩，挂满鲜花，其中一条，全部用红色罗帐，布置成喜船！纪念我们的火烧小船！幸亏当天一烧，才烧出了今天的喜事！"紫薇兴高采烈地说。

尔康一听，兴奋得不得了，嚷着："紫薇，我们两个再结一次婚好不好？这个船队的点子，就留给我们两个吧！""那我也要和小燕子再结一次婚！"永琪也兴奋地说，"我们就来个载歌载舞吧！""载歌载舞？这个点子也很好！我们也可以参加！"尔康又说。"你们搞什么？"萧剑笑着嚷，"要大家研究一下我们的婚礼，你们这些结婚好多年的人，凑什么热闹？我听起来，花船的点子蛮好，尔康，你抢什么！""哈哈！"尔康大笑，"我现在很兴奋，什么都想抢！""我觉得越简单越好，不要太铺张了！"晴儿羞答答地说，"结婚是两个人的事，为什么要惊动全天下呢？"

"怎么会是你们两个人的事呢？"尔康嚷，"我们大家辛辛苦苦熬到今天，就靠你们的结婚，写下最完美的一章，你们两个的婚礼，是我们大家的事！我提议，先是船队，再是迎亲队伍，新人拜完天地，到了晚上，再把百夷的‘火把节’、缅甸的‘点灯节’都用上，狂欢它一天一夜！”

“啊？要这样折腾我呀？我不要！”晴儿睁大眼睛。小燕子乐得手舞足蹈，笑着，叫着：“你不要也得要，我听起来就很过瘾，哈哈！好极了，什么时候举行？赶快回去挑日子！”

大家谈论得兴致高昂，这个也有意见，那个也有想法，真是人人参与，个个欢欣。永琪找了一个空当，悄悄拉了箫剑一把，箫剑看到他神秘的眼色，就跟着他走到一边去，避开了众人。永琪笑着，低声对他说：

“我要告诉你一声，关于那颗红痣……我帮你检查过了！没错！小燕子是你嫡嫡亲的亲妹妹！再也不用怀疑了！”

箫剑眼睛一亮，喜不自禁：“是吗？虽然我嘴里说不在乎，心里可真想知道！”

紫薇发现他们两个走开了，回头嚷：“你们两个在说什么悄悄话？我们也要听！”“就是！我们之间，应该没有秘密吧！”尔康马上呼应紫薇。“快说！快说！两个大男人，也会神秘兮兮！”晴儿也不依。

小燕子奔过来，拉着永琪一阵乱摇，噘着嘴喊：

“快说快说！赶快说！神神秘秘，干什么嘛！”永琪没辙了，大笑着说：“我们在谈一颗小红痣！”晴儿、紫薇、尔康都睁大眼睛，同时大嚷：

“小红痣？有还是没有？”小燕子满脸通红，又跺脚，又扭身子，又笑。箫剑走过来，一巴掌拍在小燕子的肩膀上，神气活现地喊：

"再也没有怀疑了，这是我亲妹妹，有证据了！以后有人提出异议，我就……""你就怎样？你就怎样？"小燕子大叫。"我就……揍他！"箫剑大笑说，"你以为我要怎样？难道还能把证据拿出来？"

大家笑得前俯后仰，弯腰驼背。小燕子脸红红的，也忍不住笑。箫剑看着她，直到今天，才肯定这是自己的亲妹妹，眼里，盛满了宠爱和亲情。就在这一片温馨的时刻，只见街头有民众聚集，议论纷纷，个个唉声叹气，捶胸顿足。

小燕子觉得奇怪，奔上前去，拉住一个老者问："你们在谈什么？为什么每个人都这么伤心？""真是国家的不幸呀！"老者叹气，拭泪说："皇后去世，我们还没什么感觉，可是，五阿哥去世，实在是太可惜了！"永琪一听，震动无比，喃喃地问："五阿哥去世了？皇后也去世了？""是啊！"老者扼腕地说，"那位五阿哥，上次带兵打缅甸，从来不打扰百姓，打得轰轰烈烈……刚刚才封了荣亲王，年纪那么轻，咱们都指望他当太子，怎么就去世了？"永琪怔忡着，愣了半晌，回头就走。大家听到皇后去世，个个伤痛。看到永琪走开，知道他尤其难过，赶紧追着他，小燕子就去拉他的胳臂："永琪，你是为皇后难过，还是为五阿哥难过？""都难过！""皇后早已油尽灯枯，早些走，也早点解脱！不知道容嬷嬷怎样了？"紫薇说。"多半跟着去了！"晴儿深知宫里的嬷嬷，尤其像容嬷嬷这种人，都以"殉主"为荣的。她看着永琪，轻声说："五阿哥的事，你也看开一点！皇上早就说了，要这样宣布！""虽然知道这是必然的事，可是，这个宣布，也表示我和皇阿玛……不，是我和艾老爷之间，再也没有父子的关系了！"永琪叹息着。永琪神色黯淡，众人的欢乐，也因这个消息，而打住了，大家都难过着。小燕子看着永琪，不禁歉疚心痛起来。都是为了她，他什么都没有了，那么好的一个阿玛，还有那么小的绵亿，他都丢下了！她真值得他这么做吗？她心里热烘烘，嘴里说不出话来，只是紧紧地挽住了永琪的胳臂，挽得那么紧，把他的手腕都快拉断了。永琪偏过头来看着她，用另一只手，揉了揉她的头发，眼底，是一片义无反顾和一片浓得化不开的深情。小燕子接触到他这样的眼光，这才体会到紫薇常说的话："山无陵，天地合，乃敢与君绝！"不，是："山无陵，天地合，也不肯与君绝！"

晴儿和萧剑的婚期定在半个月以后，大家决定采用小燕子的意见，用少数民族的婚礼形式，什么迎亲队、船队、火把晚会全部上场，大家就开始积极地筹备婚礼，做衣服头冠饰物，布置船队，组织迎亲队伍……忙得不得了。尔康戒药以后，也需要一段适应期，正好借这一段忙碌，来治疗他偶然发作的"思的症"。

一切都准备得差不多了，在婚礼之前，大家找了一天，来到苍山上，祭拜方之航夫妇的墓，这是萧剑第一次带着小燕子祭拜父母，两人都有说不出来的激动。其他的人，也各有各的感动。大家站在墓前，只见墓碑上刻着："先考方之航　先母杜雪吟之墓"，下面刻着：

"不孝子方严媳晴儿不孝女方慈婿艾琪敬立"。

大家恭恭敬敬地把鲜花供品放上，箫剑回头对小燕子说：

"这就是我们爹娘的墓地，他们合葬在这儿，后面是苍山，前面是洱海，不论是人间还是天上，他们都结伴同行了！我猜，他们应该死而无怨！这块墓碑，是我前几天重新刻的，我把我们的名字都放上去了！来，小燕子，永琪，晴儿，让我们四个，给爹娘上香！"

四人上前，虔诚地燃香祝祷。小燕子从来没见过爹娘，现在，看到爹娘的墓，想起这一路的曲折，简直不知道心里是什么感觉。她正正经经，一脸诚挚地说：

"爹，娘！经过了这么久流浪的日子，我终于可以在你们的墓前上香，对于我，这个意义实在太大了。我和哥哥，在你们的牵引下，终于找到了一生的幸福！从此，我们会生活在你们身边，不再远离了！爹娘，请原谅我这个不孝的女儿，到今天才来拜见你们！"

小燕子说完，永琪就接口说：

"爹，娘！请原谅我阿玛造成的不幸！你们的故事，牵牵连连，一直蔓延到我们的身上！是你们在冥冥中牵了红线，才有我们今天的全员到齐。相信你们的遗憾，我们也帮你们弥补了！我会用我最真挚的心，照顾你们心爱的女儿！请放心吧！"

晴儿也恭恭敬敬地说："爹，娘！今天，我可以站在这儿给你们上香，实在是一个奇迹。养在深宫的我，几乎从来没有出过远门，却会和箫剑相遇相知，到今天携手共创我们的人生，说起来像梦，是你们让这个美梦成真！从此，我会一心一意地陪伴箫剑，让你们的美梦成真！希望你们在天之灵，安心吧！"

萧剑听到晴儿这样说，更是感动不已，焚香再拜，说：

　　"爹娘！我这条寻亲复仇的路，走得坎坷，所幸，却得到最佳的效果。我想，爹娘心里再也不会有仇恨了，我和小燕子，心里也没有仇恨了！我们会用一颗颗的爱心，去面对以后的人生，去教育我们的子女！我相信，这也是你们的心愿！"

　　尔康听到这儿，心里有话，不能不说，一拉紫薇，双双上前说：

　　"伯父！伯母！我和萧剑、小燕子的关系，你们一定了解！我和他们一起来上香，只想告诉你们一句话，你们太伟大了！生下这么可爱的一对儿女！如果没有小燕子阴错阳差进宫，就没有我和紫薇的生死相许！谢谢你们一切的一切！"

　　紫薇虔诚地做了总结："伯父，伯母，他们把我要说的话，都说完了！现在回忆起来，我们所有的故事，是从你们开始！我相信，你们的爱，我们的情，会世世代代绵延不断！为你们的存在，继续写下最美丽的故事！"

　　六人说完，就一齐跪下磕头。六个人的心，密切地契合着。

　　祭拜完了爹娘，大家开始游苍山。苍山有十九峰，峰与峰之间，都有小溪。山特别青，水特别绿，天特别蓝，云特别白。大家有无数的话要说，过去未来，谈也谈不完。每个人兴致都很好，只有永琪，有些落落寡合，常常陷进沉思里。小燕子悄悄注视他，知道他时常在怀念着皇阿玛，大概也不能不怀念着绵亿和知画吧！她怎样可以让他快乐起来呢？她心里转着念头。萧剑在说：

　　"我已经把整个大理和附近的乡镇都跑遍了，没有发现含香和蒙丹的丝毫痕迹，我猜，含香他们，从来就没有到过大理！"
"我也这么猜想，他们两个的民族观念太强，一定还是偷偷溜回新疆了！"尔康说。"没有见到含香和蒙丹，虽然是个遗憾，但是，我们可以想象，他们一定也和我们一样，生活得非常幸福美满！"紫薇充满祝福地说。晴儿四面看，不胜感动地伸展着手臂，呼吸了一口新鲜的空气："这真是一个好地方！城市有城市的古朴，山有山的壮丽，水有水的清秀，我真喜欢这个地方！我只要想到……"晴儿脸一红，话说了一半就噎住了。"想到什么？想到什么？"萧剑追问着。"不说了！"晴儿羞涩地。"怎么话说一半呢？"小燕子问，就大声宣布，"你们这些人给我听着，要跟我一起生活，就不许话说一半！我最受不了'欲言又止''吞吞吐吐''故弄玄虚''语焉不详'……弄得我'心痒难搔''一头雾水''丈二和尚摸不着头脑'，气死了！"大家全部不敢相信地瞪着小燕子。永琪的眼睛瞪得最大，忍不住脱口惊呼："小燕子！不得了！你用了好多成语耶！全部用对了，连'语焉不详'这样的句子，你都会用了！你简直让人不敢相信！""这有什么稀奇，我早就说过，总有一天，我会四个字四个字地说话，烦死你们！"小燕子得意地说，看到永琪的注意力，真的被自己的成语吸引了，就更进一步，说："永琪，我发明了一个学成语的方法，很快就学会了，比死背有用多了！""是吗？什么方法？"永琪好奇地问。"我用唱的！把成语编成黄梅调，你们听我唱来！"小燕子就用黄梅调连唱带做地唱了起来："'一口咬定'不放松，'一寸丹心'在胸中，'一目十行'学得快，'一见如故'乐融融。'一日千里'快如飞，'一日三秋'太可悲，'一言九鼎'不能悔，

'一往情深'是紫薇。'一表人才'推永琪，'一呼百诺'成回忆，'一波三折'如你我，'一知半解'是燕子！'一夫当关'是尔康，'一诺千金'箫剑当！'一见倾心'晴儿苦，'一帆风顺'岁月长呀，岁月长！"

小燕子唱完，大家情不自禁，都报以疯狂般的掌声，永琪尤其震动，嚷着说："小燕子，这是你自己编的吗？你实在不愧是方之航的女儿！你的进步，真让我太开心了！"

小燕子就依偎着永琪，含情脉脉地看着他说："你真的开心吗？我就是为了要你开心，编了好久才编出来！如果你真的开心，就不要再闷闷不乐了，虽然你失去了皇阿玛，失去了绵亿和知画，但是，你有我，我会为了你的快乐，做很多很多的事！"

小燕子一番话，令永琪眼眶湿了，把她紧紧一搂，他故意用"一"字头的成语，串连着说："是！我不会再闷闷不乐了！我会为了你的'一片苦心'，抛开我的'一己之私'，从此'一心一意'，和你共度'一生一世'！"

"哇！太感人了！"晴儿叫着，"这'一'字头的成语，还有吗？"紫薇笑看晴儿，嘻嘻哈哈地说："当然有！为了方家的'一脉香烟'，希望你'一举得男'！"

这一下，全体大笑起来，不只笑，还疯狂地鼓掌。晴儿满脸绯红，又是欢喜又是羞。小燕子这才想起来，抓着晴儿问：

"你刚刚说到一半的话，还没说清楚！你想到什么？赶快说！"大家心情良好，乐不可支，就全部鼓噪着，看着晴儿嚷："说！说！说！"

晴儿只得脸红红地说："我想到我们的孩子们，会在这样的环境里长大，吸收着这儿的山灵秀气，将来一定会长成快乐、健康的青年！我就很开心！"

大家都笑了，甜蜜的感觉，把每个人都抓得牢牢的。紫薇含羞地依偎着尔康说：

"尔康，我简直不想回北京了！我舍不得跟大家分开！""哈哈！那可不行！我们在北京，还有我们未了的责任！但是，我们可以常常来大理探视他们呀！"

尔康笑着说，不想让离别的情绪，这么早就影响大家，就看着箫剑、晴儿，大声地说：

"如果要'一举得男'，恐怕就得'一鼓作气'，快马加鞭，办一场'一时之选'的婚礼了！"

第六十章

　　终于，到了萧剑和晴儿结婚的日子。这天，在碧波如镜的洱海上，一溜小渔船排列着，船上，堆满了鲜花。船篷上，用红布贴着大大的囍字，打着红绸结，船员都是红衣，有的举着囍牌，有的划桨，有的奏乐……整个船队，缓缓前进，红船绿水，如诗如梦，美丽无比。

　　第一条小船是乐队，一色红衣的乐队，奏着喜乐。第二条船特别大，布置得美轮美奂，是新娘的船。第三、四、五条是仪仗队。第六条后面都是亲人朋友的船只，全部举着囍字的红牌，绕着湖边，划向码头。

　　在新娘船上，晴儿一身百夷人的新娘装，头上是顶银制的头冠，镂空的银花颤巍巍地竖在头上，垂着美丽的银流苏。她端坐在花团锦簇中，四周围着红色的帘幔，映红了晴儿的脸。紫薇和小燕子充当喜娘，一边一个围绕着晴儿，两人也是百夷姑娘的盛装，小燕子是红色的，紫薇是粉色的，也分别戴着有流苏的帽子，和平日的清装完全不一样，好像来自另一个世界的美人。两人满面笑容和喜气，不时悄看晴儿，忍不住咻咻地笑。晴儿很紧张，却被两人弄得常常要笑，醒悟过来，又赶紧正襟危坐。

在路上，箫剑坐在一顶滑竿上，穿着百夷新郎的服装，在乐队、仪仗队的簇拥下，吹吹打打，走往洱海去迎亲。尔康和永琪充当男方伴郎，也穿着华丽的百夷衣服，随行在箫剑身后。许多百夷族的男女青年，跟着迎亲的队伍一齐前进。大家浩浩荡荡，迤逦地走向洱海的码头。

迎亲队伍吹吹打打到了码头，正好船队也吹吹打打陆续靠岸。新郎下了滑竿，亲自走到码头的木桥上来迎接新娘。紫薇和小燕子，已经搀着盛装的晴儿下了船，早有百夷族的青年，抬来打着如意结的新娘滑竿，代替花轿。晴儿羞答答的，在大家搀扶下，小心翼翼地上码头，再上台阶。箫剑看到如此美丽的新娘，几乎眼光都离不开她，看到她步履维艰，就什么都顾不得，忘了自己是新郎官，上前一把抱起晴儿，把她抱上了滑竿。这样忘形的一个举动，惹得所有群众疯狂地大笑和鼓掌，也把晴儿羞得满脸通红。箫剑这才惊觉地笑笑，不好意思地坐上新郎的滑竿，两顶滑竿抬了起来，新郎新娘高高地坐在滑竿上，在百夷族青年的吹吹打打下，和无数男男女女的簇拥下，浩浩荡荡地向萧家走去。

进了萧家庭院，紫薇才用红喜巾，蒙住了晴儿的脸。新郎和新娘被搀扶着，走进大厅。萧遥夫妇端坐在房间正中。晴儿被小燕子和紫薇搀扶着，和箫剑走到两老面前站定。满屋子宾客，笑着，闹着，议论着。尔康当司仪，已经是经验老到，中气十足地高喊："一拜天地！"小燕子和紫薇扶着晴儿，和萧剑面向门外。行礼如仪。"再拜高堂！"晴儿和萧剑转向萧遥和萧妻，再度行礼如仪。"夫妻交拜！"晴儿和萧剑对面对站好，彼此对拜。

"送入洞房！"鞭炮声噼里啪啦地响起，紫薇把晴儿的丝带，交到萧剑的手里。萧剑就牵着晴儿，在亲友的恭喜声中，在花瓣的飞撒下，走向新房。对萧剑和晴儿来说，这一条成婚之路，走得真是遥远，从北京到大理，从皇宫到农庄……一直到走进洞房，两人都恍然如梦，充满了不真实感。进了新房，一切就按照惯例，晴儿蒙着喜帕，端坐在床沿，萧剑站在床前。紫薇捧着喜秤，笑吟吟地站在一旁。小燕子站在新郎另一边，兴高采烈地念着：

"请新郎用喜秤挑起喜帕，从此称心如意！"萧剑拿起喜秤，挑开喜帕，露出晴儿那张"半带羞涩半带情"的脸庞，她低垂的睫毛下，掩映着一对清亮的眸子，弯弯的嘴角，噙着浅浅的笑意。那种高雅，那种清丽，那种脱俗的美，简直让人无法喘息。萧剑痴痴地看得出神了。小燕子忍不住，就开始笑场，这一笑，好像具有传染性，紫薇也跟着笑，永琪和尔康，也跟着笑。大家这样一笑，萧剑忍不住，也傻傻地笑起来。晴儿赶紧低俯着头，唇边那浅浅的笑，就变成了深深的笑。房里挤满客人，个个都嘻嘻哈哈地笑开了。

紫薇换了交杯酒上来，小燕子清清嗓子，再念："请新郎和新娘喝交杯酒！从此'如鱼得水'，'瓜瓞绵绵'，'鹣鲽情深'，'地久天长'，'如胶似漆'，'百年到老'，'比翼双飞'……"永琪睁大眼睛，对尔康说："糟糕！她走火入魔了，不知道背了多少成语，看样子，我们真的会被她四个字四个字说得烦死！""反正萧剑拿这个妹妹没辙，只好认了！看她能说出多少？"尔康笑着说。小燕子果真说不完，还在那儿继续念："'百年好合''宜室宜家''凤凰于飞''神仙眷属''亲亲爱爱''长长久久'……"萧剑和晴儿，举着酒杯，手都举酸了，萧剑生怕小燕子没完没了，一听到"长长久久"，就赶紧拿了酒杯，一个箭步上前，就和晴儿喝起交杯酒来。小燕子脱口惊呼：

"哎呀，我还没说完呢！他们已经'急如星火''迫不及待'了！"一屋子宾客哄堂大笑。紫薇笑得腰都直不起来。晴儿羞得面红耳赤，可是，唇边那深深的笑，已经漾开到整张脸庞上了。

婚礼总算完成，但是，晚上还有"火把庆典"。无数的火把，从四面八方聚拢，迤逦前来，把原野照耀得如同白昼。小燕子、紫薇带着一队人，在火把的簇拥下，抬着晴儿进场。另外一边，永琪和尔康带着一队人，也高举着火把，抬着萧剑进场。两队会合以后，放下滑竿，在欢呼声中，一对璧人走下了滑竿。许多百夷族和其他少数民族的青年男女，成双成对地聚集到草原上，把无数的火把插在地上，就一对一对地，手挽手跳着舞，欢庆婚礼。

萧剑和晴儿，被好多年轻人包围着，也学习着少数民族那样跳着舞。萧剑虽是身经百战，这时，却弄了个手忙脚乱，不好意思地说："这个跳舞，我可是外行！""我也外行呀！"晴儿说，看着四周那些高举火把、唱着歌的青年男女，惊叹着，"如果老佛爷看到我这样的婚礼，一定吓得昏过去！"萧剑挽着她，低头看她，宠爱已极地说："晴儿，我何德何能，居然能够拥有你！"

"希望几十年以后，你还能对我说这句话！"晴儿仰望着他，深情地说。

"几十年？"萧剑夸张地喊，早已心醉神驰了，"几百年以后，我还要跟你说呢！你永远是我的新娘！你看，这个婚礼，我是煞费苦心设计的！有'苍山为证，洱海为凭'，算是名副其实的'山盟海誓'，从白天闹到晚上，表示'朝朝暮暮，永结同心'！"

晴儿这才体会到，小燕子为什么常说，"感动得快要死掉""幸福得快要死掉""高兴得快要死掉"……她也是这样。她的眼睛，闪亮如星，柔情似水："你再说下去，我就醉了！""醉吧！人生难得几回醉？"萧剑说，"跳舞吧！不管会不会跳，我们跳吧！"

两人就陶醉地酣舞着。

尔康和紫薇也跳着舞，紫薇看着尔康，快乐地、疑惑地问："尔康，我们的喜怒哀乐，为什么这么强烈？一般人也是这样的吗？""不会，有些人一辈子没有认识过'爱'！"尔康说。"会有这种人吗？那不是太可怜了！"紫薇惊愕地问。不认识爱，那岂不是白白来到人间走一趟？

"如果他根本不认识爱，他也不会可怜，他浑浑噩噩度过一生，没爱就没烦恼，说不定反而很平静。爱的本身，就兼有'痛苦和狂欢'的特质，所以我们动不动就惊天动地，死去活来！爱的负担是很沉重的！"尔康深刻地说。

"可是，我宁可像我们这样！我宁可要这份沉重。你知道吗？我一生的快乐加起来，也没有这些日子来得多！自从你好了，我就觉得每个日子，都是上苍给我的恩惠，能够这样看着你，感觉到你的快乐，我就飘飘欲仙了！"紫薇微笑地说。

"傻紫薇！"尔康感动极了，笑着，忽然笑容一收，盯着她说，"你很可怕！""我很'可怕'？怎么'可怕'？"紫薇睁大了眼睛。"男人，常常把一生的爱，分给很多的女人，每个女人分一点！你却像一个大海，汇集了我全部的爱！把其他的女人，都变成虚无！你怎么不可怕？"紫薇笑了，深深地注视着尔康，想着他为自己付出的，心里满溢着爱。小燕子和永琪也在跳舞，小燕子一面跳，一面笑，笑得脚步大乱。

"你今天怎么搞的？害了'笑病'吗？怎么一直笑个不停？"永琪问。"没办法，我好想笑！"小燕子边笑边说，"我这叫作'笑容可掬''笑逐颜开''笑脱下巴''笑断肝肠''笑里藏刀'……呸呸呸，说错了！""不得了！"永琪看着她笑，"以后，我要跟你这样过一辈子，你疯疯癫癫，一下子笑不停，一下子猛背成语！我岂不是惨了？""现在还好，我只背成语，下面，我准备开始背'唐诗'了！""唐诗！"永琪大惊失色，"你四个字四个字已经够烦了，假若七个字七个字说，那还得了？"

小燕子又笑，笑着笑着，不跳了。永琪拉着她的手，喊着："跳舞呀！难得这样狂欢一次，来！跳舞！"

小燕子脸红红的，笑着说："不知道可不可以跳？""什么叫作'不知道可不可以跳'？老佛爷又不在这儿，还有什么人不许你跳舞？"永琪不解地问。"我有点怕怕的，还是不跳比较好！"小燕子低下头去。"你怕谁？"永琪诧异地说，"别怕了！我们已经离开那个让人害怕的地方，从此，你都不用害怕了！来，难得我想跳舞！跳！"等我问一问……"小燕子吞吞吐吐地说。"问一问？问谁？""南儿！"小燕子扭扭捏捏地说了两个字。"谁？谁？谁？"永琪听不清楚。

小燕子这才喜滋滋地说："南儿！我们的南儿！这下名副其实了，是在云南有的！"永琪呆了呆，恍然大悟，惊喊出声："小燕子！你怀孕了？"

永琪喊得好响，紫薇、尔康、晴儿、萧剑都停止跳舞，惊看过来。只见永琪抱起小燕子，高兴得转圈圈。大家都忘了跳舞，围绕过来，全部惊呼："小燕子！你有了？"

小燕子羞涩地点头，紫薇欢呼着："尔康！我们的媳妇来报到了！""你怎么知道是个女孩？"尔康笑着问。"凭直觉！因为我们需要一个媳妇！"紫薇一厢情愿地说，就跑去拉住小燕子，"小燕子，不许转了！我媳妇在你肚子里，这可怎么办？我要足足担心十个月！"小燕子笑得好开心。这个新的喜讯，使原本就高昂的喜气，更加炽热。三对幸福的人，全部笑得好开心。

那些百夷青年，分沾着他们的喜悦，个个笑着，拿着火把，热热闹闹地跳过来，很有默契地，把三对幸福的人，簇拥在中间，然后，跳舞的人向后仰，火把跟着后倒，像一朵灿烂的火花绽开。三对相拥的人，彼此深情凝视，站在中间，像是花蕊一般。这场"火舞"，后来被紫薇形容成"最有热力的婚礼"，常常把这个盛况，讲给她的儿女听。

快乐的时光，像飞一般地过去了。晴儿和萧剑的婚礼已经结束，尔康和紫薇，又住了一些日子，两人思念东儿，几乎快要思念成疾，实在不能再拖延，必须回北京。这天，终于到了离别时候，大家送尔康和紫薇，一直送到城外。

路边停着马车，车夫坐在驾驶座上等待着。尔康和紫薇站在车旁，磨磨蹭蹭不舍得上车。小燕子、晴儿、永琪、萧剑站在马车旁，执手相看，依依不舍。紫薇握着小燕子的手，千叮咛，万嘱咐：

"小燕子，千万要照顾好我的媳妇儿！我跟你约定，等到她十六岁的时候，你就把她送到北京来，那时，东儿也很大了，就算不马上成亲，两人也可以培养一下感情……"

晴儿忍不住打断："紫薇，你也计划得太早了吧？万一小燕子生个儿子呢？""那我就预订你的，说不定你生女儿！"紫薇笑着对晴儿说。"哈哈！"小燕子高声笑着，"你的东儿隔得那么远，说不定我的女儿爱上晴儿的儿子呢？'近水楼台先得月'嘛！""不得了，'近水楼台先得月'也知道了！小燕子，'不可同日而语'哟！"晴儿赞美着，小燕子就得意扬扬起来。三个男人，笑着摇头。尔康看看永琪，看看萧剑，拿出一包银子，往永琪手中一塞，说："你们的农场，我帮不上忙了，出力不行，出钱总行！这儿是雇工人买庄稼的钱，算我加入一份吧！"永琪赶紧塞回尔康的手里，说：

"你知道我不缺钱，离开北京的时候，带出来许多盘缠，够我们几年用的了！买地开垦，用不了什么钱，我们绝对够用，倒是你们一路上，要用钱！""不不不！你拿着！"尔康推给永琪，一定要他拿。

这时，有一伙庄稼汉，大约十几个人，拉着几辆堆着稻草的马车，慢吞吞地向前走，走着走着，车轮掉了下来，那群庄稼汉，就停下来修车轮，眼光一直在注意这群衣着光鲜的男男女女。永琪等人充满了离愁别绪，谁也没有注意这群农人。

尔康不肯收回银子，永琪就把紫薇拉到一边，把那包银子，塞进她手里，说："紫薇，你带着！回到北京，帮我问候……艾老爷！还有，进宫的时候，也去看看知画和绵亿！劝劝知画，早点找个人嫁了，至于绵亿……"他一叹，"唉！"紫薇凝视他，对于他那些没说出来的牵挂，了然于心，就承诺地说："放心！如果知画另外嫁了，我就禀明老佛爷，把绵亿带到学士府来，养在我身边，和我自己的儿子一样，东儿有什么，他就有什么！"永琪点头，知道紫薇的承诺，是一言九鼎的，心里稍稍地安心一些。萧剑和尔康站在马车前，萧剑注视着尔康，还有些不放心，拍拍他的肩膀问："尔康！那个药瘾，没有再发吧？""偶尔还会想吃……熬一熬就过去了！"他想到萧剑居然只身潜入缅甸，打听到自己的消息，再冒险回北京找救兵，这种朋友，多少人一生也遇不到，真是可遇而不可求！他忍不住对萧剑一抱拳，诚挚地说："大恩不言谢！"

"哈哈！"萧剑爽朗地一笑，"这话就多余了！"两个男人，相视而笑。这时，一个庄稼汉跃上马背，忽然疾驰到紫薇身边，伸手一捞，就抢走了那包银子，策马飞奔而去。紫薇大惊，喊着："有强盗！有强盗……"永琪大怒，原来这群人，不是庄稼汉，而是土匪！他大喊："大胆！居然敢从我们手里抢东西！"一面喊着，永琪就飞身而起，急追那个土匪。尔康一震抬头，正好看到土匪的马，从他身边掠过。他大叫："往哪儿跑？你给我站住！"

尔康想也没想，就飞身而起，迅速地落在土匪的马背上，把那个土匪拉下地来。土匪把银子高高地一抛，抛向他的同伙，就和尔康大打出手。永琪一飞身，半路拦截了那包银子，土匪们就吆喝着扑奔过来。"光天化日抢东西！这还得了！"箫剑嚷着，也飞身而出，一群土匪拦了过来，箫剑就大打出手。

"哈哈！要打架！怎么少得了我！"小燕子兴冲冲地大喊，一面抽出随身的鞭子，一面也飞身出去和土匪交手。永琪抢回了银子，飞快地奔回，把银子塞回紫薇手里，大喊："箫剑！保护晴儿她们！我去帮尔康……"永琪奔向尔康一看，不禁又惊又喜，原来尔康拳脚如飞，打得那个土匪哇哇大叫。这是救回尔康后，第一次看到他动手，居然不输以前。永琪喜悦地喊："尔康！打得好！药瘾戒了，功夫也回来了！我去收拾那些土匪！"永琪抬头一看，不得了，小燕子居然抢着鞭子，跳上跳下，鞭子舞得密不透风，在那儿打得过瘾，嘴里还在嚷嚷："本姑娘好久没有和人动手了，今天要打个痛快，你们这群有眼不识泰山的混账东西！我给你一个铁砂掌，再来一个仙人鞭……"晴儿急得要命，正在大叫："小燕子！回来！回来！让他们男人去打！你不能打呀！"紫薇也急得要命，跺脚大喊："小燕子！小心我的媳妇，小心南儿呀！"永琪这一看，真是吓得魂飞魄散，好不容易，这才有了身孕，怎么她又忘了？这"前事不忘，后事之师"，对小燕子而言，还是"前面石头，后面狮子"，学不会的！他喊着：

"小燕子！不要让'晒书日'的事情重演！赶快退下来！"永琪一个飞跃，跳到小燕子身边，抱住她飞出重围落地。放下了她，他忍不住对她打躬作揖说："小燕子，我的老婆，南儿的娘，我孙子的奶奶，我曾孙的祖宗……你就安分一点吧！"小燕子听他说得滑稽，忍不住看着他扑哧一笑。"你在这儿好好待着，我再去收拾那些土匪！"永琪跃回土匪身边，一拳打飞一个，再一脚踢飞一个，两个叠在一起。

"要这样玩是吗？"尔康笑着喊，"来了！再一个！"他利落地把一个土匪踢到前面两个身上，大喊："又来一个！再来一个！"他一阵拳打脚踢，土匪们纷纷落地，后面的跌在前面的身上，摔得个个七荤八素，哎哟哎哟叫不停。

"这样玩是吗？知道了！让他们叠罗汉怎样？"萧剑用萧，左一挡，右一横，土匪们纷纷倒地，叠在一起。

小燕子拍手大叫："紫薇，你看到了吗？尔康的武功恢复了！他打得好漂亮！""他重生了！他回来了！他又是当初的尔康了！"晴儿欣慰地点头。

紫薇注视着尔康，只有她明白，尔康还是变了。她微笑着，深刻地说："他不是当初的尔康，他比当初多了一份沧桑，多了生死的体验，忧患余生，他变得更深刻更谦虚，更热爱生命，更珍惜幸福！"

三个女子谈论间，那些土匪全部躺下了。尔康拍拍手，意气风发地问："我们把这些土匪怎么办？""他们抢东西，一人砍断一条手臂如何？"萧剑沉稳地说。

一地土匪，爬起身子，跪地哀求："大老爷，姑奶奶饶命！我们实在太穷了，没饭吃，家里老的老，小的小，才会这么做……饶命饶命……我们给大老爷磕头！"大家又拜又磕头。永琪义正词严地大声说：

"你们一个个大男人，不缺手也不缺脚，什么事不好做？居然拦路抢劫老百姓！家里有老有小，不会做事来养家吗？我给你们两条路，一条是统统绑起来，送交官府！另外一条，是做我的工人，我给你们薪水，你们帮我开垦，从此改邪归正！你们选哪一条？"

土匪们面面相觑，喜出望外，一起磕头说："谢谢大老爷恩典，只要有工作可做，我们一定改邪归正！再不抢劫了！""那么，待在这儿不要动！谁敢逃跑，我抓回来就没命！这个大理山明水秀，绝不容许土匪的存在！"永琪转头对尔康说，"你们上路吧！我来处理他们！"尔康看到那些土匪，居然乖乖地跪着，谁也不敢逃。大概真是活不下去，才出此下策吧！他注视永琪，不禁一笑说：

"哈哈！你这份'王者之风'，要想消失，也不容易！"永琪看到尔康功力恢复，也一笑，接口说："哈哈！你的'英雄之风'，要想消失，也不容易！"箫剑见他们两个，彼此恭维，不甘寂寞，也大笑说："哈哈！我的'草莽之风'，能和'王者''英雄'并列，也不容易！"三声"哈哈"，三个"也不容易"，让三个男人相视大笑，大家英雄惜英雄，豪气干云。经过这样一闹，时间真的不早了，尔康拉着紫薇走向马车，说："紫薇，该走了！三江城那么远，大家都可以去，大理算什么！改天我们再来！各位，后会有期！"

小燕子和晴儿，一看紫薇要上车了，就都抱着她不放。"不行不行，我舍不得你，我不要跟你分开！"小燕子喊。"这一分手，我们什么时候才能再见呢？"晴儿喊。"我们说好，今天谁也不许掉眼泪的！我们不要再为别离伤心，人生，就是四个字："悲欢离合"！有悲才有欢，有离才有合。"紫薇安慰着两人，眼里却迅速地湿润了。小燕子眼泪汪汪，拉着紫薇的手，就是不肯放："你们说得很好听，很有学问，我还是舍不得！一千个舍不得，一万个舍不得！紫薇，尔康，我们一定一定要再见！"

"是！一定一定要再见！"紫薇和尔康应着。尔康一拉紫薇，紫薇松开了握着晴儿和小燕子的手，一步一回头地，和尔康上了马车。小燕子、晴儿、箫剑、永琪开始拼命挥手，喊着："再见！再见！珍重珍重！"车夫一拉马缰，马车启动，向前奔驰。紫薇和尔康，从后面的车窗那儿，伸出头来，拼命挥手。小燕子等人追着马车，也拼命挥手。

"再见！再见！再见……"双方都拼命拼命地喊。马车就在这一片喊声中，越走越远，越走越远，越走越远。小燕子和晴儿泪汪汪，目送马车走到看不见了，兀自在那儿挥手。这种情形，正像紫薇写的歌："人儿远去，山山水水路几重？送君千里，也只一声珍重！"

永琪看着离去的尔康和紫薇，看着站在身边的小燕子、晴儿和箫剑。心想，人生，没有十全十美的吧！有聚有散，有苦有甜，有得有失，有笑有泪……这才算是真正的"人生"吧！这样的人生，才算没有"白活"，没有"虚度"吧！他揽住了小燕子，振作了一下说：

"擦干眼泪，让我们去开始以后的新生命！"

小燕子看着他，看到一个充满信心的永琪，一个崭新的永琪，一个她最爱最爱的永琪，一个完完全全属于她的永琪！她的头一扬，笑了。是的，她要擦干眼泪，用无数的笑，来迎接以后全新的生命！也用无数的笑，来填满永琪以后的生命！

尾声

　　乾隆四十五年的春天，已经七十高龄的乾隆，第五次下江南。这次太后皇后都不能随行，太后还健在，已经八十四岁，行动不便，皇后早已驾崩了。乾隆到了杭州，旧地重游，有许多难忘的回忆，也有许多的感慨。听说，夏盈盈嫁给一位杭州才子，已经"绿树成荫子满枝"，仍然住在西湖附近。她终于像她自己期望的，活在这片好山好水中，也找到了属于她的幸福。乾隆可以召见她，却再也没有勇气见她一面。他把那段最美好的回忆，锁在记忆深处，让夏盈盈永远是当年的样子。

　　他再次看到西湖的柳树，西湖的水，西湖的云，西湖的月。最怀念的，还不是和夏盈盈那段忘年之爱，而是当时围绕在自己身边，叽叽喳喳的小燕子，热情奔放的永琪，温柔细腻的晴儿，豪放不羁的箫剑，还有聪明体贴的紫薇和侠骨柔肠的尔康。那时，一路上风风雨雨，轰轰烈烈，演出多少难忘的故事！如今，随行的只有尔康一个，连紫薇也忙着家事儿女，不能同来。乾隆和尔康，私下聊着，听说在云南大理，有一位名医，专门为误食毒花毒草的人治疗，也精通跌打损伤和针灸，这位名医姓"艾"，单名一个"琪"字。乾隆诧异之余，不禁怦然心动了。

这天，在大理城外，有一片茶园，辽阔无边。许多采茶的姑娘包着头，正在忙碌地采茶。许多孩子，也在茶园中帮忙。大家一面采茶，一面唱歌。歌声轻快悠扬，嘹亮地响在田野中：

> 今日天气好晴朗，处处好风光！蝴蝶儿忙，蜜蜂儿忙，小鸟儿忙着白云也忙！马蹄践得落花香！眼前骆驼成群过，驼铃响叮当！这也歌唱，那也歌唱，风儿也唱着，水也歌唱！绿野茫茫天苍苍……

两位带头唱歌的采茶女子，不是别人，正是小燕子和晴儿。她们身边围绕着许多采茶女，还有大大小小、男男女女十几个孩子。这年，她们的孩子是这样的：南儿十二岁，云儿十岁，乾儿八岁，隆儿六岁，山儿十一岁，海儿十岁，宽儿七岁，容儿五岁。她们正在优哉游哉地采茶，一面教育着儿女，不只自己的儿女，也教育其他居民的儿女。

在茶园中间的马路上，一辆相当豪华的马车，在许多侍从的护送下，缓缓经过。坐在马车里的，竟是乾隆和尔康！两人听到这样的歌声，都震动起来，乾隆立刻大喊："停车！停车！让我听听这歌声，好熟悉的歌！好悦耳的歌！""老爷，要不要下车看看，小燕子一定在里面！"尔康激动地说。"不忙不忙！让我悄悄地看一下，不要惊动他们！我偷偷跑到这儿，马上得回杭州，你也只好跟着暗访，不能出面打招呼，知道吗？我们看看就走！"尔康好想见到小燕子他们，听到乾隆这样说，只能按捺着答应："是！"

马车停下，乾隆和尔康都殷切地看着车窗外。只见小燕子和晴儿荆钗布裙，杂在一群采茶姑娘之中，依旧出色而美丽。虽然她们都用布巾包着头发，背上背着茶篮，双手麻利地采着茶叶，但是，小燕子那明亮的双眸，依然闪亮，晴儿那高雅的气质，也依然如故！只是，两人的脸庞都晒成健康的微褐色，神采飞扬，看来年轻极了。当乾隆仔细观察她们的时候，小燕子正声音嘹亮地喊着："孩子们！一面工作，一面读书，大家不要忘了背成语！今天应该背哪一个字带头的成语呀？"

孩子们齐声答应，声震四野："背'天'字头的成语！""那么，就快背！背错的要罚啊！"小燕子又喊。

于是，孩子们就开始用黄梅调唱着《成语歌》，唱得好生热闹：

"'天下一家'人和睦，'天下太平'最幸福，'天下为公'是真理，'天下第一'要念书！'天空海阔'最豪迈，'天各一方'最悲哀，'天人交战'真苦恼，'天涯海角'盼归来！'天涯比邻'存知己，'天从人愿'最欢喜，'天诛地灭'惩坏蛋，'天经地义'莫怀疑！'天理昭彰'无掩藏，'天寒地冻'盼太阳，'天荒地老'同生死，'天上人间'情意长呀，情意长！"

乾隆听得眼睛都瞪大了，震惊地看着尔康问："这是小燕子吗？她在教孩子背成语？用'黄梅调'教成语？""没错！"尔康肯定地说，叹为观止地点头，"这是她背成语的'发明'，居然用到下一代身上了！不知道纪师傅看到小燕子的教学方法，会不会吓一跳？"提到纪晓岚，乾隆忍不住大笑起来说：

"我看纪晓岚输给小燕子了！我还记得他第一次教小燕子念书，被小燕子整得七荤八素，怎么没有想起用唱戏唱曲的方式来教？"他再看了看茶园，看了看忙碌采茶的小燕子和晴儿，忍痛说，"尔康，咱们走吧！"

"真的就不声不响地走了？还没看到永琪呢！"尔康不舍地说。"不用看了，"乾隆一叹，"我知道他过得很好！在我'舍不得走'之前，走吧！要不然，我就走不掉了！"尔康不得已，一拍车顶，马车便向前驶去。他和乾隆，都不住回头观望。小燕子和晴儿，也看到了路上的马车，但是，完全没有想到在这遥远的地方，会有故人来。认为只是行旅的商人，根本不曾注意。但是，孩子们的注意力，早就被这辆马车吸引了。晴儿四面看看，忽然发现身边的孩子少了几个，就笑着说："你的南儿和云儿，带着我的山儿和海儿，一起溜了！"小燕子一听，气冲冲地四面找着，大骂："南儿！云儿！你们给我滚出来！又躲到哪里去贪玩了。当心我抓到你们两个，扒了你们的皮！"

小燕子喊得好大声，乾隆听得清清楚楚，他笑着摇摇头，马车缓慢地辘辘而行，他不住地从车窗向外看。突然间，南儿飞奔而出，马车眼看就要撞上，南儿在千钧一发之间，拔身而起，跃上了车顶去坐着。车夫、乾隆、尔康正在惊愕中，云儿手里拿着一把木剑，追杀出来，后面紧跟着山儿、海儿，手里拿着木棍，嘴里杀声震天，一起追来。马儿连续受惊，人立而起，发出长嘶。几个孩子，昂首站在马车前面，一股天不怕地不怕的样子，瞪着马儿和车夫。

就在这危急的时候，永琪背着药箱，迎面走来，一看大惊，急喊："小心马车！云儿，南儿，你们保护两个小的……"永琪一面喊，一面抛下药箱，飞身而起，要去抱地上的孩子。同时，尔康生怕孩子有闪失，也从车门飞身出去，抢救孩子。谁知，尔康和永琪都扑了一空，眼前一花，只见四个孩子，全部上了车顶，好端端地坐在那儿看风景。尔康和永琪一个照面，永琪不敢相信地大叫："尔康！是你？"

尔康总算看到永琪了，激动得一塌糊涂，忽然一掌劈向永琪，笑着嚷："好小子！躲在这个天涯海角过神仙生活，让我嫉妒死了！吃我一掌！""十几年不见，你居然来试我的功夫？"永琪惊喊，急忙接招。

两人迅速地过了几招，打得漂亮到极点。茶园的孩子们全部奔来看热闹。小燕子和晴儿，在茶园中惊愕地观望。

"怎么永琪在跟人打架？一定是南儿他们闯祸了！"晴儿说。乾隆自从看到永琪，情绪激动，不能自已，目不转睛地伸头探视。几招之后，永琪和尔康都试出对方功夫更强了，两人站定，互相凝视。

"尔康！别来无恙，你的功夫更好了！缅甸的那番苦头，显然没有留下痕迹……太让人高兴了！"永琪看着马车，屏息地问，"难道紫薇也来了？"

尔康还来不及回答。车顶上，孩子们爆出疯狂的掌声。南儿和云儿齐声大喊："爹！打得好，给他一点颜色看看！""姑爹！

姑爹……"山儿、海儿也嚷着，"打得好厉害！再打再打！左勾拳，右勾拳……"

永琪抬头看车顶，不好意思地笑着，兴奋地嚷着："南儿，你给我下来！这儿有个你非见不可的人，赶快下来见客！拿出你的礼貌和规矩来，记住你是个姑娘，别给我漏气！"

尔康好奇地、期盼地打量车顶的南儿，带着一分无法言喻的感情。这个小姑娘，就是东儿的媳妇呢！他看到南儿那黑白分明的大眼睛，那两道剑眉，那带笑的嘴，那洁白的牙齿，那神气活现的样子……真是明眸皓齿，天真烂漫！

"原来这就是南儿！好漂亮的小姑娘！"尔康欢喜地说。南儿却坐在车顶，懊恼地、撒赖地接口："爹！你又把'姑娘'两个字抬出来了！为什么姑娘就比小子差？这个也要规矩，那个也要规矩，哪有那么多规矩？"永琪看看尔康，见尔康一脸惊奇，更是抱歉，笑着说："这个孩子被小燕子和我宠得无法无天，乡下地方，教规矩也只能马马虎虎，恐怕配不上你们的东儿。"抬头大喊，"南儿！你再不下来，我上去抓你了！"

南儿大笑，清脆地喊：

"好呀！爹，你来抓我，你一定抓不到！"南儿一面说着，一飞身，竟上了路边的树梢，嘴里还不住嚷着："来抓我！"只见一个人影，飞蹿而出，上了树梢，原来是小燕子。小燕子气呼呼地喊：

"你别欺负你爹……让我来修理你！看我抓得到你还是抓不到你！"

南儿看到小燕子来了，一飞身，又跳下了地，小燕子跟着跳下来，南儿再上了另外一棵树，小燕子如影随形地追过去。母女两个，就高来高去，翻翻滚滚地追打着，这一下，孩子们可乐了，大家又笑又叫又鼓掌，看得不亦乐乎。

乾隆自从永琪出现，就陷在巨大的震动里，一直悄悄地听着，悄悄地看着。这时，情不自禁，忘了要隐藏自己，头伸出车窗，看得津津有味。尔康也看得目瞪口呆，摇头大叹："紫薇常常问我，不知道小燕子如何做一个'娘'，我现在领教了！这只'小小燕'，看样子，是青出于蓝而胜于蓝！只怕我们的东儿，不是对手呀……"永琪看着和南儿追追打打的小燕子，疾呼："小燕子，不要跟南儿搅和了，你看看是谁来了？有贵客呀……"小燕子哪里肯放过南儿，边追边嚷："不管是谁来了，我得先教训这个丫头！"

说话中，小燕子已经制伏了南儿，拎着南儿的衣领，大骂："你不背成语，带着弟妹淘气，见了客人不行礼，和你爹大呼小叫……你简直丢我的脸……"南儿对着永琪大叫："爹！赶快救我啊！娘欺负我人小，力气没她大，还一直骂我！简直是……'一鸟骂人'！'一鸟骂人'！"乾隆看到这儿，浑然忘我，不禁拊掌大笑说：

"哈哈哈哈！有其母必有其女呀！小燕子也有敌手了，居然是'小小燕'啊！"乾隆一面说着，什么都不顾了，走下马车来。永琪和小燕子，忽然看到乾隆，这一惊真是非同小可。两人大震，永琪惊喊：

"皇……"蓦然醒觉，改口嚷，"老爷！"双膝一软，就要跪下。乾隆伸手，一把扶住，含泪说：

"不要多礼，我只是'路过'这儿……我到了杭州，听说云南有位名医叫艾琪，种了许多药草，济世救人无数，忍不住来一趟，总算见到这位名医了！我必须在神不知鬼不觉的情况下回去，不能久待！见到了，就好了！"说着，泪已盈眶。

小燕子用手捂住嘴，激动得说不出话来，喉中哽咽地重复着："皇……皇……皇……"

"小燕子！别'皇皇皇'了！我是艾老爷！"乾隆嚷着，第一次微服出巡的往事，又一一浮现眼前。小燕子凝视着白发苍苍、满脸皱纹的乾隆，泪水也已盈眶。"艾老爷，我来搀您，我来扶您……"她一步上前，就扶住乾隆，激动不已，再看到尔康，更是激动，"尔康，你也来了……紫薇呢？紫薇呢？"永琪凝视乾隆，见乾隆跑到这么远的云南，亲自探视他们，震撼得说不出话来，眼中也满是泪水。这时，晴儿不知道发生了什么事，也奔了过来，见到乾隆和尔康，真是太惊喜了。她张着嘴，半晌才喊着说："皇……老爷，我真是不敢相信，今生今世，还能和您见上一面！还有尔康，一别就是十来年了……"她东张西望，也急问："紫薇呢？紫薇呢？""紫薇没来！"尔康说，"老爷是偷偷来的，我陪老爷到了杭州，老爷临时起意，我们怕大家知道，假说要在庙里静修几天，就连夜赶来了！""我快要高兴得昏倒了！我快要感动得死掉了！"小燕子悲喜交集地喊，"无论如何，你们要去我们家坐一坐！""是啊！"晴儿也满眼泪水，震动得一塌糊涂，"箫剑在家里制药，如果知道你们来，不知道会多高兴！老爷，您一定要给箫剑一个机会，好好地谢谢您！"

乾隆迟疑起来，转头看尔康。尔康赶紧说："老爷，来都来了! 不在乎喝杯茶再走!""喝杯茶就走?"永琪激动地喊,"不行的!"他看着乾隆,充满不舍,恳求地说,"既然见了面,就干脆过一夜,明早再上路吧!"乾隆看着眼前的儿孙,豁出去了,一点头:"管他的! 既来之则安之! 走吧!"大家就簇拥着乾隆,向前走去。

到了永琪和小燕子的农庄,乾隆被带进一间布置朴实却充满书香的大厅里。小燕子端来躺椅,永琪扶着乾隆坐下,晴儿飞奔到隔壁去喊萧剑,萧剑立刻赶来了。乾隆端坐在椅子里,小燕子、晴儿、永琪、尔康、萧剑都环立在侧,然后,八个孩子,一排站在乾隆面前,看得乾隆眼花缭乱。永琪对孩子们郑重地说:

"这是你们的艾爷爷,你们大家跪下,给爷爷好好磕个头! 如果没有爷爷的宽厚仁慈,今天就没有你们这一群孩子了!"八个孩子在南儿带头下,全部规规矩矩地磕下头去。南儿恭敬地说:"我们给爷爷磕头,祝艾爷爷福如东海,寿比南山!"

乾隆一个个看过去,看到的是一张张健康清秀的脸庞,八个孩子,个个都珠圆玉润、明眸皓齿,一个赛一个地漂亮。他惊喜地说:"起来起来! 我眼睛都花了,这些孩子,谁是永琪的? 谁是萧剑的?""我来介绍吧!"小燕子上前一步,一个个数过去,"这四个是我和永琪的! 南儿、云儿是两个姐姐,乾儿、隆儿是两个弟弟! 这四个是我哥和晴儿的孩子,山儿和海儿是哥哥,宽儿、容儿是妹妹! 我们各有两男两女!""不得了!"乾隆喊着,"这个云南是不是得天独厚,小燕子以前要孩子没孩子,现在生了四个!"他抬眼看萧剑,"萧剑,这就应了两句唐诗:'昔别君未婚，儿女忽成行！'看样子，晴儿帮我弥补了一些遗憾，你们会瓜瓞绵绵了！"

"老爷，我们方家，总算有后了！"箫剑充满感情地说，"我爹和我娘，葬在苍山脚下，有我们年年扫墓，相信他们在天之灵，已经得到最大的安慰了！一切的一切，尽在不言中！"

乾隆拈须微笑，说："好一个'尽在不言中'，咱们就把心里的那些说不出、讲不尽的感觉，都放在这几个字里吧！"晴儿凝视乾隆，心里塞满了想说的话，不能不说：

"老爷，我每天都记挂着老佛爷和您，心里的感触很多，感谢很多，千言万语，都不知道要从何说起！我真的好感激您为我们大家所做的一切，让我们了解了生命的美丽和人生的价值！这些在宫里我们学不到的东西，在这儿，我们都得到了！我要告诉您，不管对永琪还是我，您当初的决定，是正确的！"

晴儿一番话，深深温暖了乾隆的心，他诚挚地说："我一直无法肯定，我的做法有没有错误，今天看到这些孩子，我才真正放心了！我听到孩子们的名字，云南，乾隆，山海，宽容！你们的境界和怀念，我也明白了！""我知道'乾隆'两个字应该避讳一下，可是，就是无法抗拒要给他们取这样的名字，为了纪念我所生的这个时代和我的思念！"永琪恳切地说。乾隆迎视永琪，一笑，朗声说："我回去之后，会和乾隆那老头儿谈一谈，给你一个特许，孩子的名字可以不避讳！乾儿，隆儿！好极了！"这时，天色已暗。小燕子拍了拍手，嚷着："孩子们！都来帮忙洗菜切菜，摆桌子，我们要请艾爷爷和福伯伯吃晚餐！"

孩子们一呼百应，跟着小燕子奔向厨房，晴儿当然也去张罗。没多久，一桌子的菜，就纷纷上桌，永琪搀着乾隆上坐，一家三代，全部围着圆桌坐着。大家都坐定了，菜也上完了，南儿以茶代酒，捧着杯子，走到乾隆面前，恭恭敬敬地说：

"南儿代表弟弟妹妹，上来敬艾爷爷一杯酒，南儿不知道艾爷爷和我爹娘是什么关系，但是，听说您也姓艾，一定是我们的本家，那么，您就和我的亲爷爷一样！刚刚在茶园，我放肆了，让艾爷爷和福伯伯看笑话……但是，我们并不是不懂规矩，爹娘都教了……我敬酒，祝艾爷爷和福伯伯，永远健康快乐！"

南儿规规矩矩一番话，让乾隆和尔康都瞪大了眼。"不错！不错！好一个南儿！"乾隆大笑说。

尔康不禁深深看南儿，再仔细打量一番，见她收敛了茶园里的淘气，说话不亢不卑，婉转得体，那种高贵的书卷味，像极了永琪，他就更加喜出望外了。他有意要考一考她，说："南儿，白天在茶园，我见识了你的武功，不知道你念书是不是一样好？你有没有念过唐诗？"永琪瞪了尔康一眼，大笑说：

"哈哈！尔康，就算她不会唐诗，你也没办法赖账了，你认了吧！"小燕子、晴儿、箫剑都一脸的笑，乾隆兴致益然地看着。只见南儿屈了屈膝，从容不迫地说：

"艾爷爷和福伯伯来，爹、娘、舅舅、舅妈都高兴得一塌糊涂，南儿想到一首杜甫的诗！刚刚艾爷爷也念了两句的那首！"就背诵着："人生不相见，动如参与商。今夕复何夕，共此灯烛光……"

乾隆听到这首诗，大为动容，忍不住接口："少壮能几时，鬓发各已苍。访旧半为鬼，惊呼热衷肠……""焉知二十载，重上君子堂。昔别君未婚，儿女忽成行……"南儿不由自主地接着念。"怡然敬父执，问我来何方。问答乃未已，驱儿罗酒浆……"乾隆也接着念，念到这儿，乾隆呆了呆，神情一痛。"来来来，这首诗最后几句，我不忍心念，我们别念诗！喝酒吧！"尔康怕乾隆伤感，急忙说："我们几个小辈，敬老爷一杯！为了我们大家的'尽在不言中'！"箫剑、晴儿、永琪、尔康就全部起立敬酒。大家一饮而尽，乾隆也一饮而尽。这餐团圆饭，迟了十几年才吃到，大家的情绪，可想而知。

夜静更深的时候，大厅里燃着油灯，晴儿和箫剑带着孩子回去了。南儿也带着弟弟妹妹去睡觉了，室内剩下乾隆、尔康、小燕子和永琪。这才能够安安静静地谈话。父子久别，都有无数的话要谈，永琪看着乾隆，回答了乾隆的疑问：

"从来没有想到，要适应一个'平民'的生活，也要付出许多代价，刚开始的两年，我确实弄得焦头烂额，农场的收成也不好。后来，我对云南的气候和土壤进行研究，开始大规模地种药材，因为种药材，就对医学发生浓厚的兴趣，看了好多书，再加上以前和太医们的接触多，经验多，在战场又学到一些急救的知识……所以，偶尔给一些朋友看看病，谁知，这样一天天过下去，病人越来越多，副业变成主业，农场的事，倒都成了小燕子她们的工作！"乾隆恍然大悟："原来如此，我就说，你怎么成了'名医'，现在才明白了！"小燕子接着说：

"那几年，我们大家的日子也不好过，我对永琪，总是充满了歉意，孩子一个个来，我顾此失彼，又怕永琪不能适应，真是苦呀苦呀苦呀……可是，在辛苦中，却有说不出的充实和甜蜜，现在，我们都适应了，是苦尽甘来了！"

"这，就是幸福！"尔康看着小燕子和永琪，知道他们是"求仁得仁"了。"是！"永琪看着尔康问，"听说，尔泰也从西藏回来了，你们福家热闹得不得了，是吗？""可不是！"尔康笑着回答，"紫薇现在也是三个孩子的娘，加上尔泰的三个孩子和那个咋咋呼呼的塞娅，家里真是热闹极了！这次南巡，她怎样也走不开！"小燕子看着乾隆，欲言又止，半晌，还是忍不住问了出来："我要代永琪问一句话，他憋了一个晚上，问不出口！"她看了看永琪，再看乾隆，问："知画怎样？绵亿怎样？"永琪看了小燕子一眼，眼里尽是感激。是的，憋了一个晚上，就是问不出口。

"知画……"乾隆看小燕子，又看永琪，一叹，"唉！那也是个死心眼的人！永琪离开的三年后，我做主，要把她嫁给蒙古小王爷费安扬！谁知，她说什么都不肯，连陈邦直夫妻亲自进京来劝，她还是不肯，我们也没办法了。她就这样带着绵亿，守在景阳宫过日子。还好绵亿优秀得不得了，母子俩相依为命。"

永琪惊愕地听着，又是震撼，又是难过，无法置信地说：

"她为什么要这样？她……为什么不听您的安排？"

"人生，就有这种无奈！"乾隆凝视永琪，突然又想起雨荷，想起盈盈，想起许多被自己辜负了的女子，再度一叹，"不必为她难过，她有绵亿，她也认命了！"

永琪的眼神里，顿时充满痛楚，小燕子看他这样，也跟着痛楚起来。她伸手握住永琪的手，低声地说：

"是我们对不起她，对不起绵亿！当初，我们也错怪她了！"

永琪不说话，心里是无比的震撼。知画，那个被他认为可以长出新尾巴的"爬墙虎",却用时间来证明了她不变的心。到底，薄情的是自己，狠心的也是自己！这样想着，他再也笑不出来。小燕子悄眼看他的手，读出了他所有的思想，一句话都没说，只是紧紧地、紧紧地握住了他的手。感觉到她手心的热和力，他抬眼看她，接触到她那充满歉意、充满感激、充满深情的眸子。他怦然心跳，为自己的懊恼而懊恼起来。人生，就有这种无奈！知画，已经辜负，不能再让小燕子难过。他给了小燕子一个深情的凝视，用力地回握她的手，两人在刹那间，交换了无数心灵的语言。

尔康见大家情绪低落下去，急忙一笑说：

"你们不要感伤了，老实告诉你们吧，知画和紫薇成了闺中密友，常常到我们家来做客。至于绵亿，更是经常住在我家。所以，我们那个学士府，是热闹加热闹！我刚刚不提，以为小燕子会介意！既然小燕子不介意，我就说了！绵亿和东儿，每天比功夫，比骑术，比念书……他写得一手好字，东儿不如他！两人已经结拜为兄弟，情同手足！"

永琪霍然起立，对尔康一抱拳说：

"尔康！所谓生死之交，就是如此！他们母子两个，麻烦你们照顾，谢了！"

乾隆看着三人，不胜感慨系之。

"转眼间，你们都是儿女成群，我，老啰！"

"皇……"永琪喊了一个字，发现又喊错了，赶紧改口，"老爷，您还是精神抖擞，永远不老！""毕竟岁月不饶人……最近，回忆已经占了生命的一大部分，常常想着你，想着小燕子进宫的种种情形……"乾隆怔住了，忽然看着永琪和小燕子，充满感情地、渴求地说，"现在，没有外人在，我好想听你们好好地喊我一声！"永琪和小燕子，立刻眼中含泪了，双双在乾隆膝前一跪，诚心诚意地喊："皇阿玛！"

好珍贵的三个字，想了十来年，才又听到这声呼唤！乾隆的眼泪夺眶而出，一手紧紧地握住永琪，一手紧紧地握住小燕子，哽咽地说："现在，想起杜甫那首诗的最后两句，不忍心念，还是在心里打转：'明日隔山岳，世事两茫茫'！"永琪不想再让乾隆伤感，就用坚定的声音，充满感情的声音，有力地说："不会的！皇阿玛，这么远的路，您瞒着全天下的人，来了！下次，该我瞒着全天下的人，去看您！我们不会'世事两茫茫'，我会给您我们的消息！""父子连心，血浓于水！这种联系，是超越千山万水的！"乾隆不住地点头。永琪、小燕子、尔康都感动至极。室内，充满了温暖和温馨。

第二天一早，乾隆就动身，要在大家发现之前，赶回杭州去。永琪、小燕子、晴儿、箫剑、尔康及八个孩子，大家簇拥着乾隆上车。便衣侍卫打扮成随从，骑着马护送。"我们大伙儿送艾老爷和尔康一程，如何？"箫剑提议。"我正有这个意思！"永琪说。"那么，大家都上车吧！"尔康对八个孩子一招手。"孩子们坐得下吗？"小燕子问。

"我看，车子蛮大的，大家挤一挤吧！"晴儿看了看车子。"都上来！都上来！"乾隆兴高采烈地喊着。于是，孩子们就欢呼着，统统挤上马车。箫剑跳上一匹马背，说：

"我和永琪尔康骑马，免得把马车压垮了！"箫剑、永琪、尔康就上了马。马车中，乾隆坐在正中，小燕子在左，晴儿在右，紧紧依偎着他。八个孩子环绕，嘻嘻哈哈，笑声不断。车夫一拉马缰，车子和马队就向前行进。永琪、箫剑、尔康三人，再度并辔而行，又是欢喜，又是感慨。永琪看着尔康，忍不住问："尔康，绵亿那孩子，会不会很淘气？""总有一天，你们父子会见到面，到时候，你自己看！你的南儿那么可爱，紫薇一定会喜欢得不得了。你帮我养育媳妇，我帮你照顾儿子，我们谁也不欠谁，别道谢了！"尔康说着，脸色一正，看着永琪，"绵亿是个品学兼优、才华出众的孩子！知画对他爱护得不得了，还有皇阿玛，更是把他捧在手心里，你，还有什么不放心呢？"

"就是皇阿玛那句话，父子连心，血浓于水！要想不关心，也不容易！"永琪一叹，"还有知画……我没想到她那么傻！"

"为了不辜负小燕子，只好辜负知画。人生，哪有十全十美的事呢？再给你一次机会，你还是会做这样的选择！知画的遗憾，只能让她去吧！小燕子活得这么好，就是你的成功了！"尔康说，忽然想起慕沙，她应该也是儿女成群了吧？

"对！"箫剑同意地说，"尔康这句话，深得我心！我喜欢我们的故事……本来，我是个看故事的人，被你们这些怪物传染，也变成了制造故事的人，这种病，艾大夫，有没有方子可以医治？"他对永琪笑，想提起永琪的兴致。

"哈哈！"尔康大笑，"你才是制造故事的人，你和小燕子出生那天，就是故事的开始！没有你们两个，就没有我们大家的故事！"永琪微笑起来，是的，人生，哪有十全十美的事？

"这是人类永远治不好的病，一代一代，故事会源源不断，历史会一再重演！像我们这种'怪物'制造的故事怎么可能面面俱到？在圆满中有遗憾，也是必须接受的事吧！"他无奈地一笑，"这辈子欠的，只好下辈子还了！"

"说得好！永琪！"尔康说，"说不定几百年后，经过轮回，我们又会在人间相遇，那时，再各还各的债吧！"车内，乾隆被孩子们包围着，带着幸福而满意的笑容，他不停地看看这个，又看看那个，爱得不得了。小燕子拍拍手喊："孩子们！大家唱首歌给艾老爷听，好不好？"

"好！"大家齐声响应，喊得好大声。"唱什么？"南儿问。"《今日天气好晴朗》，怎样？"晴儿说。

乾隆看看车里的儿孙，看看车外的田野，兴致高昂地说：

"是啊！今日天气好晴朗，处处好风光！我这次的密访云南，看到了'好山好水好人家'，真是开心极了！在我的暮年，还有这么温馨的一段，小燕子、晴儿，你们带给我的快乐和安慰，真的不是一点点！"

晴儿和小燕子，都非常感动地对着乾隆笑。两人都决定，不要再让离别的悲哀，加重乾隆的伤感。他们要用歌声和欢笑来送别乾隆！她们两个，就和孩子们一起，开心地、欢喜地高唱起来：

今日天气好晴朗，处处好风光！蝴蝶儿忙，蜜蜂儿忙，小鸟儿忙着白云也忙！马蹄践得落花香！

眼前骆驼成群过，驼铃响叮当！这也歌唱，那也歌唱，风儿也唱着，水也歌唱！绿野茫茫天苍苍！

永琪、尔康、箫剑并辔而行，听着那开朗的歌声，三人都带着满脸的笑意。永琪知道，转眼间，又是离别的时候。但是，团聚的惊喜，总在离别后！歌声中，一行人走在绿草如茵的原野上，渐行渐远。

（全书完）

二〇〇二年八月二十四日写于台北可园
二〇〇二年十月十六日初稿修正于台北可园
二〇〇三年五月三日再度修正于台北可园

后记

　　小时候，我的父亲母亲，常常带着我们四个兄弟姊妹，做一个游戏，这个游戏的名称是"接故事"。玩的方式是大家坐成一圈，由一个人起头，说一句话，第二个人接下去说第二句，第三个人接下去说第三句……这样一直接一直接，连续不断，要接成一个完整的故事。在我的小说《鬲鬲风》中，曾经采用过一个我们接出的故事。因为每个人的思想不同，故事的发展无法控制，会接出许多意料之外的"笑果"。在我那穷困贫乏的童年里，没有玩具可玩，没有娱乐场可去，"接故事"就是我们最好的家庭消遣，带给我们很多的快乐，也让我们享受到许多亲情。

　　大概从那时开始，我对"接故事"就产生了兴趣。从小，我就是一个靠"幻想"生存的人。每晚入睡前，我会在脑海里勾画一个故事，想着那情节的发展，直到昏昏欲睡再也想不下去为止。第二晚，我会接着昨晚断掉的地方，继续想下去。这种"独自游戏"持续了很多很多年，是我成长过程中的"入睡良方"。大概，这也是我现在会从事"连续剧"这种工作的"原始训练"吧！

《还珠格格》便是"接故事"的一个证明。连我自己都不太相信，我能把这个故事这样延续下去。想当年，我的父母训练我们"接故事"，给我的影响实在良深。从一九九七年到现在，我用了六年的时间，在《还珠格格》这部小说和剧本里。六年，对我来说，是一段非常漫长的岁月。我想，以后我不可能再用这么多的时间，来写一个连续的故事。不管它好还是不好，不管读者对它有怎样的看法和评价，那些，对我都不重要，重要的，是我终于在有生之年，完成了它。《还珠格格》这系列的三部曲，已经成为我生命的一部分。

在《还珠格格》第二部结束时，我已经伏下第三部的伏笔，聪明的读者也已看出有第三部的可能。但是，我对自己是否有心力去继续写第三部，是完全没有自信的。在我的写作生涯里，我也经常有未完成的故事。我常想，人生的故事，都是分段的。这段之后，还有下一段。任何一段，都可以成为结束，也可以成为开始。故事结束在哪一个段落，只有我自己知道。故事有没有写完，也只有我自己知道。

我举出我的两本书为例，这两本书都只写了一半，一本是《一颗红豆》，另一本是《失火的天堂》。前者，我要写的原本是个婚姻的故事，女主角在兄弟两人中，无法抉择，最后，因为哥哥为她受伤，她在他生死关头，发现自己爱着哥哥，而选择了他。我的故事写到这儿，累了，觉得这样的结局也不错，就停止了。事实上，我还有一本"下册"没写出来，我真正要写的是这个婚姻的"失败"。"感动"不等于"爱情",女主角爱的,还是那个和她个性相像的弟弟。至于《失火的天堂》,实在有些可惜,我的"下册"连书名都有了,书名是《燃烧的地狱》。书中的女主角,是豌豆花和鲁森尧的那个女儿。一个"天使和魔鬼"的混合品,如何在丑恶的真相下燃烧自己的生命,最后蜕变为一个真正的"天使"。没有继续写下去,一直是我心里的遗憾。

我提到这两本书,只是说明任何小说,"断"在何处,只有作者明白。当《还珠格格》第二部出版后,虽然我心里知道故事没完,写不写第三部,我仍是抱着"顺其自然"的态度,并不想逼迫自己去完成它。

但是,我不写,居然有别人写!很多读者在各网站上,竟写《还珠格格》第三部。在内地,更有好多冒牌的《还珠格格》第三部,公然用我的名义出版,让我痛心至极。想到一生工作,却让不法分子欺世盗名,觉得自己好像被凌迟了。想到许多被骗的读者,更是难过。我也顺便在这儿,呼吁正视"著作权"这件事。因为,一个作者,想写一部对自己、对读者负责任的书,确实不容易。冒名者,却毫无"责任感",可以胡写瞎写乱写。写得不好,反正是丢原作者的人。

我不写,别人会写,这件事,打击了我。同时,来自各方的要求,又鼓励了我。于是,我决定还是完成它。这样,我的生活,又钻进写作的痛苦和狂欢里,先写剧本,再写小说,几乎是夜以继日地工作。

剧本写得并不顺利,在创作中途,适逢美国发生"九一一"

事件，我在电视上，目睹飞机撞大楼，带给我前所未有的震撼。深感人事无常，也觉得人性太可怕！我的诗情画意全部飞了，乾隆小燕子突然距离我很遥远，我再也找不回他们。那是第一次，我停止了写作，觉得倦了累了，不想写了。直到两个月以后，我才抚平了情绪，重新执笔。

好不容易完成了剧本，我又开始写小说。去年四月，我那九十四岁的父亲，身体亮起了红灯，到了七月，父亲去世，这又给了我极大的打击。虽然父亲年事已高，这是预料中的事，但是，亲人永别，哀痛只有自己才能体会。在这种情绪下和办理丧事的忙碌中，五阿哥小燕子又距离我很远，伤痛之余，再度停笔。

等到情绪平静下来，继续提笔，自己觉得，对人生的体验，更加深刻。小说脱稿后，我照例要有一段很长的时间，来修正它。岂料，九月中旬，鑫涛因病住院，从不生病的他，病情来势汹汹，吓住了我。在他住院、出院、治疗、调养的过程中，我在紧张、着急、煎熬中度过，再度停止了修正工作。直到他出院，我才能在他休息入睡后，偷出一些时间，来继续完成《天上人间》。所以，这部书写写停停，自己的情绪，也常在惊涛骇浪里。如果有错误，如果写得不够好，请读者们原谅我！

和以前两部一样，《天上人间》的语言，一直是我最大的难题。几经考虑，我仍然让它维持前两部的路线，用了许多现代语言。有些考据工作，可能做得不够，犯错也在所难免。

我曾写了"浪漫"两字，发现这是翻译的词汇，赶快修正。书中出现很多次"中国人"的对白，也使我考虑了很久，不知道清朝人，会不会自称是"中国"人？直到在我父亲的遗嘱《什么是中国人》一书中，看到父亲写的一段文字：

"'中国'这两个字，最早见于周朝的史料，譬如诗经生民篇说：'惠此中国，以绥四方。'孟子见梁惠王说：'辟土地，朝秦楚，莅中国而抚四夷。'左传里更屡称'中国'……"

这才没有疑问地，用了"中国"这个词。我曾经说过，处处考据，会让人顾此失彼；设限太多，会造成许多困扰。所以，我但求读者读来通顺明白，不曾过分苛求考据。

还珠第三部，分成几条线并进。乾隆和夏盈盈的一段情，带出乾隆对雨荷的思念。即使是皇帝，也有他的悲哀和无奈。箫剑和晴儿，这份不可能发生却发生了的爱情，不应该发生却发生了的爱情，贯穿整个故事，也促成永琪娶了知画。小燕子、永琪和知画之间的三角问题，是书中的主轴。在我下笔时，对知画是带着同情的。那个年代、那种教育下的女子，几乎注定是悲剧。宫里的女人，谁不是悲剧？皇后和容嬷嬷，也在这一部里，做了"悲剧"两字的总结。小燕子和乾隆之间的"杀父之仇"，造成永琪的舍弃江山；造成乾隆的"觉悟"，自己为了"江山"失去的东西，不忍要永琪也跟着失去。于是，永琪在乾隆的了解下，选择小燕子，归隐山林，成为济世救人的名医，为他的"皇子"身份，写下最完美的诗篇。

至于尔康"离魂"那段，是全书最难写的部分。"离魂"之说，在中国由来已久，在一部《中国历代笔记小说》中，有许多关于"离魂"的故事。我一直对于"生死"之间，有没有灵魂，有没有来生，有没有转世，有没有生生世世的爱，感到困惑怀疑，对于"当天地万物，化为虚有，我还是不能和你分手……"这样的爱情，心向往之。所以，尔康和紫薇那段"魂魄相守"的爱，也是这部完结篇的重点。

我承认，这部小说，是我在人生的风浪里完成的。自己的情绪，难免左右了小说的走向。以前，总希望"人定胜天"，现在，深知"人，不一定能胜天"。人生，有太多的沉重，太多的悲哀，太多的负荷，太多的无可奈何……我在《我的故事》一书中写过，我相信人生是一趟苦难的旅程，如何在这段"苦旅"中，活得丰富，活得快乐，活得充实，活得无悔，活得轰轰烈烈……这才是学问。

还珠格格这个故事，终于画下了句点。其中的每一个人物，都很"用力"地"活过"了！如果他们真的存在过，应该是"不虚此行"了！或者，你们要说，人生，哪里可能发生这么多不可思议的事？是！这只是"故事"！

走笔至此，鑫涛的身体，仍然没有完全复原，我在牵牵挂挂中，草草写下这篇后记，有些不知所云。许多未竟的话，不知从何说起。《还珠格格》这部长达两百五十万字的小说，能够"完成"，鑫涛是幕后最大的功臣。如果没有他的鼓励，没有他的坚持，没有他的督促……甚至，没有他对我的种种照顾，我都无法完成它！即使在他卧病中，他还忍着痛苦，为《天上人间》设计封面。所以，我要感谢我所有的读者，感谢那些让我相信"人间有爱"的人，感谢我的父亲和家人，还有守护着我的鑫涛！因为有大家，这才有"还珠"！

琼瑶二○○三年五月四日写于台北可园

（京权）图字：01-2025-0195

图书在版编目（CIP）数据

还珠格格. 第三部. 天上人间. 3 / 琼瑶著. -- 北京：作家出版社，2025.1. --（琼瑶作品大全集）. -- ISBN 978-7-5212-3236-3

I. I247.5

中国国家版本馆 CIP 数据核字第 2025E3N566 号

还珠格格　第三部　天上人间 3（琼瑶作品大全集）

作　　　者：琼　瑶
责任编辑：张　平
装帧设计：棱角视觉　纸方程·于文妍
责任印制：李大庆　金志宏
出版发行：作家出版社有限公司
社　　　址：北京农展馆南里 10 号　　　邮　　编：100125
电话传真：86-10-65067186（发行中心）
　　　　　　86-10-65004079（总编室）
E-mail: zuojia@zuojia.net.cn
http://www.zuojiachubanshe.com
印　　　刷：北京盛通印刷股份有限公司
成品尺寸：142×210
字　　　数：245 千
印　　　张：11
版　　　次：2025 年 1 月第 1 版
印　　　次：2025 年 1 月第 1 次印刷
ISBN 978-7-5212-3236-3
定　　　价：2754.00 元（全 71 册）

品　琼　瑶　经　典

忆　匆　匆　那　年

琼瑶作品大全集